In jedem Roman steckt gewöhnlich ein Körnchen Wahrheit. Der vorliegende begann mit dem ungewöhnlichen Vorschlag einer guten Freundin meines Mannes. Sie ist eine Frau auf der Suche nach einem Mann, den sie bewundern und der Vater ihres Kindes sein könnte. Statt eines Babys erblickte jedoch dieses Buch das Licht der Welt.

Bei der Entstehung konnte ich mich vor allem auf meinen Mann stützen, Sandy Kenyon, der nicht nur das Essen an den Abenden kochte, an denen ich eine Spätschicht einlegte, sondern der mich auch mit nützlichem Material versorgte und mir den Einblick in das Leben eines Gesellschaftsreporters ermöglichte. Ihm habe ich es zu verdanken, dass sich mein Lebenstraum, einmal am Abend einer Oscar-Verleihung über den roten Teppich zu schreiten, erfüllt hat, wenn auch nur auf den Seiten dieses Buches. Sollte ich je auch im wirklichen Leben in den Genuss dieses Erlebnisses kommen, werde ich auf der Stelle die von Reportern meistens getragenen, bequemen Latschen gegen etwas wirklich Stilvolles eintauschen!

Ich danke auch Kenny Plotnik und Liz Aiello von *WABC-TV*, die mich Mäuschen im Nachrichtenraum eines Fernsehsenders spielen ließen. Ohne sie und das hart arbeitende Team bei *WABC*, das mich so freundlich aufgenommen hat, hätte ich die entsprechenden Szenen in meinem Buch nicht mit Leben füllen können. Seither empfinde ich wirklich große Bewunderung für die Art und Weise, wie mein Mann und seine Kollegen ihren Lebensunterhalt verdienen.

Zum guten Schluss noch einen dicken Kuss für meine wunderbare Agentin und Freundin Susan Ginsberg, die wieder einmal bewiesen hat, dass ich ohne sie nicht zurechtkäme.

Freunde sind Verwandte, die man sich selbst aussucht.
– Eustache Dechamps

Jeder Freund ist eine Welt in uns, die erst dann zu existieren beginnt, wenn er ankommt.
– Anais Nin

Prolog

»Sieht aus, als wäre die ganze Bande hier.«
Stevie Light schoss mit ihren knapp 1,55 m wie eine ferngelenkte Rakete herein. Sie schob sich mit ihrem Kameramann im Schlepptau durch die Menge nach vorne bis hin zu der Leiterin der Abteilung Langzeitpflege, einer untersetzten, streng wirkenden Frau mit grauen Haaren, die, im grellen Licht zahlreicher Scheinwerfer und den Tumult um sich herum ignorierend, verkündete: »Zurzeit kein weiterer Kommentar, abgesehen davon, dass es Miss Rose gut geht! Ihre Ärzte werden Sie im Laufe des Tages auf der Pressekonferenz informieren.«

Die Geschichte war noch nicht eine Stunde über den Äther, und schon parkten die Nachrichtenteams und Reporter bereits in zweiter Reihe. Auf dem Rasen im Vorgarten gab Kimberly Stevens von KBLJ einen Live-Kommentar, wobei ihr hellblondes Haar apart im Wind flatterte. Ein kleines Stück entfernt ließ sich Mark Esposito von *Live um Fünf* das Gesicht pudern, spähte dabei immer wieder in einen Handspiegel und wartete auf sein Stichwort. Auch die Paparazzi waren in Scharen herbeigeströmt. Sie richteten ihre Teleobjektive wie Waffen auf den dritten Stock, wo Lauren Rose gerade aus dem Koma erwacht war, in dem sie zwölf Jahre gelegen hatte.

Ein Ereignis, das einem Wunder gleichkam. Wie standen die Chancen für ein solches Wunder wohl?, fragte sich Stevie. *Auf jeden Fall noch schlechter als die, meinen Vater je zu finden.* Sie wandte sich zu ihrem Kameramann um, aber Matt war schon auf der Suche nach einem guten Platz, von dem aus sie ihren

Kommentar abgeben konnte. Matt O'Brien gehörte zu den Besten seines Fachs. Allerdings hätte man ihn mit seinem schütteren Haar, dem Zweitagebart, den zerrissenen Jeans und den Tätowierungen auch für einen etwas heruntergekommenen Zuschauer halten können, wäre da nicht die Betacam auf seiner mageren Schulter gewesen.

Minuten später, nachdem ihre Sommersprossen überpudert und ihre Lippen nachgezogen waren, stand sie vor der Linse der Kamera. Als ihr der Moderator der Mittagssendung, Charlie Karr, das Stichwort lieferte, gab sie ihre Einleitung zum Besten: »Gestern erreichte uns eine verblüffende Nachricht. Die Ärzte, die sich hier in Westwood im Oak-Hills-Heim für Langzeitpflege um Lauren Rose kümmern, gaben bekannt, dass ihre Patientin aus dem Koma erwacht sei, in dem sie sich seit über einem Jahrzehnt befand. 1994 war Ms. Rose zu Gast im Hause des Altrockers Grant Tobin gewesen, als die Polizei von Los Angeles einen Notruf erhielt, in dem es hieß, dass eine junge Frau einen Kopfschuss erlitten habe. Während die Sanitäter sich bemühten, Ms. Roses Leben zu retten, wurde Tobin verhört. Es kam jedoch nie zu einer Anklage im Zusammenhang mit diesem von ihm als Unfall bezeichneten Ereignis, dessen genauer Verlauf nie offiziell ermittelt wurde. Tobin, der mit seiner Band *Astral Plane* in den siebziger Jahren die Hitparaden gestürmt hatte, lebt seitdem völlig zurückgezogen. Mehr über Ms. Roses Zustand erfahren wir, wenn ihre Ärzte auf der für später angesetzten Pressekonferenz berichten...«

Stevie erinnerte sich gut an den Tag der Schießerei. Es war ihre erste Arbeitswoche bei KNLA gewesen. Sie hatte gerade ihren Abschluss an der Hochschule in Palm Springs gemacht und war immer noch feucht genug hinter den Ohren gewesen, um zu glauben, jetzt echte Reportagen zu machen und nicht nur Wasserrohrbrüche und die Eröffnung von Einkaufszentren kommentieren zu müssen. Die Presse hatte in aller Ausführlichkeit berichtet, und Fernsehteams hatten wochenlang vor Grant Tobins Haus auf Holmby Hills kampiert. Die Regenbogenpresse hatte diese angeblich unglücklich ausgegangene Liebesgeschichte ausgeschlachtet und sie mit Fotos von der damals schönen und vielversprechenden jungen Schauspielerin Lauren garniert, die sie in verschiedenen Posen mit freizügigen Einblicken in ihr Dekolleté zeigten. Doch nachdem auch nach längeren Ermittlungen keine Anklage erhoben wurde, war das allgemeine Interesse langsam aber sicher abgeflaut.

Und jetzt das. Noch war nicht klar, in welchem Ausmaß sich Lauren – falls überhaupt – mitteilen konnte. Nur eins war sicher: Sie war die einzige Person außer Grant, die wusste, was in jener Nacht geschehen war. Falls sie seiner Darstellung der Ereignisse widersprach, konnte ihn das hinter Gitter bringen.

Während der zwölf Jahre, die Stevie jetzt im Geschäft war, hatte sie oft genug über Prominente vor Gericht berichtet. Und diese Geschichte versprach so sensationell wie der Fall Michael Jackson zu werden. Sie kam gerade rechtzeitig, denn das jüngste Abrutschen des Senders auf den zweiten Platz hinter Kanal 5 sorgte dafür, dass Jerry Fine, Chef der Nachrichtenabteilung, auf glühenden Kohlen saß und alle, deren Verträge ausliefen, Blut und Wasser schwitzten.

Da ihr Live-Kommentar gedreht war und es bis zur Pressekonferenz noch Stunden dauerte, fuhren Stevie und Matt in die Redaktion zurück. Dort lief die Arbeit auf Hochtouren: Computer und Fernsehschirme flackerten in jeder Kabine, und wer nicht an seinem Schreibtisch saß, lief hektisch herum. Die verantwortliche Nachtredakteurin, Liv Henry, feuerte Fragen auf April Chu ab, die per Telefon Nachrichten aus Übersee übermittelte. In seinem Glaskasten klaubte der Dispatcher Informationen aus Polizei- und Feuerwehrfunk sowie anderen

Quellen zusammen, während die Außenüberwachung verfolgte, welche Neuigkeiten die Ü-Wagen auf Straßen und Autobahnen liefern konnten.

Stevie hämmerte ihren Text in die Tastatur, und nachdem Liv ihr Okay gegeben und das Band geschnitten war, eilte sie in die Maske, um sich etwas auffrischen zu lassen, ehe sie ihren Platz neben den beiden Hauptmoderatoren Charlie und Carol einnahm. Die beiden saßen schon seit Stunden dort und sahen auch genauso aus ... bis die Kameras anliefen. Mit einem Mal wirkten sie so frisch, als wären sie just im Augenblick vom Golfplatz hereingeschneit – eine ihrer Fähigkeiten, die jeden Cent ihrer ansehnlichen Gehälter erklärten. Stevie glitt ohne Versprecher durch ihren Beitrag und gab zurück an Charlie und Carol, die mit der nächsten aufregenden Meldung weitermachten: einer Schießerei in Compton, bei der ein Polizist getötet und zwei verwundet worden waren. Anschließend lungerte sie noch ein paar Stunden in der Nachrichtenredaktion herum, verfolgte Hinweise und fütterte den Prompter mit Kurznachrichten für die 5-Uhr-Nachrichten, bis es Zeit war, zur Pressekonferenz im Krankenhaus aufzubrechen. Ihre Schicht war schon seit Stunden vorbei, aber sie war so vollgepumpt mit Adrenalin, dass sie sich kein bisschen müde fühlte.

Das war es, was sie an ihrer Arbeit am meisten liebte und gleichzeitig hasste – die Hochphase. Wenn sie hinter einer Story her war, setzte sie einfach unglaubliche Energien frei, wenn diese dann allerdings gesendet war, fühlte sie sich, als wäre sie ein ganzes Wochenende durch die Kneipen gezogen. Trotzdem konnte sie sich kein anderes Leben vorstellen. Schon als Kind hatte sie, mit einem Bleistift als Mikrofon, Interviews geführt und gewusst, dass das der Beruf war, den sie ausüben wollte. »Aus neugierigen Kindern werden Reporter«, antwortete sie immer, wenn man sie nach dem Grund für ihren Berufswunsch fragte. Und war es etwa verwunderlich, dass sie neugieriger als die meisten Leute war? Schließlich war sie aufgewachsen, ohne zu wissen, wer ihr Vater war. Eine Frage, die ihr nicht einmal ihre Mutter beantworten konnte.

Es war die Zeit der freien Liebe gewesen, und Nancy, noch freier als die meisten anderen, zog wie ein Nomade von einem Ort zum anderen und wechselte mit der gleichen Lässigkeit auch ihre Bettgenossen. Stevie würde wahrscheinlich nie erfahren, wer außer ihrer Mutter bei ihrer Empfängnis zugegen gewesen war. Es war das eine Geheimnis, das sie nie lösen würde, die eine Story, die sie nie veröffentlichen würde. Und ausgerechnet das, was sie sich am meisten auf der Welt wünschte.

Sie und Matt kamen früh genug zur Pressekonferenz, um sich Plätze ganz vorn zu sichern. Als Laurens Arzt auf das Podium stieg, ein hakennasiger Neurologe mit schütter werdendem braunem Haar, herrschte in dem überfüllten Konferenzsaal drangvolle Enge. Dr. Ragione informierte sie darüber, dass Ms. Rose auf Reize reagierte und es Anzeichen dafür gab, dass sie ihr Sprachvermögen zurückgewinnen könnte. Sie schien ihre Familienangehörigen zu erkennen, sagte er, und konnte durch einfache Hand- und Augenbewegungen kommunizieren. Als er gefragt wurde, ob es Hinweise dafür gäbe, dass sie sich an die Schießerei erinnerte, erklärte er schroff, dass es zum jetzigen Zeitpunkt zu früh sei, um dazu etwas zu sagen.

Stevie sprach ihren Kommentar draußen auf dem Rasen, den Matt aus dem Ü-Wagen an die Kontrollstelle im Sender übertrug, zusammen mit dem Bericht von der Pressekonferenz. Es war fast sieben, ehe sie endgültig zusammenpackte, nach zwölf Stunden ohne Pause und nur ein paar unterwegs geknabberten Müsliriegeln.

Sie ging zu ihrem Auto, das auf dem Parkplatz hinter dem gesichtslosen Glaskasten stand, in dem KNLA in einer Nebenstraße des Wilshire Boulevard untergebracht war. Der Anblick ihres liebevoll restaurierten 67er Pontiac Firebirds, kirschrot mit cremefarbener Innenausstattung, munterte sie am Ende eines langen Tages immer wieder auf. Es war die größte Anschaffung, die sie sich je geleistet hatte und für die sie immer noch abbezahlte. Die Freude, die sie an dem Wagen hatte, ließ sie sich aber sogar noch nicht mal von den ständigen Hinweisen ihrer Mutter, dass sie mit dem, was der Wagen gekostet hatte, auch eine Anzahlung auf ein Haus hätte leisten können, verderben.

Erst als Stevie mit offenem Verdeck über den Freeway glitt, auf dem Weg zu Ryan, den Wind in ihren Haaren und die neidischen Blicke anderer Fahrer genoss, fiel ihr ein, dass sie heute Abend bei ihrer Mutter essen sollte. Sie stöhnte laut auf. Das Einzige, wozu sie jetzt in der Stimmung war, war ein ordentlicher Drink und eine Fußmassage, die ihr Freund ihr an einem großzügigen Tag verabreichte.

Sie überlegte, ob sie sich entschuldigen sollte, aber irgendetwas hielt sie davon ab, nach ihrem Handy zu greifen. Nancy hatte immer Verständnis, wenn sie in letzter Minute absagen musste, weil sich plötzlich etwas Wichtiges ereignet hatte, aber die Vorstellung, wie sie in ihrem Gips herumhumpelte – sie hatte sich vor ein paar Wochen beim Felsklettern den linken Fuß gebrochen –, vergrößerte ihr Schuldbewusstsein. Stattdessen rief sie Ryan an und sagte, dass er nicht mit ihr rechnen sollte.

»Soll ich auf dich warten?«, fragte er mit einer tiefen, kehligen Stimme, die ein kleines Feuer unter ihrem Bauchnabel entfachte, ein von ihm durchaus gewünschter Effekt.

Sie zögerte mit der Antwort. »Nein. Ich bleibe heute in meiner Wohnung.« Sie lag näher am Haus ihrer Mutter. Außerdem war sie seit über einer Woche nicht dort gewesen.

»Ich sag's ja, du solltest endlich zu mir ziehen«, sagte Ryan, nachdem sie ihm erklärt hatte, dass sie ihre Pflanzen gießen und die Post hereinholen müsse. Er sprach leichthin, aber sie bemerkte einen Unterton von Ungeduld. Er drängte sie schon länger, begründete es damit, dass es einfach albern wäre, Miete für eine Wohnung zu zahlen, die sie quasi überhaupt nicht nutzte. Dennoch hatte sie sich bislang geweigert. Nicht, dass sie nicht verrückt nach ihm war. Das war sie, seit sie ihn kennengelernt hatte, als sie ihn nach seiner Oscar-Nominierung für den besten Dokumentarfilm interviewt hatte. Es war die Bindung an sich, die sie in kalten Schweiß ausbrechen ließ.

Stevie seufzte, als sie auflegte. Ihre Freunde hielten sie für verrückt. Punkt. Franny, deren biologische Uhr so laut tickte, dass jeder sie im Umkreis einer Meile hören konnte, hatte mit der ihr eigenen Unverblümtheit erklärt, dass sie Stevie Ryan gerne abnehmen würde, wenn sie ihn nicht wollte. Emerson, allein erziehende Mutter, hatte keine romantischen Illusionen, aber selbst sie hielt Stevie für unnötig vorsichtig. Und Jay... was konnte sie von ihm erwarten, mit einer Frau an seiner Seite, die ein Baby erwartete? Natürlich hatte er Vorurteile.

Aber wenn sie jetzt den Sprung wagen und das Wasser über ihr zusammenschlagen würde? Sie in zerplatzten Illusionen ertrinken müsste? Sicher, am Anfang war immer alles lauter Herzchen und Blumen. Aber die Dinge änderten sich. Menschen änderten sich. Außerdem wollte Ryan eine Familie, und wie konnte sie ihm das versprechen? In all den Jahren, in denen sie von einem Ort zum nächsten gezogen waren, während Nancy versuchte, sie über die Runden zu bringen, indem sie ihre Töpferarbeiten in örtlichen Galerien verkaufte, hatte Stevie sich ausgemalt, wie ihr geheimnisvoller Dad angeritten kam, um sie zu holen. Es spielte keine Rolle, dass er wahrscheinlich nicht einmal von ihrer Existenz wusste. Wie konnte sie Kinder in die Welt setzen, wenn sie nicht einmal ihren eigenen Platz in dieser Welt kannte?

Eine Viertelstunde später hielt sie vor dem schindelgedeckten Bungalow ihrer Mutter auf einem bewaldeten Hang im Topanga Canyon, fand ihn jedoch dunkel vor. Seltsam. Auch in der umgebauten Garage, die Nancy als Atelier nutzte, brannte kein Licht. Ob sie sich im Termin geirrt hatte? Nein, dachte Stevie. Erst am vergangenen Abend hatte ihre Mutter am Telefon davon gesprochen, dass sie ihre berühmten Zucchini-Plätzchen machen würde, und sie gebeten, ein Glas Mayonnaise mitzubringen.

Sie öffnete mit ihrem eigenen Schlüssel die Tür, stellte das Glas in der Tüte auf das bemalte tibetanische Schränkchen neben dem Eingang und rief: »Mom?« Ihr Herz klopfte, und ihr Mund war plötzlich wie ausgedörrt – sie hatte zu viele Jahre Polizeifunk gehört. In ihrer Fantasie lauerte in jedem dunklen Flur ein Eindringling, und der Notarztwagen war immer nur eine Straßenecke entfernt.

Sie fand Nancy mit geschlossenen Augen ausgestreckt und voll bekleidet auf dem Bett, der Gipsfuß, eine abstrakte Collage aus Drudeln mit farbigen Markern – ihre Mutter konnte einer leeren Fläche nie widerstehen –, lag auf einem Polster. Stevie stieß die Luft aus, die sie angehalten hatte. Also war doch kein Notruf nötig, Nancy musste ein Nickerchen gemacht und verschlafen haben.

Stevie griff nach dem Lichtschalter an der Wand, als Nancy sagte: »Nicht.« Ihre Stimme war leise und schmerzerfüllt.

»Alles in Ordnung?«, fragte Stevie, in der Annahme, dass ihrer Mutter unter den Schmerzen in ihrem Fuß litt, und überlegte, ob das uralte Röhrchen Aspirin wohl noch im Medizinschränkchen lag. Ihre Mutter antwortete nicht. Auf dem Overall, den sie anhatte, war lauter angetrockneter Ton. Ihr Haar, das einst so leuchtend rot gewesen war wie Stevies, hatte inzwischen den Farbton alter Kupfermünzen angenommen und fiel in krausen Wellen über ihre schmalen, sommersprossigen Schultern. Der Fernseher lief ohne Ton, und in dem flackernden Licht hatte ihr Gesicht den bläulich-weißen Farbton, als befände sie sich unter Wasser. Als sie endlich die Augen aufschlug, starrte sie nur blicklos auf das alte Fillmore-Poster an der Wand gegenüber dem Bett, mit dem wirbelnden psychedelischen Muster und der Ankündigung eines längst vergangenen Konzertes von Big Brother and the Holding Company. Nancy war damals dabei gewesen, nahe genug, um den Schweiß zu spüren, der Janis Joplin von der Schläfe tropfte.

»Es war nicht richtig von mir, es dir vorzuenthalten«, sagte sie mit derselben leisen, schmerzerfüllten Stimme. »Ich hätte es dir sagen müssen.«

Stevie sank auf das Bett und griff nach der Hand ihrer Mutter. Sie war kühl und trocken, mit dicken Schwielen in der Handfläche von der Töpferscheibe. »Mir was erzählen?«

»Über deinen Vater.«

Stevie klopfte das Herz bis zum Hals. »Aber ich dachte –«

Ihre Mutter ließ sie nicht ausreden. »Ich habe nur versucht, dich zu beschützen, das musst du mir glauben.« Tränen rannen ihr aus den Winkeln ihrer hellblauen Augen und liefen über die Schläfen in ihre Haare. »Ich hatte Angst vor dem, was passieren würde, wenn es herauskäme. Reporter, die uns überallhin verfolgen, Leute die uns anstarren und sich alles Mögliche ausdenken ... und noch schlimmer.« Sie schauderte und schloss die Augen wieder. »Aber ich *hätte* es dir sagen sollen. Du hattest ein Recht darauf, es zu erfahren.«

Stevie starrte sie an, der Schock schlug in dumpfen Wellen gegen ein fernes Ufer in ihrem Kopf. All die Jahre lang war sie in dem Glauben gelassen worden, dass Nancy wenig mehr wusste als sie.

»Wenn ich mir damals auch nicht ganz sicher war«, fuhr Nancy fort, »würde ich es jetzt wissen, einfach indem ich dich anschaue.« Sie drehte sich zu Stevie um, ein schwaches, freudloses Lächeln auf den Lippen. »Du bist ihm wie aus dem Gesicht geschnitten.«

Stevie fühlte, wie ihr das Blut aus dem Gesicht wich. Ihre Stimme schien aus einem anderen Zimmer zu kommen, als sie krächzend fragte: »Wem?«

Nancy wandte ihren Blick dem Fernseher zu, wo auf CNN ein alter Clip von Grant Tobin im Konzert mit Astral Plane flimmerte – ein schlank gebauter junger Mann, der wie Quecksilber über die Bühne fegte. Das dunkle Haar wirbelte ihm um den Kopf, die Rasputin-Augen, die eine ganze Generation gefesselt hatten, leuchteten in dem blassen, feinknochigen Gesicht. Sie hob einen zitternden Finger und deutete auf den Bildschirm.

»Ihm.«

Kapitel 1

»Verdammt, Kinder, wo bleibt ihr?«, murmelte Franny. Sie fragte sich, was ihre Freunde wohl nun schon wieder aufhielt.

Stevie hatte wenigstens eine Entschuldigung – ihr Flug landete mit Verspätung. Emerson war noch im Hotel und pflegte ihren Kater vom Empfang am vergangenen Abend im Absolventenzentrum. Als Franny aufbrach, hatte sie unter ihrem Kissen stöhnend gemurmelt, dass sie aufstände, sobald der Raum sich nicht mehr drehen würde. Jay allerdings war inoffiziell verschollen. Franny hatte fast eine Stunde lang allein ausgeharrt und gelächelt, bis ihr das Gesicht wehtat. Sie schien die Einzige bei diesem Treffen zu sein, die weder einen Ehemann noch einen Tennisarm vom vielen Herumwedeln mit Kinderfotos hatte.

Sie kam sich bei ihrem eigenen Jahrgangstreffen wie ein Eindringling vor.

Sie stellte ihre leere Sektflöte auf dem Tablett einer vorbeikommenden Sevicekraft ab und nahm sich noch einen Mimosa. Dann sank sie auf eine schmiedeeiserne Bank neben dem Koi-Teich. Sie ließ ihren Blick über das Grundstück schweifen, mit seinen gepflegten Rasenflächen und Bäumen, zwischen denen ihre früheren Klassenkameraden herumschlenderten, miteinander plauderten und an Canapés knabberten, und fragte sich: Wer sind diese Leute? Selbst die Radikalen, die in zerschlissenen Overalls und DocMarten-Stiefeln mit ihr in der Redaktion des Princeton-Magazins gegen Windmühlen gekämpft hatten, hatten sich in Rechtsanwälte, Banker oder Hedgefonds-Manager verwandelt, waren verheiratet und hatten Kinder. Und zwar die süßesten, begabtesten Kinder auf diesem Planeten, wenn man ihnen glauben wollte.

Wo war *sie* während all dieser Jahre gewesen?, überlegte Franny weiter. Okay, sie hatte ihre Karriere verfolgt. Auch wenn man in einer Literatur-Agentur keine sechsstelligen Gehälter kassierte – wenn man nicht gerade Mort Janklow oder Binky Urban hieß, ging es in ihrem Job mehr um Güte als um Geld –, bestand doch immer noch die Hoffnung, dass sie die nächste J. K. Rowling entdeckte. Aber wo war der Ehemann, von dem sie bei ihrem Abschluss naiv angenommen hatte, dass er inzwischen an ihrer Seite stehen würde? Wo waren die Fotos der Kinder, mit denen sie die leeren Steckfächer in ihrem Portemonnaie füllen konnte?

Hatte sie versagt?

Es stimmte schon, sie war nicht so umwerfend wie Emerson, aber sie war auch nicht unbedingt unansehnlich. Erdverbunden war das am häufigsten gebrauchte Wort, um sie zu beschreiben, mit ihren dichten, dunklen Locken und einer Figur, die vielleicht nicht gerade das Format für die *Playboy*-Ausklappseite hatte, aber den Herstellern von Bügel-BHs und Stretch-Jeans das Wasser im Munde zusammenlaufen ließ. Und was Männer betraf, war sie selbst so wählerisch nun auch nicht. Ein Typ musste nicht aussehen wie ein Filmstar oder in seinem Beruf unglaublich toll sein. Er musste nicht einmal Jude sein, ihre Mutter – möge sie in Frieden ruhen – würde es ja nicht mehr erfahren. Er musste nur clever sein und liebevoll und gut im Bett ... und er musste sich ebenso sehr Kinder wünschen wie sie.

Genau in diesem Augenblick sah sie eine langgliedrige Gestalt über den weiten smaragdgrünen Rasen den Hang hinauf eilen, auf dem der Landsitz der Hartleys – wie im Namen Pamela Hartley, geborene Bendix, die zusammen mit ihrem Ehemann zu dieser Veranstaltung eingeladen hatte – sich in die schützenden Arme ehrwürdiger alter Ulmen schmiegte. Sie hätte Jay aus einer halben Meile Entfernung erkannt, die lockere Anmut seiner Bewegungen und die Tolle weizenblonder Haare, die ihm beim Laufen in die Stirn fiel. Er trug Jeans, die an den Knien schon fast fadenscheinig waren, und seinen dunkelblauen Blazer, der mindestens zehn Jahre alt sein musste. Was bedeutete, dass er, ohne es im Geringsten darauf anzulegen, genau in den Kreis der Leute mit altem Geld passte, von denen viele ähnlich gekleidet waren. Gleichzeitig erinnerte seine Aufmachung sie daran, dass sie selbst entschieden overdressed war, als einzige Frau mit Stöckelschuhen von Prada.

Er erblickte Franny und winkte, auf seinem Gesicht breitete sich ein Strahlen aus. Er schien nicht zu merken, dass sich die Frauen die Köpfe verdrehten, um ihn anzustaunen – ein Teil von Jays Charme lag darin, dass ihm seine Wirkung auf Frauen anscheinend nicht bewusst war.

»Tut mir leid. Du kannst dir nicht vorstellen, was auf der Autobahn los war«, entschuldigte er sich atemlos, als er bei ihr ankam. Sie sah ihn streng an, und er gestand achselzuckend: »Okay, ich war spät dran. Viv leidet ein bisschen unter dem Wetter.« Er hatte für sie irgendein Kräuterzeug im Reformhaus besorgen müssen, erklärte er.

Franny zweifelte nicht daran. Seit sie schwanger war, war Vivienne von ihrer Gesundheit geradezu besessen. Sie besprach sich täglich mit ihrer Ernährungsberaterin und hatte sich zu einem wandelnden Lehrbuch der homöopathischen Medizin entwickelt. Sobald sie auch nur schniefen musste oder ein Zwicken verspürte, hing sie am Telefon und rief ihren Arzt an. Jay hatte keinen Moment Ruhe gehabt, seit die rosa Linie auf dem Teststreifen erschienen war.

»Sie möchte gern wissen«, fuhr er fort, »wie *ich* bei dem Gedanken an das Baby so gelassen bleiben kann.«

Franny rutschte ein Stück, um ihm auf der Bank Platz zu machen und hakte sich bei ihm ein. »Ganz einfach«, sagte sie und spürte einen neidischen Stich, wie immer, wenn das Thema Schwangerschaft aufkam. »Es ist genauso wie, wenn ein Haus in Flammen steht. Auch da gibt es immer einen, der allen sagt: Nur keine Panik! Und einer von euch muss dieser Typ sein.«

»Wahrscheinlich hilft es mir, dass ich auf dem Land aufgewachsen bin«, meinte er.

Sie verdrehte die Augen. »Ich suche einen Mann und du kommst mir mit Landwirtschaft.«

»Dann bist du wenigstens am richtigen Ort. Hier herrscht kein Mangel an Kandidaten«, stellte Jay fest, dessen Blick auf eine Gruppe Männer gefallen war, die plaudernd in der Nähe stand.

»Alle verheiratet. Und nach dem, was ich gesehen habe«, setzte sie in Gedanken an die Familienfotos hinzu, zu denen sie pflichtschuldig »Ah!« und »Oh!« gerufen hatte, »sind sie ausgesprochen fruchtbar.«

»Ich habe für alle Fälle schon mal meine Bratenspritze mitgebracht.« Jays blaue Augen blitzten fröhlich. Die ganze Woche hatte er sie damit aufgezogen, dass sie doch auf dem Jahrestreffen nach einem potenziellen Samenspender Ausschau halten konnte.

Franny warf ihm einen bösen Blick zu. »Also bitte. Bei dir hört sich das an, als wollte ich mir ein neues Auto kaufen.«

»Ich sage ja nur, dass es mehr als eine Art gibt, einer Katze das Fell über die Ohren zu ziehen. Auf die Suche nach

Mr. Richtig.« Jay hob das Glas, das er sich von einem vorbeigetragenen Tablett geschnappt hatte.

»Mach daraus Mr. Richtig Rechtzeitig.« Den Fachleuten zufolge näherte sie sich mit sechsunddreißig schon den Ausläufern der Fruchtbarkeit, und ihre Eier begannen bereits zu verschrumpeln. Wenn sie nicht bald in die Gänge kam, würde sie für den Rest ihres Lebens Kinderwagen vom falschen Ende her betrachten.

»Was ist mit Stu? Bist du im College nicht mit ihm ausgegangen?« Jay deutete auf einen stämmigen, dunkelhaarigen Mann in den anscheinend unvermeidlichen Khakihosen und dem zerknitterten Leinenblazer, der in der Nähe auf und ab ging und offenbar wichtige Geschäfte per Handy erledigte.

»Genau fünf Minuten lang«, erinnerte sie ihn. Ihre kurzfristige Romanze mit Stu Felder hatte damit geendet, dass sie ihm, als er sie eines späten Abends in der Bibliothek betatschte, erklärte, weder jetzt noch irgendwann mit ihm Sex haben zu wollen. Verblüfft hatte er sie gefragt, ob sie auf Mädchen stehe, da es ihm natürlich nicht in den Sinn gekommen war, es könnte etwas mit *ihm* zu tun haben. »Auf jeden Fall bin ich mir sicher, dass er, wenn ich ihn fragen würde, denkt, ich täte es aus reiner Not, weil ich lesbisch bin und auf normalem Weg kein Kind bekommen kann. Entweder das, oder er würde darauf bestehen, dass wir auf die Bratenspritze verzichten.«

»Wäre das denn so schlimm?«

Sie betrachtete Stu nachdenklich. »Er sieht ganz okay aus, wenn du das meinst. Aber ist nicht mein Typ.«

»Ich dachte, wir reden hier von Samenspendern, nicht von möglichen Partnern.«

»Ja, schon, aber sollte ich denjenigen nicht zumindest *mögen*?«

Jay spielte mit dem Glas in seiner Hand, auf dem die Sonne

wie in einem Werbespot für Diamanten funkelte. Er hatte die Ellbogen auf die Knie gestützt und legte den Kopf schief, um zu ihr aufzusehen, wobei er die Locke zurückschob, die ihm immer in die Augen fiel – Augen so blau wie ein Präriehimmel während der Heuernte, die von winzigen Fältchen wie Sonnenstrahlen geziert wurden.

»Du könntest es dir leichter machen, weißt du. Kein Theater, keine Verpflichtungen.«

Mit anderen Worten, sich selbst eine Menge Kummer ersparen, indem sie geradewegs die nächste Samenbank ansteuerte? Die Antwort war einfach: Bobby. Ihr Bruder, der sich auf die Schienen eines Richtung Brooklyn fahrenden Zuges der Linie D geworfen hatte, zweifellos in dem Versuch, den Regierungsagenten zu entkommen, die ihn in seiner Phantasie stets verfolgten. Die Erinnerung brachte einen dumpfen Schmerz mit sich. Armer Bobby, er hatte nicht darum gebeten, so geboren zu werden. Und wenn dieselbe Zeitbombe in ihrer eigenen DNS lauerte? Wie konnte sie dieses Risiko durch einen anonymen Spender vergrößern, der womöglich auch die ein oder andere Leiche im Keller seiner Familie hatte?

»Niemand hat gesagt, dass es einfach sein würde«, erwiderte sie, mit einer Lässigkeit, die Jay ihr nicht eine Sekunde abnahm, so, wie er sie anschaute. »Überleg mal, wie lange *du* gebraucht hast.« Als Jay endlich heiratete, hatten sie, Em und Stevie einen Seufzer der Erleichterung ausgestoßen. Sie waren es so leid gewesen, von ihren Freundinnen gefragt zu werden, ob er noch zu haben sei, dass Franny schon bereit war, ihn selbst zu heiraten, nur um allen den Mund zu stopfen. Abrupt stand sie auf.

»Ich muss mal. Halt doch mal Ausschau nach Em und Stevie. Sie müssten jeden Moment hier sein.«

Sie ging auf das Haus zu, etwas wacklig auf den Beinen von

den beiden Mimosas, die sie getrunken hatte, und versuchte, stur geradeaus zu gehen. Im College hatten ihre Freunde sie immer damit aufgezogen, dass sie eine preiswerte Verabredung wäre – drei Bier und sie lag unter dem Tisch.

Ein paar Minuten später war sie auf dem Rückweg zu Jay, als sie in Stu Felder hineinrannte. »Na, na, wenn das mal nicht Franny Richman ist«, begrüßte er sie. Sein dunkles Gesicht mit dem ewigen Bartschatten leuchtete auf. »Du hast dich kein bisschen verändert. So appetitlich wie eh und je.«

Franny fühlte sich alles andere als appetitlich, da ihre Haare sich in der schwülen Luft kräuselten und sie unter den Achseln schweißnass war. Aber sie lächelte trotzdem. »Hallo, Stu. Du siehst auch gut aus. Was machst du heute so?«

»Geld.« Sein ironischer Tonfall ließ es nicht zu selbstgefällig klingen.

»Du machst in Immobilien, nicht wahr?« Sie hatte seinen Namen im Register der Ehemaligen nachgeschlagen.

»So was in der Art«, antwortete er, gerade so bescheiden, damit sie begriff, dass er sich nicht mit Reihenhäusern in den Vororten abgab. »Was ist mit dir?«

Sie zuckte die Achseln. »Verdiene meine Brötchen.« Sie erklärte, dass im Buchgeschäft niemand Reichtümer scheffelte.

»Verheiratet?« Als sie den Kopf schüttelte, bemerkte er mit einem ironischen Kichern: »Gott sei Dank, ich hatte schon Angst, dass ich hier der Einzige ohne Kundenkarte von Toys'Я'Us bin.«

Franny lachte wissend auf. »Oh ja, das musst du mir nicht sagen.«

»Also hast du den Schritt nie gewagt?«

Sie schüttelte erneut den Kopf. »Aber ich hätte gern wenigstens ein Kind, ehe es zu spät ist.«

Er hob eine Augenbraue. »Jetzt sag nicht, du denkst an einen Solotrip?«

»Ich denke nicht nur daran.« Franny hätte sich treten können, sobald sie es ausgesprochen hatte. Verdammt, warum musste sie ihre große Klappe aufreißen? Ausgerechnet gegenüber Stu.

»Na, wenn du einen Freiwilligen suchst ...« Er klimperte anzüglich mit den Lidern. Plötzlich war sie wieder in der Nische in der Mudd-Bibliothek, und Stu hatte eine Hand in ihrer Bluse und versuchte die andere in ihren Slip zu schieben.

»Danke, ich werde dran denken«, erwiderte sie trocken.

»Warum essen wir nicht mal demnächst abends zusammen und sprechen etwas ausführlicher darüber? Hast du nächsten Samstag Zeit?«, fragte er. Sie erinnerte sich daran, dass die Liste der Ehemaligen für Stu eine Adresse in Manhattan anführte, und ihr Herz sank. In was hatte sie sich da nur reingeritten?

»Ich fürchte nein.« Franny wich einen Schritt zurück, und ihr Lächeln verblasste, als ihr die Lüge über die Lippen kam. »Ein Klient kommt von auswärts in die Stadt. Tatsache ist, dass mein Kalender im Moment ziemlich voll ist. Außerdem stecke ich bis über beide Ohren in Manuskripten.« Sie zuckte hilflos die Achseln und wich einen weiteren Schritt zurück. »Hör mal, ich muss jetzt gehen. Es war schön, dich wiederzusehen ...«

Sie wollte schon davongehen, aber er griff ihren Arm und beugte sich so dicht zu ihr, dass sie seinen Atem riechen konnte. Ich bin nicht die Einzige, die zu viel getrunken hat, dachte sie.

»Du weißt ja gar nicht, was dir entgeht.« Sein Ton war neckisch, aber seine kühl abschätzenden Augen waren die eines Mannes mit einer Mission. Stu war es nicht gewohnt zu verlieren, und sie war zweifellos der einzige Handel, den er nicht zum Abschluss gebracht hatte.

»In diesem Fall muss ich wohl weiter träumen, nicht wahr?«, erwiderte sie und befreite ihren Arm aus seinem Griff.

Aus dem Augenwinkel erblickte sie Jay, der rasch auf sie zu kam. Nach seiner Miene zu urteilen war klar, dass er genügend von ihrem Gespräch mitbekommen hatte, um das Gefühl zu haben, ihr zu Hilfe eilen zu müssen. »Ich störe doch nicht, oder?«, erkundigte er sich, als er bei ihnen ankam. Sein Tonfall war sanft, aber er musterte Stu mit einem abschätzenden Blick.

Stus Grinsen blieb. »Ich habe Franny nur meine Dienste angeboten.« Sein Ton machte klar, dass sie nichts Geschäftliches besprochen hatten. »Aber vielleicht hat sie ja ein besseres Angebot.«

»Das hat sie tatsächlich.« Jay legte einen Arm um ihre Schulter. »Mich.«

»Warum musstest du das sagen?«, zischte Franny, als sie über den Rasen davongingen. Sie war übertrieben verärgert, obwohl sie einen Augenblick zuvor Jay für seine Rettung innerlich noch gesegnet hatte. »Jetzt wird er herumgehen und allen erzählen, dass wir was miteinander haben.«

Natürlich hatte sie im College kurz mit der Idee gespielt – welches normale weibliche Wesen hätte das nicht getan? –, aber er war zu der Zeit mit Megan Keisser zusammen gewesen, einer langbeinigen blonden Studentin der politischen Wissenschaften, die später einen Richter am Oberlandesgericht geheiratet hatte.

Er grinste und warf sich in die Brust. »Schätze, es ist nie zu späte, der Campus-Hengst zu sein.«

Franny stöhnte. »So wie ich Stu kenne, wird er auch behaupten, du würdest mit Stevie und Em schlafen.«

»Mein privater Harem? Hmm ... gar keine schlechte Idee.«

»Bei Em musst du dich erst mal hinten anstellen.« Seit Franny sie kannte, zog Em scharenweise Männer an, obwohl sie seit ihrer Scheidung sämtlichen Verabredungen abgeschworen hatte. »Und es sieht so aus, als ob Stevie zumindest im Augenblick auch ausgezählt ist.« Sie brachte ihn auf den neusten Stand, indem sie ihn informierte, dass Ryan und Stevie sich getrennt hatten. Stevie hatte sie am Abend zuvor in Tränen aufgelöst angerufen.

Jay runzelte mitfühlend die Stirn. »Arme Stevie.«

»Zuerst findet sie heraus, dass ihr Vater der berüchtigte Grant Tobin ist. Und jetzt das.« Franny seufzte, schob ihren Arm in Jays und lehnte sich leicht an ihn, damit ihre hohen Absätze nicht so tief in den weichen Boden einsanken. »Obwohl ich sagen muss, dass ich Ryan keinen Vorwurf mache. Er hat sie schließlich nur gefragt, ob sie ihn heiraten will. Es ist ja nicht seine Schuld, dass Stevie solche Bindungsängste hat.«

»Nach dem, was du mir gesagt hast, hört sich das aber nicht so an, als ob sie rundheraus nein gesagt hätte«, meinte Jay.

»Sie ist aber auch nicht gerade darauf angesprungen. Ich schätze, aus Ryans Sicht ist keine Antwort so gut wie ein Nein.« Franny schüttelte den Kopf und fragte sich, wie jemand, der so klug wie Stevie war, so dumm sein konnte, wenn es um Liebe ging. »Ich wünschte nur, sie würde sich so oder so entschließen und uns alle aus unserem Elend erlösen.«

»Vielleicht ist es besser, wenn man so wie Em ist und weiß, was man nicht will«, bemerkte er.

»Wo wir gerade vom Teufel sprechen, wo bleibt sie eigentlich?« Franny blickte auf ihre Uhr und runzelte die Stirn. Vor anderthalb Stunden hatte sie sich von der verkaterten Emerson im Hotel verabschiedet. Hatte die etwa beschlossen, den

Brunch ganz ausfallen zu lassen? Nein, das sah ihr nicht ähnlich. Wenn sie sagte, dass sie käme, dann konnte man sich auch darauf verlassen. Falls Franny Emerson mit einem einzigen Wort beschreiben müsste, dann würde sie *konzentriert* wählen. Selbst mit vier Wodka-Cocktails intus hatte sie bei dem Empfang gestern Abend zwei vielversprechende Aufträge für ihre PR-Agentur an Land gezogen. Wenn nicht das Dach vom Nassau Inn eingestürzt war und sie unter den Trümmern begraben lag, dann würde sie kommen.

In eben diesem Augenblick umkreiste Emerson Fitzgibbons den Häuserblock auf der Suche nach einem Parkplatz, ihr Kopf pochte im Gleichklang mit dem Stück von Coldplay, das aus dem Autoradio dröhnte. Warum, warum nur hatte sie gestern Abend so viel getrunken? Normalerweise trank sie ausschließlich Perrier. Anderenfalls hätten die unzähligen mit ihrem Job einhergehenden gesellschaftlichen Verpflichtungen sie auch schon längst zur Alkoholikerin gemacht. Sie musste jederzeit einen klaren Kopf behalten, nicht nur um ihrer Kunden willen, sondern auch wegen Ainsley – und ihrer Mutter.

Die Falten auf ihrer gerunzelten Stirn vertieften sich. Nein, sie wollte heute nicht über ihre Mutter nachdenken. Sie hatte sich das Wochenende von allem freigenommen, was auch nur entfernt mit Marjorie Kroft-Fitzgibbons zu tun hatte.

Eine Katze flitzte vor ihr über die Straße, und Emerson trat auf die Bremse, sodass ihr Lexus zur Seite schlitterte und ein scharfer Schmerz durch ihren dröhnenden Schädel schoss. Gott. Wenn das jetzt ein Kind gewesen wäre und sie nicht mehr rechtzeitig hätte halten können? Das war ihr schlimmster Albtraum, gleich nach dem, dass ihrer Tochter etwas zustieß. Schließlich war es pures Glück, wenn man überhaupt erwachsen wurde. War das Leben selbst nicht ein Unfall, der nur darauf wartete zu geschehen?

Sie konnte nicht mehr tun, als Franny immer wieder davor zu warnen, dass sie vorsichtig mit dem sein sollte, was sie sich wünschte. Emerson betete ihre Tochter an, aber alleinerziehende Mutter zu sein, war der schwerste Job, den sie je in Angriff genommen hatte. Schwerer, als ihre eigene PR-Agentur aus dem Nichts aufzubauen, schwerer als der Umgang mit Kunden, die sie ausschließlich mit Samthandschuhen anfassen durfte, und mit Fernsehproduzenten, Zeitschriftenredakteuren und Reportern, zu denen Saddam Hussein im Vergleich wie ein Schmusekätzchen anmutete. Und das nicht nur an den Tagen, an denen sie sich fühlte wie geschnittenes und gewürfeltes Sushi. Es waren die ständigen Sorgen. Machte sie alles richtig? Oder verpfuschte sie das Leben ihrer Tochter genauso, wie ihre Mutter das ihre verpfuscht hatte?

Aber an diesem milden Frühlingstag, als sie durch die stillen Wohnstraßen rings um den Campus fuhr, schien es, als ob nichts Böses hinter der nächsten Biegung lauerte. Wenn sie nicht diesen Kater hätte, hätte sie glatt so weit gehen können zu behaupten, sie hätte Spaß. Wobei Spaß natürlich ein relativer Begriff war – Emerson konnte sich nicht daran erinnern, wann sie das letzte Mal so richtig losgelegt hatte. Aber die Fahrt hierher, gestern mit Franny, mit der sie den ganzen Weg über geschwatzt hatte wie in alten Zeiten, hatten ihr besser getan als eine Woche auf der Canyon Ranch. Denn die letzten vierundzwanzig Stunden waren frei von Sorgen um ihre Tochter gewesen, die bei ihrem Vater, Emersons Exmann Briggs, gut aufgehoben war. Frei von Sorgen um ihre Mutter, die zweifellos die neue Nachtschwester terrorisierte, die von der Agentur als Ersatz für die letzte geschickt worden war. Die hatte nämlich gekündigt, als dritte in nicht einmal sechs Monaten.

Und bald würden auch Jay und Stevie da sein. Emerson dachte an die Abende, in denen sie zusammen in den Schlafräumen gehockt hatten, billigen Wein getrunken und bis in die Morgenstunden über alles und jedes unter der Sonne geredet hatten. Sie waren so verschieden, wie es vier Menschen nur sein konnten, aber eins hatten sie gemeinsam: Sie hatten alle ein Stipendium. Der einzige Unterschied zwischen ihr und den anderen diesbezüglich bestand darin, dass es bei ihrer Herkunft niemand vermutet hätte.

Sie bog um den nächsten Block und wünschte, sie wäre so klug gewesen und hätte wie Franny den Shuttle genommen, als sie endlich eine Lücke entdeckte. Sie war ein bisschen knapp, aber sie schaffte es, den Wagen hineinzuquetschen, sodass nur ein paar Zentimeter ihrer hinteren Stoßstange in die angrenzende Grundstückseinfahrt ragten.

Als sie gerade aus dem Auto stieg, stürmte ein untersetzter Mann im Sweatshirt aus dem Haus mit besagter Einfahrt und rief: »He, junge Dame! Was zum Teufel machen Sie da?«

»Wie bitte?« Emerson richtet sich zu ihrer vollen Größe von einem Meter dreiundachtzig auf, eine blonde Amazone, die auf ihren Keilabsätzen sogar noch größer wirkte.

»Sie blockieren meine Einfahrt!« Er wedelte mit der Hand und deutete auf die vielleicht zwölf Zentimeter silbern schimmernden Lexus, die über den Bordstein ragten. Doch als sie ihn weiterhin von oben herab anstarrte, sah sie, wie es in seinen Augen unsicher flackerte. Anscheinend war er noch nicht allzu vielen blaublütigen Menschen begegnet, die ein Wohnviertel wie dieses einst mit Samthandschuhen beherrscht hatten. In jenen Tagen bedurfte es nur eines verächtlichen Blickes, eines zwischen zusammengebissenen Zähnen hervorgezischten Schimpfnamens, um jemanden von »niederem Stand« auf seinen Platz zu verweisen. Sie musste es schließlich wissen. Sie hatte es ihre Mutter unzählige Male tun sehen. War es nicht in Wirklichkeit Marjorie, die sie gerade nachahmte, ihre Kniehoch-Reaktion, wenn sie in die Ecke gedrängt wurde? Nicht, weil sie sich für besser als andere hielt, sondern weil es die einzige Verteidigungsstrategie war, über die sie verfügte.

»Ach wirklich?«, erwiderte sie, und betrachtete den schmalen Pfad, durch den er mit ein bisschen Rangieren problemlos hinaussetzen konnte.

»Lassen Sie es nicht so weit kommen, dass ich die Bullen rufen muss.« Ein weinerlicher Unterton schlich sich in seine Stimme, der seine Worte zu einer leeren Drohung machte.

Marjorie hätte eine spitze Bemerkung fallen lassen, was es doch für eine Frechheit wäre, dass jemand wie er überhaupt ein Haus in dieser ehemaligen Bastion der weißen amerikanischen Oberschicht besaß. Ihr Ton würde die Frage implizieren, wohin es noch führen sollte, wenn zivilisierte Menschen nicht einmal aus ihrer Haustür treten konnten, ohne von Kleinbürgern belästigt zu werden? Aber Emerson war mehr entsetzt über ihr eigenes Verhalten als über seines. Warum machte sie das bloß? Der Mann hatte alles Recht zu verlangen, dass sie ihren Wagen wegfuhr.

Sie entspannte sich, und ihre Stimme wurde weich und bittend. »Hören Sie, Sie würden mir einen riesigen Gefallen tun, wenn Sie mich hier parken ließen. Falls Sie Probleme beim Rausfahren haben, können Sie mich auf meinem Handy anrufen.« Sie reichte ihm ihre Karte. Normalerweise würde ich Ihnen das nicht zumuten, aber ich bin schon spät dran.« Sie warf ihm einen flehenden Blick zu.

Er zögerte, hin- und hergerissen zwischen seinem männlichen Stolz und dem Wunsch, den guten Kerl zu spielen. Endlich gab er nach und sagte widerstrebend: »Na schön. Aber lassen Sie mich nicht warten.«

»Vielen Dank. Ich weiß das sehr zu schätzen«. Sie lächelte ihn strahlend an und eilte davon, bevor er es sich anders überlegen konnte.

Der Mann wäre vermutlich erstaunt gewesen, hätte er gewusst, dass es einmal eine Zeit in Emersons Leben gegeben hatte, in der sie sich wie die größte Hochstaplerin dieses Planeten gefühlt hatte. Was der Rest der Welt gesehen hatte, war eine selbstsichere junge Frau mit allen Vorteilen – einer Adresse in der Park Avenue, einem Eintrag im Gesellschaftsregister und Schülerin einer der besten Privatschulen der Stadt – aber das war alles nur Blendwerk. Ihre Mutter war pleite: Sie hatte bei jedermann Schulden, vom Metzger angefangen bis hin zum Anwalt, der das bisschen Vermögen verwaltete, das nach dem Tod von Emersons Vater noch vorhanden war. Wenn ihre Wohnung nicht einer Mietbeschränkung unterlegen hätte, wären sie gezwungen gewesen, in die Außenbezirke zu ziehen – nach Sibirien, in Marjories Vorstellung. Emerson hatte nur deshalb die Chapin besuchen können, weil Marjorie Schmuck verpfändet, Gemälde verkauft und sich von allen, die sie kannte, Geld geliehen hatte, um ihr Schulgeld zu bezahlen. Eine öffentliche Schule war ihrer Ansicht nach ebenso undenkbar wie in Queens zu wohnen. Die Fitzgibbons hätten aufgehört zu existieren, soweit es die Clique mit altem Geld anging.

Erst als Emerson in Princeton war und Jay, Franny und Stevie kennenlernte, die alle ihre eigenen Probleme hatten, konnte sie endlich ihre Rüstung fallen lassen. Nachdem sie eines Abends einen Liter Tequila geleert hatten, den Stevie irgendwie in den Schlafsaal schmuggeln konnte, hatte sie ihnen alles erzählt. Dann hatte Emerson in ihr Kissen geweint, während Franny ihr das Haar gestreichelt und Jay und Stevie tröstende Worte gemurmelt hatten. Anschließend hatten sie alle peinliche Geschichten über ihre eigenen Eltern erzählt.

Jetzt begann sie zu laufen, um schneller zu ihren Freunden zu stoßen. Sie hatte Stevie seit Jays Hochzeit nicht mehr gesehen. Das war – wie lange her? Zwei Jahre? Emerson war damals noch mit Briggs zusammen gewesen. Inzwischen war Jay der Einzige von ihnen, der einen Ehering trug. Ihre eigene Ehe war zerbröselt wie altes Brot, Franny war noch immer auf der Suche nach der Liebe, und Stevie behauptete, sie würde sich eher die Weisheitszähne ziehen lassen, als den Bund fürs Leben zu schließen.

Sie war nur noch einen Steinwurf vom Anwesen der Hartleys entfernt, als sie ein Taxi am Straßenrand halten sah. Stevie stieg aus, in Reiterjeans und einem eng anliegenden Top, das ihren flachen, gebräunten Bauch und ihren gepiercten Nabel zur Schau stellte. Ihre kurz geschnittenen Haare waren mit Gel zu Spitzen geformt und die schlanken Handgelenke mit silbernen Armreifen behängt, die an ihren Armen auf- und abglitten, als sie ihren Koffer aus dem Kofferraum wuchtete. Aus dieser Entfernung wirkte sie eher wie sechzehn als sechsunddreißig. Sie blieb am Straßenrand stehen, nachdem das Taxi davongefahren war und ließ ihren Blick über die Versammlung auf dem Rasen schweifen, ehe sie endlich Emerson erspähte.

»Em!«, schrie sie auf und vollführte ein Tänzchen, ehe sie voller Freude auf sie zustürmte.

Auf dem Weg zu dem Wiedersehenstreffen war Stevie alles andere als froher Stimmung gewesen. Ihr Flug von Los Angeles hatte Verspätung, und nach ihrer Landung hatte sie dann auch noch feststellen müssen, dass Avis keine Reservierung für sie vermerkt hatte. Anscheinend war nirgendwo ein Mietwagen aufzutreiben, also musste sie ein Taxi nehmen. Zumindest hatte der Fahrer Mitleid mit ihr gehabt. Als sie losfuhren, erklärte er nämlich, dass er ihr nicht wie üblich den Rückfahrtpreis für eine Fahrt außerhalb Manhattans berechnen würde.

»Sie sehen wie nettes Mädchen aus«, begründete er sein Entgegenkommen.

»Eigentlich bin ich gar nicht so nett«, erwiderte sie. *Fragen Sie mal meinen Freund, der kann es Ihnen bestätigen.* »Aber trotzdem danke.«

»Hatten Sie gute Reise?«, erkundigte er sich, als sie sich auf die Autobahn schoben. Sie blickte in ein Paar blassblaue Augen im Rückspiegel.

»Das Flugzeug ist jedenfalls nicht abgestürzt – das ist doch schon mal was.« Sie war nicht in der Stimmung zu plaudern, aber es war bereits entschieden, dass sie ein netter Mensch war. Außerdem würde es eine lange Fahrt werden.

»Sie leben in Jersey?«

»Nein. Ich bin nur auf Besuch aus L. A.«

Er wollte wissen, ob sie Familie in der Gegend hatte, und sie erzählte ihm, dass ihre Familie nur aus ihrer Mutter bestehe, die in ihrer Nähe wohnte. Stevie sah keinen Grund zu erwähnen, dass sie auch einen Vater hatte. Grant Tobin wusste wahrscheinlich nicht einmal von ihrer Existenz, und nach der Mauer, gegen die sie bei dem Versuch, mit ihm Kontakt aufzunehmen, gerannt war, schien es auch wenig wahrscheinlich, dass er es je erfahren würde.

»Ich habe Frau in Tschechoslowakei.« Der Fahrer klang wehmütig.

»Sie vermissen sie bestimmt.«

Er nickte. »Ein Mann ohne Frau ist nicht gut.«

Sie fühlte einen Stich, weil sie an Ryan denken musste. »Ich war nie verheiratet, also verstehe ich nichts davon.«

Die blassen Augen, die sie aus dem Rückspiegel anguckten, musterten sie neugierig. »Sie haben Freund?«

Sie starrte aus dem Fenster auf die vorbeiziehende triste Industrielandschaft. »Darauf müssen wir später noch einmal zurückkommen.«

Wieder spülte die Erinnerung hoch. Am Donnerstag hatten sie und Ryan einen ruhigen Abend im Buffalo Club in Santa Monica verbracht. Als der Nachtisch serviert wurde, war sie wie betäubt, als statt der Crème brulée, die sie bestellt hatte, eine Limonentorte kam, auf der mit Schokolade geschrieben stand: »Willst du mich heiraten?«. Sie war wie vom Donner gerührt und das Erste, was ihr dämlicherweise über die Lippen kam, war: »Wow. Wie haben sie nur all die Buchstaben darauf untergebracht?«

Ryans Lächeln wurde etwas unsicher. »Es handelt sich ja nicht um Hirnchirurgie.«

»Trotzdem verlangt es eine ruhige Hand.«

»Stevie...« Sein Lächeln machte einer leicht verzweifelten Miene Platz. »Gibt es etwas, das du mir sagen möchtest?«

Er betrachtete sie mit einer Mischung aus Hoffnung und Wachsamkeit. Sie wusste, was er hören wollte – *ja, ich will dich heiraten* –, aber die Worte blieben ihr im Hals stecken und schnitten ihr die Luft ab. Gab es ein Heilmittel für massive Bindungsangst?

Sie senkte den Kopf und sagte leise: »Ich liebe dich, Ryan. Das weißt du. Aber... es ist so ein großer Schritt.«

»Wir leben doch praktisch jetzt schon zusammen«, erinnerte er sie.

Wobei *praktisch* das entscheidende Wort war, dachte sie. »Und es ist großartig!«, sagte sie und schaute in die rasch abkühlende Wärme von Ryans Augen. »Siehst du, das meine ich doch. Was wir haben, ist so schön, warum müssen wir das kaputt machen?«

»Ich wusste nicht, dass heiraten gleichbedeutend mit kaputt machen ist.« Seine Stimme war kalt. Sein normalerweise ausdrucksvolles Gesicht, mit den vollen Lippen und den weit auseinander stehenden grauen Augen, die so ehrlich waren wie die Kameralinse, mit der er das Leben anderer Menschen einfing, wurden hart.

»Ich liebe dich immer noch. Nichts hat sich verändert«, sagte sie.

In der Wärme des Restaurants begann die Schokoladenschrift zu schmelzen, Tränen tropften auf die Torte und sammelten sich zwischen den Buchstaben, sodass sie verschwammen. Stevie hätte am liebsten selbst geweint, als sie den niedergeschmetterten Ausdruck in Ryans Gesicht sah. Warum hatte sie das nicht kommen sehen? Er hatte gewiss genügend Andeutungen fallen lassen.

»Also lautet deine Antwort nein«, stellte Ryan leise fest.
»Das habe ich nicht gesagt.«
»Das ist auch nicht nötig.«
»Tut mir leid.« Sie griff nach seiner Hand, aber er zog sie weg, sodass sie nur sein Handgelenk streifte.

Er bezahlte, während Stevie sich in die Damentoilette flüchtete. Sie sprachen erst wieder, als sie auf dem Heimweg waren. Als sie ihn darauf hinwies, dass er die falsche Ausfahrt genommen hatte, erklärte er knapp, dass er sie an ihrer Wohnung absetzen würde. Sie hatte vorgehabt, über Nacht bei ihm zu bleiben – die meisten ihrer Kleider waren in seiner Wohnung, und außerdem lag sie näher zum Flughafen – aber aufgrund seiner Miene hielt sie es für besser, keine Einwände zu erheben.

»Gute Reise«, sagte er hölzern, als sie vor ihrem Apartmenthaus aus dem Auto stieg.

»Ich rufe dich an, wenn ich wieder da bin«, sagte sie.

Es dauerte eine Sekunde, bevor er antwortete. »Weißt du was? Lass es.« Er klang eher müde als wütend. Im Licht der Scheinwerfer, das vom Garagentor zurückgeworfen wurde, wirkte sein von dem Schopf dunkler Haare eingerahmtes Gesicht wie ein Standbild in Schwarzweiß.

Ihr blieb die Luft weg. »Willst du damit sagen...?«

Er ließ sie nicht zu Ende sprechen. »Ich glaube, wir brauchen etwas Abstand.«

Stevie hatte einen Kloß in der Kehle, ihre klare, befehlsgewohnte Stimme, die sie bei Pressekonferenzen und Promi-Ereignissen zu ihrem Vorteil einsetzte, klang klein, fast kindlich. »Ryan, ich meinte, was ich eben sagte. Ich liebe dich wirklich. Es gibt niemanden sonst, mit dem ich lieber zusammen wäre. Wenn du noch ein wenig Geduld hättest...«

Er wandte sich zu ihr um. »Es sind jetzt zwei Jahre. Wie viel länger muss ich denn noch warten?«

»Ich wünschte, ich könnte dir das sagen. Es ist nur... gerade im Moment passiert so viel. Mein Vater...« Sie stieß die Luft aus und breitete in einer hilflosen Geste die Hände aus.

»Ich weiß.« Sein Ton wurde weicher, und er legte eine Hand auf die ihre.

Sie spürte einen Funken Hoffnung. Also verstand er doch, was sie durchmachte – wenn auch nur ein wenig. Sie verschränkte ihre Finger mit seinen und drückte sie fest. »Wenn es dir ein Trost ist, ich sehe uns schon zusammen zum Altar gehen. Nur im Augenblick kann ich nicht noch eine Sache regeln.«

Seine Finger lösten sich von ihren und glitten davon wie kühles Wasser. »Das ist der Unterschied zwischen uns«, sagte er und schüttelte langsam den Kopf, »du betrachtest es als etwas, das du regeln musst, während ich es als Anlass zum Feiern sehe. Das Problem ist, Stevie, dass wir die Dinge nicht aus dem gleichen Blickwinkel sehen.«

»Das heißt ja nicht, dass ich letztendlich nicht doch zu deiner Ansicht komme.«

»Und wann wird das sein?«

»Das kann ich nicht beantworten.«

»Nun, wenn du das herausgefunden hast, weißt du ja, wo du mich finden kannst. Du darfst nur nicht damit rechnen, dass wir da weitermachen können, wo wir aufgehört haben.« Er legte den Rückwärtsgang ein und gab Gas: Ihr Stichwort für den Abgang.

Stevie hatte den Rest der Nacht im Bett gelegen und die Decke angestarrt. Bis jetzt war ihre Wohnung wenig mehr als eine Versicherungspolice gewesen, ein Ort, an dem sie festhielt, nur *für alle Fälle*. In Zukunft würde sie vermutlich doch noch zu ihrem Zuhause werden, da die andere Tür in ihrem Leben mit einem lauten Poltern zugefallen war.

Jetzt im Taxi auf dem Weg zu ihrem College-Treffen, drückte sie die Erinnerung aus wie eine Zigarette, Spuren hingen noch wie Rauch in der Luft, ehe sie sich auflösten und den Blick auf den Abgrund freigaben, der vor ihr lag – der Abgrund ihres künftigen Lebens. Damit würde sie sich befassen, wenn sie nach Hause kam. Für den Augenblick hatte sie vor, die allzu seltene Gelegenheit zu genießen, mit ihren Freunden zusammen zu sein. Sie sah sie längst nicht so oft, wie sie es gern tun würde, aber wenn sie miteinander telefonierten, auch wenn Monate zwischen den Gesprächen lagen, spürte sie nie die Verlegenheit wie bei anderen, weniger engen Freunden. Nie musste diese kleine Gesprächsbrücke geschlagen werden, um wieder da anzufangen, wo man aufgehört hatte. Mit Jay,

Franny und Emerson war es immer so, als hätten sie sich erst am Tag zuvor gesehen.

Es war fast Mittag, als sie Princeton erreichte. Nachdem sie mehrmals falsch abgebogen waren und umkehren mussten, hielten sie vor dem Anwesen der Hartleys. Stevie beäugte die in vollem Gange befindliche Festivität und wappnete sich gegen einen Anschlag auf ihre vom Jetlag verstörten Sinne, als Emerson aus dem Nichts auftauchte, eine blonde Erscheinung in schwarzen Jeans und Chanel-Blazer.

Sie fielen einander in die Arme, drückten sich, lachten vor Freude und versicherten einander, wie gut sie aussähen. Was in Emersons Fall auch der Wahrheit entsprach. Nach ihrer langen Reise und den zwei vorhergegangenen Nächten, in denen sie kaum geschlafen hatte, wusste Stevie, dass sie dagegen zum Fürchten aussah.

»Wo ist Franny? Ich dachte, sie käme mit dir.« Stevie schaute sich um.

»Sie ist schon vorgegangen. Ich war ein wenig wetterfühlig«, erklärte Emerson.

»Nichts Ernstes, hoffe ich.« Stevie betrachtete sie besorgt. Sie sah tatsächlich blass aus.

»Nur ein Kater.«

»Du?« Stevie konnte sich nicht erinnern, Emerson je betrunken gesehen zu haben, nicht einmal wenn der Rest von ihnen ziemlich hinüber gewesen war. Emerson behielt immer die Kontrolle – der vom Leben vorbestimmte Fahrer.

Emerson lächelte dünn. »Ja, meine Liebe, gelegentlich gießt sich selbst der Weihnachtsmann einen hinter die Binde.«

Sie schlenderten den Rasenhang auf der Suche nach Franny und Jay hinauf, wobei Stevie jeweils zwei Schritte brauchte, um mit Emersons langen Beinen mitzuhalten. Endlich erspähten sie die beiden an der Gartenlaube, ein Stück von allen anderen entfernt, ins Gespräch vertieft – eine geschlossene Gesellschaft. Stevie fragte sich, nicht zum ersten Mal, warum aus ihnen nie ein Paar geworden war. Sie passten so perfekt zueinander. Vielleicht zu perfekt. Wie eine Münze, die auf beiden Seiten Kopf oder Zahl hatte.

Mit einem Freudenschrei schoss Franny auf sie zu und schlang die Arme um Stevie. Jay umarmte sie so fest, dass er ihr fast die Rippen brach. »Wir haben uns schon gefragt, ob du es noch schaffst«, sagte er.

»Habe ich was verpasst?«, fragte Stevie.

»Nur Stu Felder, der sich freiwillig gemeldet hat, mich flachzulegen«, berichtete Franny trocken. Sie sah mit ihren glutvollen Augen, den vollen Lippen und den Korkenzieherlocken, die in alle Richtungen hüpften, wie immer so aus, als wäre sie gerade nach einer wahnsinnigen Sex-Nacht aus dem Bett geklettert.

»Oh-ha. Klingt wie ein Angebot, das du nicht ablehnen kannst«, neckte Stevie.

Franny lachte und schüttelte den Kopf. »Lieber sterbe ich als alte Jungfer.«

»Wo ist Viv?«, wollte Emerson wissen.

»Sie hat sich entschieden, diese Veranstaltung auszulassen«, erklärte Jay.

Emerson nickte wissend. »Kluges Kind. Es gibt nichts Langweiligeres, als auf einem Klassentreffen die Ehefrau zu sein.«

»Der Spaß ist noch nicht vorbei, Kinder. Wir haben noch die Tanzveranstaltung bei Ivy heute Abend vor uns«, erinnerte Franny sie.

»Wo gibt es was zu essen? Ich verhungere gleich«, verkündete Stevie. Sie hatte außer einer Packung Brezeln im Flugzeug den ganzen Tag noch nichts gegessen.

»Wenn Sie mir bitte folgen wollen, meine Damen«, sagte Jay mit einer höflichen kleinen Verbeugung.

Damit marschierten sie alle zum Buffet, so unzertrennlich wie damals, als sie ein gewohnter Anblick auf dem Campus gewesen waren: der hochgewachsene Bursche aus Iowa mit den klaren Zügen und seine drei Kumpel – eine Blonde, eine Brünette und ein Rotschopf.

»Auf die Klasse von '92«, prostete Jay.

Nach den Festlichkeiten des Wochenendes waren sie alle zurück in die Stadt gefahren und saßen jetzt oben unter der gewölbten Glaskuppel bei Babbo, während der glühende Sonnenuntergang langsam in die Dämmerung überging. Jay hatte eine Magnumflasche Cristal des Jahrgangs bestellt, in dem sie ihren Abschluss gemacht hatten, und als sie ihre Gläser hoben – mit Ausnahme von Vivienne –, dachten sie an die verschiedenen Wege, denen sie gefolgt waren oder noch folgen würden und die sie – manchmal auch über holpriges Terrain – zu diesem Punkt ihres Lebens geführt hatten.

Franny nippte vorsichtig an dem Champagner. »Es hat Spaß gemacht, solange es dauerte.«

»Was, das Jahrgangstreffen?« Stevie nahm sich ein Sauerteigbrötchen.

»Ich meinte unsere Jugend«, sagte Franny.

»Wir sind ja wohl noch nicht alt!«, protestierte Emerson, die in ihrem figurbetonten Samtblazer und der Seidenhose und der Perlenkette um den schwanengleichen Hals auch wirklich alles andere als alt aussah. Alles an ihr war tatsächlich vollkommen, von dem glatten blonden Haar bis zu ihren polierten Nägeln im französischen Stil – quasi der *Mayflower* entstiegen. Und nur ihre besten Freunde wussten, dass sie ihren Platz eher auf der *Titanic* sah.

»Ich für mein Teil feiere die Tatsache, dass wir alle zusammen sind«, sagte Stevie. »Wer weiß, wann wir die nächste Gelegenheit dazu haben?«

»Ich will doch hoffen, dass ihr alle zur Taufe kommt«, piepste Vivienne.

Sie sah von einem zum anderen, mit einem schwachen Lächeln, eine Hand auf der kaum sichtbaren Schwellung ihres Bauches. Die Schwangerschaft hatte ihre Schönheit nur noch vergrößert, ließ ihr dunkles Haar und die Augen glänzen und verlieh ihrer Haut, die die Farbe von Crème Caramel hatte, einen rosigen Hauch. Der kleine Dämon in Franny, den sie im Zaum hielt, so gut sie konnte, stieß einmal kurz und heftig mit seinem Dreizack zu. Warum Vivienne und nicht sie? Warum musste es *immer* Vivienne sein?

Es war wie damals, als sie nach dem College eine Wohnung teilten, Franny sich als Lektoratsassistentin durchschlug und Vivienne ein gutes Einkommen als Model hatte. Franny war wahnsinnig verliebt in den Typen gewesen, mit dem sie damals ausging, ein hoffungsvoller Autor namens Brian Henley, dessen erster Roman, eine gelungene Studie der Kunstszene Sohos, es gerade auf die Bestsellerliste der *Times* geschafft hatte. Vermutlich hätte sie voraussehen müssen, dass er Viviennes Zauber erlag. Welches warmblütige männliche Wesen wäre das nicht? Franny konnte Vivienne nicht einmal einen Vorwurf machen, denn sie hatte schließlich nichts getan, um ihn zu ermutigen. Das war auch nicht nötig. Sie war einfach … nun eben Vivienne. Es dauerte nicht lange, bis Brian nur noch dann vorbeikam, wenn er wusste, dass Vivienne auch da war. Nachdem sie nach Europa abgereist war, kam er gar nicht mehr.

Vivienne hatte ein schlechtes Gewissen deswegen, das

wusste sie. Sie hatten Jahre später darüber gesprochen, nachdem sich Vivienne mit Jay verlobt hatte. Sie hatte gestanden, dass Brian ihr nach Paris gefolgt war, was Franny bis dahin nicht gewusst hatte. Doch anstatt zu sehen, wie nobel sich Vivienne verhalten hatte, indem sie ihn abgewiesen hatte, brach nur die alte Wunde mit frischem Schmerz wieder auf.

Frannys Gedanken wurden unterbrochen, als der Kellner kam, um ihre Bestellungen aufzunehmen. Anschließend wandte sich das Gespräch wieder dem Jahrgangstreffen zu.

»Hört sich an, als hätte ich nicht viel verpasst«, sagte Vivienne und verdrehte belustigt die Augen, nachdem Jay ihr erzählt hatte, wie er von Winston Hayes III. oder Winnie, wie er im College genannt wurde, in Beschlag genommen worden war, und Jay mindestens zehn Minuten lang mit all seinen Errungenschaften ergötzt hatte.

»Es hat Spaß gemacht, bis ich über diesen Knaben stolperte, mit dem ich ausgegangen bin«, sagte Franny.

»Der ihr anbot, einen Braten in die Röhre zu schieben«, kicherte Stevie, die bereits ihr zweites Glas Champagner fast geleert hatte. Sie trug Jeans, ein tief ausgeschnittenes rosa Chiffontop und lange baumelnde Ohrringe. Franny musste nicht erst unter den Tisch schauen, um zu wissen, dass sie barfuß war. Stevie, durch und durch ein California-Girl, schlüpfte immer, sobald sich ihr die Gelegenheit bot, aus den Schuhen.

Franny starrte nachdenklich in ihr Glas, in dem die Bläschen in kleinen Säulen aufstiegen. In diesem Monat jährte sich das Begräbnis ihres Bruders, und dieses ganze Gerede erinnerte sie an ihren Verlust. Jetzt, wo beide Eltern und Bobby tot waren, gab es außer entfernten Cousinen kein einziges Familienmitglied mehr, das einen Stein auf ihr Grab stellen konnte, wenn sie einmal nicht mehr war. »Vielleicht hätte ich die Gelegenheit beim Schopfe ergreifen sollen«, sagte sie düster. »Wer weiß, wann ich noch mal ein Angebot bekomme?«

»Du hast ja immer noch Jay«, neckte Emerson. Sie hatte Vivienne über diesen Zwischenfall mit Stu ins Bild gesetzt, den Franny bei dem gestrigen Tanzabend bei Ivy unter Stöhnen und Gelächter erzählt hatte.

Aber jetzt lachte Franny nicht. Als er ihre Miene sah, drückte Jay ihre Hand. »Tut mir leid. Das war dumm von mir«, sagte er. »Ich hätte die Klappe halten sollen.«

»Das hat nichts mit *dir* zu tun.« Franny zwang sich zu lächeln. »Ich dachte gerade an meinen Bruder.«

Alle am Tisch schwiegen und betrachteten sie mitfühlend.

»Da glaubst du, jemand wird immer da sein, und eines Tages ist er weg. Einfach so«, fuhr sie fort. Da sie die Stimmung nicht verderben wollte, setzte sie rasch hinzu: »Tut mir leid, ich wollte kein Trübsal blasen und die Stimmung verderben.«

»Du hast ja immer noch uns«, sagte Emerson sanft.

Vivienne schenkte ihr ein aufmunterndes Lächeln. »Du wirst schon jemanden finden. Sieh mich an. Ich hätte nicht geglaubt, dass ich je heiraten würde.«

Franny verkniff sich, sie daran zu erinnern, dass es nicht an Gelegenheiten gemangelt hatte. Vivienne hatte Verehrer auf zwei Kontinenten – einen Fürsten, einen griechischen Reederei-Erben und den Vorsitzenden eines weltweit operierenden Konzerns, um nur einige zu nennen. Während der Jahre, die sie in Jays Leben hinein- und wieder hinausgeflattert war und überwiegend in Paris gelebt hatte, wo sie als Kind eines französischen Vaters und einer libanesischen Mutter aufgewachsen war, hätte er sie mindestens ein Dutzend Mal heiraten können, wenn sie einmal so lange stillgehalten hätte, dass er sie hätte fragen können. Erst als er sich ernsthaft für eine andere zu interessieren begann, war Vivienne wieder auf der Bühne erschienen, diesmal für immer.

»Wenn ich mich recht erinnere, hat es etwas Überzeugungskraft gekostet«, sagte Jay.

»Du hast mich aber nicht sehr bearbeiten müssen.« Vivienne lachte hell auf und legte eine Hand auf seinen Unterarm. Sie drehte sich wieder zu Franny um, und ihr Lächeln verschwand. »Chérie, was ist los? Haben wir etwas Falsches gesagt?«

Franny schüttelte den Kopf und tupfte sich verlegen die Augen mit ihrer Serviette ab. »Nein, natürlich nicht. Es muss an dem Jahrgangstreffen liegen. Dieses ganze Gerede von Kindern und Familien.«

»Weißt du«, meinte Vivienne, als ob ihr gerade etwas einfallen würde. »Vielleicht gibt es für all das eine ganz einfache Lösung.«

»Wie zum Beispiel?« Franny strich die Serviette wieder in ihrem Schoß glatt.

»Jay könnte doch der Vater deines Kindes werden.«

Franny blieb die Luft weg. »Das kann doch nicht dein Ernst sein«, keuchte sie.

»Es ist vollkommen vernünftig, wenn du darüber nachdenkst«, fuhr Vivienne fort. »Ihr kennt euch seit Ewigkeiten. Du müsstest dir keine Gedanken darüber machen, von wem dein Baby seine Nase oder sein Kinn hat. Oder über seine Gesundheit.« Sie wandte sich zu Jay, der genau wie Franny seinen Ohren nicht trauen zu können glaubte. »Und wenn Franny schnell schwanger wird, hätte unser Kind einen kleinen Bruder oder eine Schwester.«

»Großartig. Und wie sollen wir das unserem Kind erklären?«, wollte Jay wissen.

»Kindern«, verbesserte Emerson.

»Genau. Es wäre kompliziert und völlig verrückt.« Jay warf die Arme hoch. »Warum reden wir überhaupt darüber? Es wird ohnehin nichts draus.« Er warf einen verzweifelten Blick in die Runde und flehte seine Freunde stumm an, das kalte Wasser der Vernunft über diese absurde Idee zu schütten.

»Schau mich nicht an«, sagte Stevie. »Das ist ein Thema, bei dem ich auch nicht nur ein bisschen qualifiziert bin, Ratschläge zu erteilen.«

»Ich schon. Und glaub mir, es ist nicht einfach, alleinerziehende Mutter zu sein«, warf Emerson ein.

Franny sagte nichts. Sie war in Gedanken versunken und konnte noch immer kaum glauben, was sie eben gehört hatte. Konnte Vivienne das wirklich ernst meinen? Die Franzosen waren in solchen Dingen viel offener, das wusste sie, aber dennoch war es eine verdammt heikle Sache. Egal, wie die Umstände auch sein mochten, die meisten Ehefrauen würden es nicht unbedingt begrüßen, dass ihr Ehemann das Baby einer anderen Frau zeugte. Und trotzdem hatte die Idee Wurzeln geschlagen. Vor ihrem geistigen Auge erschien ein Bild, auf dem sie alle zum Erntedankfest um den Tisch versammelt waren, sie und Jay und Vivienne und ihre Kinder. Eine große, glückliche Familie. Sie dachte an Urlaube, die sie gemeinsam verbringen und Geburtstage, die sie zusammen feiern würden. An Baseball- und Fußballspiele, bei denen man mit jemandem gemeinsam von der Seitenlinie aus anfeuern würde. Und auch an die schweren Zeiten, in denen sie als Mutter jede Unterstützung brauchen würde, die sie bekommen konnte.

Wer wäre besser als Vater ihres Kindes geeignet, als ihr bester Freund auf der Welt?

Kapitel 2

»Muss ich Großmama küssen?«
Ainsley spähte fragend zu Emerson hoch, während sie sich auf der Rückbank des Taxis, das sie zu Marjorie brachte, aneinanderkuschelten. In der späten Nachmittagssonne, die mit den hohen Häusern entlang der Park Avenue Verstecken spielte, schimmerte ihr rotblondes Haar wie ein sattes Gold.

Kindermund, dachte Emerson. Ainsley war nicht frech, nur ehrlich.

»Nicht, wenn du nicht willst.« Emerson drückte die Schulter ihrer Tochter. Wie hatten sie und Briggs nur ein so zartes Wesen hervorbringen können? Als Emerson ihre Tochter zum ersten Mal im Arm gehalten hatte, war sie ihr wie ein Schmetterling vorgekommen.

»Großmama ist nett, aber sie riecht komisch.«

»Ich weiß, Mäuschen. Sie kann nichts dafür.« Emerson empfand Mitleid mit ihrer Mutter, auch wenn sie manchmal schwierig sein konnte. Bevor sie krank wurde, war Marjorie immer perfekt zurechtgemacht gewesen, von Kopf bis Fuß, jedes Haar an seinem Platz. Emerson erinnerte sich, wie stolz sie in Ainsleys Alter gewesen war, wenn Marjorie in der Schule auftauchte, in eine Wolke Chanel oder Yves St. Laurent eingehüllt, war sie mit Abstand die glamouröseste Mutter überhaupt. Mittlerweile aber konnte kein Parfüm mehr, egal wie stark es auch aufgetragen sein mochte, den medizinischen Geruch überdecken, der ihr anhaftete. »Aber weißt du was, ich weiß, dass ihr das Bild gefallen wird, das du für sie gemalt hast.« Zusammengerollt auf Ainsleys Schoß lag eine Buntstiftzeichnung von Gus, dem Eisbären im Zoo des Central Parks, in den sie mit ihrer Klasse in dieser Woche einen Ausflug gemacht hatte.

Ainsley ließ die Schultern sinken. »Nein, wird es nicht.«
»Warum sagst du das?«
»Sie hat mein Entenbild weggeworfen.«
»Vielleicht hat Natalia das aus Versehen getan.« Natalia war ihre Haushälterin, die auch die Wohnung ihrer Mutter in Ordnung hielt.

Ainsley schüttelte den Kopf und warf Emerson einen Blick zu, der zeigte, dass sie mehr begriff, als ihre Mutter ihr zutraute, und beharrte: »Ich fand es zusammengeknüllt unter Großmamas Bett.«

Emerson hielt es für sinnlos zu streiten – wie konnte sie auch, wenn sie wusste, dass es stimmte? Während sie an St. Barthomeus vorbeifuhren, dachte sie an ihre eigene Kindheit. Marjorie hatte sie lange Zeit völlig ignoriert, um sie dann wie eine Puppe zu schnappen, mit der man spielen und die man niedlich anziehen konnte. Aber wenn sich die Geschichte jetzt mit ihrer Enkeltochter wiederholte, konnte man es Marjorie nicht zum Vorwurf machen. Ihre Krankheit hatte ihr so viel genommen. Sie betete Ainsley an, hatte aber die meiste Zeit nicht genug Kraft, um ihr gewachsen zu sein.

»Hey, ich weiß. Wie wäre es mit einer Eisschokolade bei Serendipity?«, schlug sie vor, um Ainsleys Stimmung aufzuhellen. »Wir könnten auf unserem Heimweg von Großmama dort halten.«

Ihre Tochter richtet sich auf. »Mit allem obendrauf?«
»Genau.« Von Serendipitys Eisbechern konnten problemlos vier Leute satt werden, und trotz größter Anstrengung hatte Ainsley es nie geschafft, mehr als einen Bruchteil davon

zu essen, aber das hielt sie nicht davon ab, es immer wieder zu versuchen.

»Ich glaube, das wäre okay«, sagte Ainsley, und ihre Koboldaugen funkelten.

Wenige Minuten später hielt das Taxi vor dem Haus ihrer Mutter an der Ecke Zweiundsiebzigste und Park Avenue. »Weißt du, wer sich noch freuen wird, dass du kommst?«, fragte Emerson, als sie ausstiegen.

»Onkel Nacario?«, erkundigte sich Ainsley hoffnungsvoll.

Emerson nickte, woraufhin die Kleine einen Freudenschrei ausstieß und losflitzte. Bevor Emerson unter der burgunderroten Markise stand, hatte ihre Tochter bereits die Hälfte des Weges über den Teppich zurückgelegt, der sich vom Bordstein zur Glastür zog, die ein weiß behandschuhter Portier für sie aufhielt. Emerson trat in die glänzende, marmorgefliste Eingangshalle und fand zweiundvierzig Pfund strampelndes kleines Mädchen in den Armen des alten puertoricanischen Portiers.

»Ainsley!«, tadelte sie und eilte zu ihnen. »Onkel Nacario hebt sich noch einen Bruch an dir!« Zu Nacario sagte sie lachend: »Manchmal vergisst sie, dass sie kein Baby mehr ist.«

»Und *ich* vergesse, dass ich ein alter Mann bin.« Er setzte Ainsley mit einem Schnaufer auf die Empfangstheke. »Ach, Chiquita«, seufzte er in gespielter Verzweiflung, »was gibt dir deine Mama bloß zu essen? Ich bin nur zwei Wochen weg, und schon bist du doppelt so groß.« Er zwinkerte ihr zu und wandte sich wieder an Emerson. »Sie waren in ihrem Alter genauso. Wollten immer, dass ich Sie hochhebe oder auf meinen Schultern reiten ließ. Carlos« – der während ihrer frühen Kindheit hier Portier gewesen war und sich längst im Ruhestand befand – »hat Sie immer meinen kleinen Sombra genannt«, erinnerte er sie, das spanische Wort für Schatten.

Emerson lächelte bei der Erinnerung. Nacario war schon immer mehr als ein freundlicher Portier gewesen. Im Laufe der schwierigen Jahre war er zu einem Ersatzvater geworden. Sie hatte sich oft vorgestellt, wie sie bei ihm und seiner großen, lauten Sippe in der Bronx lebte – ein Heim, in das sie bis zum heutigen Tage noch keinen Fuß gesetzt hatte. Nicht, dass sie nicht willkommen gewesen wäre, aber das Risiko war zu groß gewesen. Falls Marjorie es herausgefunden hätte, wäre er in eine heikle Situation geraten und hätte ihn womöglich den Job kosten können.

Erst jetzt fiel ihr auf, wie sehr die breiten Schultern herabhingen, auf denen sie selbst früher geritten war, und sie bemerkte die grauen Strähnen, die sich wie Pfade durch das dichte schwarze Haar zogen. Falten verliefen von den Augenwinkeln zu den Schläfen, und sein Kinn war schlaff. Der Gedanke, eines Tages hereinzukommen und ihn nicht mehr hinter der Theke zu sehen, machte ihr Angst.

»Hattest du einen schönen Urlaub?«, fragte sie.

»Wenn Sie es Urlaub nennen, das Dach meiner Schwester neu zu decken, ja«, antwortete er.

»Legst du denn nie mal die Füße hoch?«, fragte Emerson mit liebevoller Übertreibung.

Er zuckte gutmütig die Achseln. »Bei einer großen Familie gibt es so was wie Ausruhen nicht.«

»Sie können froh sein, dich zu haben.«

Ein Teil seines monatlichen Gehalts ging, wie sie wusste, an seine Verwandten in Puerto Rico – wozu hat man Geld, wenn nicht, um denen zu helfen, die weniger glücklich dran sind?, sagte er immer. Und wenn Reichtum in geliebten Menschen gemessen wurde, war er unendlich reich, mit seiner Frau, mit der er seit vierzig Jahren verheiratet war, drei erwachsenen Kindern und zwölf Enkelkindern.

»So.« Er bückte sich, sodass er Ainsley in die Augen sehen konnte. »Willst du wissen, was ich dir aus Mayagüez mitgebracht habe?« Emerson hatte vorher angerufen, um ihm mitzuteilen, dass sie kommen wollten, und jetzt zog er etwas aus der Hosentasche, die früher eine scheinbar endlose Reihe von Schätzen für Emerson geborgen hatte, und drückte es in Ainsleys Hand. Es war eine geschnitzte hölzerne Statuette. »Es ist die Jungfrau Maria. Wenn du mal Probleme hast, wird sie dir helfen.«

»Woher soll sie das wissen?«, Ainsley betrachtete sie fasziniert und drehte sie in der Hand.

»Ah, Chiquita. Unsere Herrin, sie weiß alles.« Er klopfte sich auf die Brust.

»Was hältst du von dem neuen Burschen?«, fragte Emerson, als sie seine Aufmerksamkeit wieder auf sich gezogen hatte, mit einer Kopfbewegung nach oben, um den zehnten Stock anzudeuten, wo der kürzlich angestellte Nachtpfleger, den sie noch nicht kennengelernt hatte, ohne Zweifel von ihrer Mutter einer schweren Prüfung unterzogen wurde. Die einzige Information, die die Agentur ihr gegeben hatte, war, dass er aus Nigeria stammte und geprüfter Krankenpfleger war. »Wollen wir wetten, wie lange er bleibt?«

Nacario bedachte sie mit einem leicht tadelnden Blick. Wie seine private Meinung über Marjorie auch sein mochte, er behandelte sie immer mit allem Respekt und beharrte darauf, dass Emerson das auch tat. Er erlaubte sich nur die Bemerkung: »Ihre Mutter ist in guten Händen, soweit ich das beurteilen kann.«

Kurz darauf fuhren Emerson und Ainsley mit dem Aufzug zum Stockwerk ihrer Mutter. Als sie in den Flur traten, bemerkte sie die Vase mit frischen Blumen auf dem nachgeahmten Ludwig XV.-Tisch an der Wand – sie musste daran denken, den Townsends in 10B noch einmal zu danken, die jede Woche die Blumen kommen ließen und sich weigerten, die Kosten zu teilen. Emerson schloss die Tür zur Wohnung ihrer Mutter auf und wappnete sich mit einem tiefen Atemzug gegen den kleinen Knoten in ihrem Magen, den sie jedes Mal spürte – egal, wie oft sie kam, es schien nie leichter zu werden. Sie nahm Ainsley fest an die Hand und trat ein.

Es war so heiß wie in einer Sauna – Marjorie fror ständig und bestand darauf, alle Fenster geschlossen zu halten. Die schräg durch die hohen Flügelfenster einfallenden Strahlen der Spätnachmittagssonne warfen flackernde Schatten in das elegante Wohnzimmer, wodurch es seltsam leer wirkte. Als Kind war Emerson hier nur auf Zehenspitzen herumgeschlichen, aus Angst, einen kostbaren Gegenstand umzuwerfen. Dann waren die Antiquitäten und Kunstgegenstände aber nach und nach verkauft und durch Möbel aus der Fabrik oder aus zweiter Hand ersetzt worden. Aus Emersons Kindheit existierte nur noch das eher düster dreinblickende Porträt ihres Vaters, das über dem Marmorkamin hing und ihm überhaupt nicht ähnlich sah. Sie hatte ihn als sanften Mann mit leiser Stimme in Erinnerung, mit weißem Haar, das wie schmelzender Schnee auf dem rosa Eirund seines Schädels lag, der oft ein Nickerchen gemacht hatte und wegen seiner Herzschwäche immerzu zum Arzt gegangen war – so viele Jahre älter als Marjorie, alt genug, um Emersons Großvater zu sein.

»Hallo.« Eine tiefe, melodische Stimme ließ sie herumfahren. Ein Mann trat aus dem dunklen Flur. Groß, ungefähr in ihrem Alter, mit einer Haut von der Farbe der alten Walnusstäfelung, vor der er stand. Er trug gebügelte Khakihosen und ein kurzärmeliges Hemd, das die gut geformten Muskeln seiner Arme zur Geltung brachte. Er lächelte, seine Zähne hoben sich sehr weiß von seiner dunklen Haut ab. »Es tut mir leid. Ich wollte Sie nicht erschrecken.« Er streckte die Hand aus. »Reggie Okanta. Wir haben am Telefon miteinander gesprochen?«

»Ja, natürlich. Emerson«, stellte sie sich vor. Sein Händedruck war fest, jedoch nicht zu fest, doch in seiner Hand verschwand ihre selbst nicht allzu zierliche Hand völlig. Sie registrierte seine hohen, schräg stehenden Wangenknochen und die vollen Lippen, auch die Augen, die in einem grünlichen Goldton wie Steine in einem Bachbett glitzerten. Aus irgendeinem Grund war sie ein bisschen nervös, und es dauerte einen Augenblick, bis sie sich wieder auf ihr gutes Benehmen besann. Sie deutete auf Ainsley. »Und das ist meine Tochter Ainsley.«

»Sehr erfreut, dich kennenzulernen.« Reggie beugte sich hinunter und schüttelte Ainsley mit der gleichen Förmlichkeit die Hand, wie er es bei Emerson getan hatte. »Was hast du denn da?« Er blickte auf die Zeichnung, die sie in einer Hand hielt.

Ainsley hielt sie ihm hin. »Das habe ich für Großmama gemalt.«

Reggie entrollte das Blatt behutsam und ließ sich mit seiner Betrachtung Zeit, als sei er ein Museumsdirektor, der die Arbeit eines aufstrebenden Künstlers begutachtete. »Hmm ... ja. Mir gefällt dein kühner Einsatz der Farben. Sehr originell. Ich glaube, dieser Bär würde sich sehr darüber freuen, wie du ihn gezeichnet hast.« Er sprach mit einem schwachen britischen Akzent, in dem die leicht singenden Obertöne seiner Muttersprache mitschwangen.

»Ich könnte dir auch eins malen.« Ainsley starrte verzückt zu ihm auf.

»Das fände ich sehr schön«, sagte Reggie so ernst, als ob es um eine große Ehre ginge, die sie ihm erweisen wollte.

Ainsley schoss hinüber zu dem Schrank, in dem Emerson Zeichenutensilien für ihre Besuche deponiert hatte. »Sie können gut mit Kindern umgehen«, stellte Emerson fest und lächelte, während sie beobachtete, wie ihre Tochter einen Zeichenblock und Filzstifte hervorkramte. Sie drehte sich zu ihm um. »Haben Sie auch Kinder?«

»Nur Neffen und Nichten. Sie halten mich schon oft genug vom Schlafen ab«, setzte er mit einem Lachen hinzu. Dann erklärte er, dass er bei seiner Tante und seinem Onkel wohnte, so lange, bis er seinen College-Abschluss gemacht hatte. Er brauchte noch ein Jahr, dann wollte er sich an der Hochschule für Medizin bewerben. In der Zwischenzeit verdiente er sich seinen Lebensunterhalt durch Nachtarbeit.

»Dann bleibt Ihnen aber nicht mehr viel freie Zeit.« Emerson dachte an ihren brutalen Stundenplan in Princeton und daran, wie sie hatten schuften müssen, um auch nur B-Noten zu erreichen.

Er schenkte ihr noch ein blendendes Lächeln. »Freizeit ist ein westliches Ideal.« Er war in dem Glauben aufgezogen worden, dass die Zeit, die man nutzte, um voranzukommen, gut genutzte Zeit war.

»Ich schätze, so kann man das auch betrachten. Trotzdem, leicht kann es nicht sein.«

»Ihre Mutter ist sehr hilfsbereit. Jeden Abend fragt sie mich über das ab, was ich am Tage gelernt habe.«

Emerson konnte ihr Erstaunen kaum verbergen. »Hilfsbereit« war ein Ausdruck, das sie im Allgemeinen nicht mit Marjorie in Verbindung brachte. »Dann müssen Sie eine positive Wirkung auf sie haben. In letzter Zeit kann sie sich meist zu nichts aufraffen.« Sie hätte diese Unterhaltung am liebsten fortgesetzt und mehr über Reggie erfahren, aber ihre töchterlichen Pflichten zupften an ihr wie ein drängelndes Kind am Rocksaum. »Wo wir gerade von unserer Patientin sprechen, ich sollte bei ihr hineinschauen. Ist sie wach?«, fragte sie, halb hoffend, dass das nicht der Fall war, was ihr noch ein paar Minuten verschafft hätte.

»Ja. Sie hat sogar Besuch.« Reggie deutete den Flur entlang in Richtung Marjories Schlafzimmer. »Ich wollte gerade Tee machen. Hätten Sie auch gern eine Tasse?«

»Was? Oh, nein danke.« Emerson war kurz abgelenkt, weil sie sich über die erstaunliche Tatsache wunderte, dass Marjorie Gesellschaft hatte. In letzter Zeit bekam sie nur selten Gäste.

Emerson ließ Ainsley bei ihrer Zeichnung und ging über den Flur. Marjorie saß aufrecht im Bett, als sie eintrat, von mehreren Kissen gestützt. Das Zimmer, auf das sie in letzter Zeit immer mehr beschränkt war, breitete sich um sie herum aus wie das zerknitterte Kleid eines längst vergangenen Ballabends aus: das mit Samt gepolsterte Kopfteil des Bettes war abgenutzt, der Schminktisch mit dem Spiegel mit alten Parfümflakons übersät. Sie hatte ihr Gesicht zurechtgemacht, die Perücke – steife, blonde Strähnen, die seitlich vom Kopf abstanden – rahmte es wie ein groteskes Kostümteil ein. Man konnte nur noch einen Hauch der Schönheit erahnen, die sie einst gewesen war.

»Darling!«, trillerte ihre Mutter, als hätte sie sie seit Ewigkeiten nicht gesehen. »Erinnerst du dich noch an Mr. Stancliffe?« Sie deutete auf ihren Besucher, der in dem abgewetzten Plüschsessel am Bett saß.

Als sie ihn erkannte, fühlte Emerson, wie sich der Knoten in ihrem Magen verhärtete. Wie auch nicht? Ihre Mutter hatte ihn ihr aufgedrängt, seit er in die Wohnung über ihr gezogen war, und immer wieder betont, dass er perfekt zu ihr passte. Wie oft kam schon ein passender Mann des Weges?, hatte sie gefragt. Würde es Emerson denn umbringen, wenn sie mal etwas mit ihm trinken ging? Sie wurde schließlich auch nicht jünger.

Und sie musste an Ainsley denken. Emerson hatte abgelehnt und behauptet, sie hätte zu viel zu tun. Außerdem war auch Briggs »perfekt« für sie gewesen, und sie hatte ja gesehen, wohin das geführt hatte. Aber ihre Mutter hatte darauf beharrt, und endlich hatte Emerson nachgegeben und eingewilligt, Stancliffe auf einen Kaffee zu treffen. Eine absolut langweilige Verabredung mit einem absolut langweiligen Mann, der sie seitdem mit wiederholten Einladungen zum Essen, ins Konzert oder Theater belästigte.

»Ed.« Sie lächelte gezwungen, als er sich erhob, um sie zu begrüßen. »Wie nett von Ihnen hereinzuschauen«, sagte sie mit der geübten Lockerheit des langjährigen Profis.

»Ich war gerade in der Nähe.« Er grinste über seinen eigenen Scherz und sah nicht im Mindesten erstaunt aus, sie hier zu treffen. Handelte es sich um ein abgekartetes Spiel? So wie sie ihre Mutter kannte, hätte es sie nicht überrascht.

Marjorie neigte den Kopf und beäugte Emerson so strahlend, dass über ihre Absichten keinerlei Zweifel bestand. »Mr. Stancliffe hat mir gerade erzählt, dass er direkt neben den Lyttons auf Marthas Vineyard gewohnt hat. Ist das nicht ein erstaunlicher Zufall?«

Das mussten die Lyttons sein, die Cousins zweiten Grades von Emersons Vater waren. »Ich bin ihnen nur einmal begegnet. Um ehrlich zu sein, ich hielt sie für etwas hochnäsig«, bemerkte sie achselzuckend.

Marjorie sah sie scharf an, ehe sie ihren strahlenden Blick wieder auf Ed richtete. »Unsinn. Es sind ganz reizende Leute. Hatten Sie das nicht gerade gesagt, Mr. Stancliffe?«

»Genau genommen, kannte ich sie gar nicht so gut«, gestand er und warf Emerson einen unangenehm vertraulichen Blick zu, als säßen sie in einem Boot. »Der alte Mr. Lytton hat mich einmal zum Segeln eingeladen, aber der Wind frischte auf, sodass wir den Törn abblasen mussten. Seitdem habe ich sie nicht mehr gesehen.« Er hatte das Haus verkauft, als er und seine Frau sich scheiden ließen.

Sie plauderten kurz über andere Dinge, vertraute Orte und gemeinsame Bekannte. In der Welt der feinen Gesellschaft ging es in dieser Hinsicht wie in einer Kleinstadt zu: Jeder kannte jeden, und wenn man nur weit genug zurückging, fand man möglicherweise heraus, dass man miteinander verwandt war. Emerson hätte sich zu Tode gelangweilt, wenn sie nicht innerlich gekocht hätte. Gerade als sie geglaubt hatte, dass all ihre Mühen mit ihrer Mutter, ganz zu schweigen von den Rechnungen, die sie bezahlte, in gewisser Weise Früchte trugen, wurde sie daran erinnert, wie wenig Rücksicht ihre Mutter mal wieder auf *ihre* Wünsche und Bedürfnisse nahm. Schließlich hatte Marjorie sie damals schon gedrängt, Briggs zu heiraten und später auch noch beharrt, dass sie eine Närrin wäre, sich von ihm scheiden zu lassen. Dabei war es mehr als offensichtlich gewesen, dass ihre Ehe nicht funktionierte. Und jetzt, nicht zufrieden damit, dass sie Emersons Leben einmal ruiniert hatte, nahm sie Anlauf für ein zweites Mal.

Ihre Gedanken wurden von Reggie unterbrochen, der mit dem Teetablett hereinkam. Ihr Blick folgte ihm, als er den Tee einschenkte, gerührt, dass er eine zusätzliche Tasse mitgebracht hatte für den Fall, dass sie ihre Meinung geändert hatte. Er bewegte sich mit beinahe tänzerischer Anmut, die beruhigend wirkte. Zuvorkommend, ohne unterwürfig zu sein, kümmerte er sich um ihre Mutter, stellte sicher, dass sie genügend Kissen im Rücken und ihre Medikamente genommen hatte.

»Du bringst Mr. Stancliffe hinaus, nicht wahr, Darling?«, fragte Marjorie, nachdem er mehrmals verkündet hatte, nun gehen zu müssen. Während Emerson sich folgsam erhob, warf sie ihr einen bedeutungsvollen Blick zu.

Als er sie an der Tür wieder drängte, mit ihm zu Abend zu essen, erklärte Emerson ihm, es täte ihr leid, aber sie würde ihre freie Zeit momentan ganz Marjorie widmen. Eine hingebungsvolle Tochter, die sich im Augenblick nichts mehr wünschte, als ihre Mutter zu erwürgen.

»Wie konntest du mir das antun?«, fragte sie Marjorie anschließend wütend. »Du hast mich absichtlich in diese Lage gebracht!«

Ihre Mutter saß im Bett, nippte an ihrem Tee und wirkte völlig ungerührt. »Ehrlich, Darling, du machst aus einer Mücke einen Elefanten. Er hat sich nur nachbarschaftlich verhalten.«

»Warum kam ich mir dann vor wie eine leichte Beute?«

»Nun dramatisier doch nicht so.« Marjorie stellte ihre Tasse auf den Nachttisch und zuckte bei der Anstrengung zusammen. Sie war so zerbrechlich, dass selbst die kleinste Bewegung ihr Mühe bereitete. »Selbst wenn ich einen Hintergedanken gehabt hätte, ist es denn ein Verbrechen, sich um sein einziges Kind zu sorgen?«

»Du hättest mich wenigstens vorwarnen können«, konterte Emerson.

»Dann hättest du eine Ausrede erfunden, um nicht zu kommen.«

»Da hast du allerdings verdammt recht!«

»Darling, bitte!« Marjorie verzog das Gesicht, als ob sie Schmerzen hätte.

Emerson spürte, wie ihr Zorn verrauchte und Trauer in ihr hochstieg. Ihr Leben lang hatte sie sich gewünscht, um ihrer selbst willen geliebt zu werden, nicht als die ideale Tochter, die sie zu sein versuchte. War das zu viel verlangt?

Abrupt wechselte Marjorie das Thema. »Also, was hältst du von Reggie?«

»Er scheint ganz nett zu sein.« Emerson würde sich hüten,

mehr zu verraten. Marjorie hatte ihr seit ihrer Kindheit eingebläut, niemals mit bezahlten Kräften zu vertraut umzugehen, wenn man nicht immer wieder in ganz böse Fallen tappen wollte.

»Er arbeitet hart, das muss man ihm lassen. Nicht wie manche anderen.«

»Ich bin froh, dass er deine Billigung findet«, sagte Emerson mit einer Spur Sarkasmus. Ihr Ton wurde sanfter, als sie hinzufügte: »Er sagt, du hilfst ihm bei seinem Studium.«

»Du kennst mich ja, es bereitet mir Freude, kluge Köpfe zu ermutigen.« Eine wirkliche Dame, so sagte Marjorie gern, wusste, wie man die Bediensteten behandeln musste. »Hat er dir erzählt, dass er studiert, um Arzt zu werden?«

»Er hat es erwähnt, ja.«

»Sehr edel von ihm, findest du nicht? All die armen Leute in Afrika, die an AIDS sterben.«

»Hat er dir das erzählt? Dass er Menschen mit AIDS behandeln will?«

»Nicht in so vielen Worten. Ich habe einfach angenommen...« Marjorie besaß zumindest den Anstand zu erröten.

Emerson unterdrückte einen Seufzer. »Nun, ich hoffe, er bleibt länger als der letzte«, sagte sie spitz.

»Ich bräuchte niemanden, der sich nachts um mich kümmert, wenn du nicht so starrköpfig wärest und wieder hier einziehen würdest«. So argumentierte ihre Mutter besonders gerne. »Diese Wohnung ist mehr als groß genug für uns drei, und es ist albern, dass du Miete für zwei Wohnungen zahlst.«

»Ich kann es mir leisten.« Den Scheidungsvereinbarungen war es zu verdanken, dass Emerson keine finanziellen Probleme hatte, selbst ohne das Geld, das sie verdiente. Aber das war nicht der Punkt. »Außerdem weißt du nur zu gut, dass das innerhalb kürzester Zeit Mord und Totschlag geben würde.«

»Ich wusste nicht, dass ich eine solche Last bin.« Mit gekränkter Miene zog Marjorie ihren Schal fester um sich, als ob plötzlich ein kühler Wind hereinwehen würde. »Weiß Gott, worüber du mit deinem Therapeuten sprichst. Über die vielen Arten, wie ich dein Leben ruiniert habe, vermutlich.«

Emerson sank auf das Bett und nahm die Hand ihrer Mutter – sie war so leicht, dass sie aus Pergament hätte sein können. »Ich war schon seit Monaten nicht mehr bei Dr. Shapiro.« Sie war nicht mehr zu den Sitzungen gegangen, nachdem sie die Scheidung eingereicht hatte. »Außerdem kann ich gut darauf verzichten, die Vergangenheit wieder aufleben zu lassen.«

»Es tut mir leid, Darling. Ich wollte nicht so griesgrämig sein. Nur ...« In diesem Moment fiel Marjories Maske ab und gab die verängstigte Frau darunter frei, eine Frau, die Angst vor dem Sterben und noch größere Angst vor dem Leben hatte.

Emersons Herz flog ihr zu. Was ihre Mutter auch getan oder nicht getan hatte, niemand verdiente es, so zu leiden. »Dr. Vanacore sagt, du reagierst gut auf die Chemo«, sagte sie mit gespielter Begeisterung. Seine genauen Worte hatten gelautet, dass die Ausbreitung des Krebses sich verlangsamt hatte. Nicht gerade die Nachricht, auf die sie gehofft hatten, aber es würde ihrer Mutter zu weiteren sechs Monaten, vielleicht sogar einem Jahr verhelfen.

Marjorie lachte erstickt auf. »Ich bin mir nicht sicher, was schlimmer ist, die Krankheit oder die Behandlung.«

»Du bist zäher, als du glaubst.« Welche Fehler sie auch haben mochte, Marjorie hatte sich ihrer Krankheit gestellt, genau so wie sie auch mit ihrem Witwendasein umgegangen war, mit Mumm und Stil. Wenn sie bettlägerig war, auch gut, sagte sie. Wer wollte sich schon mit den Kleidern der vergangenen Saison in der Öffentlichkeit sehen lassen?

»Machen wir uns doch nichts vor, je eher ich gehe, desto eher sind wir alle von unserem Elend erlöst.«

Emerson zuckte zusammen. »Ich wünschte, du würdest nicht so reden.«

»In gewisser Weise wird es ein Segen sein. Heute frage ich mich oft, wofür sich das Leben denn noch lohnt.« Marjories Gesicht fiel ein, und plötzlich sah sie aus wie hundert.

»Du hast immer noch mich. Und Ainsley«, sagte Emerson und wünschte, dass ihre Mutter nicht daran erinnert werden müsste.

Marjorie richtete sich auf. »Wo ist mein kleines Spätzchen?«

»Malt ein Bild für Reggie. Ich sage ihr, dass du sie sehen möchtest.« Emerson stand auf.

»Also hat er sie auch in seinen Bann geschlagen.«

Das war Marjories Art zu erklären, dass er den Test bestanden hatte, wie Emerson wusste, und sie lächelte vor sich hin, als sie mit leichteren Schritten durch den Flur ging, angezogen von Reggies tiefem, melodischem Tonfall, der sich mit der hellen, süßen Stimme ihrer Tochter mischte.

Anderthalb Stunden später, nachdem sie Ainsley zu Hause der Kinderfrau übergeben hatte, war Emerson wieder bei der Arbeit und schritt durch die Lobby des Ziegfeld-Theaters, das Handy am Ohr. Draußen standen die Leute mit Eintrittskarten Schlange, und Limousinen fuhren vor, während sich drinnen eine kleine Gruppe von Reportern hinter den Samtstricken versammelt hatte. Aber noch immer keine Spur von Sally Boyle von *ABC* oder Eric Jameson von *Fox News*. Wo zum Teufel steckten sie? Sie schuldeten ihr was, verdammt noch mal. Sie hatte ihren Teil der Abmachung eingehalten –

Einzelinterviews mit ihrem Starkunden, Jeffery Kingston. Wenn sie sie jetzt im Stich ließen, würde sie wie ein Idiot dastehen. New Line Cinema bezahlte ihr sie nicht für einen Einzeiler in der *Post*.

Normalerweise bestand ihre Aufgabe bei Premieren lediglich darin, die Presseleute abzublocken. Wenn es sich um einen Film mit Stars wie Russell Crowe oder Will Smith handelte, erschienen sie in Scharen. Aber wer wollte schon etwas über kaum bekannte Schauspieler bringen, die über den roten Teppich liefen? Sie hatte den größten Teil der Woche damit verbracht, zu telefonieren und jeden ihr zur Verfügung stehenden Trick angewandt, um etwas auf die Beine zu stellen.

In diesem Augenblick erblickte sie Franny, die sich durch die Menge schob. Als sie sah, wie sie mit wogendem Haar und in einem ihre Kurven betonenden roten Kleid an der Schlange der Kartenbesitzer vorbeimarschierte, um dann über den roten Teppich zu schreiten, als ob er einzig für sie ausgerollt worden wäre, woraufhin mehr als ein Blitzlicht aufflammte, entspannte sich Emerson. Es wird schon werden, dachte sie. Franny hatte immer diese Wirkung auf sie. Sie war die Erdmutter für Emersons armes kleines reiches Mädchen.

»Sieht doch ganz gut aus«, meinte Franny, als sie bei ihr ankam.

»Ich warte noch auf ein paar Leute.« Emerson blickte sich nervös um. Der Regisseur und die Stars waren noch nicht aufgetaucht, also blieb noch Zeit. Sie richtete ihren Blick wieder auf Franny. »Du siehst anders aus. Hast du etwas mit deinen Haaren gemacht?« Nein, das war es nicht. Plötzlich dämmerte es ihr und sie keuchte: »Oh, mein Gott. Bist du ...?«

»Leider nicht.« Franny schüttelte den Kopf. »Ich habe gerade meine Tage bekommen.« Obwohl sie ihr Bestes gab, um unbeschwert zu wirken, konnte Emerson ihr die Enttäuschung ansehen. Sie war so sicher gewesen...

»Es gibt immer ein nächstes Mal«, erinnerte Emerson sie.

»Falls Jay sich nicht entschließt, einen Rückzieher zu machen.«

»Das würde er nie tun.« Nicht bei Franny.

»Einer Freundin zu helfen ist eine Sache, sie zu schwängern eine andere.«

»Er weiß doch, wie sehr du es dir wünschst.«

»Nicht so sehr, dass ich damit unsere Freundschaft aufs Spiel setze.«

»Als ob euch jemals etwas auseinanderbringen könnte.« Die beiden gehörten zusammen wie Erdnussbutter und Gelee.

Franny lächelte gequält. »Ja, du hast ja recht. Da sprechen eben meine Hormone.«

»Ich war heute bei meiner Mutter«, erzählte Emerson, während sie Franny zu der abgesperrten Sitzgruppe führte, die für Kritiker und VIPs reserviert war.

»Wie geht es ihr?«, erkundigte Franny sich.

»Nicht besonders.« Emerson wollte die Stimmung nicht ganz vermiesen, also fügte sie mit mehr Begeisterung hinzu: »Der neue Pfleger ist allerdings genau das, was der Arzt angeordnet hat.«

Franny, die ihre Freundin wie ein Buch lesen konnte, zog eine Braue hoch. »Für dich oder deine Mutter?«

Emerson merkte, wie ihr die Röte ins Gesicht schoss. »Er sieht gut aus«, gab sie zu.

»Komm schon, du musst mir schon ein bisschen mehr verraten.«

»Stell dir Sidney Poitier in *Rat mal, wer zum Essen kommt* vor!«

»Oh-oh. Pass besser auf, Mädel, sonst lädt deine Mutter ihn wieder aus.«

»Der Gedanke ist mir auch schon gekommen«, setzte Emerson rasch hinzu. »Aber mach dir keine Sorgen. Ich fahre eisern die Arbeitgeber-Arbeitnehmer-Schiene.«

»Berühmte letzte Worte.« Franny grinste sie an.

Emerson fragte sich mit einem angenehmen kleinen Schauder, ob sie tatsächlich Gefahr lief, etwas mit Reggie Okanta anzufangen.

Franny setzte sich neben Lois Campanela von den *Daily News*, die mit Ben Sokolin von *Variety* schwatzte. Sie senkte vorsichtig die Stimme, als sie Emerson von dem Buchvertrag erzählte, dessen Abschluss kurz bevorstand. »Stell dir vor. Eine unautorisierte Biografie über Grant Tobin.« Sie musste nicht hinzufügen, dass es sich angesichts des wieder aufflammenden Publikumsinteresses an dem früheren Rockstar um eine sehr lukrative Geschichte handelte.

Emerson zuckte zusammen. »Weiß Stevie davon?«

»Sie war es doch, die mich mit ihm zusammengebracht hat. Anscheinend kennt sie ihn seit Jahren.«

»Also wusste sie, dass er dieses Buch schrieb?«

»Noch ehe sie herausfand, dass Grant ihr Vater ist. Jetzt hat sie ein persönliches Interesse daran, sicherzustellen, dass es in die richtigen Hände gelangt.«

»Und wie viel hat sie ihm erzählt?«, fragte Emerson und überlegte, wie gut Stevie diesen Typen wohl kannte.

Franny schüttelte den Kopf. »Sie behält es noch für sich, zumindest, bis sie Grant kennengelernt hat.«

»*Falls* sie ihn kennenlernt.« Bislang hatte Stevies geballter Charme nicht ausgereicht, um in seine Festung einzudringen.

»Sie hat es vor. Bald schon.«

»Was soll das heißen?«

Franny zuckte die Achseln. »Sie sagt, je weniger wir wissen, desto besser.«

»Oh, Gott«, stöhnte Emerson.

Die beiden Freundinnen wechselten einen Blick. Wenn man Stevie so gut kannte wie sie, wusste man, dass sie zweifellos zu jedem Mittel greifen würde. Und was immer sie noch im Ärmel hatte, es bedeutete wahrscheinlich Ärger.

Kapitel 3

Stevie fragte sich, ob es wirklich eine so gute Idee gewesen war. Während sich der Lieferwagen den Hügel hinauf zu Grant Tobins Anwesen auf Holmby Hills wand, in dessen Laderaum sie auf einem Fünfzig-Pfund-Sack mit Dünger das Gleichgewicht zu halten versuchte, kam sie zu dem Schluss, dass es keine gute Idee war. Aber sie hatte alle anderen Möglichkeiten ausgeschöpft, was blieb ihr also übrig? Sich Zutritt zum Pentagon zu verschaffen, wäre einfacher, als zu Grant Tobin vorzudringen. Sie hatte sich die Nase an der Mauer blutig gestoßen, die aus seinem Anwalt, seinem PR-Berater (eine irreführende Bezeichnung, denn seine einzige Aufgabe schien darin zu bestehen, Menschen auf Abstand zu halten) und einem Leibwächter-Schrägstrich-Hausmeister (einem Angst einflößenden, über und über tätowierten Kerl, der aussah wie ein Ex-Verbrecher) bestand. Dann hatte ein Kontaktmann, ein Spinner namens Sammy Garber, der Informationen über das Alltagsleben von Promis sammelte wie andere Leute Briefmarken – in welche Reinigung sie ihre Sachen brachten, wo sie ihre Pizza bestellten und derlei mehr –, sie an den Gärtner verwiesen, der sich um das Anwesen kümmerte. Glücklicherweise hatte Mr. Mori eine Schwäche für Damen in Not. Vielleicht lag es auch daran, dass er bald in Rente ging. Jedenfalls erklärte er sich bereit, sie durchs Tor zu schmuggeln.

Und so kam es, dass sie an diesem frühen Maimorgen, während ihre Kollegen von KNLA entweder am Schreibtisch saßen oder unterwegs waren, um ihre Berichte zu drehen, in diesem Trojanischen Pferd in Form des Gefährts der Landschaftsgärtnerei Mori und Söhne saß, auf dem Weg, um zum ersten Mal in ihrem Leben ihren Vater zu sehen.

Plötzlich bremste der Lieferwagen, sodass sie auf den Boden knallte. Leise fluchend richtete sie sich auf und rümpfte die Nase über das stark riechende braune Zeug, das aus einem Riss in dem Sack quoll. Der Wagen fuhr wieder an und wand sich in zügigem Tempo den steilen Berg hinauf, sodass sie bei jeder Kurve von einer Seite auf die andere geschleudert wurde. Nach weiteren qualvollen Minuten, die ihr wie eine Ewigkeit erschienen, wurde er langsamer und hielt, und sie hörte, wie Mr. Mori den Sicherheitsposten am Tor begrüßte.

Holmby Hills war noch exklusiver als Beverly Hills oder Bel Air, die absolute Nobelgegend, in der die Megareichen riesige Anwesen inmitten ausgedehnter, gepflegter Ländereien besaßen. Tobin konnte es sich leisten, hier zu leben, weil er, wie sie wusste, im Gegensatz zu seinen früheren Bandmitgliedern, die sich an ruhmlosen Solokarrieren versucht hatten oder als Hintergrundmusiker spielten, die meisten Hits von Astral Plane geschrieben hatte. Stücke, die beständig Tantiemen fließen ließen, sodass er leben konnte wie ein König, ohne je wieder seine Gitarre in die Hand nehmen zu müssen.

Der Lieferwagen setzte sich wieder in Bewegung und rumpelte über eine kopfsteingepflasterte Auffahrt. Durch ihren schmalen Ausguck in der hinteren Tür erhaschte sie Blicke auf gepflegte Rasenflächen und Bäume. Als der Wagen endlich endgültig stehen blieb und sie hinaus in die kühle Luft sprang, sah sie, dass sie sich vor einem Gewächshaus befanden, das ein gutes Stück vom Haus entfernt lag. Ein Haus, das wie eine Festung aufragte, mit hohen, stuckverzierten Mauern, an denen Bougainvilleen emporrankten, und Reihen von mit dekorativen schmiedeeisernen Gittern verzierten Fenstern. Das Dach aus Terrakottaziegeln funkelte im rosigen Morgenlicht wie verlöschende Glut. Sie ließ ihren Blick immer wieder über das Gebäude gleiten. Ihr Puls ging schneller, bald würde sie endlich dem Mann gegenüberstehen, den sie bislang nur in alten Konzertmitschnitten gesehen hatte. Dann scheuchte Mr. Mori sie davon und zischte. »Sie gehen jetzt!«

Stevie dankte dem alten Mann noch einmal und machte sich auf den Weg in Richtung Haus. Sie trug einen dunkelblauen Jogginganzug, Nike-Laufschuhe und eine schwarze Baseball-Kappe mit einer goldenen Grammophonstickerei, ein Souvenir von der Grammy-Verleihung im Vorjahr. Sie duckte sich tief und benutzte das dichte Gebüsch als Deckung. Die Sonne stieg über die Hügel in der Ferne, ihr blasses Licht ließ das noch feuchte Gras glitzern. Außer dem Zwitschern der Vögel in den Bäumen war nichts zu hören.

Während sie sich durch Hecken und um Rosenbüsche schlängelte, an denen sie sich Fäden zog, wunderte sich Stevie erneut, was Grant Tobin dazu getrieben hatte, sich derart einzuigeln. Lag es an Schuldgefühlen wegen der Lauren-Rose-Geschichte oder weil er von der Presse verfolgt wurde, oder an beidem? Was auch der Grund war, sie war fest entschlossen, ihn herauszufinden. Entweder das oder sie würde den Rest ihres Lebens damit verbringen sich zu fragen, ob der Mann, der sie gezeugt hatte, vielleicht ein Mörder war.

Der Gedanke jagte ihr einen kalten Schauer über den Rücken. Grant könnte sich da drinnen mit einem ganzen Arsenal von Waffen eingegraben haben, wie diese irren Fanatiker auf Ruby Ridge. Was sollte ihn davon abhalten, auf *sie* zu schießen?

Sie spann die Geschichte noch ein wenig weiter und stellte sich vor, wie sie in ihrem Sarg lag. Würde Ryan bei ihrer Beerdigung weinen? Würde es ihm leidtun, dass er ihre Versuche ignoriert hatte, mit ihm Kontakt aufzunehmen? Sie spürte einen Kloß in der Kehle und blinzelte im Licht, das plötzlich zu grell geworden schien.

Als sie dicht genug beim Haus war, umkreiste sie es einmal, um sich den Grundriss einzuprägen, ehe sie auf den schattigen Pfad trat, der an der Rückseite des Baus herumführte. Die Luft war noch immer frisch, aber sie schwitzte, als wäre es bereits Mittag. Stevie Light, bekannt für ihre Nerven aus Stahl, fühlte sich eher wie ein verängstigtes Kind denn wie eine Star-Reporterin. Als Kind hatte sie von dieser Wiedervereinigung geträumt und sich vorgestellt, wie ihr Vater sie in die Arme schloss und vor Freude weinte. Aber wenn er sich nun als gleichgültiger Mistkerl erwies? Oder schlimmer noch, als Ungeheuer?

Sie trat durch einen steinernen, von Geißblatt umrankten Torbogen in einen Hof, der auf allen vier Seiten von Mauern umgeben war. In der Mitte befand sich ein Pool, dessen glitzernde Wasseroberfläche spiegelglatt war. Es war so vollkommen, dachte sie, dass es der Schauplatz für einen dieser Thriller hätte sein können, die dich den Gartenweg entlanglocken, ehe sie dich das Gruseln lehren.

Fenstertüren führten ins Haus, und sie bemerkte, dass eine davon einen Spalt weit offen stand. Sie blickte sich um, um sicherzugehen, dass sie nicht beobachtet wurde, dann trat sie in einen kühlen, verdunkelten Raum. An einem Ende stand ein Flügel, auf dem die wenigen Sonnenstrahlen, die durch die geschlossenen Läden fielen, zu tanzen schienen. An der Wand zwischen Reihen von Bücherregalen hing eine Sammlung gerahmter Goldener und Silberner Schallplatten aus den Tagen, als Astral Plane mit Joplin und Hendrix, den Stones und den Grateful Dead die Musikszene beherrscht hatten.

Aus dem Flur drangen gedämpfte Stimmen – ein Mann und eine Frau, die Spanisch miteinander sprachen. Stevies Herz begann zu hämmern. Aber sie wagte nicht, kehrtzumachen. Wer wusste schon, wann sie noch einmal die Gelegenheit haben würde, ihrem Vater zu begegnen? Vorsichtig schlich sie in den schwach beleuchteten Korridor, die Sohlen ihrer Schuhe quietschten auf dem polierten Dielenboden, als sie zu einer ins obere Stockwerk führenden Wendeltreppe schlich. Grant würde zu dieser Uhrzeit höchstwahrscheinlich noch im Bett liegen. Vorausgesetzt die Gerüchte darüber, dass er das Anwesen nie verließ, stimmten auch. Auf die Idee, er könnte nicht zu Hause sein, war sie bisher tatsächlich noch überhaupt nicht gekommen.

Nachdem sie ihren Kopf in mehrere Zimmer gesteckt hatte, die, wenn sie sich recht erinnerte, unbenutzt waren, spähte sie in ein abgedunkeltes Schlafzimmer, in dem sie ein ungemachtes Bett und herumliegende Kleidungsstücke erkennen konnte. Sie wollte sich gerade hineinwagen, um es näher zu erforschen, als ein leises Stöhnen sie erstarren ließ. Da erst bemerkte sie die Gestalt, die im Schneidersitz auf dem Teppich am Fuß des Betts saß: ein hagerer, an einen Schiffbrüchigen erinnernder Kerl mit strähnigem, grauem Haar, das ihm auf die Schultern fiel, und der nichts weiter als Boxershorts anhatte. Seine Miene war entspannt, die Augen geschlossen, die Hände lagen locker auf den knochigen Knien.

Stevies Herz tat einen Sprung. Sie hatte viel über das bizarre Verhalten von Howard Hughes gegen Ende seines Lebens gelesen, und genau das schoss ihr jetzt durch den Kopf. Sie konnte kaum glauben, dass sich der geschmeidige junge Mann aus den körnigen Konzertmitschnitten mit seinen dunklen Augen, seiner wilden schwarzen Mähne, seiner engelsgleichen Stimme und den permanent zuckenden Gliedern in dieses verbrauchte alte Wrack verwandelt hatte.

Aber zumindest sah er harmlos aus. Nicht wie der drogensüchtige Psychopath, als den die Presse ihn beschrieb. Falls er verrückt war, schien sie zumindest nicht in unmittelbarer Gefahr zu sein. Ihr Herz pochte trotzdem, als sie aufs Bett sank und scheinbar eine Ewigkeit wartete, bis er die Augen aufschlug und seinen Blick auf sie richtete. Sie wappnete sich gegen den Alarmruf, der mit Sicherheit den Leibwächter herbeieilen lassen würde, aber Grant – falls er es tatsächlich war – blieb vollkommen ruhig. Nur ein Ausdruck des Erstaunens huschte über sein Gesicht, ansonsten schien ihn der Anblick eines völlig fremden Menschen auf seinem Bett nicht sonderlich zu erschüttern.

Langsam verzog er den Mund zu einem verträumten Lächeln. »Hallo.«

»Tut mir leid, wenn ich Sie gestört habe«, sagte sie.

»Das ist cool. Ich habe dich nicht mal reinkommen hören.« Seine Stimme klang, als würde man einen Kiesweg harken.

»Ich habe es mal mit Meditation versucht, aber ich konnte nicht so lange still sitzen«, erklärte sie.

Er zuckte die Achseln. »Nach einer Weile hat man den Dreh raus.«

Ein unbehagliches Schweigen entstand.

Stevie räusperte sich und sagte. »Sie fragen sich wahrscheinlich, wer ich bin.«

»Oh, ich weiß, wer du bist.« Er sagte das absolut ruhig, aber seine Worte schlugen wie ein Bolzen in Stevies Magen ein. Hatte er es die ganze Zeit gewusst? All die Jahre, in denen sie geglaubt hatte, ihr Vater wüsste nichts von ihrer Existenz? Dann, mit einer vor Ironie triefenden Stimme, fuhr er fort: »Du bist hierhergekommen, um den großen Grant Tobin zu sehen. Nun, ich fürchte, ich muss dich enttäuschen, aber der Typ ist schon lange nicht mehr da.«

Sie sah ihn verwirrt an. »Sie sind nicht Grant?«

»Das war ich mal. Aber nicht mehr.«

Jetzt verstand sie. »Ich bin auch nicht, wer Sie denken«, erklärte sie.

Er legte den Kopf schief und betrachtete sie mit neuem Interesse. »Okay, also, warum sagst du mir nicht, warum du hier bist?«

Sie holte tief Luft. »Ich bin Ihre Tochter.«

Grant starrte sie ungläubig an. Er war offensichtlich ein Mann, für den das Leben nicht mehr viele Überraschungen bereithielt – er hatte alles getan und gesehen –, aber das war offensichtlich das Letzte, was er zu hören erwartet hatte. Nach einer Weile kicherte er rau. »Na, das ist doch mal was. Ich, als Daddy.« Er schüttelte den Kopf und dachte über die Vorstellung nach. »Bist du sicher?«

»Ich bin sicher.« Jetzt, da ihre Augen sich an das Halbdunkel gewöhnt hatten, war eine gewisse Ähnlichkeit nicht zu übersehen. Sie hatte eindeutig seinen Mund, genauso wie sein eckiges Kinn mit dem leichten Unterbiss.

»Ach, Scheiße.« Er schüttelte weiter den Kopf und kicherte vor sich hin.

»Haben Sie den Brief nicht bekommen?«

»Welchen Brief?«

»In dem meine Mutter Ihnen geschrieben hat, dass sie schwanger war.«

»Bei der ganzen Post, die hier ankommt, bekomme ich die meisten Briefe gar nicht erst zu Gesicht.« Seine Handlanger kümmerten sich um so etwas, was erklärte, warum er die Briefe, die Stevie ihm geschrieben hatte, auch nicht erhalten hatte. »Siehst du, die Sache ist die – Wie heißt du noch?«

»Stevie.« Sie errötete ein wenig. »Ich wurde nach Stevie

Nicks benannt.« Nach einem Moment setzte sie zögernd hinzu. »Sie glauben mir doch, oder?«

»Nun, Stevie, ich kann weder sagen, ja ich glaube dir, noch nein, tue ich nicht. Damals lief eine Menge ab, an das ich mich nicht so recht erinnere. So war das eben.« Sein Blick glitt in die Ferne, seine Miene bewölkte sich kurz. Dann richtete er seine Augen wieder auf sie, die Lippen zu einem kleinen ironischen Lächeln verzogen. »Also schätze ich, dass ich dir wohl glauben muss.«

»Woher wollen Sie wissen, dass ich mir das nicht nur ausdenke?«

Er betrachtete sie belustigt. »Tust du das?«

»Nein, aber Sie müssen eine Menge verrückte Sachen zu hören kriegen.«

Er betrachtete sie einen Augenblick. »Du machst auf mich keinen verrückten Eindruck.«

»Obwohl ich in Ihr Haus eingebrochen bin? Na ja, ich bin nicht richtig eingebrochen. Die Tür war offen.« Sie setzte hastig hinzu: »Ich habe versucht, mit Ihnen Kontakt aufzunehmen, aber Sie haben mehr Leute um sich herum, als Alligatoren in einem Sumpf wimmeln.«

Er grinste, was sein Markenzeichen, die Lücke zwischen den Schneidezähnen, sichtbar machte. »Das hält die Presse fern.«

Stevie wurde unangenehm heiß, als sie daran erinnert wurde, dass sie in seinen Augen den Feind darstellte. Aber er musste nicht wissen, womit sie ihren Lebensunterhalt verdiente, jedenfalls nicht, bevor sie einander nicht besser kannten. Trotzdem fühlte sie sich verpflichtet zu sagen: »Aufgehalten hat sie das aber nicht.« Die Presse hatte mit dieser letzten, bizarren Wendung der Ereignisse in der Lauren-Rose-Geschichte einen ganz großen Tag gehabt. Jeder Schritt in der mühsamen Genesung der Frau wurde ans Licht gezerrt und mit Zitaten ungenannter und oft schlicht erfundener Quellen untermalt. Die Boulevardblätter hatten zu berichten gewusst, dass Lauren dem Staatsanwalt eine Aussage über die Vorfälle der Nacht, in der sie niedergeschossen worden war, geliefert hatte, die sich fundamental von der Grants unterschied. Grant Tobin rückte dementsprechend auch wieder ins Scheinwerferlicht – und sein Kopf steckte in der Schlinge.

Er zuckte die Achseln. »Daran bin ich gewöhnt.«

Abrupt erhob er sich aus seiner sitzenden Position auf dem Fußboden, ein Bündel von Stöcken, das sich auf magische Weise zu einem aufrecht stehenden Mann zusammensetze. Er riss die Vorhänge auf, dann trat er auf sie zu. Im grellen Tageslicht sah er sogar noch älter aus, hinter seinem zerfurchten Gesicht schimmerte der Geist des jungen Grant Tobin, seine funkelnden dunklen Augen und die lockere Geschmeidigkeit, mit der er sich einst bewegt hatte, wie zerbrochene Glasscherben durch.

»Ja, jetzt sehe ich es auch.« Er legte eine Hand unter ihr Kinn und drehte ihren Kopf hin und her. »Du siehst ein wenig aus wie meine Mom.«

»Alle sagen, ich sehe aus wie meine.« Aus ihrer Tasche zog Stevie einen verblassten, um 1970 aufgenommenen Schnappschuss ihrer Mutter in einem Folklorekleid und Birkenstocksandalen, die kleine Stevie auf dem Arm.

Er betrachtete es stirnrunzelnd, dann schüttelte er den Kopf. »Tut mir leid. Fass das nicht falsch auf oder so – sie ist bestimmt ein großartiger Mensch –, aber damals...« Er breitete mit leicht besorgter Miene die Hände in einer hilflosen Geste aus. »Wie ich schon sagte, ich erinnere mich nicht an viel.«

Stevie lächelte, um ihm zu zeigen, dass das schon okay war.

Nancy hatte sie gewarnt, dass sie nicht zu viel erwarten solle. Sie war einfach nur ein Groupie unter vielen gewesen, zweifellos eins von Hunderten, mit denen er geschlafen hatte. Der einzige Unterschied bestand darin, dass ihr von dieser Begegnung mehr geblieben war als das Recht zu prahlen und ein signiertes Andenken. Grant Tobins besonderes Geschenk an sie war das sechs Pfund schwere kleine Mädchen gewesen, das sie neun Monate später zur Welt gebracht hatte.

Wieder senkte sich Schweigen über den Raum, bis Grant fragte: »Hey, hast du schon gefrühstückt?« Sie verneinte. Bevor sie in den frühen Morgenstunden aufgebrochen war, war sie zu aufgeregt gewesen, um überhaupt an Essen zu denken, aber jetzt merkte sie plötzlich, dass sie ungeheuer hungrig war. »Prima«, sagte er erfreut. »Ich sage Maria, sie soll noch ein Gedeck auflegen. Wie möchtest du deine Eier?«

Stevies Gedanken wirbelten durcheinander, sie musste innehalten und nachdenken, bevor sie antworten konnte. Diese ganze Sache war so surreal. Was als *Mission Impossible* angefangen hatte, hatte sich in *Twilight Zone* verwandelt. Gleichzeitig rutschte etwas in ihr an seinen Platz, wie das letzte fehlende Stück eines Puzzles. Gerüchte über Grants dunkle Seite, angefacht von den früheren Freundinnen, die mit eigenen Geschichten im Kielwasser der Lauren-Rose-Tragödie aufgewartet hatten, schlichen sich in ihre Gedanken, aber sie schob sie entschlossen beiseite. Sie hatte ihr ganzes Leben lang auf diesen Augenblick gewartet, und sie würde ihn sich nicht selbst verderben.

Sie blieben lange am Frühstückstisch sitzen und redeten über alles, von Stevies Leidenschaft für schnelle Autos angefangen bis hin zur aktuellen Musikszene – sie erfuhr, dass Grant ein

Fan von Eminem war. Er erzählte ihr Geschichten aus Astral Planes glorreichen Tagen in den Siebzigern, als sie vor ausverkauften Stadien auf zwei Kontinenten gespielt hatten. Sie wiederum erzählte ihm, wie es gewesen war, in Bakersfield aufzuwachsen, einer Stadt, in der die Pickups durch die Bank mit Gewehrhalterungen ausgestattet waren, sodass Nancys VW-Käfer mit den Aufklebern der Friedensbewegung wie eine bunte Kuh aufgefallen war. Der einzige angespannte Moment kam, als sie ihm beichtete, womit sie ihren Lebensunterhalt verdiente. Was, wie sich herausstellte, für ihn keine Überraschung war.

Grant sagte lachend: »Ich bin vielleicht ein alter Knacker, aber ich gucke Fernsehen. Ich hab nicht allzu lange gebraucht, um mich zu erinnern, wo ich dich schon mal gesehen habe.«

Glücklicherweise nahm er es gelassen. Wie viele Berühmtheiten konnte Grant es sich leisten, gelassen zu bleiben, weil er andere dafür bezahlte, die bösen Buben zu spielen. Wie zum Beispiel den einschüchternden Leibwächter-Schrägstrich-Hausmeister, der sie nur drohend beäugt hatte, als sie einander offiziell vorgestellt wurden, und dann kaum ein Wort mit ihr gewechselt hatte, als er sie später nach Hause fuhr.

Als er sie vor ihrem Haus absetzte, war sie das personifizierte Gefühlstohuwabohu. In einiger Hinsicht war ihre Neugier befriedigt worden, aber sie hatte immer noch mehr Fragen als Antworten auf Lager. Was hatte Grant all die Jahre gemacht, in denen er sich eingeigelt hatte? Und steckte ein Körnchen Wahrheit in den Geschichten, die seine Exfreundinnen erzählten, vor allem, dass er sich in Mr. Hyde verwandelte, wenn er trank? Und, noch wichtiger, wo passte sie da hinein? Sie hatte sich kaum aus ihren verschwitzten Kleidern geschält, da griff sie auch schon zum Telefon und wählte Ryans Nummer. Er hatte all das mit ihr durchgemacht, das endlose Grübeln über ihren Vater und gelegentliche Anfälle von Weinerlichkeit, nach ein, zwei Gläsern Wein zu viel. Wie hätte sie so etwas Wichtiges wie dieses Erlebnis nicht mit ihm teilen können?

»Red-Gate Productions«, meldete sich eine weibliche Stimme am anderen Ende der Leitung.

»Jan? Ich bin es, Stevie. Ist er da?« Sie stieß die Worte atemlos hervor.

Sie hatte in den vergangenen Wochen so viele Nachrichten hinterlassen, dass es fast ein Schock war, als sie Ryans Stimme einen Augenblick später hörte. »Hör mal, hat das Zeit?«, fragte er, offenbar in Eile. »Wir mussten umschneiden, und im Moment steht hier alles Kopf. Der Termin für die Abgabe ist morgen.« Das Leben eines Dokumentarfilmers raste immer auf einen Abgabetermin zu, was meist mit dem ein oder anderen Filmfestival zusammenhing. Sie hütete sich, das persönlich zu nehmen, war aber trotzdem frustriert. Es war über einen Monat her, seit sie zuletzt miteinander gesprochen hatten. Vermisste er sie denn nicht wenigstens ein bisschen?

Sie schluckte den Kloß hinunter, der in ihrer Kehle saß. »Ich wollte dich nur wissen lassen, dass ich ihn getroffen habe – meinen Dad.« Ryan war der einzige Mensch außer Franny, Emerson und Jay, dem sie die Geschichte mit Grant anvertraut hatte.

Nach einer kleinen Pause sagte er: »Wow. Tolle Neuigkeit. Wie ist es gelaufen?«

»Ist 'ne ziemlich lange Geschichte. Hast du später Zeit? Ich hatte gehofft, wir könnten uns auf einen Kaffee treffen.«

Er zögerte, und im Hintergrund hörte sie gedämpfte Stimmen, die einander etwas zuriefen. Die Belegschaft von Red Gates Schneideraum in Aktion konnte es mühelos mit der von KNLA aufnehmen. »Ich könnte mich wahrscheinlich für zwanzig Minuten oder so loseisen«, sagte er nach kurzer Zeit, »aber erst später. Ich rufe dich an, wenn ich etwas Luft habe.«

Das war zwar nicht gerade eine Erklärung ewiger Liebe, musste aber wohl für den Moment reichen. Sie tröstete sich mit dem Gedanken, dass es nicht absolut hoffnungslos sein konnte, sonst hätte er der Verabredung wohl nicht zugestimmt.

Stevie duschte und zog ihre bestsitzende Jeans und ein Top an, das alles zeigte, was sie sich im Schweiße ihres Angesichts im Fitnessstudio erarbeitet hatte. Es konnte ja nicht schaden, ihn daran zu erinnern, was ihm entging. Und gleichzeitig wisperte eine Stimme in ihrem Kopf: Weißt du auch wirklich, was du da tust? Selbst wenn es ihr gelang, ihn zurückzuerobern, was dann? Sie war noch immer nicht bereit, ihm zu geben, was er wollte, und würde das vielleicht auch noch geraume Zeit nicht sein. Sie konnte nur beten, Ryan mit dieser Abkühlphase bewusst gemacht zu haben, dass sie es Wert war zu warten.

Es war schon später Nachmittag, als er zurückrief. Sie verabredeten sich in einem Café in der Nähe seines Studios, gleich um die Ecke vom Pico Boulevard. Auf dem Weg dorthin, in ihrem offenen Firebird, hing Stevie Gedanken an glücklichere Tage nach.

Bei ihrer ersten Verabredung hatte Ryan sie zuerst in ein kleines, familiäres italienisches Restaurant geführt, das der genaue Gegensatz zu den bei Prominenten beliebten In-Lokalen war. Anschließend waren sie in den Cinerama Dome gegangen und hatten sich *Berüchtigt* angesehen, einen ihrer – und, wie sich herausstellte, auch seiner – alten Lieblingsfilme. Danach waren sie den Highway 1 entlanggefahren und hatten in Malibu angehalten, um einen Mondscheinspaziergang am Strand zu unternehmen. Während sie über den Sand schlenderten und die Flut ihre Zehen umspülte, hatte Stevie eine Möglichkeit geahnt, wie sie sie bei anderen Männern nicht empfunden hatte. Und als er stehen blieb, um sie zu küssen, entfachte er nicht nur in ihren Lenden ein Feuer, sondern auch in ihrer Seele.

»Ich habe mich schon immer etwas gefragt«, sagte sie, als sie zurückspazierten. »Warum sind die Männer in all diesen alten Filmen solche Mistkerle?« Sie dachte an den von Cary Grant in *Berüchtigt* verkörperten Kerl, der Ingrid Bergman fast den ganzen Film hindurch schlecht behandelt hatte.

»Die bessere Frage wäre, warum die Frauen sich das gefallen lassen«, hatte Ryan geantwortet.

»Offenbar sind sie Masochisten.«

»Oder vielleicht sehen sie keine Alternative.«

»Zum Beispiel?«

»Einen netten Kerl, der weiß, wie man eine Frau richtig behandelt.«

Als sie sein langes, kantiges Gesicht, mit den intelligenten grauen Augen und dem sensiblen Dichtermund, musterte – nicht gerade der Typ, auf den sie normalerweise stand, aber auf eine gewisse Art attraktiv –, spürte sie, dass es nicht nur Gerede war. Er würde gut zu ihr sein, nicht nur, bis er sie ins Bett gelockt hatte, sondern auch danach. Bis jetzt hatte sie sich immer von den bösen Jungs angezogen gefühlt, die gut darin waren, ein Feuer zu entfachen, aber nicht blieben, um es brennen zu sehen. In Ermangelung eines Vaters war ihr wahrscheinlich einfach nicht viel anderes übrig geblieben als männliche Filmfiguren als Vorbilder dafür, wie ein Mann sein sollte, heranzuziehen. Aber hier war jemand, das wusste sie plötzlich ohne jeden Zweifel, der nicht nur eine weitere

Fußnote in ihrer langen, ruhmlosen Geschichte mit Männern sein würde.

In den folgenden Wochen und Monaten erwiesen sich ihre Instinkte als richtig. Er war ein ebenso guter Freund wie Liebhaber. Selbst ihre Unterschiede ergänzten einander. Er war der Ballast für ihre gelegentlichen geistigen Höhenflüge, und sie vermittelte ihm Einsichten in einige der von Angst zerrissenen Personen seiner Filme, die nicht das Glück gehabt hatten, so normal aufzuwachsen wie er. Er war auch romantisch, wo sie zum Praktischen neigte, und überraschte sie oft mit wohlüberlegten, witzigen Geschenken, wie einem Paar alter Plateauschuhe, die sie in einem Ramschladen bewundert hatte, oder Eintrittskarten zu einer Ausstellung klassischer Automobile.

Jetzt, als sie vom Freeway abbog, war sie so nervös wie vor ihrer ersten Verabredung. Als sie auf den Parkplatz hinter dem Café fuhr, hämmerte ihr Herz gegen ihre Rippen, und ihr Magen war da, wo eigentlich ihre Kehle hingehörte. Bei Joe hatten sie sich oft nach der Arbeit getroffen, hier hatte sie auch immer den Kaffee für Ryan und seine Mitarbeiter geholt, wenn sie eine Nachtschicht einlegen mussten. Der vertraute Ort rief zwangsläufig Erinnerungen in ihr wach. Sie war beinahe erleichtert, als sie beim Eintreten feststellte, dass sie die Erste war, das gab ihr die Gelegenheit, sich wieder zu sammeln. Während sie wartete, bestellte sie für sie beide. Sie wusste, wie er seinen Kaffee mochte, schwarz und ohne Zucker.

Sie hatte die beiden Becher mit ihrem dampfenden Inhalt gerade auf einen Tisch am Fenster abgestellt und sich hingesetzt, als er hereinkam. Ihr Herz machte einen Satz. Er hatte etwas abgenommen, was seine seelenvollen Augen und seine eckige Gestalt noch mal mehr betonte und ihm das Aussehen eines am Hungertuch nagenden osteuropäischen Dichters verlieh.

»Ich kann nicht lange bleiben«, sagte er und ließ sich auf den Stuhl ihr gegenüber fallen.

Sie hätten ein beliebiges Paar sein können, wenn nicht der Kloß in ihrer Kehle gewesen wäre, und sein Lächeln, das seine Augen nicht erreichte.

»Ich weiß.« Sie nahm seinen Anblick in sich auf, um ihn für später zu bewahren.

Er pustete in seinen Kaffee und nahm dann einen vorsichtigen Schluck. »Du siehst gut aus«, sagte er.

»Du auch.«

Sie konnte sich nur mit Mühe zurückhalten, nach seiner Hand zu greifen. Eine Hand, die jetzt durch sein Haar fuhr, eine nervöse Angewohnheit von ihm. Seine Haare waren gewachsen, seit sie ihn das letzte Mal gesehen hatte, sie lockten sich über dem Kragen seines verwaschenen Hemdes. Eine Rasur hätte er auch nötig gehabt, aber sie stellte fest, dass er so sexy und ein bisschen gefährlich aussah.

»Also erzähl. Wie ist er?« Er lehnte sich zurück, ein echtes Lächeln milderte seine harten Züge.

Sie erzählte ihm von dem seltsamen Vormittag. »Es war schon komisch. Er war eindeutig fröhlich darüber, Besuch zu bekommen. Dass es sich bei seinem Gast um sein Kind handelte, schien ihn weniger zu interessieren.«

»Nach dem, was du mir erzählt hast, scheint er ja auch nicht viel Gesellschaft zu haben.«

Sie nickte nachdenklich. »Es war fast so, als würde man jemanden im Gefängnis besuchen. Obwohl ich nicht viele Menschen kenne, die zu ihren Rühreiern Kaviar essen«, setzte sie mit einem Lächeln hinzu.

»Niemand hält ihn da fest«, betonte Ryan.

»Ich weiß, dass ist ja so komisch daran. Er hat seit mehr als zehn Jahren sein Anwesen nicht mehr verlassen.«

»Und warum ist das deiner Meinung nach so?«

»Ich glaube, er hat Angst. Davor, von der Presse verfolgt zu werden und auch davor, dass man herausfinden könnte, dass der echte Mensch keineswegs so ist wie die Legende. Der ganze Aufruhr um Lauren Rose ist auch nicht gerade hilfreich.«

»Was uns zu der wichtigeren Frage führt: Hältst du ihn für unschuldig?« Ryans graue Augen fixierten sie und zwangen sie, sich den Zweifeln zu stellen, die sie plagten.

»Ja, das tue ich.« Sie war selbst erstaunt über die in ihrer Stimme liegende Überzeugung.

»Was macht dich so sicher?«

»Es liegt nicht an dem, was er sagt. Genau genommen, kam das Thema gar nicht zur Sprache. Ich kann mir aber einfach nicht vorstellen, dass er diesen Schuss abgefeuert hat, nicht mit Absicht jedenfalls.« Grant hatte mehr wie ein Gejagter gewirkt denn wie ein Jäger.

»Du kennst ihn doch kaum. Du weißt nicht, wozu er fähig ist.«

»Stimmt, aber ich vertraue meinen Instinkten.«

»Und wenn sie falsch sind? Bist du bereit, das Risiko einzugehen?« Er beugte sich mit der Miene eines strengen Vaters vor. Die setzte er immer dann auf, wenn sie sich zu weit aus dem Fenster lehnte, wie zum Beispiel damals, als sie auf einer Pressekonferenz zu viel Neugier über die angeblichen Verbindungen eines Schauspielers zur Unterwelt gezeigt hatte.

Sie spürte einen Hoffnungsschimmer. »Wenn ich es nicht besser wüsste, würde ich denken, du machst dir Sorgen um mich«, stellte sie mit einem zaghaften Lächeln fest.

»Nur weil wir nicht mehr zusammen sind, heißt das ja nicht, dass ich mir keine Gedanken über dich mache«, sage er leicht abwehrend.

»Ryan...« Jetzt griff sie tatsächlich nach seiner Hand. »Der Grund, warum ich dich sehen wollte, war nicht nur, dass ich dir von meinem Vater erzählen wollte. Ich wollte, dass du weißt, wie sehr ich dich vermisst habe.«

»Ich habe dich auch vermisst«, erwiderte er ruhig.

»Du meinst, es ist noch nicht zu spät?«

»Wenn du fragst, ob mein Angebot noch steht, ist die Antwort ja.« Sein Ton blieb zurückhaltend.

Aus dem Anflug wurde eine Woge der Hoffnung. »Ich muss noch einige Dinge klären. Bist du bereit zu warten?«

»Vielleicht«, sagte er langsam, ohne den Blick von ihrem Gesicht zu wenden. »Das hängt davon ab, wie lange ich warten muss.«

Tränen der Enttäuschung stiegen Stevie in die Augen. Wie gerne hätte sie ihm eine klare Antwort gegeben! Aber sie konnte ihn nicht täuschen. Wenn alles, was sie bieten konnte, Aufrichtigkeit war, dann schuldete sie ihm zumindest das. »Ich kann dir nichts versprechen«, sagte sie.

»Versprich mir nur, dass du offen bleibst.«

Ihr Herz jubelte. »Heißt das, wir können wieder da hin, wo wir waren?«

»Nein, aber ich würde mich auf eine lange Verlobungszeit einrichten.«

Sie sah die Sehnsucht in seinen Augen, was es ihr noch schwerer machte zu sagen, was sie sagen musste. »Ich kann nicht. Es wäre dir gegenüber nicht fair. Du willst Kinder, und ich weiß nicht, wann und ob ich je dafür bereit sein werde.«

»So denkst du jetzt, aber –«

»Ryan, hör mir zu«, bat sie, ohne ihn ausreden zu lassen.

»Du kannst es dir erlauben zu warten, aber ich nicht. Warum glaubst du, brennt es bei Franny so? Ab einem gewissen Alter ist es keine freie Entscheidung mehr.«

»Davon bist du noch weit entfernt«, sagte er.

»Vielleicht nicht so weit, wie du glaubst.«

Er zog seine Hand weg und lehnte sich zurück. »Mit anderen Worten, es hat sich nichts geändert.« Die Wärme in seinem Blick kühlte so rasch ab wie der Kaffee, der fast unberührt vor ihm stand.

»Es tut mir leid.« Tränen liefen ihr über die Wangen.

Ryan schob mit einem lauten Schaben, das sie zusammenzucken ließ, abrupt seinen Stuhl zurück und erhob sich. »Schau, ich bin froh, dass du deinen Dad gefunden hast. Belassen wir es dabei, ja?« Er zog sein Portemonnaie aus der Hosentasche und warf ein paar Noten auf den Tisch. »Für den Kaffee.« Er ging ein paar Schritte Richtung Tür, blieb dann aber stehen und drehte sich langsam zu ihr um. In seinem Armer-Dichter-Gesicht spiegelte sich ein Kampf zwischen dem blinden Wunsch zu nehmen, was sie ihm anbieten konnte, und dem Wissen, dass es nicht genug war. Endlich sagte er sanft: »Pass auf dich auf, ja? Er mag ja wie ein netter Bursche wirken, aber vielleicht hat er noch eine andere Seite. Du könntest am Ende Blessuren davontragen.«

»Mach dir keine Sorgen, mir passiert schon nichts. Ich bringe die Schlagzeilen und mache keine.« Sie versuchte ein tapferes Lächeln aufzusetzen, was ihr jedoch misslang.

»Und was für einen großen Tag werden die Gazetten haben, wenn sie herausfinden, dass du seine Tochter bist?«

»Über diese Brücke gehe ich, wenn ich davor stehe. Zuerst muss ich mit Gewissheit feststellen, ob er unschuldig ist.« Nicht nur zu ihrer eigenen Beruhigung, sondern um das Hornissennest von Gerüchten und Spekulationen zu vernichten, dass aus Grant praktisch einen Gefangenen gemacht hatte.

»Und wie willst du das anstellen?«

»Ich habe meine Quellen.« Genau genommen, bis jetzt eine: Keith Holloway, einen ehemaligen Kollegen von KNLA, der die endgültige Biografie von Grant Tobin schrieb. Er hatte Jahre mit den Recherchen verbracht und wusste vermutlich alles, was es über das dunkle Kapitel mit Lauren Rose zu wissen gab. Falls jemand Stevie mit den Tatsachen vertraut machen oder sie zumindest in die richtige Richtung schubsen konnte, war es Keith. Außerdem schuldete er ihr noch etwas für den sechsstelligen Vertrag, den Franny ihm verschafft hatte.

»Pass nur auf dich auf, mehr will ich ja nicht«, warnte Ryan noch einmal.

»Ryan...«, begann sie, aber er hatte sich bereits abgewendet.

Stevie wollte auch aufstehen, sank dann aber sofort wieder auf den Stuhl zurück. Welchen Zweck hatte es, ihm nachzugehen? Es würde nichts ändern. Es war besser, ihn gehen zu lassen. Sollte er doch eine nette Frau finden, die Kinder wollte. Sie wünschte sich nur von ganzem Herzen, dass sie diese Frau sein könnte.

Stevie hatte Keith Holloway nicht besonders gut gekannt, als er noch bei KNLA war. Da er vor allem mit politischer Berichterstattung beschäftigt gewesen war, hatten sich ihre beiden Arbeitsbereiche kaum überschnitten. Aber sie hatten Verbindung gehalten, nachdem er gegangen war. Als er ihr erzählte, dass er ein Buch schrieb, eine Biografie über Grant Tobin – anscheinend war Keith schon seit Teenie-Tagen ein großer Fan seiner Musik, während seine gleichaltrigen Kameraden Heavy Metal und Seattle Grunge hörten –, hatte es für sie keine besondere Bedeutung gehabt. Mit der Entdeckung, dass sie Grants Tochter war, hatte sich das jedoch gründlich geändert. Deswegen hatte sie Keith mit Franny zusammengebracht, und als sie von seinem Buchvertrag hörte, hatte sie ihn angerufen und ihm vorgeschlagen, gemeinsam darauf anzustoßen. Sie wusste bereits aus ihren Gesprächen mit ihm, dass er der Ansicht war, dass man Grant auf gemeine Weise hereingelegt hatte, aber nicht, weshalb. Wusste er etwas, das nicht im Polizeibericht stand? Etwas, das ihn womöglich rehabilitieren könnte, falls er des versuchten Mordes angeklagt würde?

»Nett hast du's hier«, bemerkte sie, als sie in das Wohnzimmer seiner Wohnung trat, die ihrer eigenen nicht unähnlich war, von der gemütlichen Möblierung und dem Ausblick über die Bucht von Santa Monica mal abgesehen. Im Wohnzimmer dominierten kühle Beigetöne und helles Holz, farbige Akzente setzten bunte Stoffe und Poster. »Falls du dich je entschließen solltest, auf Innenarchitektur umzusatteln, ich könnte da Hilfe gebrauchen.«

»Danke, aber meine Mom macht sich schon genug Sorgen, weil ich nicht verheiratet bin, sie soll nicht auch noch fürchten müssen, ich könnte schwul sein«, sagte er kichernd und bat sie, doch auf dem Sofa Platz zu nehmen. »Was kann ich dir zu trinken anbieten?«

»Weißwein, wenn du welchen da hast.«

Er holte eine Flasche aus der Küche, und Franny dachte über seine Bemerkung nach. Falls er noch Single war, dann lag es bestimmt nicht an mangelnden Gelegenheiten. Auch wenn er nicht im klassischen Sinne gut aussehend war, hatte er etwas von Matt Lauer an sich, das ihn unwiderstehlich machte, falls der kollektive Pulsschlag des weiblichen Teils der Nachrichtenredaktion ein Indiz war. Sein dunkles Haar wurde dünn, wie das von Matt, da er es aber ganz kurz geschoren trug, richtete sich die Aufmerksamkeit mehr auf seine braunen Augen mit den dichten Wimpern und das Killerlächeln. Er war, mit den Worten von Liv Henry, die Sorte Mann, die einen vergessen lassen konnte, dass man verheiratet war.

»Also, auf deinen Vertrag«, sagte Stevie, nachdem er ihnen eingeschenkt hatte. Sie hob ihr Glas.

»Ohne dich hätte das nicht geklappt. Du bist diejenige, die mich mit Franny zusammengebracht hat.« Er sank in den ledernen Clubsessel, der dem Sofa gegenüberstand, und wirkte noch immer ein bisschen verwirrt über sein unverhofftes Glück. »Ich kann dir gar nicht genug dafür danken.« Er setzte mit einem schiefen Grinsen hinzu: »Jetzt muss ich dieses verdammte Buch nur noch schreiben.«

Sie folgte seinem Blick in den angrenzenden Raum, offenbar sein Arbeitszimmer, in dem sie Papierstapel und haufenweise Aktenmappen sehen konnte, die Schreibtisch und Fußboden bedeckten, und eine Wand, die von oben bis unten mit vollgekritzelten Post-it-Zetteln verziert war. »Wie läuft es denn bis jetzt?«

»Zäh.« Er nahm einen Briefbeschwerer vom Beistelltisch und spielte damit herum. »Ich dachte, der schwierige Teil wären die Nachforschungen. Aber jetzt die Spreu vom Weizen zu trennen und etwas Sinnvolles daraus machen, das ist die wahre Herausforderung.« Allein der Papierkram zu Lauren Rose fülle einen ganzen Karton, führte er mit einem Seufzer aus.

Stevies Puls ging schneller. »Irgendwas dabei, was eine Überraschung wird?« Sie schlug einen beiläufigen Tonfall an.

Er legte den Kopf schief und lächelte sie an. »Wenn ich dir das sagen würde, würdest du das Buch ja nicht mehr kaufen.«

»Vielleicht doch«, sagte sie und lächelte zurück. »Kommt darauf an.«

»Auf was?«

»Ob ich einen Gegenwert für mein Geld bekomme oder nicht.«

Er musterte sie aufmerksam. »Warum habe ich bloß das Gefühl, dass du nicht nur aus reiner Neugier fragst?«

Stevie stellte ihr Weinglas auf den Couchtisch und lehnte sich zurück, die Arme vor der Brust verschränkt. »Okay. Ich will ehrlich sein. Ich brauche deine Hilfe.«

»Was immer du willst«, sagte er, ohne zu zögern.

»Ich muss alles, was du weißt, über die Nacht erfahren, in der Lauren Rose angeschossen wurde.«

Sein Lächeln erstarrte, verschwand jedoch nicht. Er legte den Briefbeschwerer wieder auf den Beistelltisch und beugte sich vor, die Ellbogen auf die Knie gestützt, und fixierte sie mit scharfem Blick. »Vielleicht solltest du damit anfangen mir zu sagen, warum dir das so wichtig ist.«

»Wenn ich es dir sage, musst du mir versprechen, es vertraulich zu behandeln. Zumindest, bis das Buch erscheint.«

»Okay.«

»Was würdest du sagen, wenn ich dir erzähle, dass Grant ein uneheliches Kind hat?«

»Ich würde sagen, beweise es.« Er klang mehr als nur ein wenig skeptisch.

»Du willst Beweise? Du schaust ihn gerade an.«

Ihm fiel der Unterkiefer herab. »Willst du damit sagen –?«

»Grant Tobin ist mein Vater«, beendete sie den Satz für ihn und genoss für einen Augenblick seinen verdatterten Gesichtsausdruck, bevor sie fortfuhr: »Mach dir nichts draus – du hättest es nicht wissen können. Ich wusste es selbst bis vor ein paar Monaten nicht.«

»Wie hast du es herausgefunden?«

»Meine Mom hat es endlich gebeichtet.«

»Also hat er in der ganzen Zeit nie versucht, dich zu sehen?«

»Er wusste nicht einmal, dass es mich gibt. Wenigstens hat er mir das gesagt, und ich glaube ihm.«

»Du hast ihn kennengelernt?« Keiths Augen glitzerten wie die eines Jagdhundes, der eine Fährt aufgenommen hat.

Sie nickte. »Er ist nicht, was man erwarten würde«, erzählte sie. »Er ist eigentlich ganz süß, auf eine gewisse unkonventionelle Art.« Sie war seit ihrem ersten Besuch noch zweimal bei ihm und nach jedem Mal mehr von seiner Unschuld überzeugt gewesen. Nichtsdestoweniger brauchte sie mehr als ihre Instinkte, um Gewissheit zu haben.

Keith beugte sich gespannt vor. »Hat er je Lauren Rose erwähnt?«

»Nein, und ich habe auch nicht nach ihr gefragt. Ich warte noch auf den geeigneten Augenblick.«

»Ich weiß nicht, ob ich dir da viel helfen kann«, sagte Keith und runzelte leicht die Stirn, während er sich wieder zurücklehnte. »Ich habe Monate damit verbracht, jeden Menschen zu interviewen, der mit dem Fall irgendwie in Verbindung stand, und ich bin nie wirklich auf Grund gestoßen. Die Einzigen, mit denen ich nicht gesprochen habe, sind Lauren und Victor.«

»Victor?«

»Der Torhüter.«

»Großer, tätowierter Kerl mit Schultern von hier bis da?« Sie breitete die Arme weit auseinander. Sie hatte ihn nur unter seinem Spitznamen Gonzo kennengelernt, die Abkürzung für Gonzales. »Er scheint mir auch nicht gerade eine Plaudertasche zu sein. Genau genommen, hatte ich sogar den Eindruck, er würde einem höchstwahrscheinlich den Arm brechen, wenn man ihm auch nur versucht die Hand zu geben.«

Keith bestätigte das mit einem grimmigen Lächeln. »Bei unserer einzigen Begegnung hatte ich wirklich Sorge, dass ich mich nachher in Einzelteile zerlegt wiederfinden würde.« Keith ließ sich nicht leicht einschüchtern, also musste es ziemlich beängstigend gewesen sein. »Aber eine Sache habe ich damals zumindest herausgefunden. Eins der Hausmädchen hat mir gesteckt, dass Victor in der Nacht, als auf Lauren geschossen wurde, da war. Es besteht also durchaus die Chance, dass er das Ganze gesehen hat.«

»Aber das hat er der Polizei nicht gesagt.« Nach dem Polizeibericht hatte Grants Leibwächter ausgesagt, dass er gerade den Wagen geholt hatte, um Lauren zurück zu ihrer Wohnung zu fahren, als er den Schuss hörte. Als er bei ihr ankam, hätte sie bewusstlos in einer Blutlache auf dem Boden gelegen.

»Ich weiß. Aber das Hausmädchen behauptete, zumindest mir gegenüber – sie war zu verängstigt, um der Polizei auch nur ein Wort zu sagen –, dass er den Wagen erst aus der Garage holte, *nachdem* er den Notruf gewählt hatte.

»Glaubst du also, er deckt Grant?«

Keith zuckte die Achseln. »Du kannst ebenso gut raten wie ich. Es gibt nur zwei Menschen, von denen wir mit Gewissheit wissen, dass sie in jener Nacht in dem Zimmer waren. Der eine ist Grant, der bei seiner Geschichte bleibt. Der andere ist Lauren, die nicht gerade in der Lage war, ihre Version zu erzählen.«

»Bis jetzt.« Stevie hatte ein unangenehmes Gefühl im Bauch. Es hieß, dass Lauren gute Fortschritte mit ihrer Sprachtherapie machte. Blieb nur noch abzuwarten, an wie viel sie sich aus jener Nacht erinnerte.

»Bist du darauf vorbereitet, falls sich herausstellt, dass er doch nicht so unschuldig ist, wie er scheint?«, fragte Keith leise.

Stevie dachte einen Augenblick nach, dann nickte sie mit einem dünnen Lächeln. »Ich habe, was meinen Vater betrifft, den größten Teil meines Lebens im Dunkeln verbracht. Glaub mir, alles ist besser, als nichts zu wissen.«

Kapitel 4

»Mach sie fertig, Boss«, forderte Inez, als Jay auf dem Weg zum Konferenzraum an ihr vorbeischoss.

Er blieb stehen, um sich begutachten zu lassen. »Sitzt der Schlips gerade?«

Sie erhob sich halb von ihrem Stuhl und zupfte daran. »Jetzt ja.« Ihr Blick wanderte nach unten. »Allerdings hoffe ich, dass niemand merkt, dass du zu braunen Schuhen dunkelblaue Socken trägst.«

Er konnte sich an keinen einzigen Tag in den sechs Jahren, seit er bei Beck/Blustein war, erinnern, an dem Inez nicht auf ihn aufgepasst hatte. Zu zwei Dritteln Verwaltungsassistentin und zu einem Drittel Kindermädchen, verfügte sie über ein Mundwerk, das nicht recht zu ihrer Miniaturgröße zu passen schien – ihr Kopf mit dem blondierten Haar reichte ihm kaum bis zur Schulter –, und Schubladen, die mit Hilfsmitteln für alle möglichen Notfälle vollgestopft waren: Pflaster, Pfefferminzbonbons, Schuhcreme, Fleckentferner und für echte Notfälle eine kleine Flasche Glenlivet-Whisky. Es hätte ihn auch nicht weiter erstaunt, wenn sie jetzt ein paar Socken daraus hervorgezogen hätte.

Er ging weiter, den Flur mit den Glaswänden entlang, hinter denen er seine Mitarbeiter an den Telefonen oder Computern sehen konnte. Andere beugten sich in Grüppchen über Zeichentische oder saßen an Tischen in den kleineren Besprechungsecken. Alles Teil der Ebbe und Flut des täglichen Lebens hier bei Beck/Blustein, nur, dass dies kein gewöhnlicher Tag war, wie der ständig wachsende Knoten in seinem Magen ihn ermahnte. Die beiden Becher Kaffee, die er sich auf dem Weg zur Arbeit bei Starbucks geholt hatte, hatten auch nicht geholfen. Jetzt hatte er zu seinem nervösen Magen auch noch Sodbrennen.

Vor jeder Präsentation war es das gleiche Elend. Es spielte keine Rolle, dass er diesen Job seit über zehn Jahren machte, Jay konnte einfach nicht in ein entscheidendes Meeting gehen, ohne dass sein Blutdruck stieg, es in seinem Bauch rumorte und er dachte, dass man ihn dieses Mal ganz sicher enttarnen und seine wahre Identität enthüllen würde: ein Bauernjunge aus Wisconsin, der eine tolle Idee nicht von einem Eimer Wasser unterscheiden konnte.

Er wusste, dass seine Ängste unbegründet waren. Aber sie waren wie der Zeh an seinem linken Fuß, den er sich beim Eislaufen gebrochen hatte, als er neun war, und der nie richtig verheilt war, sodass er für immer krumm blieb: ein Vermächtnis seiner Kindheit. Als er aufwuchs, war alles, was immer er auch tat, nicht gut genug. Sein Vater schrie ihn nie an und schlug ihn auch nie, aber Jay spürte seine Missbilligung trotzdem, sie strahlte von ihm ab wie die Kälte des Kühllasters, in dem die Edelstahlbehälter mit Milch jeden Tag zur Molkerei gefahren wurden. Jeden Morgen, wenn er zur Scheune ging, um beim Melken zu helfen, fühlte er denselben Knoten im Magen wie jetzt. In der Schule ließ es nach – die Schule war der einzige Bereich, in dem er gut war –, nur um später am Tag zurückzukehren, wenn er den staubigen Hügel von der Bushaltestelle hinauftrottete.

Es war ein Schock gewesen, als er nach Princeton kam und feststellen musste, dass er nicht mehr der Schlauste in der Klasse war. Spitzenschüler und Redner beim Schulabschluss seiner Klasse auf der Woodrow Wilson Highschool gewesen zu sein, hatte ihn nicht darauf vorbereitet, wie mühelos seine Collegekameraden, die Eliteschulen besucht hatten, anscheinend vorankamen. Er musste sich anstrengen, um mitzukommen, jeder Tag war wie ein Spiel, in dem man mit drei Toren zurück lag und nur noch eine Minute Spielzeit hatte. Als er die anderen endlich eingeholt hatte, hatte er vergessen, wie man stehenblieb.

Jay marschierte ein paar Minuten vor der Zeit in den Besprechungsraum und freute sich, sein Team vollständig versammelt zu sehen – die Chefdesigner Darren Block und sein guter Freund Todd Oster, der mit ihm schon bei Saatchi & Saatchi gearbeitet hatte, sein Multimedia-Fachmann Michael McCort und die Texter Phoebe Kim und Sebastian Beccera. Sie standen bereit, aufmerksam wie eine militärische Abteilung.

»Irasshaimase.« Jay begrüßte die Manager von Uruchima, die im Gänsemarsch hereinkamen, schüttelte Hände, begrüßte jeden einzelnen mit Namen und vergaß auch nicht, sich nach Mr. Uruchimas Frau zu erkundigen, die, wie er wusste, nicht bei guter Gesundheit war. Ein rascher prüfender Blick über den langen Kirschholztisch zeigte ihm, dass Inez sich um jede Einzelheit gekümmert hatte: Ordentlich ausgelegt an jedem Platz lagen ein Mont-Blanc-Füller und eine gedruckte und gebundene Ausgabe des Konzeptes. Erfrischungen einschließlich dampfender Kannen mit grünem Tee außer den Thermoskannen mit Kaffee, köstliche Reiskekse von Takashimaya und die üblichen Bagels und süßen Brötchen.

Wenn seine Eltern mit ihren altmodischen Wertevorstellungen ihm eins eingebläut hatten, was ihm in der Arbeitswelt zustatten kam, dann war es die persönliche Note, die in der schnelllebigen heutigen Zeit immer seltener wurde, aber oft den entscheidenden Unterschied zwischen Erfolg und Misserfolg ausmachte. Sie hatte dazu beigetragen, mehr als einen Etat zu gewinnen, und hielt viele ihrer Kunden davon ab, zu einer anderen Agentur zu wechseln, wenn die Zahlen schlechter wurden. Und aus dem Lächeln und dem beifälligen Gemurmel, als die Uruchima-Manager sich mit den Erfrischungen bedienten, entnahm er, dass sie diese Note ebenfalls schätzten.

Sein Puls ging rascher. Falls sie diesen Etat gewännen, würde er das Juwel in Beck/Blusteins Krone bilden – größer als Jacques-Benoît-Kosmetik und Performance-Sportartikel zusammen. Uruchima Motors, die sich mit ihren Umsatzzahlen in den USA immer näher an Honda, Toyota und Nissan heranarbeiteten, brauchten eine innovative Kampagne, um ihren neuen Hybrid SUV, den Roughrider, auf den Markt zu bringen, und Jay glaubte, dass ihre Agentur dieser Herausforderung gewachsen war.

Nach ein paar einleitenden, flotten Sätzen erläuterte er mit einer PowerPoint-Präsentation ihre geplante Vorgehensweise. Bis vor kurzem, erinnerte er, hatten die Umfrageergebnisse für SUVs vor allem Familien und junge Männer im Alter zwischen 18 und 25 als Zielgruppe ergeben, aber neuere Marktforschungen zeigten, dass sie zunehmend von gebildeten männlichen Städtern gekauft wurden. Monster-SUVs waren die neuen Statussymbole – Viagra auf Rädern –, und da der Absatz wegen der hohen Benzinkosten sank, machte es den Roughrider besonders attraktiv, dass er nur knapp 8 l auf 100 km verbrauchte. Während Jay die Städte nannte, die ihm als erste Ziele für die Kampagne vorschwebten, sah er, wie der Mann neben Mr. Uruchima leicht nickte. So weit, so gut. Jetzt musste er das Baby nur noch nach Hause bringen, mit der Demo für den Neunundsechzig-Sekunden-Fernsehspot, den sie vorschlagen wollten. Mit einem Mausklick erschien auf der Leinwand ein Bild, das einen computeranimierten Mann an einem Gepäckband auf dem Flughafen zeigte, in den Dreißigern, unauffällig, im Geschäftsanzug, mit Aktentasche. Er war von ebenso unauffälligen Gegenstücken umgeben, die alle mehr oder weniger gleich gekleidet waren und gleich gelangweilt von ihrem Leben schienen.

Beim nächsten Klick entfaltete sich der Spot: Der Mann, der vergeblich nach seinem Koffer unter den auf dem Band kreisenden, identisch aussehenden schwarzen Koffern sucht, entdeckt plötzlich ein kleines Geschenkpäckchen mit seinem Namen darauf, das Autoschlüssel enthält. Er sieht verwirrt aus, scheint aber gespannt zu sein. Als Nächstes sieht man ihn in den glänzenden neuen Roughrider SUV steigen, der vor der Tür steht. Dann fährt er mitten in der Einöde über einen Feldweg, die Aktentasche fliegt aus dem Fenster, gefolgt von Jackett und Krawatte, während der Roughrider in einer Staubwolke am bewaldeten Horizont verschwindet. Die Bildunterschrift lautete: DAS LEBEN IST EIN GESCHENK. VERGEUDE ES NICHT.

Das Licht ging an, und in dem darauffolgenden Moment der Stille schlug Jays Magen Purzelbäume. Die Uruchima-Manager zeigten alle denselben, regungslosen, undeutbaren Gesichtsausdruck, und plötzlich befürchtete er, sie vielleicht beleidigt zu haben. Bis zu einem gewissen Grad betrachteten die Japaner Konformität als Tugend. Vielleicht gefiel ihnen die Andeutung nicht besonders, dass das nicht unbedingt erstrebenswert war.

Das Schweigen wurde von Yoshiko Imurakami gebrochen, dem einzigen weiblichen Mitglied der Gruppe, einer puppenhaften Frau mit glattem, schulterlangem Haar. »Über Kosten in welcher Höhe sprechen wir hier?«, fragte sie. Ihr Englisch war tadellos, und ihm fiel ein, dass sie erst in Yale studiert und dann in Harvard ihren Abschluss in Wirtschaftswissenschaften gemacht hatte.

Er wies auf die Seite des gedruckten Konzepts hin, auf der die veranschlagten Kosten aufgeführt waren. »Wie Sie sehen können, haben wir Angebote von verschiedenen kanadischen Produktionsfirmen, mit denen wir in der Vergangenheit schon häufiger gearbeitet haben. Es ist preiswerter, dort zu drehen – keine Gewerkschaften, die die Preise in die Höhe treiben. Außerdem ist der Wechselkurs für uns günstig. Damit lässt sich einiges einsparen.«

Der Hauch eines Lächelns huschte über Mr. Uruchimas faltiges Gesicht. Der ältere Herr war eindeutig beeindruckt von der Aufmerksamkeit, die Jay dieser Frage widmete. Er stand auf, ein zierlicher Mann, der trotzdem eine Aura der Macht ausstrahlte, und sofort taten seine Manager es ihm gleich. »Wir danken Ihnen, Mr. Gunderson. Es war sehr interessant«, sagte er und schüttelte Jay auf dem Weg nach draußen die Hand. »Sie werden in Kürze von uns hören.«

Jay strahlte sein bestes Westlich-des-Mississippi-Grinsen. »Vielen Dank, dass Sie mir Ihre Zeit geschenkt haben, Mr. Uruchima. Ich hoffe wirklich auf eine Zusammenarbeit. Ich glaube, wir würden ein tolles Team abgeben.«

»Spitzenmäßig, Kumpel. Du hast dich selbst übertroffen.« Todd Oster, ein riesiger, bärtiger Bär von einem Mann, an dem karierte Flanellhemden und Cowboystiefel natürlicher gewirkt hätten als der Vierhundert-Dollar-Anzug, den er trug, gratulierte ihm auf dem Rückweg zu ihren Büros.

»Glückwünsche erst, wenn wir den Etat in der Tasche haben«, bat Jay.

Inez löste ihren Blick von der Tastatur, auf die sie gerade einhämmerte, als sie hereinkamen. »Wie ist es gelaufen?«, fragte sie.

Er hütete sich, in ihrer Gegenwart in die typische übertriebene Ausdrucksweise der Werbeleute zu verfallen – die sie sofort durchschauen würde –, sondern sagte nur: »Niemandem scheinen meine Socken aufgefallen zu sein. Ich werte das als gutes Zeichen.«

Sie reckte den Daumen hoch und setzte dann an, ihre Tastatur weiter zu malträtieren. Sie hielt nur lange genug inne, um ihm hinterherzurufen, als er durch die Tür in das innere Büro trat: »Ach, übrigens, Franny hat angerufen.«

Er blieb in der Tür stehen. »Hat sie eine Nachricht hinterlassen?«

»Nein, aber sie wollte, dass du sie so bald wie möglich anrufst, wenn du aus dem Meeting kommst«, informierte ihn Inez, ohne noch einmal aufzublicken.

Jays Herz klopfte, als er nach dem Telefon auf seinem Schreibtisch griff. Eine dringende Nachricht von Franny konnte nur eins bedeuten. »Was gibt's?«, erkundigte er sich, als sie endlich abnahm.

»Nichts Besonderes. Ich wollte nur wissen, ob du nach der Arbeit etwas vorhast.«

Er fühlte, wie ein Teil der Anspannung von ihm abfiel. »Hm. Lass mal sehen...« Er schaute in seinen Terminkalender. »Sieht so aus, als wären wir mit Freunden zum Essen verabredet.« Mit Freunden von Vivienne, hieß das, er musste sie erst noch kennenlernen. »Warum?«, fragte er so beiläufig wie möglich.

»Ich hatte gehofft, wir könnten uns auf einen Drink treffen.«

»Ich glaube, das kann ich schaffen. Ich muss erst um sieben in dem Restaurant sein.«

»Prima. Bei Paddy's, so gegen sechs?«

»Bis dann.« Er hängte auf und fragte sich, ob ihr beiläufiger

Ton nur Tarnung gewesen war. Gab es etwas, das sie ihm sagen wollte? Etwas, das zu wichtig war, um es am Telefon zu erzählen?

Sein Herz machte bei dem Gedanken einen Satz.

Bislang war die Baby-Geschichte keine große Sache gewesen. Abgesehen davon, dass es ein komisches Gefühl gewesen war, in einen Plastikbecher zu masturbieren, während sich nur ein paar Schritte entfernt ein Wartezimmer voller Frauen befunden hatte, war das Schlimmste gewesen, dass Franny sich einbildete, nicht schwanger werden zu können. Die beiden ersten Versuche waren schiefgegangen, und jetzt war sie überzeugt davon, dass ihre Eier das Verfallsdatum überschritten hatten. Es half ihr auch nicht unbedingt weiter, dass Vivienne direkt beim ersten Versuch schwanger geworden war. Der Arzt hatte Franny zwar versichert, dass es nicht ungewöhnlich war, mehrere Anläufe zu benötigen, aber sie war überzeugt, dass sie den Zug verpasst hatte und eine vertrocknete alte Frau von sechsunddreißig Jahren war.

Aber wenn nun das dritte Mal den Bann gebrochen hatte?

Punkt sechs kam er bei Paddy's an, an der Ecke Dritte und Achtzehnte Straße, nur ein paar Blocks von seinem Büro entfernt. In verblichenen Goldbuchstaben stand über der Tür Shaughnessy's Taverne, aber jedermann nannte das Lokal Paddy's, nach seinem Besitzer, Paddy Shaughnessy, einem rotgesichtigen älteren Mann mit wehender weißer Mähne. Der begrüßte Jay herzlich und deutete zu dem Tisch, an dem Franny saß und an ihrem Bier nippte, während er dem Barkeeper ein Zeichen machte, für Jay dasselbe zu bringen.

»Na, das ist ja mal 'ne nette Überraschung«, bemerkte Franny, als Jay sich seinen Stuhl heranzog.

»Es ist ja nicht so, als ob du mich nicht erwartet hättest«, sagte er.

»Normalerweise kommst du zu spät. Ich hatte gedacht, ich hätte noch mindestens zehn Minuten, um mich geheimnisvoll und verführerisch zu geben.«

Jay ließ seinen Blick durch das ihm so vertraute Lokal gleiten. Die Holzverkleidung war nikotindunkel, an den Wänden hingen gerahmte Fotos von berühmten Gästen aus vergangenen Tagen. Heute waren nur Stammgäste da, die im Moment den Eindruck machten, als wäre es genauso wahrscheinlich, dass sie sich von dem im Fernseher über der Bar laufenden Baseball-Spiel losreißen konnten, wie, dass sie aufstanden und einen Jig aufs Parkett legten. »Wenn du darauf wartest, abgeschleppt zu werden, bist du am falschen Ort«, sagte er grinsend. »Es sei denn, du stehst auf ältere Männer oder einen verheirateten Mann, der im Begriff ist, Vater zu werden.«

»Das kannst du noch mal sagen.«

»Was?«

»Das mit dem Vater werden.«

Als Jay sie mit einem albernen Grinsen anstarrte, schien die ganze Welt zu einem Mikrokosmos zu schrumpfen. Der Barkeeper, der das Bier auf den Tisch stellte, hätte genauso gut eine Motte sein können, die in sein Gesichtsfeld flatterte und wieder verschwand. »Franny ... bist du ... ist es ...« Plötzlich fehlten ihm die Worte.

Sie nickte und verzog die Mundwinkel zu einem schiefen Lächeln. »Yep. Es ist offiziell. Mein Arzt hat es gerade bestätigt.« Jetzt grinste sie breit. »Ich weiß nicht, wie es dir geht, aber ich für meinen Teil finde, darauf sollten wir anstoßen.« Franny ließ ihre Flasche gegen seine klirren, und er sah, dass sie kein Guinness, sondern Ingwerbier trank. »Auf unser Kind. Im Ernst, ohne dich hätte ich das nicht geschafft.« Ihr Tonfall war ironisch, aber ihre Augen suchten in seinem Gesicht ängstlich nach Anzeichen, dass er nun womöglich doch noch kalte Füße bekommen hatte.

Da traf es Jay mit aller Wucht, und der Boden schien ihm unter den Füßen wegzugleiten. Das war nicht nur ein Gefallen, den er einer guten Freundin getan hatte. Franny war schwanger ... von ihm. »Wow«, sagte er und schüttelte langsam den Kopf.

»Ich weiß. Ich habe es auch noch nicht ganz begriffen«, sagte sie. »Ich warte noch darauf, dass Monty Hall aus der Kulisse tritt und mir sagt, dass mein wirklicher Preis eine brandneue Wasch-Trocken-Kombination ist.«

»Die du brauchen wirst.«

Franny griff über den Tisch nach seiner Hand. Es war ein warmer Tag, selbst für Juni, und in ihrem geblümten Sommerkleid, mit den roten Wangen und den zu einem lässigen Knoten hochgesteckten Haaren, aus dem sich einzelne Korkenzieherlocken gelöst hatten, sah sie genauso wie damals im College aus.

Seine Gedanken wanderten zurück zu dem Tag, an dem sie sich kennengelernt hatten. Er saß auf den Stufen zur Firestone Library, brütete über dem Stundenplan für den Herbst und versuchte zu entscheiden, für welche Kurse er sich einschreiben sollte, als er ein hübsches, braunhaariges Mädchen ein paar Schritte von ihm entfernt stehen sah. Sie kaute auf ihrer Unterlippe, die Stirn gerunzelt, als ob sie sich sehr konzentrierte oder wütend über sich selbst war.

Ohne zu überlegen stand er auf und ging zu ihr. »Entschuldige«, sagte er. »Aber du wirkst etwas verloren.«

»Da hast du recht. Nur bin nicht ich es, die verloren ist«, erwiderte sie ärgerlich und erklärte, dass ihre Brieftasche verschwunden sei, mit dem gesamten Geld für das kommende Semester.

»Vielleicht hat sie jemand gefunden und abgegeben. Hast du schon im Büro des Proktors nachgefragt?«, erkundigte er sich.

Sie legte den Kopf schief und betrachtete ihn neugierig. »Du bist wohl nicht von hier, oder?«, fragte sie, und ihr Brooklyner Akzent ließ sie wie eine Art Autorität der Straße erscheinen.

»Ist das so offensichtlich?«, erwiderte er mit einem Lachen.

»In der Gegend, aus der ich komme, gilt, wenn du etwas verlierst, kannst du dich auch gleich davon verabschieden.«

»In Grantsburg würde jeder, der es findet, eine Anzeige aufgeben.«

Sie lächelten sich an, und Jay drängte: »Komm schon. Einen Versuch ist es allemal wert. Schlimmstenfalls war der Weg umsonst.«

Franny zögerte einen Moment und meinte dann achselzuckend: »Ja, warum nicht?«

Sie waren schon unterwegs zum Büro des Proktors, als ihm einfiel, dass er sich noch nicht vorgestellt hatte. »Jay Gunderson.« Er blieb stehen und streckte ihr die Hand entgegen.

»Franny Richman.« Sie zeigte eine leicht verwirrte Miene, schien sich nicht sicher, ob er echt war oder nicht.

Im Büro des Proktors durfte sie zu ihrem Erstaunen entdecken, dass nicht nur ihre verlorene Brieftasche auf sie wartete, sondern dass deren Inhalt darüber hinaus wundersamerweise unangetastet war. Anschließend schlenderten sie zum Studentenzentrum, wo sie sich bei Kaffee und Muffins näher kennenlernten. Als Jay endlich auf seine Uhr sah, stellte er verblüfft fest, dass zwei Stunden vergangen waren. Von diesem Tag an waren sie unzertrennlich.

»Hör mal, ich möchte, dass du weißt, dass es mir ernst war mit dem, was ich gesagt habe«, erklärte sie jetzt. »Du schuldest mir nichts. Ich werde dich nicht dazu zwingen, jedes Fußballspiel mitanzusehen oder zum Elternabend zu kommen. Davon wirst du schon genug haben.«

»Wer sagt denn, dass du mich dazu zwingen werden musst?«, erwiderte er etwas abwehrend. Schließlich war es auch sein Kind.

»Ich meine, ich will nicht, dass du dich zu irgendwas verpflichtet fühlst.«

Er setzte eine gespielt bekümmerte Miene auf. »He, ich bin es, weißt du noch? Ich dachte, wir wären übereingekommen, das sich zwischen uns nichts ändern würde.« Sinn der Übung war es schließlich nicht, wenn sie von nun an, statt die Sätze des anderen zu beenden, jedes Wort auf die Goldwaage legten. »Also, Freunde?«

»Ja.« Sie stieß ihren angehaltenen Atem aus, und ein Teil ihrer Anspannung schien sich damit zu verflüchtigen. »Es ist nur, es ist schon ein bisschen komisch, weißt du. Ich war noch nie schwanger mit dem Kind meines besten Freundes.«

»Du warst überhaupt noch nie schwanger, Punkt.«

»Stimmt.«

Er drückte ihr beruhigend die Hand. »Gehen wir einen Schritt nach dem anderen an, okay?«

Sie nickte, auch wenn ihre Miene nachdenklich blieb. Im dämmrigen Licht der Kneipe schienen ihre Augen das ganze Gesicht einzunehmen. »Kein Bedauern?«

»Keins...« Es war keine richtige Lüge – er war froh, vor allem für Franny –, und wenn er Bedenken hatte, war das nur natürlich. Sie musste nicht wissen, dass er sich schon Sorgen machte, dass dieses Baby sich nicht nur auf ihre Freundschaft, sondern auch auf seine Beziehung mit Vivienne auswirken würde. »He, was ist schon ein bisschen DNA unter Freunden?«

»Da wir gerade beim Thema sind, ich hoffe, er oder sie erbt deine Nase.« Franny fand ihre Nase nämlich eindeutig zu groß, während Jay meinte, dass sie geradezu perfekt in ihr Gesicht passte. »Lange Beine wären auch ganz schön.«

Er lachte. »Hey, mach mal langsam, bis jetzt hat es noch nicht einmal Finger oder Zehen.« Er erinnerte sich an Viviennes erste Ultraschallaufnahme, das Baby hatte mehr an einen Daumenabdruck als an ein menschliches Wesen erinnert. Erst als der Arzt ihnen das Geschlecht mitgeteilt hatte, war das Kind real für ihn geworden, ein Junge, dessen Name schnell feststand: Stephan, nach Jays Großvater.

»He, du kennst mich doch, ich sehe mir schon Schulen an«, scherzte Franny.

»Versprich mir nur, dass du nicht zur militanten Vegetarierin wirst oder meine Kleider auf Katzenhaare untersuchst, bevor ich die Wohnung betreten darf.« Seit Vivienne auf dem Gesundheitstripp war, glich ihre Wohnung mehr einem antiseptischen Zen-Kloster als einem Zuhause.

»Katzenhaare sind mir ziemlich egal und jeder, der sich zwischen mich und meine Schweinskoteletts stellt, kann sich auf etwas gefasst machen«, konterte Franny mit gespielt grollender Stimme.

»Darauf trinke ich.« Er hob sein Glas.

Ihr Lächeln verblasste. »Ich weiß, wir haben bis zum Erbrechen darüber geredet, aber jetzt ist es nicht nur ein theoretisches Kind. Ich kann einfach nicht anders, ich mache mir Sorgen, dass ich mich zwischen dich und Viv dränge.« Es war, als hätte sie seine Gedanken gelesen.

»Viv wird entzückt sein«, versicherte er ihr. »Es war schließlich ihre Idee, weißt du nicht mehr?«

Frannys Befürchtungen waren jedoch zum Teil gerechtfertigt. Ihre Beziehung zu Vivienne war kompliziert. Das reichte zurück bis zu dem Typen, nach dem Franny so verrückt gewesen war, als sie und Vivienne sich nach dem College eine Wohnung teilten. Vivienne hatte nichts getan, um ihn zu ermutigen, aber sie fühlte sich trotzdem verantwortlich dafür, dass er sich von Franny trennte. Er vermutete, dass das unter anderem ein Grund für ihren Vorschlag gewesen war. Vermutlich wollte sie damit ein altes Unrecht wiedergutmachen und hoffte so endlich die Freundin zu werden, die sie immer hatte sein wollen.

»Trotzdem.« Franny beobachtete ihn immer noch ängstlich. »Versprich mir, das du mir sagst, falls ich jemandem auf die Zehen trete.« Sie runzelte die Stirn, ihre Finger schlossen sich fester um seine.

»Ich schwöre.« Er schlug ein unsichtbares Kreuz über seinem Herzen.

Sie gab seine Hand frei und lehnte sich zurück, den Blick nach innen gerichtet – einen Blick, den er erkennen gelernt hatte. Er kam aus dem geheimen Universum, das Frauen betraten, sobald sie schwanger waren. Ein Universum mit eigener Sprache, Gebräuchen und Rhythmen, aus dem Männer weitgehend ausgeschlossen waren.

Er empfand einen Anflug von Panik, dann tauchte die alte Franny wieder an die Oberfläche. Mit einer Stimme, die ihn etwas leichter atmen ließ, sagte sie. »Okay, jetzt, da das geklärt ist, will ich alles über dein Meeting hören. Jede Einzelheit.«

»Deine Freunde sind nett«, bemerkte Jay, als er und Vivienne später am Abend das Restaurant verließen.

Sie lächelte nachsichtig und schob einen Arm unter seinen.

»Woher willst du das wissen? Du hast den ganzen Abend kaum zwei Worte mit ihnen gewechselt.«

Er warf ihr einen erschrockenen Blick zu. »Tut mir leid. Ich war mit meinen Gedanken wohl woanders.«

Während des Essens hatte er an nichts anderes denken können als an Frannys Neuigkeit. Er hatte noch nicht einmal Gelegenheit gehabt, Vivienne davon zu erzählen. Als er im Restaurant ankam, war sie schon mitten in der Unterhaltung mit ihren Freunden. Und es war kein Thema, das man so ohne weiteres ins Gespräch werfen konnte. *Oh, übrigens, ich habe gerade erfahren, dass ein zweites Kind von mir unterwegs ist.* Er konnte sich blendend vorstellen, wie Rob und Melissa reagiert hätten. Andererseits musste er sich wohl an den Anblick offen stehender Münder gewöhnen, denn bald würde es sich nicht mehr verbergen lassen.

Blieb natürlich noch, es ihren Eltern beizubringen. Was Viviennes betraf, sah er kein Problem – sie waren Europäer, die schockierte nichts. Aber seine eigenen ... Sie waren einfache Bauersleute ohne jeden Bezug zu einer solchen Situation. Wie sollte er es ihnen erklären? *Mom, Dad, hört mal, wisst ihr noch, wie ihr mich immer wegen Enkelkindern bedrängt habt? Nun, jetzt bekommt ihr zwei zum Preis von einem.* Sein Vater würde sich am Kopf kratzen und ihm diesen *Blick* zuwerfen, der besagte: *Sohn, ich weiß nicht, welche schmutzigen Dinge euch da in New York City einfallen, aber bei uns hier draußen gibt es so etwas wie Familienwerte.* Seine Mutter, eine strenge Baptistin, dachte ernsthaft, er würde noch immer regelmäßig sonntags zur Kirche gehen – wobei er sich allerdings auch nicht gerade ein Bein ausgerissen hatte, um sie von diesem Irrglauben zu befreien –, und würde ängstlich fragen, ob er mit seinem Pastor darüber gesprochen hätte. Alles, was nicht von der Bibel oder dem christlichen Familienrat abgesegnet war, war in ihren Augen verdächtig.

»Ist was?«, drang Viviennes Stimme in seine Gedanken. »Du bist ganz weit weg.«

Er richtete seine Aufmerksamkeit wieder auf sie. »Tut mir leid. Ich war in Gedanken.«

»An was?«

»Franny.« Er blieb mitten auf dem Bürgersteig stehen und drehte sich zu ihr um. »Sie ist schwanger.« Er sagte das in neutralem Tonfall, um ihre Reaktion abzuwarten, ob sie es noch in Ordnung fand – jetzt, da es eine Tatsache geworden war.

Viviennes Gesicht leuchtete auf. »Wirklich? Das ist ja wunderbar!« Sie strahlte noch mehr als gewöhnlich, die Wangen leicht gerötet, das glänzende schwarze Haar im Schein der Neonleuchten schimmernd. Abends mit Freunden auszugehen, hatte immer diese Wirkung auf sie. »Warum um alles in der Welt hast du nichts gesagt?«, fragte sie leicht tadelnd. »Während wir die ganze Zeit über Robs und Melissas neue Wohnung geschwatzt haben, hast du das einfach für dich behalten.«

»Es ist nicht gerade Thema für ein Tischgespräch.«

»Dein Problem ist, dass du glaubst, jeder wäre so provinziell wie deine Eltern.« Sie drückte liebevoll seinen Arm, während sie weitergingen. »Egal, es ist ja schließlich kein tiefes, dunkles Geheimnis.«

Er zuckte die Achseln. »Ich glaube, ich muss mich erst an den Gedanken gewöhnen.«

»Du hattest sechs Monate, reicht das nicht?«, neckte sie ihn und legte eine Hand auf ihren rundlichen Bauch.

»Ich hätte nie gedacht, dass ich gleichzeitig Vater von zwei Kindern würde.«

»Nun, es geht ja nicht nur um dich. Und Franny wird alle Unterstützung brauchen, die sie bekommen kann.«

Sie schlenderten über die Second Avenue, wo die stickige Luft dankenswerterweise durch eine vom East River herüberwehende Brise etwas abgekühlt wurde. East Village war nicht mehr, was es war, als er und seine Freunde am Wochenende mit dem Zug von New Jersey hergefahren waren, dachte er. Es war nicht mehr ein bezahlbares Getto für Randgruppen, Grunge und Graffiti hatten eleganten Wohn- und Geschäftshäusern in jedem zweiten Block Platz gemacht. Hungernde Künstler und Musiker waren von der Starbucks-Klientel verdrängt worden. Inzwischen sah man mehr Sonnenstudiobräune als Tattoos. Jay kam zu dem Schluss, dass ihm das East Village seiner College-Zeit lieber war. Veränderungen solcher Art verliehen ihm das Gefühl, nicht mehr jung zu sein.

Vielleicht lag seine Sentimentalität aber auch nur an seiner bevorstehenden Vaterschaft. Freunde mit Kindern hatten ihn gewarnt, dass es alles andere in den Hintergrund drängte, und sie hatten recht gehabt. Er und Vivienne sprachen von kaum etwas anderem mehr. Einkaufsbummel waren im Allgemeinen auf das Baby ausgerichtet. Und er hatte die letzten beiden Wochenenden damit verbracht, das Kinderzimmer zu streichen und die Wiege zusammenzubauen. Aber er war nicht darauf vorbereitet gewesen, wie tief es ihn berühren würde. Er hatte das Gefühl, als hätte man ihm ein wundervolles Geschenk gemacht, die Möglichkeit, seinem eigenen Sohn die Kindheit zu geben, die er nicht gehabt hatte.

Würde er für Frannys Baby genauso empfinden?

Später, als er zu Hause im Bett lag und seine Frau sich an ihn kuschelte, kämpfte Jay noch immer mit der Frage. Franny wollte, dass er Teil am Leben ihres Kindes hatte, und er wollte das auch. Aber wie genau sollte das funktionieren? Würden sie auch eine Art Familie sein? Oder würde dieses Kind in dem Gefühl aufwachsen, weniger als Stephan geliebt zu werden?

Vivienne griff nach seiner Hand und legte sie auf ihren Bauch, sodass er fühlen konnte, wie das Baby trat.

»Fühlt sich wie ein Fuß an«, sagte er mit einem Lächeln. Wie immer durchlief ihn ein angenehmer Schauer. »Oder ein Knie.«

»Sieh der Tatsache ins Gesicht, dass wir einen künftigen Spieler der NFL erwarten. Vergiss Strampelanzüge, dieses Kind wird Helm und Knieschützer brauchen.«

»Ich war genauso. Meine Mom hat immer gescherzt, dass sie bei unserem Hausarzt Rabatt bekommen müsste, angesichts meiner vielen Brüche und Platzwunden.

»Ich wusste gar nicht, dass du so ein Teufelsbraten warst.«

»War ich eigentlich auch nicht. Es war alles ganz normal.« In der Schule hatte er sich für jede Mannschaft beworben. Er hatte Glück, denn er erwies sich als geborener Athlet, der nicht nur beim Football glänzte, sondern auch ein guter Ringer wie Lacrosse-Spieler war.

»Dann wollen wir hoffen, dass Frannys Baby ein Mädchen wird. Wir werden schon beizeiten genug graue Haare vor Sorge um Stephan bekommen.«

Eins von jeder Sorte, dachte er. Ja, das wäre schön. In der Dunkelheit gestattete er sich sein erstes echtes Lächeln des Tages. Minuten später, schon im Halbschlaf, murmelte Vivienne ihm ins Ohr: »Schatz? Ich hab vergessen dir zu sagen, dass die Kleins uns für Freitag zum Essen eingeladen haben.«

»Die Kleins?«, wiederholte er erschöpft.

»Aus dem Geburtsvorbereitungskurs. Du weißt schon, der Fotograf und seine Frau. Die mit den Zwillingen.«

»Ach ja.« Er erinnerte sich, mit ihnen neulich abends nach dem Kurs geplaudert zu haben. Jetzt fragte er brummig: »Gibt es ein Gesetz, das vorschreibt, dass man sich anfreunden muss, nur weil man sich in derselben Situation befindet?«

»Wie kannst du nur so etwas sagen. Es sind sehr nette Leute.«

»Ganz bestimmt. Aber das ist nicht der Punkt.« Jay seufzte, jetzt wieder hellwach. »Sieh mal, ich habe ja nichts gegen die Kleins, aber ich hätte zur Abwechslung mal nichts gegen einen ruhigen Abend zu Hause.«

»Davon haben wir noch genug, wenn das Baby erst da ist.«

Er konnte ihrer Stimme anhören, dass sie schmollte. Vivienne war gewohnt zu bekommen, was sie wollte. Er vermutete, dass es nicht ihr Fehler war. Als spätgeborene Tochter wohlhabender Eltern war ihr nichts abgeschlagen worden. Ihr Zuhause war eine luxuriöse Wohnung in einer Nebenstraße der Rue du Faubourg St. Honoré gewesen. Zur Schule war sie in der Schweiz gegangen, wo sie mit den Söhnen und Töchtern aus Königshäusern und von Staatsoberhäuptern verkehrt hatte. Mit fünfzehn war sie einem Modelscout ins Auge gefallen, und dann hatte es nicht lange gedauert, bis sie über die Laufstege von Paris stolzierte und für die *Vogue* posierte. Sie hätte nur ein hübsches Gesicht unter vielen sein können, aber dafür war sie zu klug, sodass sie nach ein paar Jahren ihre Modelkarriere auf Eis gelegt hatte, um an der Columbia zu studieren. Als sie sich kennenlernten, hatte sie das College schon zwei Jahre hinter sich und versuchte, in einem Geschäft wieder Fuß zu fassen, in dem man mit dreiundzwanzig schon fast als zu alt gilt.

Es war ungefähr zu der Zeit gewesen, als er bei Saatchi & Saatchi angefangen hatte. Er hatte sich Frannys neue Wohnung ansehen wollen, und Vivienne hatte ihm die Tür aufgemacht – das aufregendste Geschöpf, das er je gesehen hatte. Er war wie betäubt gewesen und hatte kaum einen zusammenhängenden Satz herausgebracht. Aber er hatte sich rasch wieder gefasst, und als erst einmal der Anfang gemacht gewesen war, hatte er es leicht gefunden, mit ihr zu plaudern. Nach ein paar weiteren Besuchen hatte er allen Mut zusammengenommen und sie gefragt, ob sie mit ihm ausgehen würde, was eine Beziehung mit Aufs und Abs in Gang setzte und ihn für die nächsten zehn Jahre hinter ihr her jagen ließ.

Trotzdem hielt sich Jay für den glücklichsten Mann auf Erden. Er wünschte nur, Vivienne wäre damit zufrieden, mehr als einen oder zwei Abende pro Woche zu Hause zu verbringen. Nach einer harten Arbeitswoche wollte er nichts weiter als eine selbst gekochte Mahlzeit und ein bisschen Ruhe allein mit seiner Frau.

Sobald das Baby da ist, wird sie ruhiger werden, sagte er sich. Bis dahin musste er einfach Geduld haben.

Er schlang die Arme um sie und wisperte: »Du sahst heute Abend übrigens umwerfend aus.«

»Schmeicheleien bringen dich auch nirgends hin«, sagte sie, aber er spürte, dass sie auftaute.

»Ich hatte auch eigentlich ein etwas genaueres Ziel im Sinn.« Seine Hand glitt unter die Decke.

Sie schob sich von ihm weg. »Lieber nicht.«

»Der Arzt hat gesagt, es wäre in Ordnung«, erinnerte er sie.

»Ich will kein Risiko eingehen.« Sie setzte in ihrer schönsten Schmollstimme hinzu: »Ich kann dir ja trotzdem etwas beim Einschlafen helfen.«

Aber Jay war an so etwas nicht interessiert. Er wollte Vivienne. Es war so lange her.

Mit einem Seufzer drehte er sich auf den Rücken. »Danke, aber ich sollte besser schlafen. Ich muss früh raus. Dan will mit mir noch den Plan für die Welltrek-Kampagne durchgehen, bevor wir uns mit den Managern treffen.«

Dabei fiel ihm auf, dass sie ihn nicht gefragt hatte, wie die Uruchima-Präsentation gelaufen war. Er fragte sich, ob sie das jetzt wohl nachholen würde – sie wusste schließlich, wie wichtig es für ihn war –, aber sie gähnte nur, drehte sich auf die Seite und murmelte: »Okay. Gute Nacht, Schatz.«

Kapitel 5

Franny schritt durch die Lobby des Sherry Netherland Hotels und wartete darauf, dass Keith Holloway auftauchte. Sie war neugierig auf ihn. Nach ihren Telefonaten und dem, was sie bis jetzt von seinem Buch gelesen hatte, schien er ein interessanter Typ zu sein, jemand, der einen Gutteil der dunklen Seite der Menschheit gesehen, aber trotzdem seinen Sinn für Humor nicht verloren hatte. Ob er wohl anders war, wenn man ihn persönlich traf? Einige ihrer Autoren waren ganz anders, als ihre Bücher vermuten ließen, wie beispielsweise Linus Munson, der unter zahlreichen Phobien leidende Bestsellerautor von Horrorgeschichten, oder die schon fast krankhaft schüchterne Beth Hubbard, die unter einem Pseudonym sexknisternde historische Romanzen schrieb. Es würde ein langer Abend werden, wenn Keith sich als so langweilig erwies, wie seine Beschreibung der Rock 'n' Roll-Szene der Siebziger spannend war.

Ein Fahrstuhl öffnete sich, aus dem ein attraktiver Mann in den Dreißigern in Jeans und Jackett trat. Er erblickte sie und kam auf sie zu. »Sie müssen Franny sein. Hi, ich bin Keith.«

»Sie sehen anders als auf dem Foto aus«, stellte sie fest und schüttelte ihm die Hand. Besser, meinte sie damit.

»Wenn mir das jemand sagt, denke ich normalerweise an ein Blind Date mit missglücktem Auftakt«, erwiderte er und lächelte auf sie hinunter. Er war groß, über einsachtzig, gut gebaut und sah so gesund aus, als ob er sich häufig im Freien aufhielt. Sein Gesicht war bis auf einige helle Blinzelfältchen in den Winkeln seiner braunen Augen sonnengebräunt.

Franny lachte. »Davon hatte ich auch meinen Teil.«

Keith entschuldigte sich für seine Unpünktlichkeit, und erklärte, dass sein Flug Verspätung gehabt hatte und er gerade erst eingecheckt hatte.

»Kein Problem. Ich habe erst für halb neun reserviert, damit wir genug Zeit haben«, sagte sie, als sie zum Ausgang gingen.

Beim Essen im Grillroom des Four Seasons vermittelte sie ihm eine Vorstellung davon, was er bei der Besprechung im Verlag am nächsten Morgen zu erwarten hatte. »Sie werden Eric mögen. Ich hätte keinen besseren Lektor für Sie finden können. Habe ich schon erzählt, dass er früher für den *Rolling Stone* gearbeitet hat? Und machen Sie sich keine Gedanken wegen Gretchen. Sie wird Ihnen ein Ohr abquasseln, aber sie weiß genau, was sie tut, wenn es ums Marketing geht. Die Hauptsache ist, dass alle wirklich gespannt auf dieses Buch sind. Man setzt große Hoffnungen darauf.«

»Das ist mal was Neues.« Er senkte die Stimme. »Haben Sie mit Stevie gesprochen?«

Franny nickte. »Ich weiß über sie und Grant Bescheid, wenn Sie das meinen.«

»Wer weiß noch davon?«

»Nur ein paar Leute. Sie möchte es vorläufig unter Verschluss halten. Ich brauche Ihnen nicht zu sagen, dass sich die Presse nur so darauf stürzen würde. Das Letzte, was sie braucht, sind Paparazzi, die ihr überallhin folgen.«

»Diese Sache mit Lauren Rose könnte die Situation allerdings verkomplizieren«, betonte er. »Falls sie darauf aus ist, eine Anklage zu erzwingen, muss Stevie Grant womöglich hinter Gittern besuchen.«

»Sie glaubt anscheinend, dass er unschuldig ist«, sagte Franny.

Keith nippte nachdenklich an seinem Wein und beobachtete die Servicekräfte des Grillrooms, die mit maximaler Effizienz durch den Raum glitten, scheinbar ohne Hast Mahlzeiten unter Silberhauben servierten, die dampfend heiß auf den Tisch kamen. »Sagen wir mal, es gibt keinen Beweis dafür, dass er es nicht war. Andererseits ist er, nach allem, was man hört, ein komischer Knabe. Selbst Stevie sagt das. Und es ist allgemein bekannt, dass er damals ein Alkoholproblem hatte.«

»Meinen Sie, er hat es immer noch?«

»Ich weiß nur, dass er ein paar Monate nach der Sache mit Lauren Rose ins Sierra Tucson gegangen ist. »Ob er trocken geblieben ist oder nicht, scheint niemand zu wissen.«

»Sie glauben doch nicht, dass Stevie in Gefahr ist, oder?« Franny wurde bei dem Gedanken unbehaglich.

»Nach dem, was sie mir erzählt hat, bezweifle ich das. Auch wenn es sie gefühlsmäßig hart treffen könnte, falls sie feststellt, dass er lügt.«

»Sie ist zäh. Sie wird damit fertig.«

»Sie kennen sie wohl schon ziemlich lange, schätze ich«, bemerkte Keith und nahm einen Bissen von seinem Entenconfit.

»Seit dem College. Wir haben uns bei einer Demo kennengelernt.« Franny lächelte bei der Erinnerung. Es war eine Anti-Apartheid-Demo, damals, als Nelson Mandela noch im Gefängnis saß, und da war dieses Mädchen mit dem flammendroten Haar und jeder Menge klimpernder Armreifen an den Handgelenken, das lauter gebrüllt hatte als alle anderen und ihr Plakat geschwenkt hatte wie ein Breitschwert, als die Polizei auftauchte.

Er fragte, wo sie aufs College gegangen waren, was zu einem Gespräch über ihre Laufbahn führte. Er war ein guter Zuhörer und, was noch besser war, er schien ihren leicht morbiden Sinn für Humor zu verstehen. Es dauerte nicht lange, und sie hatte das Gefühl, dass es eher eine Verabredung als ein Geschäftsessen war. Wenn das hier ein Blind Date gewesen wäre, hätte

Franny mit Sicherheit denjenigen nicht verwünscht, der es ihr eingebrockt hatte. Er war tatsächlich genau die Sorte Mann, die sie ansprach. Würden sich doch nur einige der Typen, mit denen sie gelegentlich flirtete, als ähnlich anziehend entpuppen, seufzte sie im Stillen. Intelligent, rücksichtsvoll und so gut aussehend, dass sie wünschte, sie hätte etwas Aufreizenderes angezogen als das konservative Kostüm, das sie trug.

»Was ist mit Ihnen?«, fragte sie. »Was hat Sie dazu bewogen, ins Nachrichtengeschäft einzusteigen?«

»Das hatte einen simplen Grund«, antwortete er. »Ich war nicht gut genug auf der Gitarre.«

Sie lächelte ihn an. »Also war das kein Scherz, als Sie sagten, Sie hätten davon geträumt, ein Rockstar zu werden?«

»Ich habe mehr als nur geträumt. Ich hatte sogar meine eigene Band. Die *Neon-Verschwörung*.« Er verzog das Gesicht. »Ziemlich schrecklich, ich weiß. Unnötig zu erwähnen, dass wir nie den großen Durchbruch schafften. Wir haben immer nur kleine Auftritte vor Ort gehabt.« Franny meinte einen Hauch von Bedauern in seinem Lächeln zu erkennen, selbst nach all diesen Jahren.

»Machen Sie sich nichts draus. Ich habe einmal voller Hoffnung Stepptanzunterricht genommen, stolperte aber dauernd über meine eigenen Füße«, gestand sie.

»Mein Onkel war damals Geschäftsführer eines kleinen Kabelsenders«, fuhr er fort. »Ich habe angefangen, dort nach der Schule zu arbeiten, habe Kaffee geholt und Botengänge gemacht, solche Sachen. Als ich mich auf dem College für ein Hauptfach entscheiden musste, wählte ich Kommunikationswissenschaft, weil das das einzige Thema war, von dem ich irgendetwas wusste. Ich habe nie zurückgeschaut. Bis kürzlich.«

»Wie sind Sie darauf gekommen, ein Buch zu schreiben?«

»Ich schätze, das ist meine Art, meinen alten Traum auszuleben«, antwortete er.

»Vermissen Sie die Hektik nicht?«, fragte sie und dachte an die wenigen Male, die sie Stevie in der Nachrichtenredaktion besucht hatte, gegen deren hektisches Tempo ein Verlag vergleichsweise verschlafen wirkte.

Er zuckte die Achseln. »Ab und an, wenn es eine Sensationsnachricht gibt. Aber die Arbeitszeiten vermisse ich nicht. Jetzt stehe ich jeden Morgen mit der Sonne auf, während ich sie früher nur gelegentlich mal durchs Bürofenster habe scheinen sehen.«

»Ich weiß, was Sie meinen. Ich bin früher ohne ein Manuskript nirgendwohin gegangen«, erzählte sie. Sie hatte im Flugzeug gelesen, in Restaurants, während sie auf ihre Verabredung zum Mittagessen wartete, selbst auf dem Klo. »Dann dämmerte es mir eines Tages, dass ich – wenn ich nicht einen Gang zurückschalten würde – als alte Dame enden würde, der von ihrem Leben nicht mehr geblieben ist als ein paar Widmungen in Büchern, die auf einem Regal Staub ansetzen.«

»Das zu erkennen ist eine Sache«, sagte er. »Das Schwierige daran ist, etwas zu ändern.«

»Für mich war es mehr eine Frage meiner biologischen Uhr.« Sie spürte, wie ihre Wangen heiß wurden. Sie hatte nicht so privat werden wollen.

»Heißt das, Sie tragen inzwischen noch etwas anderes mit sich herum als Manuskripte?«, fragte er augenzwinkernd.

Franny nickte und fühlte, wie die Hitze auf ihren Wangen sich ausbreitete. »Ich bin im Februar fällig.«

»Glückwunsch.« Er hob sein Weinglas. »Sie und Ihr Mann sind bestimmt ganz aufgeregt.«

»Kein Mann. Nur ich.«

»Dann sind Sie mir einen Schritt voraus. Sieht aus, als müsste ich warten, bis ich verheiratet bin.«

»Irgendwas in Aussicht?« Franny bemühte sich um einen beiläufigen Tonfall.

»Im Augenblick nicht.« Er hielt ihren Blick einen Moment länger als nötig fest. »Vor einer Weile war es mir ziemlich ernst mit einer Frau. Das Problem war, ich habe so viel gearbeitet, dass ich zu wenig zu Hause war, um den Ehemann zu spielen, geschweige denn Kinder zu haben.«

»Also wünschen Sie sich Kinder?«

»Ich stamme aus einer großen Familie, deshalb, ja, ich wollte immer schon eigene haben«, sagte er, als ob das nichts Ungewöhnliches wäre.

Kann dieser Typ wirklich echt sein?, überlegte Franny. Sie fühlte, wie sich ihr Puls beschleunigte. Sie musste sich in Erinnerung rufen, dass dies ein Geschäftsessen war, kein Rendezvous.

Nach dem Essen schlenderten sie über die Park Avenue, wo die Narzissen und Tulpen auf dem Mittelstreifen leuchtend bunten Tupfern aus Fleißigen Lieschen Platz gemacht hatten. Als Keith ihr seinen Arm reichte, um die Straße zu überqueren, schien es ganz natürlich, dass sie bei ihm eingehakt blieb, als sie auf der anderen Seite weitergingen.

Vor seinem Hotel trennte sie sich nur widerstrebend von ihm. Allein der Gedanke an die Besprechung am nächsten Morgen hielt sie davon ab, seiner Einladung zu folgen, das Gespräch in der Bar fortzusetzen. Falls sie nicht bald ins Bett käme, erklärte sie, wäre sie am nächsten Tag nicht zu gebrauchen. Doch als sie zu Hause war, hatte sie Mühe einzuschlafen. Statt der Müdigkeit, die ihr in letzter Zeit zu schaffen machte, fühlte sie sich energiegeladen und dachte an jede Einzelheit des Abends mit Keith. Hatte sie sich nur eingebildet, dass er auch an ihr interessiert zu sein schien? Und wenn er es war? Es wäre unprofessionell, wenn sie mit einem ihrer Autoren ausging. Und dazu noch peinlich, wenn sie an ihre gegenwärtigen Umstände dachte. Ganz zu schweigen von der Tatsache, dass er rund sechstausend Kilometer entfernt lebte. Aber als sie endlich einschlummerte, zählte sie trotzdem Bonusmeilen statt Schafe.

Die Besprechung am folgenden Morgen verlief gut. Alle waren ebenso entzückt von Keith, wie sie es gewesen war. Sie diskutierten über einen Marketing-Plan, der eine Lesereise und Fernsehauftritte einschloss. Die Tatsache, dass Keith ein alter Hase im Mediengeschäft war, kam bei Gretchen Hensler, der Marketingleiterin, so gut an, dass sie sich wie ein Kind mit einem neuen Spielzeug gebärdete. Beim Mittagessen saß sie neben ihm und führte sich derart besitzergreifend auf, dass Keith mit Franny öfter als einmal ein wissendes Lächeln tauschte. Sie wäre noch aufgeregter, dachte Franny, wenn er die Geschichte auspacken würde, die er so lange geheim halten wollte, bis er von Stevie grünes Licht bekam.

Er und Franny aßen auch an jenem Abend zusammen, in einem kleinen Bistro in der Nähe seines Hotels, wo er darauf bestand, die Rechnung zu übernehmen. Als sie später wieder vor seinem Hotel standen, bat er sie auf einen Nachttrunk in sein Zimmer. Franny wusste, worauf sie sich einließ, falls sie die Signale nicht missverstand, und als sie mit ihm im Fahrstuhl nach oben fuhr, spürte sie, wie auch in ihr etwas aufstieg. Etwas, dass sie schon lange nicht mehr gespürt hatte: Hoffnung.

Sie stand vor dem großen Fenster in seinem Zimmer und nahm den Anblick des nächtlichen Manhattans in sich auf, das mit Millionen Lichtern glitzerte, ein Anblick, dessen sie nie überdrüssig wurde, egal wie lange sie schon in der Stadt lebte.

Sie überlegte, dass diese Aussicht alles repräsentierte, was sie im Laufe der Jahre zu erreichen versucht hatte, alles, wonach sie sich in der vollgestopften Wohnung in Brooklyn gesehnt hatte, in der sie mit ihrer Mutter und Bobby gelebt hatte. Ihre Gedanken wurden unterbrochen, als Keith sich hinter sie stellte und die Arme um sie legte. Sie konnte sein geisterhaftes Abbild hinter ihrem eigenen in der dunklen Scheibe sehen. Ihr stockte der Atem, und einen Augenblick lang konnte sie sich nicht rühren, doch dann drehte sie sich langsam zu ihm um. In seinen Augen spiegelten sich die Lichter der Stadt, als er sich vorbeugte, um sie sanft auf die Lippen zu küssen.

»Das habe ich mir schon den ganzen Abend gewünscht«, murmelte er in ihr Ohr.

»Dann sind wir schon zwei.« Sie schlang die Arme um seinen Hals, lehnte sich an ihn und erwiderte seinen Kuss.

Ehe sie wusste, wie ihr geschah, lagen sie auf dem Bett, eng umschlungen, und erforschten einander fieberhaft mit Händen und Lippen. Es war Keith, der sich zuerst zurückzog, mit rotem Gesicht und aufgeknöpftem Hemd. »Du glaubst hoffentlich nicht, dass ich es nur auf einen One-Night-Stand abgesehen habe«, krächzte er.

»Keine Chance. Vergiss nicht, ich habe immer noch einen Anteil von fünfzehn Prozent an dir«, witzelte sie. »Das heißt, wenn du mich noch immer als Agentin haben willst.«

»Ich möchte keine andere haben.« Er wickelte eine Strähne ihres Haares um seinen Finger und zog sie daran zu sich heran. »Die Frage ist nur, ob wir dieses Thema nicht erweitern sollten.«

»Was genau hattest du dir da vorgestellt?« Frannys Herz pochte merkwürdig in ihrer Brust, und sie fühlte sich ganz schwach.

»Was würdest du von einer Ost-West-Küsten-Beziehung

halten?« Sein Mund verzog sich zu einem verführerischen kleinen Lächeln.

»Ich weiß nicht recht«, erwiderte sie vorsichtig. »So etwas hatte ich noch nie.«

»Nächsten Monat komme ich wieder her. Ich würde dich gern wiedersehen.«

»Du meinst das wirklich ernst?« Sie lehnte sich zurück, um ihn entsetzt anzusehen. Ihrer Erfahrung nach entpuppten sich Typen, die zu gut schienen, um wahr zu sein, normalerweise als genau das.

»Warum erstaunt dich das so?«

»Zum einen, weil ich schwanger bin.«

»Hast du gedacht, ich wollte dir nur um den Bart gehen, als ich sagte, ich liebe Kinder?« Er liebkoste ihren Nacken und zog mit der Zungenspitze kleine Kreise auf ihrem Ohrläppchen.

»Ich wette, das sagst du zu allen.«

»Nur zu denen, die einen Braten in der Röhre haben.«

»Du hast wirklich den Bogen raus, wie man Süßholz raspelt«, lachte sie.

»Ich meine es wirklich ernst.« Sein Ton wurde ernst. »Ich möchte dich wiedersehen.«

Franny zögerte einen Moment, bevor sie antwortete. Nicht, weil sie Bedenken hatte. Sie dachte nur über die Ironie nach, dass dies geschah, nachdem sie schon fast die Hoffnung aufgegeben hatte, jemanden kennenzulernen. Warum jetzt, wenn sie Umstandskleider kaufen sollte statt sexy Unterwäsche?

Aber wenn Keith bereit war, dann war sie es auch.

Mit einem Grinsen sagte sie: »Sie sind dabei, Mister.«

Kapitel 6

»Guck nicht so angespannt.« Jay stieß Emerson spielerisch mit dem Ellenbogen an. »Das ist eine Parfüm-Vorstellung, kein Debütantenball.«

»Sehe ich angespannt aus?« Der Gedanke ließ Emerson noch nervöser werden. Das hier war nicht irgendeine Veranstaltung, es ging immerhin um einen von Jays wichtigsten Etats.

»Ein bisschen«, sagte er mit vielsagendem Unterton.

»Ich möchte nur gern wissen, warum *du* so entspannt ist.« Sie wischte eine Schuppe von seinem Revers.

Er grinste. »Ganz einfach. Ich habe dich engagiert, damit du dir meine Sorgen machst.«

»Wenigstens weißt du, dass du etwas für dein Geld bekommst.«

Sie warf einen prüfenden Blick durch das Restaurant. Le Ephiphinies vergoldete Kuppel und der Swarowski-Kronleuchter glitzerten, und überall hingen die auf Styropor gezogenen Poster der Sheer-Anzeige. Sie zeigten ein Model, das nicht mehr als einen Hauch von Seide am Körper hatte und den Finger an die Lippen legte. Die Bildunterschrift lautete: SHEER ... ICH VERRATE NICHTS, WENN SIE ES AUCH NICHT TUN. Auf dem Flachbildschirm über der Bar lief der Werbespot als Endlosschleife, und im Speiseraum reichten Kellner Tabletts mit Getränken und Kanapees, während Models Parfüm-Pröbchen verteilten.

Der Raum war gedrängt voll, und ständig kamen noch mehr

Leute dazu. Besser noch, die Presse war mit geballter Kraft vertreten. Emerson hatte dafür gesorgt, indem sie Leute einlud, deren Namen es wert waren, auf der Gesellschafts-Seite erwähnt zu werden, vor allem diejenigen, die sie persönlich kannte. Auf der anderen Seite des Raumes sah sie Louisa Upchurch, die mit Dana Greenway plauderte, der Einkäuferin von Bergdorfs. Emerson kannte Louisa, seit sie ein kleines Mädchen war, damals, als Marjorie noch zum Cosmopolitan Club gehört hatte. Doch die Frau, die bei Club-Veranstaltungen ständig um ihre Mutter herumscharwenzelt war und sie bei jeder Kleinigkeit – von Modefragen angefangen bis hin zum richtigen Verhalten gegenüber Bediensteten – um Rat gefragt hatte, hatte ihre Besuche und Anrufe in dem Moment eingestellt, als sich Marjories finanzielle Notlage herumsprach. Es war Jahre her, dass Marjorie von ihr oder einer anderen ihrer so genannten Freundinnen etwas gehört oder gesehen hatte, außer ein paar mitleidigen Leutchen, die ihr Pflichtbesuche abgestattet hatten, als sie krank wurde. Mittlerweile waren ihre einzigen Besucher die wenigen alten Freunde aus dem College, mit denen sie Verbindung gehalten hatte. Allerdings kamen die auch nur selten, wenn sie zufällig in der Stadt waren.

»Ich sollte mal sehen, wie es Vivienne geht«, sagte Jay, als er seine Frau am anderen Ende des Raums erspähte.

Nach der Menge von Modeenthusiasten, die sich um sie scharten, zu schließen, gewann man jedoch nicht den Eindruck, als müsse Vivienne gerettet werden. Sie wirkte in ihrem kurzen, goldenen Kleid mit Spaghettiträgern und einem tiefen Ausschnitt, der ihre wunderbaren Rundungen hervorhob, wie die Ballkönigin. Selbst in schwangerem Zustand ließ sie sämtliche anderen anwesenden Models vergleichsweise unscheinbar wirken.

Als Jay auf sie zuging, groß und in seinem Armani-Anzug mehr als gut aussehend, schien das Gemurmel um ihn herum anzuschwellen, Leute wandten sich nach ihm um und steckten flüsternd und mit bewundernden Blicken die Köpfe zusammen. Er war der Goldjunge des Abends, der einfallsreiche Geist hinter der Veranstaltung. Doch die eine Person, die ihm am meisten Aufmerksamkeit hätte schenken sollen, schien ihn nicht zu bemerken. Aber Vivienne war schon immer so gewesen, rief sich Emerson ins Gedächtnis. Sie war es gewohnt, im Mittelpunkt der Aufmerksamkeit zu stehen. Selbst wenn andere Frauen mit Jay flirteten, nahm sie kaum Notiz davon. Emerson zweifelte nicht daran, dass sie ihn liebte, aber es war eine zerstreute Art von Liebe.

In diesem Augenblick tauchte Franny neben Emerson auf, leicht außer Atem, weil sie sich durch das Gedränge im Eingangsbereich hatte kämpfen müssen. »Tut mir leid, dass ich so spät dran bin. Ich konnte nichts zum Anziehen finden.« Sie hob die Bluse, um den Reißverschluss ihrer schwarzen Samtjeans zu zeigen, der von einer großen Sicherheitsnadel zusammengehalten wurde. »Wenn das so weitergeht, passe ich in ein paar Wochen nicht einmal mehr in meine weitesten Sachen.«

»Weißt du noch, wie dick ich mit Ainsley war?«, erinnerte sich Emerson. »Ich kam mir vor wie der weiße Wal in Moby Dick.«

»Der eleganteste Wal auf der Park Avenue«, versicherte Franny ihr und drehte sich um, um einen Blick auf die Anwesenden zu werfen. »Hast du Jay gesehen?«

»Vor einer Minute war er noch hier«, sagte Emerson, während ihre Augen zu dem Fernsehschirm über der Bar wanderten, auf dem eine nackte Frau aus dem Bett stieg, nur in ein Seidenlaken gehüllt. »Was hältst du von diesem Spot? Ist das nun sexy oder was?«

»Ich hatte schon so lange keinen Sex mehr, dass ich das nicht beurteilen kann«, antwortete Franny mit einem gespielten Seufzer.

»Was ist mit deinem Heißsporn in L. A.?«, fragte Emerson mit hochgezogener Braue.

Franny grinste breit. »Wir brechen an beiden Küsten die Rekorde mit dem Verfassen schmutziger E-Mails.«

»Wann siehst du ihn wieder?«

»Er kommt in ein paar Wochen her.«

Emerson fragte sich, ob Jay von dieser neuen Entwicklung wusste und wie er sich wohl fühlen würde, falls ein anderer Mann sein Kind aufziehen sollte, falls die Sache mit Keith und Franny ernst wurde. Sie wollte gerade danach fragen, als sie Ivana Trump entdeckte, die einen Auftritt hinlegte, der einer Mae West würdig gewesen wäre, eingehüllt in Wolken von hellem Nerz, der genau zu ihrer charakteristischen Hochfrisur passte. Emerson entschuldigte sich und eilte in ihre Richtung.

Sobald sie sichergestellt hatte, dass Ivana mit allen VIPs fotografiert worden war, blieb sie stehen, um ein paar Worte mit ihrer Assistentin Julie zu wechseln. Diese war am Eingang postiert, um die Namen der Nachzügler auf der Gästeliste abzuhaken. Die meisten Gäste der A-Liste, die zugesagt hatten, waren auch gekommen, wie Emerson erfreut feststellte, und zum ersten Mal an diesem Abend gestattete sie es sich, ein wenig zu entspannen. Sie hatte ihren Job erledigt. Jetzt konnte Jay sich im Glanze seines Erfolges sonnen.

Den Rest des Abends stand sie stoisch durch. Niemand hätte ihr angemerkt, dass sie mit den Gedanken woanders war. Sie plauderte mit den richtigen Leuten und sorgte dafür, dass keine Gelegenheit für ein Foto ausgelassen wurde. Sie sang den Managern von Jacques-Benoît Jays Loblied, obwohl sie damit offensichtlich bereits Bekehrten eine Predigt hielt. Endlich, als sie zufrieden feststellte, dass alles unter Kontrolle war, schlüpfte sie hinaus. Die Party näherte sich sowieso langsam ihrem Ende, sodass sie es getrost Julie überlassen konnte, sich um die letzten Kleinigkeiten zu kümmern, die noch zu tun blieben.

Draußen winkte sie ein Taxi heran. Als der Wagen sich langsam seinen Weg die Park Avenue hinauf zur Wohnung ihrer Mutter bahnte, sagte sie sich, dass sie nur eine gute Tochter war, wusste allerdings, dass das eine Ausrede war. Tatsache war, dass sie in letzter Zeit oft hereingeschaut hatte, häufig am Abend, wenn sie einigermaßen sicher sein konnte, dass ihre Mutter schlief und sie Reggie für sich allein haben würde. Sie saßen zusammen und redeten. Sie erzählte ihm von ihrem Tag, während sie den einen Whiskey mit Soda nippte, den sie sich am Ende eines harten Arbeitstages gönnte. Er wiederum berichtete von seiner Schule oder gab eine Anekdote über Marjorie zum Besten, die sie mehr zauberhaft exzentrisch als schwierig erscheinen ließ.

Sie hoffte nur, dass ihre Mutter nicht misstrauisch wurde. Marjorie konnte ihren neuen Pfleger zwar gut leiden, aber wenn sie in ihm ein Hindernis auf dem Weg zu ihrem Ziel sah, einen passenden zweiten Ehemann für ihre Tochter zu finden, wäre er weg, sobald sie einen Grund ersonnen hatte, ihn loszuwerden. Und mit so etwas war sie nach Emersons Erfahrung äußerst schnell bei der Sache. Marjorie hatte die Vorstellung von Ed Stancliffe als ihrem zukünftigen Schwiegersohn noch immer nicht aufgegeben. Emerson schauderte bei dem Gedanken, schob ihn beiseite und konzentrierte sich stattdessen auf das Bild, wie Reggie sie an der Tür begrüßen würde, sein Lächeln wie ein angelassenes Verandalicht, das sie aus dem Dunkeln ins Helle führte

»Wissen Sie, ich kann mich an eine Zeit erinnern, als ich Partys noch nicht für Arbeit hielt.« Mit einem Seufzer schlüpfte Emerson aus ihren hochhackigen Schuhen und legte die schmerzenden Füße aufs Sofa. »Als ich aufwuchs, kam es mir so vor, als ob meine Mutter dauernd Gäste hätte. Ich verbrachte meine Kindheit damit, mich um den Austausch von Höflichkeiten mit komischen Menschen herumzudrücken. Und hier bin ich, viele Jahre später, und mache genau das Gleiche.«

»Wenigstens werden Sie dafür bezahlt«, stellte Reggie mit einem Lächeln fest. Er saß auf dem Sofa ihr gegenüber, einen Arm über die Lehne gelegt, sodass dessen muskulöse Umrisse deutlich zu sehen waren.

»Stimmt«, gab sie zu und zuckte zusammen, während sie ihren Spann massierte. »Aber ich könnte mir einfachere Arten vorstellen, sich den Lebensunterhalt zu verdienen.«

»Würden Sie sich anders entscheiden, wenn Sie alles noch einmal vor sich hätten?«, fragte er.

Sie lehnte sich in ihrem Sessel zurück und nippte nachdenklich an ihrem Drink. »Wer weiß? Ich habe gern gezeichnet. Vielleicht wäre ich Künstlerin geworden.«

»Vielleicht haben Sie diese Genugtuung eines Tages. Wenn sie die Bilder Ihrer Tochter in einem Museum sehen«, sagte er mit breitem Lächeln.

»Wäre das nicht was?«, meinte sie und erwärmte sich für den Gedanken. Sie saßen in dem kleinen Wohnzimmer neben der Bibliothek, sodass ihre Stimmen die bereits schlafende Marjorie nicht störten. »Was immer sie auch tun wird, ich möchte, dass es das ist, was sie am glücklichsten macht.«

Er musste einen wehmütigen Tonfall in ihrer Stimme gehört haben, denn er fragte: »Und *Sie* haben dieses Glück gefunden?«

»Sagen wir mal, Dinge schön zu reden und Beziehungen

zu pflegen ist das, zu dem ich geboren und erzogen bin.« Sie hielt inne und überlegte, ob sie fortfahren sollte. In vergangenen Gesprächen hatte sie nur Andeutungen über ihre Kindheit gemacht. Aber es war schon spät, und der Whiskey und Reggies beruhigende Gegenwart hatten ihre Zunge gelöst. Sie begann zu erklären: »Ich wurde in dem Glauben erzogen, mit einem Silberlöffel im Mund geboren zu sein. Erst nachdem mein Vater gestorben war, fand ich heraus, dass wir pleite waren. Oh, es gab natürlich immer Geld für ein neues Kleid oder einen Platz bei einer Wohltätigkeitsveranstaltung, aber nie genug, um die Rechnungen zu bezahlen oder auch nur dem Portier zu Weihnachten ein Trinkgeld zu geben.« Sie spürte selbst jetzt noch die alte Scham in sich aufsteigen, wenn sie an die Zeiten dachte, in denen sie den Blick abwandte, um Nacario nicht in die Augen sehen zu müssen. Obwohl er Marjorie nie weniger höflich behandelt hatte als diejenigen, die ihm ein fürstliches Trinkgeld gaben.

Reggie nickte, er nahm alles mit nachdenklicher Miene auf. »Wo ich herkomme, ist Armut nichts, was man verbergen müsste«, sagte er. »Wobei man ohnehin nicht verhindern kann, dass die Nachbarn genau wissen, wie viele Ziegen du hast oder wie gut die Ernte in dem Jahr ausgefallen ist«, setzte er kichernd hinzu.

»Glauben Sie mir, wir wären besser dran gewesen, wenn wir uns um nichts anderes als Ziegen hätten Sorgen machen müssen.« Sie gestattete sich ein Lachen und fühlte sich irgendwie leichter.

Während ihrer Ehe war sie wie ein Chamäleon gewesen. Sie hatte sich in Briggs Leben eingefügt, wie sie es als Kind in das ihrer Mutter getan hatte, und war erst verspätet mit der Erkenntnis aufgewacht, dass er sie aus genau diesem Grunde liebte: weil sie ihn widerspiegelte. Aber bei Reggie musste sie nichts vortäuschen, sie konnte einfach sie selbst sein. Sie fand das irgendwie beruhigender als Briggs ganzen Reichtum.

Sie betrachtete ihn, sah, wie die Schatten im Zimmer seine schrägen Wangenknochen betonten und wie der Schein der Lampe seine Haut wie poliertes Teakholz schimmern ließ. Sie wünschte, es gäbe einen Weg, die Lücke zwischen ihnen zu schließen. Sie wollte ihn neben sich fühlen, die Wärme seines Körpers an ihrem. Der Gedanken trieb ihr die Hitze in die Wangen, und sie musste den Blick abwenden, damit er nicht erriet, was in ihr vorging.

Sie sprachen über andere Dinge. Reggie ließ sie mit den Geschichten über seine Familie ihre eigenen Sorgen vergessen. Amüsiert lauschte sie seinen Erzählungen über die Konflikte, die gelegentlich dadurch entstanden, dass sich zu viele Menschen unter einem Dach aufhielten – Schwestern und Brüder, Tanten und Onkel, Vettern und Cousinen, die den ganzen Tag lang ein- und ausgingen, Eier von ihren Hühnern, einen Korb frisch ausgegrabener Süßkartoffeln oder den neuesten Klatsch brachten.

»Wie oft sehen Sie sie?«, fragte Emerson.

»Für meine Mutter nicht oft genug. Sie schmiedet ständig Pläne für die Zeit, wenn ich für immer nach Hause komme«, sagte er mit einem verwirrten Kopfschütteln. »Sie hat sogar schon eine Frau für mich ausgesucht.«

Emerson verspürte einen kleinen Stich. »Jemand, den Sie kennen?«

Er nickte. »Die Schwester der Frau meines Vetters. Sie heißt Patience.«

»Und, ist sie das? Geduldig, meine ich.« Emerson versuchte zu scherzen, aber in ihrem Innern verspürte sie einen schmerzhaften Stich.

Er sah sie einen Augenblick lang verständnislos an. Dann

dämmerte es ihm, und sein Mund verzog sich zu einem herzlichen Lächeln. »Nicht, was Sie denken. Wir schreiben uns zwar oft E-Mails, sind aber nur Freunde. Meine Mutter wird enttäuscht sein, wenn sie herausfindet, dass ihre Traum-Schwiegertochter heimlich mit einem anderen Mann verlobt ist.«

Emerson grinste, ein wenig zu breit. » Unsere Mütter haben etwas gemeinsam.« Sie erzählte ihm, wie Marjorie versuchte, sie mit Ed Stancliffe zu verkuppeln.« Sie ist fest entschlossen, mich wieder verheiratet zu sehen, bevor sie ...« Sie fing sich und fuhr fort: »Solange sie noch da ist, um sicherzustellen, dass es jemand ist, der mir keinen Ausschluss aus dem *Gesellschaftsregister* einhandelt.« Reggie wusste nicht, was das war, und so schilderte sie, ein wenig errötend, die Liste, die jedes Jahr auf den neusten Stand gebracht wurde, mit all den Namen der gesellschaftlich bedeutenden Personen. Abschließend erläuterte sie, dass ein Mitglied, das außerhalb seines Standes heiratete, automatisch gestrichen wurde. Sie setzte rasch hinzu: »Das ist natürlich purer Unsinn. Ich habe diesen Quatsch nie ernst genommen.«

»Es ist überall dasselbe«, meinte er achselzuckend. »Selbst in meinem Dorf dreht sich alles darum, wer dein Großvater und dein Urgroßvater waren.«

»Meine Mutter hat so gern mit ihrem Schwiegersohn angegeben«, sagte sie. »Und ich? Mir war es völlig egal, dass er seine Familie bis zur *Mayflower* zurückverfolgen konnte. Rückblickend glaube ich, dass ich Briggs vor allem geheiratet habe, um mich von meiner Mutter zu lösen.«

»Hat es geklappt?«, fragte er mit hochgezogener Augenbraue, als ob er die Antwort schon wüsste.

»Das sehen Sie ja selbst.« Sie seufzte und deutete auf den Raum. »Immer, wenn ich denke, ich habe etwas Boden gewonnen, findet sie einen Weg, um mich wieder einzufangen.« Sie senkte den Blick, verlegen über dieses Geständnis. »Ich nehme an, das lässt mich ziemlich schwächlich wirken.«

»Stärke liegt oft in der Fähigkeit, sich zu krümmen«, erklärte er leise.

Sie sah mit einem leichten Lächeln zu ihm auf. »Wie sind Sie so klug geworden?«

»Weil ich *meiner* Mutter zugehört habe.« Er hielt ihren Blick fest, seine grün-goldenen Augen leuchteten ihr aus den Schatten entgegen. »Und dieser Mr. Stancliffe, besteht denn Hoffnung für ihn?« Er warf einen viel sagenden Blick zur Decke hinauf.

Emerson lachte. »Nicht, solange ich auch ein Wörtchen mitzureden habe.« Bildete sie sich nur ein, dass Reggie erleichtert wirkte? »Jedenfalls, ich bin gar nicht sicher, ob ich noch einmal heiraten möchte. Eine Scheidung sorgt dafür, dass man von seinen Idealen kuriert wird.«

»Vielleicht haben Sie nur noch nicht den Richtigen getroffen«, sagte er ruhig und schenkte ihr einen Blick, der wie elektrischer Strom zwischen ihnen knisterte.

Jetzt erkannte sie es eindeutig: Was immer sie auch fühlte, Reggie empfand genauso. Das Wissen ließ plötzlich eine Flamme aus dem schwelenden Feuer in ihrem Innern auflodern.

Da sie nicht wusste, wie sie damit umgehen sollte – sie war noch nie in einer solchen Situation gewesen –, wandte sie ihren Blick zum Fenster und schaute zum Verkehr auf der Park Avenue hinaus. Die Scheinwerfer der Autos erinnerten an Ketten von Christbaumschmuck. Einen kurzen Augenblick später hörte sie leise Schritte, und als sie aufschaute, stand Reggie über sie gebeugt. Er lächelte und streckte die Hand aus, und für einen Moment hatte sie den Eindruck, dass er sie um einen Tanz bitten wollte. Die Hitze in ihrem Innern breitete sich aus, und sie meinte bereits die Musik hören zu können.

Aber dann begriff sie, dass er ihr nur anbot, ihr Glas aufzufüllen.

»Sie müssen mich nicht bedienen«, sagte sie in recht scharfem Ton, denn sie brauchte nicht daran erinnert zu werden, wer sein Gehalt zahlte. »Außerdem ist es spät geworden. Ich sollte besser gehen.« Sie sah auf ihre Armbanduhr und stellte erstaunt fest, dass es schon nach halb eins war.

Der Whiskey musste ihr zu Kopf gestiegen sein, denn sie schwankte ein wenig, als sie sich hochstemmte, sodass Reggie nach ihrem Ellbogen griff, um ihr zu helfen. Wieder begegneten sich ihre Blicke, und für einen langen Moment blieben sie so stehen, ohne dass sich einer von ihnen rührte. Der oberste Knopf seines kurzärmeligen Hemdes stand offen, und sie konnte sehen, wie eine Ader gleichmäßig in der Höhlung unter seinem Kehlkopf pulsierte. Dann hob er langsam, ganz langsam, seine Hand an ihre Wange und ließ sie dort einen Moment ruhen, ehe er den Kopf beugte, um sie zu küssen.

Emerson schloss die Augen und gab dem Wirbel der Gefühle nach, den seine Lippen auf den ihren auslösten. Sie waren weich und voll, sanft, aber beharrlich. Sie schlang die Arme um seinen Hals, legte den Kopf zurück und öffnete die Lippen, als sein Kuss drängender wurde.

»Jesus«, keuchte sie, als sie endlich Luft holten.

»Ich fürchte, Jesus hatte nur sehr wenig damit zu tun.« Reggie ließ ein leises, kehliges Lachen hören.

Mit zitternder Stimme fragte sie: »Und was jetzt?«

Er zog sie zu sich heran und flüsterte in ihr Haar: »Das liegt bei dir.«

Der Gedanke an Marjorie schreckte sie. Wenn sie diese Sache noch weitergehen ließe, würde sie einen hohen Preis dafür zahlen müssen. Vielleicht würde sie ihre Mutter damit sogar früher als nötig unter die Erde bringen? Kann ich damit leben?, fragte sich Emerson.

Gleichzeitig wusste sie, wenn sie ihrer Mutter diesmal wieder nachgab, würde sie es für den Rest ihres Lebens bedauern.

Das durfte sie nicht zulassen. Sie hatte schon zu viel geopfert.

Sie nahm Reggies Hand und führte ihn zum Sofa, auf das sie sich, die Arme umeinander geschlungen, sinken ließen. Sie legte seine Hand an ihre Lippen, küsste die Innenfläche und führte sie dann zu ihrer Brust. Langsam knöpfte er ihre Bluse auf, jeder Knopf eine kleine Verführung für sich. Sie stöhnte leise. Empfindungen, die sie seit langer Zeit nicht mehr gespürt hatte, tanzten wie Funken unter der Hülle aus Eis, die sie um sich errichtet hatte, und tauten diese zu warmen Rinnsalen.

Versunken in ihrem Entzücken hatte sie das Gefühl, als würde sie grob aus einem Traum geschreckt, als sie Marjories Stimme gereizt vom Ende des Flures hörte: »Reggie! *Reggie!* Wo sind Sie?«

Sie sprangen beide gleichzeitig auf und richteten hastig ihre Kleidung. Emerson legte einen Finger an die Lippen und bedeutete Reggie, still zu sein – ihre Mutter brauchte nicht zu wissen, dass sie hier war. Er nickte verstehend und warf ihr noch einen letzten sehnsüchtigen Blick zu, ehe er sich abwandte und das Zimmer verließ.

Emerson wartete noch eine Minute, und als sie glaubte, dass die Luft rein war, schnappte sie ihre High Heels und hielt sie in der Hand, während sie in den Flur hinaus tappte. Die Geschichte meines Lebens. Mit sechsunddreißig schleiche ich noch immer auf Zehenspitzen um meine Mutter herum, dachte sie, wütend auf sich selbst, als sie Augenblicke später aus der Wohnungstür schlüpfte und sie hinter sich zuzog.

In den folgenden Tagen dachte Emerson an kaum etwas anderes als an Reggie. Immer wieder ging sie in Gedanken ihre letzte Begegnung durch, und in ihrer Vorstellung endete sie nicht mit einem einzigen Kuss. Da sie sich vor den Konsequenzen einer weiteren intimen Begegnung fürchtete, begann sie ihre Besuche auf die Tagesstunden zu beschränken. Allerdings hielt sie das keineswegs davon ab, wie ein liebeskranker Teenager von ihm zu schwärmen.

Nach einer Woche hatte sie genug und beschloss, die Sache ein für allemal zu regeln. Sie hatte genug über Reggies Kurse an der Hochschule gehört, um eine Vorstellung von seinem Stundenplan zu haben, und an einem stürmischen Tag zwischen zwei Terminen wollte sie ihn an der New York University abpassen. Auf keinen Fall wollte sie dieses Gespräch an einem Ort führen, an dem ihre Mutter es vielleicht mit anhörte.

Sie sah ihn, als er aus dem Vorlesungsgebäude schlenderte, in dem die Biologiekurse für Fortgeschrittene stattfanden. Er war mit mehreren Kommilitonen zusammen, die sich alle angeregt miteinander unterhielten. In seinen knapp sitzenden Jeans und dem Button-Down-Hemd, umgeben von den jüngeren Studenten mit ihrer formlosen Kleidung und den wilden Haarmähnen, denen iPod-Drähte aus den Ohren hingen, hätte er gut einer der Professoren sein können. Aber dennoch schienen sie ihn als einen der ihren zu akzeptieren. Vor allem ein hübsches, zierliches Mädchen mit großen braunen Augen und wilder schwarzer Mähne hing an seinen Lippen, ganz offensichtlich fasziniert ... vielleicht auch verliebt.

Emerson fühlte einen Stich der Eifersucht. In der Wohnung ihrer Mutter war es leicht, sich vorzumachen, dass es nur sie beide gab, in ihrer kleinen Seifenblase fern vom Rest der Welt, aber jetzt wurde sie daran erinnert, dass Reggie ein Leben außerhalb von Marjories Wohnung führte – eins, in dem er von jungen Frauen mit frischen Gesichtern umgeben war, die nicht so viel Ballast mit sich herumschleppten.

Er entdeckte sie und grinste breit, dann sprintet er zu ihr hinüber. Er wirkte überrascht, sie zu sehen und fragte mit seiner tiefen, melodischen Stimme: »Ist alles in Ordnung?«

»Bestens«, sage sie. »Hör mal, hast du eine Minute Zeit?«

»Mein nächster Kurs fängt erst in einer Stunde an«, antwortete er.

»Entschuldige, dass ich dir so aufgelauert habe«, sagte sie, als sie in Richtung Washington Square gingen. In dem Gewimmel von Studenten, die sich mit ihren Rucksäcken vorbeischoben, wurde sie an ihre eigene Studienzeit in Princeton erinnert. Es schien hundert Jahre her zu sein.

»Jeder Besuch von dir ist mir willkommen«, versicherte er. Nichts in seinem Gesicht zeigte etwas anderes als Freude.

»Es ist nur so, dass ich diese Unterhaltung nicht in der Nähe meiner Mutter führen wollte«, erklärte sie.

Er warf ihr einen seltsamen Blick zu. »Geht es um den Abend neulich?«

Sie blieb abrupt stehen und fühlte, wie ihr unter seinem ernsten Blick warm wurde. »Hör mal, ich wollte nur, dass du weißt, ich ... ich bedaure nicht, was geschehen ist. Aber ich glaube, wir sollten es dabei belassen. Für den Augenblick. Es ist keine so gute Zeit für so etwas.«

»Wegen deiner Mutter?«

»Ja.«

Er nickte und sagte leise: »Ich verstehe.«

»Wirklich?«, fragte sie, fast flehend.

»Ich glaube schon.«

»Glaub mir, ich möchte es nicht so haben. Es ist nur ...« Emerson stieß einen niedergeschlagenen Seufzer aus, ihre

Schultern sanken herab. »Sie ist so krank, und es würde sie nur aufregen. Nicht, dass sie dich nicht schätzen würde«, setzte sie hastig hinzu. »Es ist nur, dass sie ... nun, du weißt ja, wie es ist.«

»Die Entscheidung liegt natürlich bei dir«, sagte er, aber in seinen Meerwasseraugen, die in so lebhaftem Kontrast zu seiner dunklen Haut standen, las sie etwas völlig anderes.

»Eigentlich nicht, nicht wirklich. Es ist nur eben so, wie es ist«, erklärte sie mit brüchiger Stimme.

Wieder zuckte er die Achseln, als wäre diese Unterscheidung zu diffizil für ihn. »Das ist eine Art, es zu betrachten.«

»Welche andere gibt es denn noch?«

»Vielleicht gibst du ihr zu viel Macht.«

Sie dachte an all die Opfer, die sie für Marjorie gebracht hatte und wusste, dass er richtig lag. Sie hatte ein Ungeheuer geschaffen, das sie letztendlich verschlingen würde. Gleichzeitig fühlte sie sich hilflos, glaubte nicht, es ändern zu können. Etwas abwehrend erwiderte sie: »Ich glaube, ich kenne meine Mutter besser als du.«

»Aber kennt sie dich auch? Weiß sie, was in *deinem* Herzen vorgeht?«

Emerson schwieg. Seine Worte hatten sie bis ins Mark getroffen. Nein, sie kennt mich nicht, antwortete sie in Gedanken. Falls Marjorie jetzt in ihr Herz sehen könnte, wäre sie entsetzt.

Als sie den Washington Square mit dem großartigen Bogen, der die Einmündung zur Fifth Avenue schmückte, erreichte, sagte Emerson: »Ich muss zurück an die Arbeit.« Trotzdem zögerte sie, weil sie sich nicht von ihm trennen wollte. »Rufst du mich an, wenn du irgendetwas brauchst?«

Er verstand die Botschaft, dass sie ihre abendlichen Besuche nicht so schnell wieder aufnehmen würde, und nickte mit ernster Miene. »Natürlich.«

»Wenn du meine Mutter siehst, sag ihr ...« Was? Dass sie mein Leben ruiniert? »Ich komme am Sonntag vorbei.«

Emerson fühlte sich fast krank. Auf ihrer Brust lag ein Druck, und ihre Kehle war eng, als ob sie etwas ausbrüten würde. Als Reggie sie an sich zog, nicht in die Umarmung eines Liebenden, sondern, als ob sie eine Patientin wäre, die Hilfe benötigte, fühlte sie sich zu schwach, um zu protestieren.

Sie machte keine Anstalten, sich von ihm zu lösen, bis lautes Hupen sie abrupt in die Realität zurückholte. Doch bevor sie sich bewegen konnte, senkte er den Kopf, und sein Mund legte sich in einem hauchzarten Kuss auf ihre Lippen. Ein Kuss, der auf seine Art impulsiver war, als hätte er sie in einem Anfall von Leidenschaft mit sich zu Boden gerissen.

Während sie wenige Minuten später auf der Suche nach einem Taxi davonhastete, wusste sie, dass die Mission, mit der sie vor knapp einer Stunde aufgebrochen war nicht nur restlos fehlgeschlagen war. Nein, sie hatte die Sache nicht wie geplant im Keim erstickt, sondern es vielmehr geschafft, sich nur noch tiefer zu verstricken.

Kapitel 7

Das Meeting am Morgen hatte damit begonnen, dass der leitende Produzent, Jules Hanratty, sie mit der wichtigsten Nachrichten des Tages vertraut machte – einem Autounfall in Glendale, mit mindestens einem bestätigten Todesopfer, einer Überschwemmung in Covina und einem Waldbrand im Simi Valley sowie einem von einem Selbstmordattentäter im Irak getöteten Marinesoldaten. Mit anderen Worten, alles wie immer.

Wenn sie sich gegen das Blutvergießen und die Katastrophen, die jeden Tag über sie hereinstürmten, abhärteten, so würden sie, wie Stevie wusste, damit enden, dass sie ausgebrannt waren oder, schlimmer noch, Magengeschwüre bekamen. Also saß sie mit ausdruckslosem Gesicht wie alle anderen da und aß einen Doughnut, während sie Jules zuhörte, der sie über eine Bandenschießerei in Compton informierte, bei der es einen Toten gegeben hatte und zwei Festnahmen erfolgt waren.

Jules wollte seinen Bericht gerade beenden, als der Nachrichtenleiter einwarf: »Was ist mit diesen Autodiebstählen in Huntington Park? Wir könnten etwas darüber bringen.« Jerry Fine, ein Mann mit kantigem Kinn und kurzgeschorenem grauen Haar, der früher Marineoffizier gewesen war, brüstete sich gern damit, dass er ein strenges Regiment führte. Nur Stevie wusste, wie weichherzig er unter seiner rauen Schale war. »Gib das an Lisa«, sagte er, womit er Lisa Blankenship meinte, die zurzeit als Co-Moderatorin der 5-Uhr-Nachrichten aushalf.

Es gab eine Diskussion über den Toten, der auf einer Müllhalde in Melrose gefunden worden war, offenbar Opfer einer Überdosis, wenn auch Mord nicht ausgeschlossen werden konnte. »Ich rufe gleich noch mal beim Gerichtsmedizinischen Institut an. Als ich eben nachgefragt habe, waren die chemischen Analysen noch nicht abgeschlossen.« Liv Henry, eine sehr große, unglaublich dünne Frau mit krausem braunen Haar, die ein knochiges Bein über das andere geschlagen hatte und nervös mit dem Fuß wippte, trug ihre Information wie üblich in Stakkato-Tempo vor. Gängiger Scherz in der Nachrichtenredaktion war, dass Liv Kaffee nicht nur trank, sondern sich auch intravenös zuführte.

Sie machten weiter mit der Überschwemmung in Covina. »Ich glaube, es handelt sich um Unwetterschäden. Abwässerkanäle sind verstopft, das Wasser kann nicht abfließen«, sagte Stan Lowry, der für das Wetter zuständig war. Er biss so herzhaft in seinen Schokokeks, dass Krümel auf sein Hemd regneten.

Die temperamentvolle, blonde Megan Johnstone, Leiterin des Lifestyle-Ressorts, schlug vor, im nächsten Modeblock etwas über den Zigeunerlook zu bringen, und bekam eine scharfe Ermahnung von Liv, das Wort »Zigeuner« auf keinen Fall zu benutzen, weil es diskriminierend sei.

Stevie, die einzige Reporterin der Meute, die nur an diesen Besprechungen teilnehmen durfte, weil sie technisch als Leiterin des Unterhaltungs-Ressorts galt, war die Letzte, die ihre Münze warf. Während der gesamten Konferenz hatte sie über das ethische Dilemma nachgegrübelt, in dem sie sich befand. Der Einzige, der die Geschichte über sie und Grant kannte, war Jerry, den sie Stillschweigen hatte schwören lassen. Er war ihr »Rabbi« bei KNLA und hatte Verständnis für die delikate Lage, in der sie sich befand. Er war bereit, still zu halten, bis für sie der richtige Zeitpunkt gekommen war, den Mund aufzumachen. Aber Stevie konnte auch die Tatsache nicht ignorieren, dass es im Augenblick keine größere Story gab als Lauren Roses wundersame Auferstehung aus totengleichem Zustand. Jeden Tag brachte die Boulevard-Presse neue Schlagzeilen, und das Interesse der Öffentlichkeit schien nicht im Mindesten nachzulassen. Wenn Stevie nicht bald handelte, würde einer der Konkurrenzsender Wind von ihrer Bombe bekommen und KNLA ausstechen.

Und jetzt gab es noch eine zusätzliche Komplikation.

»Diane Sawyer hat ein Exklusiv-Interview mit Lauren Rose erhalten«, verkündete sie. Sie hatte es gerade von einem Freund in der *ABC*-Nachrichtenredaktion erfahren.

»Ich wusste gar nicht, dass sie schon sprechen kann«, bemerkte Megan.

»Anscheinend kann sie«, sagte Stevie. Laurens Ärzte hatten über ihre Fortschritte nichts verlauten lassen, daher beruhte das Meiste, was die Medien berichteten, auf Hörensagen und Spekulation. »Es wird im Reha-Zentrum aufgezeichnet.«

»Diane würde das nicht machen, wenn es sich nicht lohnen würde«, warf Jules ein.

»Ich fragte mich, ob die Staatsanwaltschaft da ihre Hände im Spiel hat«, sagte Stan und wischte sich die Krümel vom Hemd.

Stevie überlief bei diesem Gedanken ein kleiner Schauer. Sie blickte stur auf die Tischplatte mit ihrem graffitiartigen Muster aus alten Kaffeerändern und Brandflecken, die aus den Tagen stammten, als das Rauchen im Gebäude noch erlaubt war. »Niemand weiß bis jetzt etwas Genaues«, sagte sie und bemühte sich um einen neutralen Tonfall. »Wir sollten keine voreiligen Schlüsse ziehen.«

»Kommt schon, jeder weiß, dass der Bursche schuldig wie

die Sünde ist«, höhnte Casey Beltran, der Dispatcher. Womit er natürlich Grant meinte.

Stevie brach der Schweiß aus. Sie konnte Grant nicht verteidigen, ohne Verdacht zu erregen, also sagte sie nichts. Außerdem war da immer noch das letzte Quäntchen Zweifel: Was, wenn er schuldig war?

Sie war dankbar, als Jerry eingriff. »Falls du noch nichts davon gehört hast, es gibt in diesem Land so etwas wie den Grundsatz, dass man so lange als unschuldig gilt, bis das Gegenteil bewiesen ist«, erklärte er Stan in aller Deutlichkeit. »Wir dürfen nicht vergessen, dass der Mann nie auch nur angeklagt worden ist.«

»Nur weil die einzige Zeugin in dem Fall sich nicht mitteilen konnte. Bis jetzt.« Liv sah mit einem Unheil verkündenden Blick von ihrem Block hoch, auf dem sie herumgekritzelt hatte.

»Falls sie etwas zu sagen hat, werden wir es früh genug erfahren. Bis dahin wollen wir die Spekulationen auf ein Minimum beschränken«, schoss Jerry zurück und warf Stevie einen verschwörerischen Blick zu.

Die Konferenz war beendet, und wenige Minuten später saß Stevie wieder in ihrer Kabine und hämmerte einen Text für den Beitrag in die Tasten, den sie über das millionenschwere Geschäft mit der Vermarktung toter Berühmtheiten vorbereitete. Ihre Gedanken jedoch kreisten um Grant und die Frage, was das Interview mit *ABC* für ihn bedeuten konnte. Je besser sie ihn kennenlernte, umso schwerer war es, ihn sich als eine Bedrohung für die Gesellschaft vorzustellen. Aber es stand außer Frage, wenn er tatsächlich absichtlich auf Lauren gezielt hatte, dann hatte er geschossen, um zu töten. Niemand schoss einem anderen eine Kugel durch den Kopf, wenn er ihm lediglich eine kleine Wunde zufügen wollte.

Wenn sie nur mit Ryan darüber reden könnte, wäre die ganze Sache für sie leichter. Er würde ihr helfen, ihre wirren Gefühle zu sortieren und ihr raten, was sie tun sollte. Aber sie hatte ihn seit Wochen weder gesehen noch gesprochen, und wenn sie ihn jetzt anrief, würde es für sie nur noch schwerer. Dass sie ihn vermisste, war ein ständiger Schmerz, und sie musste nicht auch noch daran erinnert werden, dass er nicht länger zu ihrem Leben gehörte.

Sie blinzelte Tränen zurück, verdrängte den Gedanken an Ryan und widmete sich wieder ihrer Aufgabe. Nachdem sie ihren Beitrag geschnitten und abgelegt und die Mittagssendung hinter sich gebracht hatte, war sie aus der Tür. Sie fühlte sich fix und fertig, ihr Tag hatte um fünf Uhr morgens begonnen, war aber trotzdem immer noch nicht vorbei. Anfang der Woche hatte sie sich nämlich freiwillig erboten, ihrer Mutter beim Streichen des Schlafzimmers zu helfen, und so kurzfristig konnte sie schlecht absagen. Statt zu der weichen Couch und dem Stapel Zeitschriften, der zu Hause auf sie wartete, fuhr sie also zu Nancy.

Eine halbe Stunde später bog sie in die Zufahrt und parkte hinter dem alten Ford Pickup ihrer Mutter, der mit Kartons voller Künstlerbedarf beladen war. Sie war wohl noch nicht dazu gekommen, das Zeug ins Haus zu tragen. Nancy war in der Küche und schälte eine Gurke, als Stevie eintrat.

»Hi, Schatz. Ich dachte, wir könnten erst etwas essen«, sagte sie und lächelte Stevie an.

»Das war doch nicht nötig, Mom.« Stevie gab ihrer Mutter einen Kuss auf die Wange. Es sah aus, als hätte sie sich viel Mühe gemacht. Auf der Arbeitsplatte stand eine noch dampfende Quiche neben einem frisch gebackenen Laib Brot. »Ich hätte doch auch von unterwegs etwas mitbringen können.«

»Wenn du mir beim Streichen hilfst, kann ich dich doch

wenigstens füttern. Kannst du mir das mal reichen?« Nancy deutete mit dem Sparschäler in der Hand auf das Messer, das neben Stevie auf der Arbeitsfläche lag. »Ich hoffe, du hast Hunger. Ich habe genug gemacht, um die ganze Nachbarschaft zu versorgen.«

»Ich bin sicher, die Nachbarn werden das zu schätzen wissen«, sagte Stevie trocken, die genau wusste, dass das, was nicht aufgegessen wurde, liebevoll in Alu-Folie verpackt zu jemandem, der in der Straße wohnte, gebracht werden würde. Die eng zusammenhaltende Gemeinschaft aus Töpfern, Webern und Glasbläsern war zu einer Art Ersatzfamilie geworden, und sie verließen sich aufeinander in allen Dingen, von Kerzen und Batterien bei Stromausfällen angefangen bis zum kollektiven Kampf gegen die Flammen, um einander die Häuser zu retten, wenn Waldbrände von den umliegenden Hügeln herunterfegten, was schon zweimal vorgekommen war.

»Warum setzt du dich nicht an den Tisch, während ich den Salat fertig mache. Alles andere ist so weit.« Nancy wedelte mit der Hand unbestimmt zu dem großen Eichentisch in der sonnigen Essecke. Den Tisch hatte sie aus einer alten Kleiderfabrik gerettet, die abgerissen worden war, und ihn selbst aufgearbeitet, wobei sie die Dellen und Kratzer unangetastet ließ, weil ihm das, wie sie sagte, Charakter verlieh.

Stevie murmelte Zustimmung, bewegte sich jedoch nicht in Richtung des Schrankes, in dem das Porzellan stand. Stattdessen schwang sie sich auf einen Barhocker und stützte die Ellbogen auf die Theke, um ihrer Mutter zuzusehen, wie sie die geschälte Gurke in Scheiben schnitt. Das war es, was ihr von ihrer Kindheit am besten in Erinnerung geblieben war: nach der Schule in der Küche mit ihrer Mutter herumzuhängen. Wenn Nancy nicht in ihrem Studio war, hatte sie immer am Herd gestanden. Im Sommer machte sie alles Mögliche aus den

Gemüsen und Früchten aus ihrem Garten hinter dem Haus. Immer standen ein halbes Dutzend Gläser mit Sprossen in verschiedenen Wachstumsstadien auf dem Fensterbrett. Es duftete ständig nach Backwaren, reifendem Obst oder etwas, das auf dem Herd köchelte.

In den Jahren, in denen sie im Valley lebten, musste Stevie sich mit viel Kraft gegen die anderen Kinder in der Schule behaupten, die sich über ihre »Hippie«-Kleider und ihre »lesbische« Freundin – Susan Foster war nicht lesbisch, hatte nur eine Tätowierung auf einem Arm und jede Woche eine neue Haarfarbe – lustig machten. Das Einzige, was ihr durch diese schwierigen Jahre geholfen hatte, war die Möglichkeit gewesen, sich am Ende eines Tages an einen behaglichen Ort zurückziehen zu können. Falls Nancy sie gelegentlich auch in Verlegenheit gebracht hatte, weil sie zu Elternsprechtagen in Lehm bespritzten Overalls auftauchte und in ihrem alten VW-Käfer durch die Stadt knatterte, dann hatte ihre vorbehaltlose Liebe und der sichere Hafen, den sie ihrer Tochter bot, das mehr als wett gemacht.

Auch wenn sie es noch so sehr versuchte, konnte sich Stevie ihre Mutter nicht als die ziellos herumtreibende Frau vorstellen, die sie einst gewesen war. »Erzähl mir von der Nacht, in der du und Grant ... mmh, du weißt schon«, sagte Stevie jetzt. »Ich kenne noch immer nicht die ganze Geschichte.«

Nancy unterbrach ihre Gemüseschnippelei, und Röte stieg ihr in die Wangen. »Da gibt es nicht viel zu erzählen.«

»Du hast ihn bei einem Konzert kennengelernt, oder?«, bohrte Stevie weiter.

Nancy wischte sich mit dem Handrücken eine Strähne ihrer gelockten Haare aus dem Gesicht, die ihr immer wieder in die Augen fiel, Haare, die früher leuchtend kastanienrot gewesen waren, jetzt aber zur Farbe alter Kupfermünzen verblichen waren. Sie starrte blicklos vor sich hin, mit geistesabwesender Miene. »Sie haben damals im Fillmore gespielt, Astral Plane und Pink Floyd und einige andere Bands, von denen du wahrscheinlich noch nie gehört hast«, begann sie schließlich mit leiser, fast mädchenhafter Stimme zu erzählen. »Meine Freundin Phoebe kannte einen Typen, der uns Tickets gegen Hasch getauscht hat.« Sie zögerte und warf Stevie einen unsicheren Blick zu, als ob sie fragen wollte: *Bist du sicher, dass du das hören willst?*

»Weiter«, drängt Stevie.

»Es war rappelvoll, als wir ankamen. Man konnte sich kaum rühren«, fuhr Nancy fort, fast wie zu sich selbst. »Als Astral Plane anfing zu spielen, gerieten alle aus dem Häuschen. Grant... es war, als ob er in Flammen stehen und die ganze Bühne in Brand setzen würde. Man konnte seine Hände nicht erkennen, so schnell flogen seine Finger über die Saiten.« Ihre Lippen verzogen sich zu einem kleinen sentimentalen Lächeln. »Und dann hat er mich entdeckt. Ich stand ganz vorne, direkt vor der Bühne, und für eine Sekunde trafen sich unsere Blicke. Zuerst dachte ich, ich hätte mir das nur eingebildet, aber nach dem Auftritt kam einer seiner Roadies zu mir und fragte mich, ob ich hinter die Bühne kommen und ihn kennenlernen wollte.«

»Wie war er?«, fragte Stevie, begierig, mehr zu erfahren.

Nancy richtete ihren Blick wieder auf Stevie, und das wilde Mädchen, das sie gewesen war, verwandelte sich wieder in die ruhige, ausgeglichene Mutter. »Nett, höflich«, sagte sie achselzuckend. »Einfach ein Typ aus Omaha. Ganz anders als auf der Bühne. Um ehrlich zu sein, ich weiß nicht, ob ich mit ihm in sein Hotel gegangen wäre, wenn er nicht so normal gewesen wäre.« Sie lächelte reumütig und griff über die Theke, um ihre Hand kurz auf Stevies Wange zu legen. »Aber ich bin froh, dass ich es getan habe, denn sieh nur, was dabei herausgekommen ist.«

»Ja, eine Nervensäge von Tochter, die das Thema immer wieder anschneiden muss«, witzelte Stevie. Ihre Stimme war heiser vor lauter Emotionen.

»Da wir gerade dabei sind, kommst du voran?«, fragte Nancy, sich auf Stevies informelle Nachforschung beziehend.

»Ich habe mit dem Hausmädchen gesprochen«, berichtete ihre Tochter, glitt vom Hocker und ging zum Schrank, um die Teller herauszuholen. Sie hatte die Nummer von Keith bekommen. Luce Velasquez war zuerst alles andere als entgegenkommend gewesen, was zum Teil daran lag, dass sie nicht besonders gut Englisch sprach, war aber aufgetaut, als Stevie versucht hatte, in ihrem eingerosteten Schulspanisch mit ihr zu reden. »Sie erzählte mir dasselbe wie damals der Polizei, dass sie den Schuss gehört hat, die Treppe hinuntergestürmt ist, die Waffe neben Lauren auf dem Boden fand und Grant vor Hysterie völlig außer sich war. Was bedeutet, dass er entweder ein wirklich guter Schauspieler ist oder dass es genauso passiert ist, wie er sagte. Ehrlich, ich weiß nicht genau, was ich glauben soll.«

»Ist es denn so wichtig, dass du es weißt?«, fragte Nancy.

Stevie blieb auf dem Weg zum Tisch stehen und drehte sich zu ihrer Mutter um. »Ob mein Vater fähig ist, jemanden zu ermorden oder nicht? Ja, das ist wichtig. Sehr sogar.«

Nancy betrachtete sie nachdenklich, eine Reihe von Gefühlen spiegelten sich in ihren Augen, als ob ihr kurzer Exkurs in die Vergangenheit nicht nur alte Erinnerungen an die Oberfläche gebracht hätte.

»Die Wahrheit ist nicht immer, was sie sein sollte«, sagte sie schließlich mit dem Tonfall eines Menschen, der selbst mit einigen unangenehmen Wahrheiten hatte zurechtkommen müssen.

An dem Abend, als das Interview von Diane Sawyer endlich, nach einer Woche die allgemeine Stimmung anheizender Trailer, auf *Prime Time Live* lief, war Stevie so aufgeregt, dass sie kaum still sitzen konnte. In den vergangenen Tagen hatte sie sämtliche ihrer Quellen im Netzwerk angezapft, um eine Vorstellung davon zu bekommen, was auf sie zukam. Aber *ABC* war zugeknöpfter als das Pentagon. Es gab nicht die kleinste undichte Stelle, geschweige denn ein Leck. Niemand, vielleicht nicht einmal Diane selbst, wusste, was Lauren sagen würde.

Die Einführung war quälend lang, und Stevie rutschte unruhig auf dem Wohnzimmerboden herum, ihre Pizza, die sie vorher zum Aufwärmen in den Ofen geschoben hatte, war vergessen. Diane gab sich wie üblich kühl und einstudiert mitfühlend, als sie die Hintergrundgeschichte für die höchstens drei Menschen auf dem Planeten erzählte, die sie nicht bereits kannten. Dazu wurden körnige Aufnahmen von Grant im Konzert mit Astral Plane gezeigt und Szenen aus Interviews auf längst vergessenen Pressekonferenzen. Dann folgten Fotos und Videoclips von Lauren, wie sie in Michigan aufgewachsen war, und als junge, aufstrebende Schauspielerin mit einem Ausschnitt aus der Pilotsendung einer Sitcom, in der sie eine kleine Rolle gehabt hatte, die allerdings nie ausgestrahlt worden war. Danach kamen zweitklassige, durchs Tor geschossene Aufnahmen von Grants Anwesen, das hoch auf einem Hügel gelegen und teilweise von hohen Bäumen verdeckt wie eine mittelalterliche Festung anmutete. Nur Stevie und eine Hand voll anderer Menschen wussten, was hinter diesem Tor vor sich ging, und im Moment war sie sich nicht einmal sicher, wie viel sie tatsächlich wusste.

Diane sprach über das Geheimnis, das von Anfang an über der um ein Haar tödlich verlaufenen Schießerei gehangen hatte. Das Einzige, was man mit Gewissheit wusste, war, dass

Grant und Lauren einander einmal romantisch verbunden gewesen waren. In welchem Maße war unklar, aber es war allgemein bekannt, dass sie mehrmals über Nacht zu Gast auf dem Anwesen gewesen war.

Nach der Werbepause wurde Lauren gezeigt, wie sie mit ihrem Physiotherapeuten in dem Reha-Zentrum arbeitete, in dem sie sich die vergangenen sechs Monate aufgehalten hatte. Zum ersten Mal sah Stevie, wie alle anderen, mehr als alte Fotos und Aufnahmen, und sie war erschüttert, wie sehr Lauren sich verändert hatte: Die hübsche, lebensfrohe junge Schauspielerin von einst war fast nicht wiederzuerkennen. Nach zwölf Jahren im Koma war sie ausgezehrt, die Muskeln in ihren Beinen derart zurückgebildet, dass sie nur wenige, wacklige Schritte am Stück machen konnte. Ihr Gesicht war merkwürdig faltenlos, wie das eines sehr alten Säuglings. Wäre nicht ihre früher glänzende kastanienbraune Mähne grau geworden und zu einem praktischen Bob kurz geschnitten, hätte man meinen können, die Zeit wäre an ihr vorbeigegangen, während sie schlief. Nur ihre hellen, wasserblauen Augen waren dieselben, sie blickten mit verstörender Intensität aus tiefen Höhlen.

Die Kamera ging für eine Nahaufnahme heran, und Stevie spürte, wie sie sich verkrampfte. Welche Geheimnisse lagen hinter diesen Augen? Welche Enthüllungen waren zu erwarten? Lauren saß Diane in der Lounge des Reha-Zentrums gegenüber. Die Reporterin führte sie behutsam den Weg ihrer Erinnerung entlang, und Lauren beantwortete jede Frage langsam und zögernd. Wie bei Menschen, die nach einem Schlaganfall wieder sprechen lernen mussten, war ihre Sprache leicht verwaschen. Dann endlich kam sie: die Preisfrage.

»Es hat viel Gerede darüber gegeben, was wirklich in jener Nacht geschehen ist.« Diane sprach mit gedämpfter, vertraulicher Stimme und beugte sich ein Stück vor. »Viele Menschen fanden es schwierig zu glauben, dass es ein Unfall war, wie Grant behauptet. Sie scheinen ziemlich überzeugt davon zu sein, dass er versuchte, sie zu töten. Was würden Sie diesen Menschen sagen?«

Eine Nahaufnahme von Lauren zeigte, wie sie die Stirn runzelte, als ob sie sich zu erinnern versuchte oder von einer Erinnerung gequält wurde. Stevie schwitzte jetzt so, fast als ob sie selbst auf diesem Stuhl säße. Dann sagte Lauren stockend: »An was ich mich aus jener Nacht erinnere ...«

Kapitel 8

»Es interessieren sich viele dafür, Myron.« Franny schritt in ihrem Büro im achtundzwanzigsten Stock der William Morris-Agentur vor ihrem Schreibtisch auf und ab, das Telefon ans Ohr gedrückt. »Ich gebe euch nur die erste Chance, weil ich glaube, dass ihr den besten Job damit macht.«

Myron Lefkowitz, ihr Lieblingslektor bei Random House, kicherte am anderen Ende der Leitung. »Was denn, meinst du, ich wüsste nicht genau, dass du mich fallen lassen würdest wie eine heiße Kartoffel, wenn du ein besseres Angebot bekommst?«

»Dann mach mir eben ein Angebot, bei dem ich nicht nein sagen kann.«

»Erstlingsromane verkaufen sich nicht«, sagte Myron.

»Es könnte das nächste *Sakrileg* sein.«

»Dein Wort in Gottes Ohr.«

»Wann hat dich zum letzten Mal ein Manuskript die halbe Nacht wach gehalten?«

»Es ist gut. Ich sage ja gar nicht, dass es nicht gut ist. Aber ein Erstlingswerk? Wir wissen doch beide ganz genau, dass das ein Risikospiel ist.« Myron wollte es, das konnte sie riechen. Aber er gab sich wie immer gerne schlau.

»Es gibt immer wieder mal einen neuen durchschlagenden Erfolg«, erinnerte sie ihn.

»Ich setze nicht gern mein ganzes Geld auf ein einziges Pferd.«

»Myron, ich sage dir, wenn du jetzt kneifst, wirst du es bereuen.«

»Okay, ich sage dir, was ich mache. Dreihundertfünfzig, und das einschließlich Ausland. Glaub mir, ein besseres Angebot bekommst du nirgends.«

»Vierhundert«, konterte sie. »Wir behalten das Ausland und du nimmst Buchclubs und Hörbuch.«

Es ging noch eine Weile hin und her, um einen Vertrag abzustecken, der noch wochenlanger Verhandlungen bedurfte, bis er endgültig festgezurrt sein würde. Sobald das Gespräch beendet war, rief sie den Autor an, um ihm die gute Nachricht mitzuteilen. Als Professor für Kunstgeschichte an der William-and-Mary-Universität verdiente Terry Lockhart wahrscheinlich in einem Jahr weniger, als es kosten würde, das Buch auch nur zu drucken. Er war sprachlos, als sie ihm erzählte, dass sie ein Angebot für zwei Bücher und fast eine Million Dollar auf dem Tisch hatte.

Ihr Magen knurrte, als sie die Arbeit des Vormittags erledigt hatte. Zurzeit fühlte sie sich, als würde sie nicht nur für zwei essen, sondern für ein ganzes Regiment. Doch es machte ihr nicht das Geringste aus, dass sie inzwischen nicht einmal mehr in ihre weitesten Sachen passte. Nachdem sie ihr Leben lang über jedes zugenommene Pfund in Verzweifelung ausgebrochen war, hätte sie nie geglaubt, dass sie es genießen würde, dick zu sein.

Franny begriff, dass sie zum ersten Mal in ihrem Leben wirklich glücklich war. Oh, natürlich hatte es vereinzelte Momente gegeben, in denen sie Zufriedenheit empfand, aber das hatte nie sehr lange angehalten. Es gab immer eine Krise bei der Arbeit oder eine schlimme Trennung oder einen Vertrag, der durchfiel. Aber inzwischen freute sie sich auf den Tag, wenn sie morgens aufstand. Sie sang unter der Dusche und hatte einen federnden Gang.

Keith hatte natürlich nicht nur ein wenig damit zu tun. Ihr

L.A.-Knaller, wie Emerson ihn gern nannte, war eine feste Größe in ihrem Leben geworden, wenn auch eine ferne. Jetzt griff sie zum Telefon, um ihn anzurufen. Ihr letztes Gespräch lag schon ein paar Tage zurück, und sie vermisste ihn.

»Hey, du«, sagte sie, als er abnahm. »Hier spricht deine Agentin.«

Er kicherte. »Also ist das ein Dienstgespräch?«

»Was hattest du denn gedacht?«

»Hmm ... lass mal sehen. Kommt darauf an, wie scharf du im Büro gemacht werden willst.«

»Die letze Frau, die hier unsittliche Anträge bekam, ist mit einer Klage wegen sexueller Belästigung vor Gericht gezogen«, informierte sie ihn.

»Oh ha. Dann behalte ich die Hände lieber bei mir.«

»Sonst bräuchtest du auch ziemlich lange Arme.«

Er seufzte theatralisch, als ob die Meilen zwischen ihnen unüberwindbar wären. »Wobei mir einfällt, hast du schon deinen Flug gebucht?«

»Wollte ich heute machen.« Sie plante, im nächsten Monat zu ihm zu fliegen, hatte aber dermaßen viel zu tun gehabt und war den Rest der Zeit so mit dem Baby beschäftigt, dass sie noch keine Zeit gefunden hatte, ihr Reisebüro anzurufen. »Ich hoffe nur, dass du mich wiedererkennst, wenn du mich siehst.«

»Na, so sehr wirst du dich in den letzten paar Wochen wohl auch nicht verändert haben.« Er war für ein langes Wochenende im Juni zu ihr gekommen. »Wie viel dicker kannst du denn noch werden?« Sie stellte sich Keith vor, die nackten Füße auf den überquellenden Schreibtisch gelegt, in Jeans und seinem verwaschenen Black-Sabbath-T-Shirt.

»Sagen wir mal, Strumpfhosen stehen nicht mehr zur Debatte.«

»Das bedeutet nur, es gibt noch mehr von dir zu lieben.«

Sie kabbelten sich noch ein paar Minuten, ehe ein Blick auf ihre Uhr sie ermahnte, dass sie zu spät zur wöchentlichen Mitarbeitersitzung kommen würde, wenn sie sich nicht beeilte.

»Ich muss los«, sagte sie. »Ich ruf dich heute Abend wieder an. Bist du zu Hause?«

»Wo sollte ich sonst sein? Meine Agentin ist eine Sklaventreiberin.«

Sie grinste. »Ich sage ihr, sie soll die Zügel ein klein bisschen lockern.«

»Du fehlst mir, Schatz.«

»Du mir auch.«

»Es wird nicht immer so sein. Eines Tages müssen wir nicht mehr eine zweite Hypothek auf unsere Wohnungen aufnehmen, um die Telefonrechnungen zu bezahlen.«

Nachdem das Gespräch beendet war, saß sie noch eine kurze Weile gedankenverloren da, die Konferenz hatte sie schon wieder vergessen. In letzter Zeit spielten sich ihre Gespräche immer mehr im Futur ab. Es gab nur ein Problem: Falls sie und Keith heirateten, wäre sie diejenige, die umziehen müsste. Seine schon betagten Eltern, die in seiner Nähe lebten, waren zu sehr auf ihn angewiesen, als dass er an einen Umzug denken konnte. Beruflich konnte sie das schaffen, sie konnte sich in das Büro der Agentur in Beverly Hills versetzen lassen. Aber dann blieb noch Jay. Er hatte deutlich gemacht, dass er aktiv am Leben ihres Kindes teilhaben wollte. Wie konnte sie ihm diesen Wunsch ausschlagen?

Sie mochte auch die Vorstellung nicht, so weit entfernt von ihm zu sein. Es war schon schlimm genug, dass sie ihn kaum noch sah, seit er den Uruchima-Motors-Etat übernommen hatte. Wenn er nicht gerade arbeitete, war er auf dem Sprung nach Hause zu Vivienne oder zu einem Geburtsvorbereitungskurs. Franny konnte das natürlich verstehen. Seine Frau und sein Kind sollten oberste Priorität genießen, vor allem, da es bei Vivienne jeden Tag so weit sein konnte. Trotzdem ... Bei jedem Meilenstein – das erste Mal, dass sie den Herzschlag des Babys gehört oder einen Tritt gespürt hatte, ihr Jubel, als sie das Ergebnis ihrer Fruchtwasseruntersuchung bekommen hatte und alles normal war – hatte sie gewünscht, dass Jay da wäre, damit sie ihre Freude mit ihm teilen konnte.

Franny verdrängte diese Gedanken und sammelte ihre Unterlagen für die Besprechung zusammen. Sie eilte gerade aus dem Büro, als das Telefon klingelte. Ihre Assistentin Robin rief ihr nach: »Franny! Es ist Jay.« Ihr Ton klang dringend.

Franny rannte zu ihrem Schreibtisch zurück und schnappte den Hörer.

»Ich bin im Krankenhaus. Sie haben Vivienne gerade in den OP gebracht.« Jay klang, als versuchte er, nicht in Panik zu geraten. Der Herzschlag des Babys hatte sich plötzlich verlangsamt, erklärte er, sodass sie gezwungen waren, einen Kaiserschnitt zu machen.

»Halt durch. Ich bin unterwegs«, sagte sie und warf den Hörer auf die Gabel.

Sie hastete durch den Gang und prallte gegen Hannah Moreland. Hannah trug einen Stapel gebundener Fahnen des neuen Buchs eines ihrer Star-Autoren im Arm. »Frisch aus der Presse. Ist es nicht großartig?«, rief sie und hielt Franny das oberste unter die Nase. Ihr Lächeln verschwand, als sie Frannys Miene sah. »Stimmt was nicht?«

»Das weiß ich noch nicht. Ich muss ganz schnell ins Krankenhaus«, erklärte Franny und lief weiter zum Fahrstuhl.

Hannah hielt mit ihr Schritt. »Ist das nicht noch ein bisschen früh?« Sie war Frannys engste Freundin im Büro und hatte dort als Erste erfahren, dass Franny schwanger war. Seitdem spielte sie die Mutterglucke, die ihr Tipps zu allem, von morgendlicher Übelkeit bis hin zu Umstandskleidung, gab.

»Es geht um Jay. Seine Frau liegt in den Wehen.«

Hannahs herzförmiges Gesicht verzog sich besorgt. »Alles okay?«

Franny schüttelte den Kopf. »Anscheinend gibt es ein Problem mit dem Kind.«

»Es wird bestimmt alles in Ordnung kommen. Das ist meistens so«, versicherte Hannah einen Hauch zu herzlich. »Mattie kam mit den Füßen zuerst, und wir dachten schon, wir würden ihn verlieren, aber sieh ihn dir jetzt an. Hab Vertrauen.« Sie tätschelte Frannys Arm und schenkte ihr einen mitfühlenden Blick.

Franny konnte nur beten, dass Hannah recht hatte, dass sie im Krankenhaus feststellen würde, dass alles in Ordnung war und der kleine Stephan sicher und gesund in den Armen seiner Mutter lag.

Jay hatte noch nie im Leben so viel Angst gehabt. Während der ganzen Schwangerschaft hatte er immer gescherzt, er sei schließlich ein alter Hase in diesem Geschäft. Auf dem Land aufgewachsen, hatte er mehr als einmal geholfen, ein Kälbchen zur Welt zu bringen, wenn eine zusätzliche Hand gebraucht wurde. Aber das hier war eine vollkommen andere Sache. Hier ging es um sein Kind. Seinen Sohn. Der in eben diesem Augenblick vielleicht seinen ersten Atemzug tat ... oder seinen letzten. Und Jay konnte nichts weiter tun als herumzusitzen und sich zu sorgen.

Gott sei Dank war Franny auf dem Weg. Sie würde seine Ängste lindern und dafür sorgen, dass die Beklemmung in seiner Brust nachließ, sodass er wieder normal atmen konnte.

Jay stand von dem Stuhl im Besucherzimmer auf und ging zum Getränkeautomaten, um sich einen Kaffee zu holen, den er weder brauchte noch wollte. Als er wieder saß, wärmte er sich an dem dampfenden Styroporbecher die kalten Hände und starrte blicklos vor sich hin.

Seine Gedanken wanderten zu seinem Vater, der eine weitgehend schweigende Präsenz im Familienleben hatte, der tagein tagaus die Furche entlangtrottete, die er mit den Jahren zwischen Haus und Scheune getreten hatte. Er war jeden Morgen auf den Beinen, noch ehe es auch nur dämmerte, um die Kühe zu füttern und zu melken, sieben Tage in der Woche, dreihundertfünfundsechzig Tage im Jahr. Everett Gunderson wurde von Bekannten als Mann weniger Worte beschrieben, als ob das eine Tugend wäre, aber für den heranwachsenden Jay war das Schweigen seines Vaters eine Art Folter gewesen. Er wusste nie, was hinter dem strengen Gesicht vor sich ging, und so musste er die Lücken immer selbst ausfüllen. War er eine Enttäuschung für seinen Vater? Ein Sohn, der Bücher der Landarbeit vorzog und der bei der erstbesten Gelegenheit die Flucht ergriffen hatte. Seine Mutter hatte ihm erzählt, dass sie sich noch mehr Kinder gewünscht hatten. Wenn er Brüder oder Schwestern gehabt hätte, hätte es jemanden gegeben, der die Farm hätte übernehmen können. Jemanden, mit dem sein Vater über Herdengrößen und Milchpreise und Magensäurewerte von Wiederkäuern hätte reden können.

Jay wusste nur, dass er kein Dad werden wollte, wie sein Vater einer gewesen war. Er wollte, dass sein Sohn in dem Wissen aufwuchs, geliebt zu werden. Er wollte nichts weiter als die Chance, ihm das zu geben.

Der erste Teil der Wehen war problemlos verlaufen. Wie konnte es so schnell so schiefgehen? In einer Minute unterstützte er Vivienne noch beim Atmen und massierte ihr den

Rücken, in der nächsten wurde sie in den OP gekarrt. Die Ärzte und Schwestern hatten wenig dazu beigetragen, seine Befürchtungen zu mildern, sie waren zu sehr damit beschäftigt gewesen, sich um Vivienne zu kümmern. Aber ihre besorgten Mienen verrieten ihm, dass es ernst sein musste.

Jetzt blickte er auf die Uhr an der Wand über dem Schwesternzimmer und war überrascht, dass es beinahe Mittag war. Er sagte sich, dass jetzt jeden Moment Dr. Leavitt aus dem OP kommen musste, um ihm zu sagen, dass alles gut verlaufen war und dass Mutter und Sohn wohlauf wären. Er konzentrierte sich auf diesen Gedanken, während er weiter blicklos vor sich hinstarrte und die Minuten verrannen.

Bitte, Franny, komm schnell, flehte er lautlos. Wenn er seine beste Freundin jemals gebraucht hatte, dann jetzt.

Franny trat im fünften Stock aus dem Fahrstuhl und fand rasch das Besucherzimmer, wo sie Jay mit leerem Blick und einem Styropor-Becher in der Hand fand.

»Jay.«

Er fuhr beim Klang ihrer Stimme zusammen, als ob sie ihn erschreckt hätte, dann sah er zu ihr auf, und Erleichterung zeichnete sich auf seinem Gesicht ab. Er stellte den Becher auf den Boden und stand auf, um sie zu begrüßen. Wortlos legte sie die Arme um ihn. Er hielt sie einen langen Augenblick fest, ehe er sich von ihr löste. »Sie ist noch immer im OP«, sagte er mit einer Stimme, die heiser vor Erschöpfung war.

»Das Baby?«

Er schüttelte den Kopf. »Noch nichts Neues.« Sein Hemd war zerknittert, sein Haar zerwühlt, als ob er ständig nervös mit den Fingern hindurchgefahren wäre. Er sah aus, als hätte er seit Tagen nicht geschlafen.

»Was ist schiefgegangen?«, fragte Franny sanft.

Jay sank wieder auf den Stuhl zurück, und sie setzte sich neben ihn. »Ich wünschte, ich wüsste es. Es lief alles prima«, sagte er und rieb sich geistesabwesend mit der Handfläche über die Bartstoppeln. »Wir waren etwa gegen neun im Krankenhaus. Der Arzt sagte, es würde noch eine ganze Weile dauern, aber alles sähe gut aus. Dann war plötzlich gar nichts mehr gut.« Er sah Franny mit rot geränderten Augen an, als ob er bei ihr Beruhigung suchte.

»Sie wird es schon schaffen, du wirst sehen. Vergiss nicht, dass sie in toller Form ist«, erinnerte sie ihn. »All das gesunde Essen und die täglichen Yoga-Übungen, der Kleine wird kommen und sofort Handstand machen.«

Jay lachte hohl. Sie hatten Vivienne oft genug damit aufgezogen, dass sie sich so extrem vernünftig verhielt. Im Augenblick schien ihm das jedoch eher ironisch als amüsant.

Sie saßen schweigend da, Jay hielt Frannys Hand fest umklammert, bis der Arzt auftauchte, ein massiger, grauhaariger Mann, dessen Hände noch in Gummihandschuhen steckten. Sein Gesichtsausdruck war ernst, als er Jay bat, mit ihm in den Korridor zu kommen. Franny konnte nicht hören, was er sagte, aber an Jays Gesicht war abzulesen, dass es keine guten Nachrichten waren.

Als Jay zu ihr zurückkam, hatte sein Gesicht alle Farbe verloren und seine Augen hatten einen seltsamen, ziellosen Blick. »Jay, was ist los? Ist Viv in Ordnung?«, rief Franny und sprang auf.

»Es geht ihr gut«, sagt er in merkwürdig ausdruckslosem Ton.

Sie stieß die Luft aus. »Gott sei Dank.«

Dann blickte er ihr in die Augen, und sie sah, wie ein furchtbarer Schmerz sich auf seinem Gesicht ausbreitete. »Das Baby...« Seine Stimme brach. »Er hat es nicht geschafft.«

Es war, als würde ihr der Boden unter den Füßen weggezogen: Franny hatte das Gefühl, als ob sie abwärts fiele. »Oh, Gott, oh, Jay.« Sie wusste nicht, was sie sagen sollte. Wie tröstete man einen Menschen nach einem solchen Verlust?

Er jammerte und schrie nicht. Er stand einfach nur da, seine Brust hob und senkte sich rasch, als ob er Mühe hätte, genug Sauerstoff zu bekommen. »Ich sollte zu ihr gehen«, sagte er schließlich in demselben leblosen Ton.

Franny legte eine Hand auf seinen Arm. »Ich bin hier, wenn du zurückkommst.«

Er warf ihr ein kleines, düsteres Lächeln zu, straffte mit offensichtlicher Mühe die Schultern und ging durch den Flur davon.

Jay hatte das Gefühl, als würde er sich unter Wasser bewegen. Schwestern und Pfleger schwebten vorbei, das Quäken der Durchsagen dröhnte wie fernes Wellenrauschen in seinen Ohren. Es muss ein Irrtum sein, sagte er sich. Der Arzt hat sie mit einer anderen Patientin verwechselt. Das passiert doch dauernd. Er würde Vivienne mit dem Baby in den Armen im Bett sitzend antreffen.

Aber als er bei ihr ankam, lag sie ausgestreckt auf dem Rücken auf einem Rollbett und starrte an die Decke, wie ein Kriegsopfer. Ihr Teint war wächsern und die tiefen Schatten unter den Augen wirkten, als ob man ihr direkt zwei Veilchen auf einmal verpasst hätte. Er sagte leise ihren Namen, und sie drehte ihm das Gesicht zu.

»Es ist alles gut, Viv. Ich bin hier.« Er nahm ihre Hand und drückte sie sanft.

»Jay.« Ihre Stimme war rau. »Ich habe versucht, es ihnen zu sagen, aber sie wollen mir nicht zuhören. Sie halten mich für verrückt.«

»Warum sollten sie das?«, fragte er behutsam.

»Ich sage ihnen die ganze Zeit, dass es ein Irrtum ist. Mit dem Baby ist alles in Ordnung«, fuhr sie fort, als hätte er nichts gesagt.

Sein Herz verkrampfte sich. »Viv...«

»*Bitte.*« Ihre Finger umklammerten seine Hand. »Du musst es ihnen sagen. Auf dich werden sie hören.«

»Schsch. Du musst dich jetzt ausruhen«, sagte er beruhigend und strich ihr übers Haar.

Aber sie war zu aufgewühlt. »Ich weiß, dass es ihm gut geht. Ich *weiß* es.« Ihre Augen glänzten fiebrig. »Jay. Bitte. Sag ihnen, sie sollen mir mein Baby bringen. *Ich will mein Baby!*«

Jay stand da und wusste nicht, was er sagen sollte, während er darum kämpfte, seine Gefühle in den Griff zu bekommen. Aber sie musste ihm die Hoffnungslosigkeit angesehen haben, da sie zu weinen begann, Tränen liefen ihr wie Sturzbäche über die Schläfen in das zerzauste Haar. Er versuchte, sie zu trösten, aber sie stieß ihn von sich und schlug schwach mit den Fäusten nach ihm. Die Laute, die aus ihrer Kehle drangen, waren beinahe unmenschlich, sie waren die eines verwundeten Tieres. Jay konnte nichts weiter tun, als um ihretwillen stark zu bleiben und nicht unter der Last seines eigenen Kummers zusammenzubrechen.

»Viv... wir stehen das gemeinsam durch. Wir haben immer noch uns«, sagte er mit erstickter Stimme.

»Bring mir mein Baby!«, schrie sie. Ihre Stimme nahm einen hysterischen Tonfall an. »Ich will mein Baby!« Sie versuchte, von der Liege aufzustehen, und schlug nach Jay, als er sein Bestes gab, sie zurückzuhalten.

Eine Schwester kam herbeigeeilt, und gemeinsam gelang es ihnen, sie festzuhalten. Selbst als der diensthabende Arzt ihr etwas zur Beruhigung gab, schlug sie noch um sich und schrie, bis das Sedativum wirkte. »Bitte, Jay«, wisperte sie heiser, als ihre Augenlider schon schwer wurden.

»Schsch. Schlaf jetzt«, flüsterte er ihr ins Ohr und beugte sich vor, um sie auf die Wange zu küssen.

Nachdem Vivienne endlich eingeschlafen war, schaute Jay auf und sah in ein paar sanfte braune Augen, die ihn mitfühlend musterten. Die Schwester, eine große, afrikanische Frau mit kunstvoll geflochtenem Har, berührte seine Hand und fragte sanft: »Möchten Sie ihn gern sehen?«

Jay überlegte einen Augenblick, dann schüttelte er den Kopf. »Nein. Noch nicht.« Später, wenn Vivienne wieder sie selbst war, würden sie das zusammen machen.

Als er wieder auf den Flur trat, erinnerte er sich an den Ausdruck auf dem Gesicht seiner Frau, als sie in den OP geschoben worden war. Vivienne hatte eher erstaunt als ängstlich gewirkt: Sie hatte doch alles getan, um die vollkommene Schwangerschaft sicherzustellen. Dies konnte *ihr* doch nicht passieren.

Aber all ihre Maßnahmen, begriff er jetzt, waren wie Amulette, die das Böse abwehren sollten, sie hatten lediglich dazu gedient, sie in trügerischer Sicherheit zu wiegen.

Als er zurück zum Wartezimmer ging, konnte er Franny noch immer auf demselben Stuhl sitzen sehen, in ihrem roten Kleid, das wie ein Signal aus dem tristen Krankenhausinterieur leuchtete. Eine Welle der Erleichterung durchströmte ihn. Als ob er weit draußen auf dem Meer wäre, verzweifelt bemüht, über Wasser zu bleiben, und Land entdeckt hätte.

»Wie hält sie sich?«, fragte Franny und blickte ihn besorgt an. Im Augenblick war es Jay, der aussah, als stünde er kurz vor dem Zusammenbruch.

»Sie haben ihr was zum Einschlafen gegeben«, antwortete er mit hohler Stimme.

»Kann ich irgendetwas tun?«

Er schüttelte den Kopf. Was gab es da zu tun? Was konnte sie denn tun, um es leichter zu machen? »Das hätte nicht passieren dürfen«, sagte er.

»Ich weiß.« Franny schluckte den Kloß in ihrer Kehle herunter.

»Sie war okay. Alles war gut« Er sank auf die Couch gegenüber dem Kaffeeautomaten, an dem ein Mann in ihrem Alter, vermutlich ein frisch gebackener Vater, nach Kleingeld suchte.

Franny setzte sich neben Jay, die Kehle wie zugeschnürt von den Tränen, die sie zurückzuhalten versuchte. »Ich liege manchmal nachts wach und denke an all die Dinge, die schiefgehen könnten, aber auf so etwas ist man nie vorbereitet.«

»Und was jetzt?« Er richtete seinen verstörten Blick auf sie.

»Du sammelst die Scherben auf. Und du gehst weiter.«

»Ich weiß nicht, ob ich das kann.«

»Ich weiß, dass es im Moment schwer zu glauben ist, aber du wirst es schaffen. Vertrau mir.« Nach dem Tod ihres Bruders, so bald nach dem Verlust ihrer Mutter, hatte sich Franny ähnlich entmutigt gefühlt. »Du hast immer noch Vivienne. Und mich. Ich werde immer für dich da sein.« Genauso wie es Jay für sie gewesen war, nach Bobbys Tod.

»Wo wäre ich nur ohne dich?« Seine rotgeränderten Augen waren so voller Dankbarkeit und Zuneigung, dass sie nur mit größter Mühe die Tränen zurückhalten konnte.

»Genau da, wo ich ohne dich wäre – verloren«, sagte sie und griff nach seiner Hand.

Kapitel 9

Ein Kind zu verlieren, muss das Traurigste auf der Welt sein, dachte Emerson und rieb sich die Augen, während der winzige Sarg in die Erde gesenkt wurde. Wenn das Ainsley wäre ...

Sie blickte zu Jay hinüber, flankiert von Vivienne und seinen Eltern. In den letzten paar Tagen schien er um zehn Jahre gealtert zu sein. Sein Gesicht hatte einen grauen Farbton, und seine Schultern hingen herab, als ob ein ungeheures Gewicht auf ihnen lastete. Im Gegensatz dazu wirkte Vivienne seltsam entrückt, eine geisterhafte Projektion der lebhaften Frau, die sie gewesen war. Sie hätte wie Rauch davonwehen können, wenn Jay sie nicht gestützt hätte. Das einzige Mal, dass Emerson an diesem Tag überhaupt eine Reaktion von ihr gesehen hatte, war in der Kirche gewesen, als Franny zu ihr gegangen war, um sie zu trösten, und sie sich sichtlich versteift hatte, als ob sie die Freundin, mit Jays Kind in ihrem dicken Bauch, nicht in ihrer Nähe ertragen konnte. Glücklicherweise hatte Franny das nicht bemerkt, sie war zu verzweifelt gewesen.

Tatsächlich hätte ein Zuschauer, der Zeuge der Szene am Grab war, glauben können, dass Franny die trauernde Mutter war. Ihr Gesicht war geschwollen und fleckig vom Weinen – sie konnte nicht weinen, ohne auszusehen, als hätte sie die Masern – und sie schwankte ein wenig.

Stevie, die neben ihr stand und selbst die Tränen zurückhalten musste, griff nach Frannys Ellbogen, um sie zu stützen. In ihrem schlichten schwarzen Kleid und der einfachen goldenen Kette wirkte sie ungewöhnlich ernst.

Emerson erkannte den Priester, einen untersetzten, dunkelhaarigen Mann mit dicker Brille, die ihm immer wieder von der Nase rutschte, als denjenigen wieder, der Jay und Vivienne getraut hatte, in glücklicheren Zeiten, die Lichtjahre von den tragischen Vorgängen des heutigen Tages entfernt schienen. Nachdem der Priester den letzten Segen gesprochen hatte, trat Jay mit erstarrter Miene vor, um die erste Schaufel Erde in das Grab zu werfen. Als sie dumpf auf den Sarg traf, verzerrte sich Viviennes Gesicht, und sie stieß einen leisen, qualvollen Schrei aus.

Emerson war erleichtert, als sie sah, wie Viviennes Vater, ein distinguiert aussehender Mann mit dünn werdendem silbergrauem Haar, vortrat und einen Arm um ihre Taille legte, um sie zu halten. Er und Viviennes Mutter, eine auffallende Libanesin, die in ihrer Jugend eine große Schönheit gewesen sein musste, waren von Paris hergeflogen und wohnten zurzeit bei Jay und Vivienne. Aber Emerson konnte nicht umhin, sich zu fragen, wie Vivienne wohl zurechtkommen würde, wenn sie wieder fort waren.

Ihr Blick fiel auf Jays Eltern. Everett Gunderson hatte dieselbe schlanke und sehnige Figur und dieselben fesselnden blauen Augen wie Jay. In seinem Sonntagsanzug, das steife eisengraue Haar glatt gekämmt, schien er sich in dieser unvertrauten Umgebung unbehaglich zu fühlen. Neben ihm stand Jays Mutter, die eine abgeschabte Lederbibel umklammert hielt, eine adrette, weißhaarige Frau mit den feinen Zügen und der hellen Haut ihres Sohnes. Ihr hübsches Gesicht wirkte ausgeblichen, wie etwas, das zu lange in der Sonne gelegen hatte. Beide sahen aus, als ob sie gern mehr tun würden, aber nicht recht wussten, was von ihnen erwartet wurde.

Nachdem das letzte Gebet gelesen war, brachen alle zum Parkplatz auf. Der Tag war feucht und wolkenverhangen, der

Boden aufgeweicht von all dem Regen, der in den vergangenen Wochen gefallen war, sodass Emerson in ihren hochhackigen Schuhen nur mit Schwierigkeiten zum Ausgang vorankam. Statt eine traditionelle Totenwache abzuhalten, waren, wie Jay ihnen mitgeteilt hatte, nur die Familie und enge Freunde eingeladen. Er hatte es zwar nicht ausdrücklich gesagt, aber sie vermutete, dass er nicht glaubte, Vivienne könne mehr durchstehen.

Als Emerson eine halbe Stunde später in der Wohnung ankam, ruhte sich Vivienne im Schlafzimmer aus und Jay kümmerte sich um die beiden Elternpaare. Emerson gesellte sich zu Franny und Stevie im Wohnzimmer, die Kaffee tranken und an den bereitgestellten Keksen knabberten.

»Ich wünschte, wir könnten etwas tun.« Franny warf einen verlorenen Blick durch das Zimmer zu Jay, der mit seinem Vater und Schwiegervater sprach, während die beiden Mütter in der Küche hantierten.

»Was zum Beispiel?«, fragte Stevie.

»Ach, ich weiß nicht, das Kinderzimmer ausräumen oder so was«, meinte Franny. »Könnt ihr euch vorstellen, wie es für sie sein muss, wenn sie da hineingehen und all die Babysachen sehen?«

Emerson fühlte eine neue Woge des Mitgefühls bei dem Gedanken – das Bettchen, die Bilderbücher und Kuscheltiere auf den Regalen, die niedlichen kleinen Anziehsachen in den Schubladen. Trotzdem zögerte sie, bevor sie antwortete. »Wir können es ja anbieten.«

»Freunde bieten nicht nur an. Sie krempeln die Ärmel hoch«, sagte Franny leicht ungeduldig.

Emerson und Stevie tauschten einen Blick. Emerson wusste, dass nicht allein ihr der Gedanke gekommen war, dass es vielleicht nicht der beste Zeitpunkt für Franny war, in Viviennes

Nähe zu sein. Es musste Jays Frau wie eine grausame Ironie erscheinen, dass eine andere Frau mit seinem Kind schwanger war, nachdem sie ihr eigenes verloren hatte. »Selbst Freunde müssen wissen, wann sie sich im Hintergrund halten sollten«, äußerte Stevie behutsam.

Franny ließ sich in ihrem Sessel zurücksinken. Emerson wusste, dass es ihr Kummer machte, Jay so leiden zu sehen, wenn sie nichts tun konnte, um ihm zu helfen. Aber Franny war auch klug genug, um die Weisheit in Stevies Worten zu erkennen, und nach einem Augenblick gab sie mit einem Seufzen nach.

»Was mich wirklich nervt, ist, dass ich mich nicht mal betrinken kann«, sagte sie.

»Aber das heißt nicht, dass wir nicht können«, erklärte Stevie und warf Emerson einen Blick zu.

Emerson schüttelte den Kopf. »Auf mich kannst du nicht zählen. Ich gehe gleich nach Hause.« Es war der freie Abend ihres Kindermädchens, und sie hätte Probleme, so kurzfristig einen Babysitter zu bekommen. Außerdem hatte sie keine Lust, in irgendeiner Bar zu sitzen und mit jedem Glas trübsinniger zu werden. »Genau genommen, sollte ich ziemlich bald gehen«, sagte sie mit einem Blick auf ihre Armbanduhr. »Ich habe Karen versprochen, dass ich nicht später als fünf komme.« Zu Franny gewandt, setzte sie mit einem Lächeln hinzu: »Bilde dir nur nicht ein, dass dein Kindermädchen für dich arbeitet. Eigentlich ist es genau umgekehrt.«

»Dann ist es ja gut, dass ich keins brauche.« Franny teilte ihnen mit, dass sie versuchen wollte, von zu Hause aus zu arbeiten, zumindest für ein, zwei Jahre.

»Dann hoffe ich, dass du mehr Glück hast als ich.« Emerson hatte auch ein Jahr nach Ainsleys Geburt aussetzen wollen, und nach sechs Monaten war sie die Wände hoch gegangen. So sehr sie ihre Tochter liebte, sie hatte zugeben müssen, dass sie einfach nicht als Vollzeitmutter taugte.

Stevie wandte sich mit geheimnisvoller Miene zu Franny, als ob sie etwas wusste, was diese nicht wusste. »Ich kann mir eine Person denken, die nichts dagegen hätte, sich das Windelwechseln mit dir zu teilen.« Womit sie natürlich Keith meinte.

Eine leichte Röte überzog Frannys Wangen. »Das werden wir noch sehen«, sagte sie achselzuckend. Sie war zu oft von der Liebe enttäuscht worden, um ihr Herz auf der Zunge zu tragen. »Wir kennen uns erst seit ein paar Monaten.«

»Für manche Leute ist das lange genug.« Stevie sah traurig aus, und Emerson fragte sich, ob sie wohl an Ryan dachte.

»Andererseits kannst du jemanden dein Leben lang kennen, und es funktioniert trotzdem nicht«, sagte Emerson. Sie und Briggs hatten in denselben Kreisen verkehrt, ihre Mütter waren im selben Jahrgang auf der Chapin gewesen, sie hatten sich sogar gegenseitig bei Wohltätigkeitsveranstaltungen geholfen, ehe sie begannen, miteinander auszugehen. Trotzdem hatten sie am Ende nur wenig gemeinsam.

»Im Augenblick kann ich nur an die nächsten paar Monate denken«, sagte Franny und legte eine Hand auf ihren Bauch. »Wenn eine Hochzeit in den Karten steht, dann muss sie warten.«

»Es könnte früher so weit sein als du denkst«, meinte Stevie.

Franny kniff die Augen zusammen. »Weißt du etwas, das ich nicht weiß?«

»Nichts Genaues«, beeilte sich Stevie zu versichern. »Aber man muss keine Wahrsagerin sein, um zu sehen, dass der Typ verrückt nach dir ist.«

Frannys Gesicht leuchtete kurz auf, bevor ihre Miene wieder besorgt wurde. Ihr Blick wanderte wieder einmal zu Jay.

Emerson vermutete, dass sie darüber nachdachte, welche Auswirkung das alles auf ihn haben würde, vor allem jetzt, falls sie nach Los Angeles ziehen würde. »Oder vielleicht einfach nur verrückt«, witzelte sie. »Kannst du dir uns auf Hochzeitsreise vorstellen? Wie wir nachts abwechselnd mit einem schreienden Baby über den Flur wandern?«

»Nach dem, was ich von Keith weiß, glaube ich nicht, dass er etwas dagegen hätte«, sagte Stevie. »Er ist ein guter Kerl. Er wird einen prima Vater abgeben.«

Der kummervolle Unterton veranlasste Emerson zu fragen: »Da wir gerade beim Thema sind, wie läuft es mit Grant?«

Stevie richtete ihren Blick auf die Kaffeetasse in ihrer Hand. »Ich weiß nicht. Ich habe ihn eine ganze Weile nicht gesehen«, antwortete sie leise.

Emerson wusste, dass es ein Schlag für sie gewesen war, als das Interview in *Prime Time* ausgestrahlt wurde. Lauren konnte sich nicht an viel von dem erinnern, was geschehen war, bevor sie niedergeschossen wurde. Ihre Erinnerungen an jene Nacht waren wie Blitzlichter im Dunkeln, hatte sie gesagt. Nur ein einziges Bild sah sie deutlich: eine Hand, die mit einer Pistole auf ihren Kopf zielte. Der Rest war ein einziges Durcheinander: eine zornige, schreiende Stimme ... das Zeichen einer um ein Kruzifix geschlungenen Rose ... das Klirren von zersplitterndem Glas. Nichts davon bewies etwas, aber soweit es die Öffentlichkeit anging, war Grant angeklagt und für schuldig befunden worden. Stevie war vielleicht nicht so rasch mit einem Urteil bei der Hand, aber sie hatte trotzdem zunehmend Schwierigkeiten damit, an seine Unschuld zu glauben.

Franny nahm Tasse und Untertasse, die inzwischen auf Stevies Schoß in Schieflage geraten waren, und stellte sie auf den Couchtisch. »Willst du dir nicht wenigstens seine Seite der Geschichte anhören?«, fragte sie.

»Wozu sollte das gut sein?«, erwiderte Stevie düster.

»Vielleicht steckt mehr dahinter, als du ahnst«, sagte Emerson. Von ihrem Job wusste sie, dass alles, was man nicht aus erster Hand erfuhr, im Allgemeinen offen für Interpretationen war.

Stevie zuckte hilflos die Achseln. »Vielleicht, aber jedes Mal, wenn ich das Thema erwähne, klappt er zu wie eine Auster.«

»Und das ist alles? Du gibst ihn auf?« Franny beäugte Stevie ungläubig.

Stevie hob den Kopf, in ihrem Gesicht spiegelte sich eine Mischung aus Hoffnung und Verzweiflung. »Das habe ich nicht gesagt. Ich meine, er ist immer noch mein Vater.« Sie atmete hörbar aus. »Ich brauchte einfach mal ein wenig Abstand, versteht ihr?« Sie blickte nervös von Franny zu Emerson, als ob sie um ihre Erlaubnis bitten würde.

Emerson tätschelte ihr Knie. »Es ist okay. Wir halten zu dir, egal, wie es kommt.«

Als es Zeit wurde zu gehen, brachte Jay sie zur Tür und umarmte sie alle ein bisschen fester als üblich, Franny drückte er besonders stark. »Danke, Mädels«, sagte er mit bewegter Stimme. »Ich weiß nicht, wie ich die letzten Tage ohne euch durchgestanden hätte.«

»Wenn du irgendetwas brauchst, ruf einfach an«, erklärte Emerson.

Franny streichelte ihm die Wange, ihre Augen suchten sein Gesicht ab. »Ist alles in Ordnung mit dir?«

Er nickte. Obwohl er sich allerdings augenscheinlich nicht allzu sicher schien, ob das auch wirklich zutraf, zeigte er ein tapferes Gesicht. »Vivs Eltern bleiben bis Ende nächster Woche hier, und meine fahren nicht vor Montag ab.« Er warf einen Blick in Richtung seiner Eltern, die sich mit seinen Schwiegereltern unterhielten, und setzte hinzu, als ob er etwas erklären müsste: »Der Nachbar kümmert sich um die Farm. Dad will das nicht ausnutzen.«

»Ich bin sicher, sie würden länger bleiben, wenn sie könnten«, sagte Emerson.

»Wenn ich irgendetwas für dich tun kann...«, begann Franny, aber er schüttelte schon den Kopf.

»Danke«, sagte er, »aber ich glaube, wir brauchen ein bisschen Zeit für uns, um mit alldem zurechtzukommen.« Ein verzweifelter Ausdruck huschte über sein Gesicht, als ob er sich fragte, wie es ihm und Vivienne je gelingen sollte, die Scherben wieder zusammenzusetzen, dann brachte er ein kleines Lächeln zustande und sagte ohne rechte Überzeugung: »Wir schaffen das schon.«

Draußen auf der Straße verabschiedeten sich die drei Freundinnen voneinander und eilten in verschiedene Richtungen davon, Franny zu ihrer Wohnung, Stevie zu ihrem Hotel, und Emerson fragte sich im Auto, wie sie sich zurückhalten sollte, Ainsley nicht mit Küssen zu ersticken, wenn sie nach Hause kam. Denn den ganzen Tag über war ihr immer wieder ein Gedanke durch den Kopf gegangen: Und wenn es mein Kind gewesen wäre?

Wie sich herausstellte, musste sie nicht den ganzen Abend ihrer Tochter zuliebe eine fröhliche Miene aufsetzen. Als sie nach Hause kam, war eine Nachricht von Briggs auf ihrem Anrufbeantworter, der fragte, ob Ainsley über Nacht bei ihm bleiben konnte. Wie es schien, waren seine Eltern in der Stadt und wollten die ganze Familie zum Essen einladen. Normalerweise hätte Emerson Einwände gehabt – er sollte Ainsley erst am Wochenende holen, und außerdem musste sie morgen früh zur Schule –, aber sie war so ausgelaugt, dass sie ihre Tochter bei Briggs besser aufgehoben wusste. Also rief sie ihn an und sagte ihm, dass sie einverstanden war.

Als er kam, hatte sie das Kleid, das sie auf der Beerdigung getragen hatte, gegen einen alten Frotteebademantel ausgetauscht. Als sie noch verheiratet waren, hatte sie sich immer viel Mühe gegeben, damit Briggs sie nie nachlässig gekleidet sah – zu Marjories felsenfesten Überzeugungen gehörte, dass eine Frau für ihren Ehemann zu jeder Zeit verführerisch zu sein hatte –, weshalb er sich jetzt zweifellos besorgt erkundigte: »Du leidest doch nicht unter dem Wetter, hoffe ich?«

»Sehe ich krank aus?«, fuhr Emerson ihn an.

Briggs wich mit gekränkter Miene zurück. »Ich hab ja nur gefragt.«

»Tut mir leid. Es war ein harter Tag«, sagte sie seufzend und fuhr sich nervös mit der Hand durchs Haar.

Warum war sie ihm gegenüber bloß dauernd so zickig? Falls jemand das Recht hatte, verbittert zu sein, dann war es Briggs. Die Scheidung war schließlich ihre Idee gewesen. Damals hatte er behauptet, vollkommen glücklich in der Ehe gewesen zu sein, die sie so lähmend fand. Wenn er ihr auf die Nerven ging, dann lag es nur daran, dass er ihr das Gefühl gab, ein Miststück zu sein, weil sie einen so harmlosen, netten Menschen wie ihn nicht mochte.

Die Ironie bestand darin, dass genau die Eigenschaften, die ihr während ihrer Ehe an Briggs so auf die Nerven gegangen waren, aus ihm einen brauchbaren Ex-Ehemann machten. Er war arrogant, aber diese Überheblichkeit zerbröckelte beim ersten Anzeichen einer Konfrontation – er würde die Straßenseite wechseln, um einer unangenehmen Begegnung aus dem Weg zu gehen. Wenn sie ihn ansah, noch keine vierzig, und schon so langweilig, mit Bauchansatz und dem braunen Haar, das er sorgfältig über die kahlen Stellen kämmte, fragte sie sich, was um alles in der Welt sie je an ihm gefunden hatte. In ein paar Jahren würde er karierte Golfhosen tragen und davon reden, ein Haus in Palm Beach kaufen zu wollen.

»Ist Ainsley so weit?« Er spähte in den Flur.

»Sie sucht ihre Sachen zusammen«, erklärte Emerson.

»Wie geht es deiner Mutter?«, erkundigte er sich höflich, während er sich in einen der zwei Hepplewhite-Stühle sinken ließ, die die antike Kommode im Eingangsbereich flankierten.

»Nicht besonders, aber nach den nächsten Untersuchungen wissen wir mehr«, informierte sie ihn. Sie sagte jedoch nicht, dass Marjories Krebs so weit fortgeschritten war, dass jede weitere Behandlung nur noch der Schmerzlinderung diente.

Briggs verzog mitfühlend das Gesicht. »Richte ihr bitte meine besten Grüße aus.«

»Das mache ich.«

Es entsand eine kurze Pause, dann räusperte er sich und sagte: »Wie ich höre, hast du einen neuen Krankenpfleger eingestellt. Ainsley scheint ihn in ihr Herz geschlossen zu haben.«

Emerson spürte, wie ihr bei der Erwähnung von Reggie warm ums Herz wurde. »Wichtiger ist, dass Mutter ihn offenbar auch leiden kann.«

Sie tauschten ein kurzes, wissendes Lächeln. Briggs war immer gut mit Marjorie zurechtgekommen, wusste aber natürlich, wie schwierig sie sein konnte.

»Wie geht es ... äh ... Shelby?« Der Name von Briggs neuer Frau entfiel Emerson regelmäßig.

»Es geht ihr gut. Ich soll dich grüßen.«

»Und deine Eltern, gefällt es ihnen in Florida?« Sie waren im Jahr zuvor nach Fort Lauderdale gezogen, nachdem ihr Ex-Schwiegervater in den Ruhestand gegangen war.

Briggs strahlte. »Dad sagt, es sei die beste Entscheidung, die sie je getroffen hätten. Alles in fußläufiger Entfernung. Und er schafft seine achtzehn Löcher pro Tag.«

Emerson unterdrückte ein Gähnen. »Klingt ja perfekt.«

In diesem Augenblick kam Ainsley durch den Flur gerannt, ihre Sandalen klapperten auf dem Fliesenboden, der Barbierucksack, den sie in der Hand hielt, hüpfte auf und ab. »Daddy!« Sie schlang die Arme um ihn, als er gerade aufstand, sodass er rücklings zurück in den Sessel fiel.

»Hoa, Partner.« Er hob sie hoch und gab ihr einen schmatzenden Kuss auf die Wange. »Was hast du denn da?« Er betrachtete die Puppe, die aus ihrem Rucksack lugte. »Jetzt sag nicht, dass Samantha auch mitkommt?«

Ainsley nickte heftig. »Guck mal. Wir sind Zwillinge.« Sie drehte sich um die eigene Achse, um ihren karierten Pullover zu zeigen, der genau zu dem ihrer Puppe passte. Emerson hatte sie letzte Woche zum Einkaufen mit ins American Girl genommen, Ainsleys absoluten Lieblingsladen.

Jetzt bückte sie sich, um ihre Tochter zu umarmen. »Benimm dich. Vergiss nicht, dich bei Oma und Opa zu bedanken.« Sie hatte noch nie erlebt, dass sie ohne Wagenladungen voller Geschenke ankamen.

Als sie ihrer Tochter nachsah, wie sie aus der Tür ging, die Hand ihres Vaters fest umklammernd, fühlte sie sich unerwartet verlassen. Normalerweise genoss sie an den Abenden, die Ainsley mit ihrem Vater verbrachte, die freie Zeit für sich allein. Sie gönnte sich dann meistens ein ausgedehntes Bad, bevor sie es sich mit einem Buch oder vor dem Fernseher gemütlich machte. Aber da die Ereignisse des Tages noch so frisch waren, wusste sie, dass es ein langer Abend werden würde, nur mit ihren traurigen Gedanken zur Gesellschaft.

Aus einem Impuls heraus griff sie zum Telefon und wählte

die Nummer ihrer Mutter. Aber statt Reggie antwortete eine fremde, nach einer Hispanierin klingenden Stimme. Nein, sie wusste nicht, wo Reggie war, erklärte sie Emerson, sie half nur für die Nacht aus. Emerson empfand einen Stich der Angst. Es war nicht sein regulärer freier Abend, was entweder bedeutete, dass er krank war oder ... ein noch schlimmerer Gedanke durchzuckte sie: Hatte Marjorie Verdacht geschöpft und ihn weggeschickt? Emerson hatte sich darum bemüht, eine freundliche Distanz zu wahren, aber ihre Mutter hatte in solchen Dingen einen sechsten Sinn. Sie kramte ihren Taschencomputer aus ihrer Handtasche und fand Reggies Handynummer. »Ich rufe nur an, um mich zu vergewissern, dass es dir gut geht«, sagte sie, als er abnahm. Sie bemühte sich um einen unbeschwerten Tonfall, während sie erklärte, dass sie sich Sorgen gemacht hatte, als sie bei ihrer Mutter anrief und er nicht dort war.

»Ich bin nicht krank. Ich arbeite nur für die Prüfungen. Wenn ich auch im Moment nicht weiß, was schlimmer ist«, setzte er mit einem tiefen Kichern hinzu.

»Tut mir leid. Ich wollte dich nicht stören.«

»Glaub mir, es ist eine willkommene Ablenkung.«

Sie nahm das Telefon mit in ihr Schlafzimmer und streckte sich auf dem Bett aus. »Na, wenn du gern eine Pause machen möchtest, ich könnte Gesellschaft brauchen.« Sie lächelte faul zur Decke hinauf. In einem fernen Teil ihres Verstandes erklang eine warnende Stimme: *Weißt du auch genau, was du da tust? Wenn du diesen Weg einmal eingeschlagen hast, gibt es kein Zurück mehr.* Emerson ignorierte sie.

Am anderen Ende entstand eine kurze Pause. »Hältst du das für klug?«, fragte er.

Sie wurde ganz still, ihr Herz hämmerte gegen die Rippen. Hatte er seine Meinung geändert? Beschlossen, dass sie das

Risiko nicht wert war, seinen Job zu verlieren? »Du hast recht, war eine dumme Idee. Vergiss es.« Sie sprach in beiläufigem Ton.

»Ich dachte eher an Ainsley«, erklärte er leise.

Vor Erleichterung lachte sie unwillkürlich auf. »Ach, ich verstehe. Nun, da kann ich dich beruhigen.« Zumindest was diese Sache betrifft. »Sie verbringt die Nacht bei ihrem Vater.«

»In dem Fall können meine Studien warten.«

Sie gab ihm ihre Adresse, ihr Herz klopfte, als sie auflegte. Er würde mindestens eine Stunde brauchen, um von Sheepshead Bay hierherzukommen, also nutzte sie die Zeit, um ein Bad zu nehmen. Bevor sie sich anzog, rieb sie sich dann noch von Kopf bis Fuß mit Duftöl ein. Sie zog einen schlichten BH mit passendem Höschen an, Unterwäsche, die nicht lauthals »Verführung!« schrie. Jeans und eine cremefarbene Seidenbluse vervollständigten ihre Aufmachung.

Aber als Reggie endlich erschien, war sie nicht auf seinen Anblick vorbereitet. Er stand so groß und würdevoll im Türrahmen, in seinem Haar glitzerten Regentropfen. Ihr blieb die Luft weg, sodass sie kaum Hallo sagen konnte. Sie konnte sich nicht erinnern, wann sie das letzte Mal bei einer ersten Verabredung so nervös gewesen war, nicht mehr seit der Highschool.

»Ich hoffe, du hast nichts dagegen, zu Hause zu bleiben«, sagte sie, als sie seinen Anzug und die Krawatte bemerkte.

»Ganz und gar nicht.« Reggie lächelte, als er über die Schwelle trat, sein offener Blick ließ keinen Zweifel daran, dass er genau gewusst hatte, was er zu erwarten hatte.

»Was kann ich dir zu trinken holen?«, fragte sie und ging voran ins Wohnzimmer. »Ich habe Bier und Wein, und ich glaube, irgendwo noch eine kleine Flasche Whiskey.«

»Wein wäre schön.« Er sank aufs Sofa, sein Blick wanderte

durch das Wohnzimmer. Seit der Scheidung war sie noch nicht dazu gekommen, sich neu einzurichten, und jetzt sah sie den Raum mit seinen Augen: die förmlichen Antiquitäten und schweren Jacquardvorhänge, das Kristall auf dem Kaminsims. Aber falls er sich unbehaglich fühlte, ließ er es sich nicht anmerken,

Sie holte eine Flasche Wein aus dem Kühlschrank und schenkte ihnen mit leicht zitternder Hand ein. Aber es dauerte nicht lange, bis sie locker plauderte, genau wie während all der Abende in der Wohnung ihrer Mutter. Sie erzählte ihm von dem neuen Etat, den sie gerade gewonnen hatte, für eine Kette von Fitness-Studios. Und er unterhielt sie mit einer Geschichte über Marjorie, die ihm beigebracht hatte, Gin Rummy zu spielen, und wütend geworden war, als er sie in der zweiten Runde schlug.

Da sie die Stimmung nicht verderben wollte, kam sie erst auf die Beerdigung zu sprechen, als die Flasche fast leer war und sie die Wirkung des Weines spürte. Reggie hörte mit gerunzelter Stirn zu. Er schien zu wissen, was es hieß, einen geliebten Menschen zu verlieren. Als sie ihre traurige Geschichte beendet hatte, erzählte er ihr von seiner kleinen Schwester, die mit acht Jahren gestorben war. »Meine Mutter war außer sich vor Kummer«, sagte er. Seine Augen glitzerten selbst jetzt bei der Erinnerung noch feucht. »Tagelang hat sie jede Nahrung verweigert. Sie konnte nichts anderes tun als weinen und den Namen meiner Schwester rufen.«

»Aber sie hat es überwunden?«, fragte Emerson,

»Mit der Zeit.«

»Ich hoffe, die Frau meines Freundes ist genauso stark wie deine Mutter.« Es war das erste Mal, dass sie ihre Befürchtung aussprach, Vivienne könnte, wie eine schöne, zerbrochene Porzellanfigur, nicht wieder ein Ganzes werden.

»Es hilft, wenn man liebevolle Freunde hat«, sagte er und berührte leicht ihren Handrücken.

»Ich weiß nicht, ob ich so eine gute Freundin war«, gestand Emerson und nahm noch einen Schluck Wein. »Ich hatte in letzter Zeit so viel mit meinem eigenen Leben zu tun, dass mir für andere Dinge nicht viel Zeit blieb.«

Er nickte verständnisvoll. »Du musstest an deine Mutter denken.«

»Stimmt.« Der Wein hatte ihre Hemmungen gelockert, und jetzt sah sie ihm in die Augen. »Aber vielleicht habe ich auch zugelassen, dass ich zu viel zu tun hatte«.

Einen langen Moment sagte keiner von ihnen etwas. Dann stellte Reggie sein Glas auf den Couchtisch und nahm ihre Hände in seine. »Was willst du mir sagen?«, fragte er. Seine Augen musterten prüfend ihr Gesicht.

»Ich weiß nicht genau«, sagte sie. Ihre Ängste kamen zurück.

»Wir müssen das nicht tun«, sagte er leise.

Als sie nicht antwortete, wanderten seine Hände ihre Arme hinauf zu ihrem Hals und schlossen sich sanft um ihren Kopf. Dann beugte er sich vor und küsste sie. In diesem Augenblick, mit geschlossenen Augen, nahm sie nur seinen warmen Atem auf ihrem Gesicht und den angenehmen, würzigen Duft seines Rasierwassers wahr. Dann schlossen sich seine Lippen über ihren, und sie spürte, wie ihr letzter Widerstand in das warme Meer glitt, das sich in ihr auftat. Es war, als ob sie irgendwie die Erlaubnis erhalten hatte, und jetzt strömten alle Gefühle, die sie in den letzten Wochen sorgfältig unter Verschluss gehalten hatte, aus ihr heraus. Sie liebte diesen Mann. Sie liebte alles an ihm: den Klang seiner Stimme, das Gefühl seiner Haut auf der ihren, seinen Geschmack in ihrem Mund.

Ehe sie sich versah, saß sie auf seinem Schoß. Sie konnte fühlen, wie erregt er war, und das machte sie überglücklich. Doch als er anfing, ihre Bluse aufzuknöpfen, hielt sie seine Hand fest, während sie ihm ins Ohr flüsterte: »Nicht hier.« Sie stand auf und zog ihn mit sich. Wenn wir uns lieben, dachte sie, dann will ich es im Bett tun. Nicht auf dem Sofa, wo sie sich wie ein Teenager vorkommen würde, der es hinter dem Rücken der Mutter trieb.

In ihrem Schlafzimmer zogen sie sich im Dunkeln aus. Reggie entkleidete sie zuerst, ließ sich Zeit, jeder Knopf, jeder Haken eine kleine Verführung für sich. Endlich kniete er nieder und zog ihr die Jeans über die Hüften, hielt hier und da inne, um sie zu küssen und zu liebkosen, an Stellen, an denen sie so lange nicht mehr die Berührung eines Mannes gespürt hatte, dass es wie beim ersten Mal war.

Als sie nackt war, zog sie ihn ebenso langsam aus, wie er es getan hatte, machte sich mit seinem Körper vertraut, den muskulösen Gliedern, der weichen Haut. In der Dunkelheit war jede Empfindung verstärkt und erhielt eine exquisite Note. Es gab nur noch die Hitze ihrer Körper, das samtige Gefühl seiner Haut auf ihrer. Sie hörte das gedämpfte Klirren seiner Gürtelschnalle auf dem Teppich, dann traten sie über die Kleider, die zu ihren Füßen lagen, und tasteten sich zum Bett.

Sie legten sich zueinandergewandt hin, schauten sich lange einfach nur an, dann zog Reggie sie dicht an sich, grub sanft die Zähne in ihre Schulter und wisperte: »Du schmeckst süß, nach Melone.

»Mit einer Melone hat mich noch nie jemand verglichen«, erwiderte sie lachend.

»Das ist etwas Gutes, glaub mir.

Ihr Liebesspiel war wie eine Entdeckungsreise. Für Emerson war es, als ob sie schwimmen lernte, weil sie vorher, mit anderen Männern, nur Wasser getreten hatte. Das Blut rauschte in ihren

Ohren, ihr Atem ging schnell und stoßweise, als sie sich gegen ihn drängte und sich seinem Rhythmus anpasste. Als sie endlich kam, empfand sie es als so intensiv, dass sie fast das Bewusstsein verlor. Gütiger Gott im Himmel, dachte sie, als die schwarze Wolke sich verzog und hinter ihren geschlossenen Augenlidern einen funkelnden Regen aus Sternenstaub hinterließ. Das war es also, worüber Franny und Stevie all die Jahre geredet hatten. Es war so anders als mit Briggs, wo sie nachher meistens eingeschlafen war. Jetzt fühlte sie sich aufgeladen, bereit, es mit der Welt aufzunehmen.

Die Frage war, konnte sie es mit Marjorie aufnehmen?

Wovor hast du Angst?, fragte sie sich. Sie kann dich nicht mehr verletzen. Aber natürlich wusste Emerson, dass sie sich da was vormachte. Ihre Mutter würde bestimmt vor nichts Halt machen, um sich durchzusetzen.

Sie verdrängte den Gedanken und murmelte: »Das war schön.«

»Für mich auch.« Reggies Stimme war ein heiseres Brummen an ihrem Ohr.

»Es war immer schwierig für mich ... mit anderen Männern«, gestand sie.

»Dann ist es ja gut, dass ich nicht wie andere Männer bin«, sagte er und strich ihr übers Haar.

»Das bist du ganz entschieden nicht.« Sie lächelte vor sich hin.

»Und du«, er folgte der Kurve ihres Ohrs mit der Fingerspitze, »bist anders als alle Frauen, die ich kenne.«

»Und wo führt uns das hin?«

Nach einem Moment des Schweigens sagte er: »Das liegt bei dir.«

Sie hob den Kopf, um ihn in der Dunkelheit zu betrachten. »Bitte versteh mich nicht falsch, aber ich glaube, es wäre besser, wenn meine Mutter nichts davon wüsste. Zumindest vorläufig.«

Seine Brust hob und senkte sich in tiefen Atemzügen. »Und wenn sie es herausfindet?«

»Ich hoffe nicht.« Sie wagte es nicht laut zu sagen: Ihre Mutter lebte womöglich nicht mehr so lange.

Sie konnte sehen, dass Reggie mit seinen Gefühlen kämpfte. Er war nicht der Typ für Heimlichkeiten. Aber endlich gab er mit einem Nicken nach und sagte: »Ich werde tun, was du willst.«

Was sie *wollte*, dachte Emerson frustriert, war, ihre Liebe von allen Bergen zu schreien. Aber vorläufig musste sie sich damit zufriedengeben, sie im Dunkeln zu flüstern.

Kapitel 10

»Wieder Überstunden, Kumpel?« Todd Oster steckte den Kopf in Jays Büro, als er Feierabend machte.

Jay sah von seinem Zeichentisch auf und stellte erstaunt fest, dass es draußen schon dunkel war. Er war so in seine Arbeit vertieft gewesen, dass er es nicht bemerkt hatte. Er rieb sich mit den Händen übers Gesicht und blinzelte, bis sein verschwommener Blick wieder klar wurde und Todds bärtiges Naturburschengesicht ins Blickfeld rückte.

»Es ist dieser verdammte Entwurf«, sagte er. »Irgendetwas stimmt nicht ganz, aber ich kann nicht herausfinden, was.«

Todd kam durch das Zimmer, um ihm über die Schulter zu gucken. »Sieht mehr wie eine Pralinenschachtel aus als nach Frühstücksflocken.« Er boxte Jay freundschaftlich auf den Arm. »Entweder wirst du langsam alt, oder du kannst eine Pause vertragen. Wie ich dich kenne, würde ich sagen, Letzteres.«

Als Jay von Saatchi & Saatchi zu der kleineren, hoch engagierten Agentur Beck/Blustein gewechselt war, hatte er Todd mitgenommen, um sein Entwurfsteam zu vervollständigen. Sie arbeiteten gut zusammen, und Jay schätzte sein berufliches Können hoch ein. Aber Todd hatte sich auch als guter Freund erwiesen. Er war der einzige seiner Kollegen, der genug Schneid hatte, um ihm genau das zu geben, was er in dieser schwierigen Zeit brauchte: Mitgefühl und gelegentlich einen Tritt in den Hintern.

»So schlimm, was?« Jay betrachtete die Skizze, eins von

mehreren Konzepten, an denen sie arbeiteten, die Teil ihrer Multimedia-Kampagne für Heartland Mills werden sollten.

»Ich habe schon Schlimmeres gesehen.« Todd zuckte die Achseln. »Hör mal, was hältst du davon, wenn ich dich auf ein Bier einlade? Du siehst aus, als könntest du eins vertragen.«

»Nein. Ich sollte lieber nach Hause gehen.« Nichts hätte Jay lieber getan, als unterwegs einen Abstecher zu Shaughnessy zu machen, aber er war ohnehin schon spät dran.

»Dann ein andermal. Komm, ich gehe mit dir raus.« Bevor er auch nur protestieren konnte, hatte Todd Jays Jackett von der Stuhllehne gezogen und reichte es ihm.

»Okay, ich hab schon begriffen.« Jay stand auf, und streckte sich, um die Verspannung in seinem Rücken zu lockern.

Er nahm mit Todd den Fahrstuhl zum Erdgeschoss. Als sie durch die fast menschenleere Eingangshalle gingen, fragte Todd ein wenig zu beiläufig: »Wie läuft's zu Hause?«

»Ganz gut. Wir gehen einen Tag nach dem anderen an.« Jay schlug einen neutralen Ton an.

»Ich glaube, dieser Satz wurde von den AA geprägt. Du hast doch nicht angefangen zu trinken, oder?« Todds bärtiges Gesicht verzog sich zu einem Lächeln.

»Das ist immer eine Möglichkeit«, sagte Jay.

»Nein, ernsthaft, alles in Ordnung?«, Todd ließ ihn nicht so leicht vom Haken. »Ich will dir ja nicht auf die Zehen treten, Kumpel, aber in letzter Zeit warst du nicht gerade auf der Höhe. Falls ich etwas für dich tun kann ...«

»Es geht mir gut, ehrlich«, sagte Jay schärfer, als er beabsichtigt hatte. »Ich gebe zu, es ist nicht alles bestens, aber es könnte auch noch schlimmer sein«, setzte er hinzu, obwohl eine innere Stimme bereits fragte: Ach, wirklich? Und was genau könnte noch schlimmer sein?

»Ja, du könntest eine Scheidung durchmachen«, murmelte

Todd in Bezug auf seine eigene gegenwärtige Situation. »Hölle, wenn es nicht um die Kinder ginge –« Er brach mit zerknirschter Miene ab. »'Tschuldigung. Das war dämlich von mir.«

»Ist schon gut. Du musst nicht auf Zehenspitzen um mich herumschleichen.« Jay war eine gelegentliche taktlose Bemerkung lieber als Leute, die jedes Wort auf die Goldwaage legten, vor lauter Angst, sie könnten etwas sagen, dass ihn an seinen Verlust erinnerte.

Als ob er das je vergessen könnte.

Die Glasdrehtür schob sie auf den Bürgersteig, wo sie ein Schwall warmer, stickiger Luft empfing. August in der Stadt. Er hätte sich inzwischen daran gewöhnen müssen, aber nach all diesen Jahren vermisste er immer noch eine Luft, die nach frisch gemähtem Heu duftete anstatt nach Abgasen und vergammelndem Müll.

»Bis später, Kumpel.« Todd schlug Jay auf die Schulter und eilte davon.

Jay blieb noch einen Moment stehen und sah seinem Freund nach, der die Third Avenue entlangmarschierte. Fast beneidete er Todd darum, dass er in seine nur spärlich möblierte Junggesellenbude ging. Todd konnte sich so elend fühlen, wie er wollte, und musste nicht seiner Frau zuliebe eine fröhliche Miene ziehen. Und wenn er sich auch wieder nur mit Essen vom Imbiss zufriedengeben musste, wenigstens konnte er es genießen, ohne dass sein Magen sich verkrampfte.

Jay spürte einen schuldbewussten Stich und beschloss, mehr Geduld mit Vivienne zu haben.

Aber es war hart, über seinen Tag zu plaudern, während sie wie ein Zombie da saß und kaum reagierte. Nicht einmal die Antidepressiva, die sie nahm, schienen zu wirken. Sie verschlief den größten Teil des Tages und hatte dermaßen abgenommen, dass es beängstigend war. Noch mehr Sorgen bereitete ihm, dass sie alles Interesse an anderen Menschen verloren hatte. Immer, wenn er vorschlug, etwas mit Freunden zu unternehmen, in der Hoffnung, es würde sie aufmuntern, schüttelte sie lediglich den Kopf und sagte, ihr sei nicht danach zumute.

Doch auch wenn er manchmal frustriert war, er musste sich immer wieder erinnern, dass es für sie schwerer war als für ihn. Er hatte das Baby nicht neun Monate in sich getragen.

Und natürlich, eine Sache blieb unausgesprochen – sein Kind in Frannys Bauch.

Beim Gedanken an Franny stieg neues Schuldbewusstsein in ihm auf. Er hatte sie in letzter Zeit auf Armeslänge Abstand gehalten. Es war einfach zu schmerzlich für Vivienne, in ihrer Nähe zu sein. Immer wenn Franny vorbeigekommen war, hatte eine so unbehagliche Atmosphäre geherrscht, dass sie nicht lange geblieben war. Franny versuchte nach Kräften, es nicht persönlich zu nehmen, das wusste er, aber sie musste sich ja zurückgewiesen fühlen. In wenigen Wochen war sie von einer engen Freundin der Familie praktisch zu einer Unberührbaren geworden.

Er wollte es irgendwie wiedergutmachen, aber wie? Er war ohnehin schon so mitgenommen, noch mehr emotionale Auseinandersetzungen, und er würde zusammenbrechen.

Er nahm ein Taxi nach Hause und stieg an der Ecke Broadway und Fünfundzwanzigste aus. Als er auf sein Wohngebäude zuging, stellte er nach einem Blick nach oben erfreut fest, dass das Licht in ihrem Loft brannte. Vivienne musste auf sein. Ein gutes Zeichen.

Als er durch die Tür trat, rief er fröhlicher als sonst: »Viv! Ich bin da!«

Keine Antwort.

Er ging ins Schlafzimmer und fand einen halb gepackten

Koffer offen auf dem Bett. Er starrte ihn verständnislos an, bis Vivienne mit einem Arm voll Kleider aus dem begehbaren Schrank kam, fertig angezogen zum Ausgehen. »Jay ... « Sie hielt mit schuldbewusster Miene inne.

»Was hat das zu bedeuten?« Er deutete auf den Koffer.

»Bitte, sei mir nicht böse«, sagte sie mit kläglicher Stimme. »Es war Maman. Sie bestand darauf, dass ich komme.«

»Warum hast du mir vorher nichts davon gesagt?«

»Ich habe mich selbst erst heute richtig entschieden. Allerdings ist der Flug schon gebucht.«

»Du hättest erst mit mir darüber sprechen können«, sagte er mir harter Stimme.

»Ich hatte Angst, du würdest versuchen, es mir auszureden.« Viviennes Augen füllten sich mit Tränen. Sie sank auf das Bett, die Kleider in ihren Armen glitten in einem Haufen zu Boden. »Ich kann so nicht weitermachen. Wenn ich nicht von hier weg komme, dann ... dann weiß ich nicht, was passieren wird.«

Sie wirkte so verzweifelt, dass sein Herz ihr ganz gegen seinen Willen zuflog. Er machte einen Schritt auf sie zu. »Und du hast gedacht, ich würde das nicht verstehen? Bin ich denn wirklich so unsensibel?«

»Nein, natürlich nicht.« Sie stützte das Gesicht in die Hände und knetete ihre Schläfen, als spürte sie einsetzende Kopfschmerzen. »Es ist nur ... wir leiden beide. Wenn wir zusammen sind, wird es nur noch schlimmer.«

»Es ist schwer, wenn du mich immer ausschließt.«

»Ich weiß. Es ist nicht deine Schuld.« Sie sah mit rotgeränderten Augen zu ihm auf. Ihr Gesicht war blass, die Haut spannte sich straff über den Wangenknochen. »Verstehst du nicht? Du kannst es nicht in Ordnung bringen. Du steckst selbst zu tief mit drin.« Sie seufzte. »Maman hat recht. Es ist Zeit für mich, nach Hause zu gehen.«

»Ich dachte, dies wäre dein Zuhause.«

»Bitte, Jay, mach es nicht noch schwerer.«

Er betrachtete sie einen langen Moment und fragte sich, ob *seine* Gefühle bei ihrer Entscheidung zu irgendeinem Zeitpunkt eine Rolle gespielt hatten. Aber was nützte es zu diskutieren? Sie war offensichtlich fest entschlossen. Er stieß den angehaltenen Atem aus und sank neben ihr aufs Bett. »Wie lange wirst du fort sein?«

Ihre dünnen Schultern hoben und senkten sich. »Bis es mir besser geht. Bis ich einen Grund finden kann, morgens aufzustehen.«

»Ich habe eine bessere Idee«, unternahm er einen wilden Versuch. »Warum nehme ich mir nicht eine Zeitlang frei? Wir machen die Reise nach Griechenland, von der wir immer gesprochen haben. Das würde dir doch gefallen, oder nicht?«

Sie begann zu weinen, ihr Mund verzog sich in stummem Elend.

Jay wischte mit dem Daumen die Tränen weg, die ihr über die Wangen liefen. »Liebes, ich weiß, es war schwer, aber weglaufen hilft auch nicht. Ich brauche dich. Wir brauchen einander.«

Sie schüttelte den Kopf. »Du brauchst mich nicht, nicht so, wie ich jetzt bin. Ich weiß, was du denkst, dass es Zeit wird, dass ich wieder normal werde. Ich kann es in deinen Augen sehen. Aber ich kann nicht, Jay. Ich habe es versucht und versucht, und mit jedem Tag wird es noch schwerer, weil ich sehe, wie du weitergehst.«

Er zuckte innerlich zusammen, denn er wusste, dass mehr als nur ein Körnchen Wahrheit in dem steckte, was sie sagte. Trotzdem erinnerte er sie: »Auch ich habe ein Kind verloren.«

»Aber du hast immer noch Frannys.« Sie lachte rau. »Gott, wenn ich daran denke, wie arrogant ich war! Mir einzubilden, wir könnten alle eine große, glückliche Familie sein. Du, ich, Franny, unsere Kinder.« Ihre Augen, die so lange Zeit wie tot gewesen waren, flammten auf, als hätte man ein Streichholz angezündet.

»Niemand hätte so etwas vorhersehen können«, sagte er.

»Es ist, als würde ich bestraft«, fuhr sie fort, als ob sie ihn gar nicht gehört hätte.

»Weil du Franny eine gute Freundin warst?« Das ergab doch keinen Sinn.

»Oh ja, ich bin eine gute Freundin.«

Die bittere Ironie, mit der sie das sagte, ließ ihn fragen: »Viv, gibt es da noch etwas, das du mir sagen willst?«

Sie sprang abrupt auf. »Ich muss gehen. Ich verpasse noch meinen Flug.«

Sie packte hastig fertig und schloss den Koffer.

Er brachte sie zur Tür und hatte das Gefühl, er würde in einem Stück mitspielen, dessen Text er nicht gelernt hatte. Er wollte so viel sagen – *Geh nicht. Ich liebe dich. Du wirst mir fehlen.* – aber die Worte wollten ihm nicht über die Lippen kommen. Er brachte nur heraus: »Ruf mich an, wenn du angekommen bist.«

Er musste verloren ausgesehen haben, da sie ihm sanft über die Wange strich. »Sei nicht traurig, Chéri. Es ist wirklich besser so. Du wirst mich nicht mehr so vermissen, wenn ich erst weg bin.«

Erst als die Tür sich hinter ihr schloss, dämmerte ihm die Bedeutung ihrer Worte. Denn hatte sie ihn in gewisser Weise nicht schon verlassen?

In den folgenden Wochen machte Franny es sich zur Aufgabe, dafür zu sorgen, dass Jay nicht jede wache Stunde entweder arbeitete oder zu Hause hockte und Trübsal blies. An den Wochenenden, wenn das Wetter gut war, unternahmen sie lange Spaziergänge und machten hier und dort Halt, um in Läden herumzustöbern oder einen Happen zu essen. Wenn es regnete, gingen sie ins Kino oder ins Museum. Und wenn ihr monatlicher Termin beim Gynäkologen nahte, beharrte sie darauf, dass Jay sie begleitete.

Als er das erste Mal den Herzschlag des Babys hörte, leuchteten seine Augen auf, und auf seinem Gesicht erschien ein breites Grinsen. Es war das erste echte Lächeln, das sie seit Wochen bei ihm gesehen hatte, und ihr wurde warm ums Herz. Ihr alter Freund, den sie so sehr vermisst hatte, kehrte allmählich ins Land der Lebenden zurück.

»Wie kannst du nur aushalten, es nicht zu wissen?«, fragte er, als sie die Praxis verließen. Er kam nicht darüber hinweg, dass sie sich entschieden hatte, das Geschlecht des Kindes nicht erfahren zu wollen.

»Sollte es denn nicht noch ein paar Überraschungen im Leben geben?«, fragte sie und legte eine Hand auf ihren Bauch, in dem das Baby gerade etwas tat, was sich nach Mambotanzen anfühlte. »Wir werden es sowieso bald erfahren.«

»Versprich mir nur eins. Wenn es ein Junge wird, nennst du ihn nicht nach deinem Onkel Moishe.«

Sie grinste ihn an. »Warum nicht? Ich mochte meinen Onkel Moishe immer gern.«

»Sag das unserem Kind, wenn es in der Schule ständig Prügel einstecken muss.«

Franny hakte sich bei ihm ein, während sie über die Madison Avenue schlenderten. »Wie steht's damit, eine Schwangere zum Mittagessen einzuladen?«

»Aber gern. Was hättest du denn gern?«

»Irgendwas, Hauptsache, viel. Ich habe einen Bärenhunger.«

Franny hielt es für ein gutes Zeichen, dass er nicht darauf bestanden hatte, wieder zur Arbeit zu gehen, oder auch nur auf seine Uhr gesehen hatte. Er machte Fortschritte. Entweder das, oder er riss sich zusammen, um all die ärztlichen Untersuchungen wiedergutzumachen, die er verpasst hatte. Sie versicherte ihm immer wieder, dass sie schon ein großes Mädchen war und nicht erwartete, dass er ihr die ganze Schwangerschaft über die Hand hielt. Aber natürlich wusste sie, dass er sich schlecht fühlte, weil er nicht für sie dagewesen war.

Sie gingen noch ein paar Blocks weiter, ehe sie ins Le Pain Quotidien traten, wo sie einen Tisch für zwei ergattern konnten. Die Kellnerin brachte ihnen einen Korb mit knusprigem Brot, das noch ofenwarm war und Franny fiel darüber her, als hätte sie seit einer Woche nichts gegessen.

»Ich sollte eigentlich nicht so viel essen, ich weiß«, sagte sie, während sie sich Butter auf die dritte Scheibe strich. »Dr. Stein wird mich beim nächsten Mal auf eine Frachtwaage stellen müssen.

»Du isst schließlich für zwei«, beruhigte Jay sie.

»Fühlt sich eher an wie drei. Wenn ich es nicht genau wüsste, würde ich schwören, ich bekäme Zwillinge.« Jays Miene verdüsterte sich kurz, und sie legte ihm eine Hand auf den Arm und sagte sanft: »Ich weiß, es ist nicht dasselbe wie bei Stephan. Ich erwarte auch nicht, dass du bei diesem Kind genauso aufgeregt bist.«

Jay riss sich zusammen und lächelte sie an. »Glaub mir, wenn dieses Kind geboren ist, verteile ich Zigarren.«

»Aber du rauchst doch gar nicht«, erinnerte sie ihn.

»Darum geht es nicht.«

»Sondern?«

»Ich beabsichtige, ein Dad zu werden, der bei allem dabei ist.«

Franny wurde warm bei dem Gedanken, sie sah vor sich ein Bild von Jay, ein Tragetuch um den Bauch gebunden, aus dem das flaumige Köpfchen ihres Kindes lugte. Dann schob sich der Gedanke an Keith dazwischen.

»Da wir gerade dabei sind, eins solltest du noch wissen«, schnitt sie das Thema an und fühlte sich plötzlich unbehaglich. »Keith und ich ... äh, es sieht so aus, als ob ich vielleicht nach L. A. ziehe.«

Jay blinzelte und lehnte sich zurück. »Dann ist es also offiziell?«

»Noch nicht«, sagte sie. »Aber ich glaube, er macht sich bereit, die Frage zu stellen.«

»Das ist ... das ist großartig. Ich freue mich wirklich für dich.« Seine Miene strafte seine Worte Lügen.

»Den Champagner brauchst du noch nicht aufzumachen. Er hat noch nicht gefragt ... und ich habe noch nicht ja gesagt.«

Warum sagte sie das? Sie müsste verrückt sein, Keith nicht zu heiraten.

»Liebst du ihn?« Jay hielt ihren Blick einen Herzschlag zu lange fest, und ihr Magen schlug einen Purzelbaum.

»In letzter Zeit kann ich nicht mehr sagen, ob meine Hormone reden oder mein Herz.« Sie wusste nur, dass sie in den vergangenen Wochen ein Gefühl der Verwirrung empfunden hatte, wo sie vorher zu neunundneunzig Prozent sicher gewesen war. Konnte das etwas mit Jay zu tun haben, mit der vielen Zeit, die sie zusammen verbracht hatten? Der Gedanke war so beunruhigend, dass sie ihn rasch beiseite schob. »Ich werde mehr wissen, wenn ich ihn sehe. Hatte ich dir schon erzählt, dass ich zu meinem Geburtstag hinfliege?«

»Hat der Arzt nichts dagegen, dass du reist?« Jay musterte sie besorgt.

»Du hast ihn doch gehört. Ich bin gesund wie ein Pferd. Und genauso groß«, setzte sie hinzu und grinste, als sie auf ihren Bauch sah.

»Es besteht immer ein Risiko«, meinte er stirnrunzelnd. Sie wusste, dass er an das Baby dachte, das er verloren hatte.

»Ich muss nicht fliegen, wenn dir das lieber wäre.« Die Worte waren ihr ganz unerwartet herausgerutscht, und am liebsten hätte sie sich einen Tritt gegeben. Was um alles in der Welt war nur in sie gefahren? Sie und Keith hatten das seit Wochen geplant.

»Kommt nicht in Frage.« Jay straffte die Schultern und verzog das Gesicht zu einer halbwegs glaubwürdigen Nachahmung eines Lächelns. »Du wirst nicht deine Pläne ändern, weil ich alberne Ängste habe.« Er griff nach ihrer Hand und zog sie für einen liebevollen Kuss an seine Lippen. So unschuldig die Geste war, die Berührung seiner Lippen auf ihrer Haut ließ sie erschauern. Sie zog die Hand verwirrt zurück.

Was ging hier vor? Warum fühlte sie so?

Während des Essens war Franny so, als wäre alles ganz normal. Allerdings musste sie sich zwingen, ihn nicht dauernd anzustarren. Wieso hatte sie noch nie bemerkt, dass sich Fältchen in seinen Augenwinkeln bildeten, wenn er lachte? Wieso war ihr noch nie aufgefallen, wie schön seine Hände waren? Es war, als ob der Freund, für den sie all die Jahre nichts als Zuneigung empfunden hatte, sich in einen völlig Fremden verwandelt hatte. In jemanden, bei dem sie sich so verlegen fühlte wie bei einer ersten Verabredung und hoffte, dass ihr Atem nicht nach Zwiebeln roch oder ihr ein Stückchen Salat zwischen den Zähnen hing.

»Wie wäre es mit einem Spaziergang, um das Essen abzulaufen?«, schlug sie vor, nachdem sie ihr Mahl beendet hatten und auf dem Weg zur Tür waren. Sie sagte sich, wenn sie nur weiterhin so tat, als wäre alles gut, würde sich diese vorübergehende Verrücktheit schon von allein wieder legen.

Sie gingen in Richtung Central Park, der nur ein paar Blocks entfernt war. Franny musste plötzlich an die Ausflüge zu diesem Park denken, die ihre Mutter an schönen Sommertagen häufig mit ihr unternommen hatte.

Sie fuhren mit der Linie F von Kings Highway bis zur Siebenundfünfzigsten Straße, was fast anderthalb Stunden dauerte. Im Park breitete Mama eine Decke an einem schattigen Plätzchen im Gras aus, wo sie ihr mitgebrachtes Picknick verzehrten. Der Central Park war für alle da, sagte sie, in einem Ton, der deutlich machte, dass sie genauso viel Recht darauf hatte wie die Damen der Upper East Side, für die sie bei Bergdorfs als Änderungsschneiderin arbeitete.

Und jetzt, als sie unter den Bäumen entlang schlenderten, fand Franny ein verrücktes Vergnügen am Anblick der Touristen, Picknickenden und Mütter, die Kinderwagen schoben und die gleiche kühle Brise einatmeten wie die Obdachlosen in ihren schäbigen Kleidern.

Sie spazierten weiter, bis Franny müde wurde, dann ließen sie sich auf einer Bank am Bootsteich nieder, wo Enten neben den ferngesteuerten Modellsegelbooten schwammen. Dieser Platz war so schattig und friedlich, dass Franny die vorbeispazierenden Passanten kaum wahrnahm. Auch ihnen schenkte niemand besondere Beachtung, außer einer älteren Frau, die sie im Vorübergehen anlächelte, und sie zweifellos fälschlicherweise für ein Paar hielt, das sein erstes Kind erwartete.

Als Jay nach Frannys Hand griff, war es nicht anders als die unzähligen Male zuvor. Warum war sie sich dann jetzt so deutlich der Finger bewusst, die sich um ihre schlossen? Sie betrachtete ihn aus dem Augenwinkel und sah seine entspannte Miene. Falls er eine Vorstellung von der neuen und beunruhigenden Veränderung ihrer Gefühlen ihm gegenüber hatte, so war ihm davon nichts anzumerken.

»Das ist schön«, sagte er und blickte zu den Bäumen hoch. »Man könnte fast vergessen, dass man in der Stadt ist.«

In diesem Augenblick wurde die Stille vom fernen Heulen einer Sirene durchschnitten. »Home sweet home«, sagte Franny mit einem schiefen Lächeln.

»Wo ich herkomme, fühlt man sich beengt, wenn die Nachbarn nicht mindestens eine Meile entfernt wohnen.« Jay spielte mit einem Blatt, das er vom Boden aufgehoben hatte, und blickte über den Teich.

»Versuch mal, in Brooklyn zu leben«, sagt sie. »Du niest, und zwanzig Leute sagen Gesundheit.«

Er wandte sich um und sah sie an, wobei er auf eine Weise lächelte, die ihr Herz ganz plötzlich ins Trudeln geraten ließ, wie das kleine Segelboot auf dem Wasser, das gerade gekentert war. »Komisch, oder? Wir haben so verschiedene Erfahrungen gemacht, sehen aber immer alles irgendwie aus dem gleichen Blickwinkel.«

»Ja, ich weiß.« Sie schlug einen leichten Ton an. »Und jetzt bekommen wir auch noch ein Kind zusammen.«

»Ja. Gott lacht bestimmt gerade herzhaft über uns.«

An der Bitterkeit in seinem Ton erkannte sie, dass er an den Sohn dachte, den er nie kennengelernt hatte.

»Hast du in letzter Zeit mit Vivienne gesprochen?«, fragte sie nach einer Weile vorsichtig.

»Wenn man das so nennen kann«, erwiderte er mit einer eigenartigen, angespannten Miene.

»Das klingt wütend.«

»Vielleicht. Aber du musst zugeben, dass ihr derzeitiges Verhalten schon typisch ist.« Jeder wusste, dass Vivienne auch früher schon gerne einfach verschwunden war. Als sie noch zusammen ausgingen, fand sie immer, wenn es gerade ernst zu werden drohte, eine Ausrede, um zu verreisen, manchmal für Monate.

»Hat sie dir irgendwas gesagt, wann sie zurückkommt?«

Er zuckte die Achseln. »Du kannst ebenso gut raten wie ich.«

Franny drückte seine Hand. »Sieh mal, ich bin sicher, für sie ist es genauso schwer wie für dich. Sie hat auch nicht darum gebeten.«

Er stieß die Luft aus. »Ich weiß. Es ist nur...« Er schüttelte den Kopf. »Ich habe das Gefühl, als ob sie mich verlassen hätte.«

»Sie kommt schon zurück. Lass ihr Zeit.«

In der Zwischenzeit hast du ja immer noch mich, setzte sie in Gedanken hinzu. Sie würde weiterhin ihr Bestes tun, um ihn aufzuheitern. Waren Freunde nicht dazu da? Wenn sie im Moment auf dünnem Eis stand, soweit es ihre eigenen Gefühle anbetraf, würde Jay jedenfalls nichts davon erfahren. Es würde sein wie im College, ehe sie sich mit Stevie und Emerson zusammenschlossen. Nur sie beide.

Mach drei daraus, dachte sie, als sie das Baby gegen ihre Bauchdecke treten fühlte.

Kapitel 11

Als sie auf das Tor von Grants Anwesen zufuhr, verkrampfte sich Stevies Magen. Ihr letzter Besuch war Wochen her, und sie war sich nicht sicher, weshalb sie jetzt hier war. Nicht um ihre Neugier zu befriedigen, sie hatte bereits eine recht gute Vorstellung davon, was für ein Mensch ihr Vater war: wenn er schon versuchte, einen anderen zu töten, würde er anschließend die Polizei belügen. Wenn Stevie auch nicht genau wusste, wie es abgelaufen war, war es nicht schwierig, die Lücken zu füllen. In der Version, die er der Polizei gegeben hatte, hatten sie zu viel getrunken, und Lauren hatte sich die Waffe geschnappt, aus der sich ein Schuss gelöst hatte, als er versuchte, sie ihr wegzunehmen. Aber Stevie hatte genau wie der Rest der Welt erfahren, dass es sich so nicht abgespielt hatte, jedenfalls nicht nach Laurens Aussage. Stevie vermutete, dass sie gestritten hatten und es Grant gewesen war, der nach der Waffe gegriffen hatte. Der Rest war Geschichte.

Warum war sie also hier? Sie wusste es selbst nicht genau. Vielleicht, um herauszufinden, ob sie noch weiterhin etwas mit ihm zu tun haben wollte. Sie war sich nur in einem Punkt sicher, nämlich, dass sie ihm eine Erklärung schuldete, und die Chance, sich rein zu waschen. Bei diesem Gedanken lächelte sie spöttisch, als das Tor aufging und sie durchgewinkt wurde. Es lag eine fast komische Ironie darin, dass sie nicht veröffentlichen durfte, was der größte Treffer ihrer Karriere hätte werden können.

Als sie beim Haus ankam, wurde sie an der Tür von Victor

empfangen. Der Leibwächter-Schrägstrich-Hausmeister war genauso unfreundlich wie bei ihren vorhergegangenen Besuchen, womöglich sogar noch feindseliger. »Er ist draußen.« Er deutete mit dem Kopf zum Flur, der in den Patio führte. Wie immer trug er Anzug und Krawatte, was in seltsamem Kontrast zu den Tätowierungen stand, die sich seitlich an seinem dicken Nacken zu seinem kahl rasierten Schädel hochschlängelten.

»Ich kenne den Weg.« Stevie wollte an ihm vorbeigehen, doch er trat ihr in den Weg. Sie wartete, dass er beiseiteging, aber er rührte sich nicht. Ihm in die Augen sehen zu wollen, wie er dastand, die Arme vor der von Steroiden aufgepumpten Brust verschränkt, war wie der Versuch, durch eine getönte Autoscheibe zu schauen: flach, grau, undurchdringlich. In dem Versuch, die Stimmung aufzulockern, sagte sie: »Na schön, noch einen Tanz, aber dann muss ich wirklich gehen.«

In Victors breitem Gesicht regte sich kein Muskel. »Er erwartet Sie.«

»Wahrscheinlich, weil ich angerufen und mein Kommen angekündigt habe.« Ein ungeduldiger Tonfall schlich sich in ihre Stimme.

»Es ist eine Weile her. Er glaubt, Sie wären sauer auf ihn oder so.«

»Wie kommt er denn da drauf?«

»Sie sind das kluge Mädchen, finden Sie es heraus.«

»Ich habe Zeit gebraucht, um mir über einiges klar zu werden, das ist alles.« Warum rechtfertigte sie sich vor diesem Schlägertyp? Es ging ihn schließlich nicht das Geringste an. »Und wenn Sie mich jetzt entschuldigen wollten ...«

Diesmal versuchte er nicht sie aufzuhalten. Als sie sich an ihm vorbeischob murmelte er nur knurrend: »Ich würde es nicht zur Sprache bringen, wenn ich Sie wäre. Er reagiert etwas empfindlich auf dieses Thema. Dann ist er vielleicht nicht mehr zu bremsen.« Sie musste nicht fragen, welches Thema er meinte.

Schützte er seinen Boss ... oder wollte er sie warnen? Irgendwie konnte Stevie in Grant keine Bedrohung sehen, trotz Laurens gegenteiliger Darstellung der Ereignisse. Vor dieser ganzen Geschichte war er einzig mit dem üblichen Rockstar-Gebahren aufgefallen: zertrümmerte Hotelzimmer, wilde Partys, Saufgelage. Der Mann, den sie kannte, war zwar in mancher Hinsicht ein wenig seltsam, kam ihr aber im Grunde genommen harmlos vor. Was immer ihn in jener Nacht getrieben hatte, sie vermutete, dass es eine Abweichung und keineswegs die Regel in seinem Verhalten gewesen war.

Trotzdem, man konnte nie wissen ...

Sie fand Grant ausgestreckt auf einer Liege am Pool, die Nase in einem Buch. Als sie sich näherte, setzte er sich auf, legte das Buch auf den Tisch neben sich und nahm die Sonnenbrille ab. Er wirkte erfreut, sie zu sehen. Trotzdem begrüßte er sie etwas zurückhaltend, mit übertrieben schleppender Sprechweise, die schon fast an eine Parodie erinnerte. »Tag, Fremde.«

»Hallo, Grant.« Sie sprach sanft, aber ihr Herz klopfte.

»Warm genug für dich hier draußen?«

»Ja, wir sollten es ausnutzen, draußen sein zu können. Später soll es regnen, dem Wetteronkel nach.«

Er blickte zweifelnd zum blauen Himmel empor. »Na, wenn der das sagt.«

Sie betrachtete ihren Schatten, der sich auf den Steinplatten wie ein anklagender Finger abzeichnete. Die Worte, die ihr in der Kehle festsaßen, wollten nicht heraus. »Wie geht es dir?«, fragte sie stattdessen.

»Gut. Und dir?«

»Ich arbeite zu viel, aber das ist nichts Neues.«

»Bedien dich.« Er deutete auf die Poolbar, auf deren gefliester Theke ein Krug mit Limonade stand. Jahrelanger Aufenthalt in der Sonne hatten seiner Haut die Farbe und Beschaffenheit von Rindsleder verliehen. In seinen ausgebeulten Schwimmshorts und dem grauen Pferdeschwanz, der ihm auf den Rücken hing, hätte er auch ein alternder Strandpenner sein können.

»Danke.« Sie ging zur Bar und schenkte sich ein Glas ein. Sie trug es zum Pool, streifte die Schuhe ab und krempelte die Hosenbeine hoch, bevor sie sich an den Rand setzte. Als sie ihre Beine ins Wasser baumeln ließ, zerstob ihr Spiegelbild auf dem Wasser, wie um sie zu verspotten. Das ist vielleicht eine Vater-Tochter-Wiedervereinigung, dachte sie. Ein ausgebrannter Altrocker mit Vergangenheit und eine Frau, die sich nicht auf die Zukunft einlassen konnte.

Aber heute ging es nicht darum, eine Bindung zu schmieden. Sie musste herausfinden, aus Grants Mund hören, was wirklich in der Nacht geschehen war, als Lauren niedergeschossen wurde. Wie sollte sie ihm sonst je vertrauen können?

»Du wunderst dich wahrscheinlich, warum du eine Weile nichts von mir gehört hast«, versuchte sie es endlich.

»Ja, schon. Ich weiß, dass du Besseres zu tun hast, als mit deinem Alten herumzuhängen und ihm Gesellschaft zu leisten.« Sein Tonfall war lässig, aber sie spürte, dass er gekränkt war. »Außerdem«, setzte er mit einem trockenen Kichern hinzu, »wenn ich einsam bin, kann ich dich ja immer noch im Fernsehen bewundern.«

Sie stellte ihr Glas ab und wandte sich ihm zu. »Die Sache ist die ...« Sie schluckte und hörte ein klickendes Geräusch in den Ohren. »Wir müssen miteinander reden.«

Er verharrte regungslos. Die Sonne stand in seinem Rücken, sodass sein Gesicht im Schatten lag. Sie konnte nur den traurigen Zug um seinen Mund erkennen. »Ich muss wohl nicht raten, worüber«, sagte er.

»Nein, wohl nicht.«

Seine Lippen verzogen sich zu einem freudlosen Lachen. »Komisch, nicht? Das Telefon klingelt in den letzten Wochen fast ununterbrochen. Jeder Reporter im Universum hat versucht mich zu erreichen – nur du nicht.«

»Ich bin nicht als Reporterin hier. Ich bin als deine Tochter hier.«

»Und jetzt willst du also wissen, ob dein Alter der Antichrist ist, wie alle behaupten?« Er lachte bitter.

»Ich werfe keine Steine. Jedenfalls nicht, bevor ich deine Seite der Geschichte gehört habe.« Sie konnte an der verkrampften Haltung seiner Schultern erkennen, dass es nicht leicht würde. »Die wirkliche Geschichte. Nicht nur das, was du der Polizei erzählt hast.«

Er kniff die Augen zusammen. »Glaubst du, ich hätte gelogen?«

»Ehrlich gesagt, weiß ich nicht mehr, was ich glauben soll.«

Abrupt stand er auf und tappte zur Bar, griff darunter und zog eine Flasche Wodka hervor. Er goss sich einen ordentlichen Schluck ein und leerte das Glas in einem Zug.

»Ich dachte, du hättest mit dem Trinken aufgehört«, sagte Stevie mit leichtem Unbehagen.

»Hab ich auch.« Er goss sich noch mal nach und kippte den Wodka in einem Zug hinunter.

Sie stand auf und ging zu ihm. »Wovor hast du solche Angst? Ich habe dir doch schon gesagt, dass das hier unter uns bleibt.«

Er stand stirnrunzelnd, gedankenverloren vor ihr. Sie sah etwas Dunkles in seinen Augen, das ihr nicht recht gefiel, und sie spürte eine leise Kälte, die ihr eine Gänsehaut verursachte.

»Was geschehen ist, ist geschehen. Darüber zu reden hilft auch nichts«, sagte er hart.

Sie dachte an Victors Warnung und empfand wieder das leise Unbehagen im Bauch. »Es würde *mir* helfen«, sagte sie leise.

»Was denn, zu wissen, dass dein Alter ein Mistkerl ist?«

»Wenn du es bist, dann sind wir schon zwei.« Sie nahm ihm die Flasche aus der Hand, als er sich gerade noch einen Drink genehmigen wollte, und stellte sie außer Reichweite. »Du willst wissen, warum mein Freund mir den Laufpass gegeben hat? Weil ich ihn nicht heiraten wollte, obwohl ich verrückt nach ihm bin. Also du siehst, ich bin genauso verrückt wie du. Ich weiß nicht, ob es daran liegt, dass ich ohne Vater aufgewachsen bin oder weil ich deine Gene geerbt habe, aber wie auch immer, ich bin angeschlagene Ware.«

Sein Stirnrunzeln vertiefte sich. »Ich dachte, es ginge um Lauren.«

»Tut es auch. Aber es dreht sich auch darum, wer ich bin. Ich bin nicht einfach ohne Vater aufgewachsen. Ich habe mir einen erfunden. Diesen Prinzen, der eines Tages auftauchen und meine Mom und mich in sein Schloss mitnehmen würde.« Stevie schluckte den Kloß in ihrer Kehle herunter. »Wenn das nichts weiter war als ein dummer Traum, wo bleibe ich dann?«

Hinter der finsteren Miene, die Grant zog, verbargen sich tiefere Gefühle, das spürte sie intuitiv. Vielleicht Enttäuschung oder Bedauern. Nach einem langen, angespannten Moment seufzte er. »Du willst die Wahrheit hören?« Er kam zu ihr und setzte sich auf einen Barhocker. »Okay, dann sage ich es dir. Ich weiß nicht, was passiert ist. Ich stand so neben mir, dass ich ein ganzes Dorf hätte niedermähen können, ohne mich später daran zu erinnern.« Nach einer Pause fuhr er fort: »Wir hatten die ganze Nacht getrunken und gekifft und waren beide ziemlich high. Das Letzte, an das ich mich erinnere, ist, dass wir uns ausgezogen haben, um in den Pool zu springen.« Er schaute zu dem schimmernden blauen Wasser hinüber, als würde er erwarten, die junge Lauren Rose aus seinen Tiefen steigen zu sehen. »Meine Erinnerung setzt erst an der Stelle wieder ein, als ich mich im Haus blutend auf dem Boden liegend wiederfand.« Er richtete seinen Blick erneut auf Stevie, und sie sah in seinen gezeichneten Augen, den Augen eines Menschen, der von einer Erinnerung verfolgt wurde, die er nicht ganz zu fassen bekam, dass er die Wahrheit sagte. »Ich weiß es nicht. Vielleicht habe ich den Abzug gedrückt. Vielleicht bin ich eine Gefahr für die Gesellschaft, wie alle sagen.«

»Hast du deshalb aufgehört zu trinken?«, fragte Stevie und blickte bewusst auf das leere Glas in seiner Hand.

Er bedachte die Flasche mit einem sehnsüchtigen Blick, ehe er sein Glas auf die Bar stellte. »Ich habe seitdem keinen Tropfen mehr angerührt. Bis heute. Das kann ich vor jedem Gericht beschwören.«

»Ich glaube dir«, sagte sie nach einem Augenblick.

»Was, das mit dem Trinken oder was mit Lauren passiert ist?«

»Beides.« Sie sah ihn streng an. »Was ich allerdings immer noch nicht verstehe, ist, warum du die Polizei angelogen hast.«

»Dein Alter ist ein Feigling, deshalb. Ich wollte nicht den Rest meines Lebens hinter Gittern verbringen.« Er sah sich um und lächelte, sich der Ironie, die darin lag, bewusst: Er hatte lediglich ein Gefängnis gegen ein anderes eingetauscht.

»Ich bin froh, dass du es mir gesagt hast.« Es war nicht das, was sie erwartet hatte, aber sie hatte im Lauf der Jahre gelernt, dass man selten die Geschichte zu hören bekam, mit der man gerechnet hat.

»Ich schätze, das war es dann. Jetzt wirst du wohl sagen, war nett, dich kennengelernt zu haben.« Der Blick, den er ihr mit seinen blutunterlaufenen Augen schenkte, war traurig. Er schien im Verlauf weniger Minuten um Jahre gealtert. »Tut mir leid, dass dein lange verschollener Dad sich als solche Enttäuschung entpuppt.«

Stevie dachte an den Kampf ihrer Mutter, mit Hilfe der AA trocken zu werden. Nancy hatte es immer damit verglichen, wie es war, sich mit bloßen Händen an einer Felswand hochzuziehen. Der Mensch, der Nancy damals gewesen war, war nicht mit dem zu vergleichen, den Stevie kannte. Vielleicht war das mit Grant auch so; seine dunkle Seite kam nur zum Vorschein, wenn er trank. Nicht dass er gänzlich schuldlos gewesen wäre. Aber er war auch nicht ganz zurechnungsfähig gewesen.

Abrupt traf sie eine Entscheidung. »Zieh dich an«, forderte sie ihn auf.

»Warum?« Er blinzelte sie verwirrt an.

»Mach schon, tu einfach, was ich sage. Wir machen einen kleinen Ausflug.« Sie nahm ihn beim Ellbogen, zog ihn vom Hocker und schob ihn in Richtung Haus. Hoffentlich würde die Wirkung des Alkohols nachgelassen haben, wenn sie ihr Ziel erreichten.

»Du hast mir noch nicht gesagt, wohin wir fahren«, protestierte er.

»Ich glaube, es ist an der Zeit, dass du meine Mutter kennenlernst«, sagte sie.

Der Besuch bei Nancy verlief erstaunlich gut. Abgesehen von ihrem ersten Schock darüber, wie sehr er sich verändert hatte, hieß sie ihn willkommen, als wären sie alte Freunde. Nach wenigen Minuten hantierte sie geschäftig in der Küche herum, um Kaffee aufzusetzen.

Als er fertig war, schenkte sie einen Becher voll und drückte ihn Grant in die Hand. »Hier, trink das. Dann geht es dir besser.«

»Ja, Madam.« Er warf ihr einen leicht verlegenen Blick zu.

»Stevie sagt, dass du nicht oft rauskommst.« Nancy ließ sich ihm gegenüber nieder, während Stevie sich ans Kopfende des Tischs setzte.

Er nickte, als ob er darüber nachdenken müsste, bevor er antwortete: »Ja, es ist schon eine Weile her.«

»Na, ich freue mich, dass du hier bist. Magst du Zucchini?«

»Äh, ja.« Er sprach zögernd, als ob er nicht ganz sicher war, warum sie das fragte.

»Gut. Dann gebe ich dir welche mit nach Hause.« Sie deutete mit dem Kinn auf den Berg Zucchinis auf der Arbeitsfläche. »Zu dieser Jahreszeit habe ich mehr, als ich verarbeiten kann. Versuch sie gebraten, mit etwas Basilikum und Olivenöl. Ich finde, den meisten Lebensmitteln bekommt es am besten, wenn man sie ganz einfach zubereitet.«

»Ich bin kein großer Koch«, gestand er.

»Was fängst du denn dann den ganzen Tag mit dir an?« Ihr Mund verzog sich zu einem belustigten Grinsen. In den mit Ton verschmierten Jeans und dem Männerhemd sah sie ganz und gar nicht wie das niedliche Blumenkind aus, das er einst aus der Menge gepflückt hatte.

»Meistens lese ich«, sagte er und pustete in den Kaffeebecher, bevor er einen vorsichtigen Schluck nahm. »Ich habe die Schule nie abgeschlossen, also muss ich einiges nachholen.«

»Ich töpfere«, erklärte sie und deutete in Richtung ihres Ateliers.

»Das habe ich gehört.« Er lehnte sich zurück und streckte die Beine aus. »Bist du gut?«

»Ich kann davon leben.« Nancy war zu bescheiden, um zu erwähnen, dass ihre Keramiken hohe Preise in schicken Galerien im ganzen Land erzielten. »Was ist mit dir? Schreibst du noch neue Songs?«

»Himmel, nein, schon seit Jahren nicht mehr. Wenn ich auch hin und wieder mal meine Gitarre zur Hand nehme, das alte Ding hat mich tatsächlich noch nicht im Stich gelassen.« Er entspannte sich sichtlich, lächelte sogar. Nancy schien eine beruhigende Wirkung auf ihn zu haben, wie auf die meisten Leute.

»Ich erinnere mich noch an den Abend, als du im Forum gespielt hast«, sagte sie. »Ich dachte, nach diesem letzten Stück würde ein Aufstand losbrechen. Niemand wollte glauben, dass es die letzte Etappe deiner Abschiedstournee sein sollte.«

»Du warst damals da?«, fragte Stevie überrascht, denn sie hörte zum ersten Mal davon.

Nancy lächelte sie an. »Du auch.«

»Ich?« Stevie richtete sich auf.

Ihre Mutter nickte. »Du warst damals erst drei, deswegen kannst du dich nicht daran erinnern. Ich hatte die Brosche meiner Großmutter für die Karten versetzt. Aber es war jeden Cent wert. Wir waren an jenem Abend Zeugen eines historischen Ereignisses.« Nancy lächelte leicht, während sie ins Nichts starrte und mit dem Ende ihres Zopfes spielte.

»Das ist allein Stark zu verdanken«, erklärte Grant, womit er den Bassisten Rick Stark meinte. »Er hatte es satt, dass ich bei Auftritten immer vollgedröhnt war. Er setzte mir ein Ultimatum, entweder ich würde clean, oder er würde das Handtuch werfen.«

»Und, bist du?« Nancy sah ihn mit diesem festen Blick an,

der Stevie zu Teenager-Zeiten bei mehr als einer Gelegenheit ein Geständnis entlockt hatte.

Seine Schultern sanken herab, und er schüttelte langsam den Kopf. »Kann ich nicht behaupten. Nicht, bis es zu spät war. Schätze, dann hätte sich vieles anders entwickelt.« Er blickte mit einem Ausdruck tiefen Bedauerns zu Stevie.

»Es ist nie zu spät«, erklärte Stevie und legte ihre raue Hand auf seine. Es war keine an ihre frühere Intimität erinnernde Geste. Sie berührte ihn vielmehr so, als ob er eine verirrte Seele sei, derer sie sich angenommen hatte. »Übrigens, ich hatte gerade überlegt, zu einem Treffen zu gehen, als Stevie anrief. Hättest du Lust mitzukommen?«

Stevie war ziemlich sicher, dass ihre Mutter eigentlich keinesfalls vorgehabt hatte zu den AAs zu gehen. Nancy nahm zwar regelmäßig an den Treffen teil, aber außer einem Notfall konnte sie normalerweise nichts weglocken, wenn sie mitten in der Arbeit war.

Grant dachte einen Augenblick nach, als ob er die Möglichkeiten abwäge, dann nickte er langsam. »Das würde ich gern.«

Am nächsten Morgen konnte Stevie sich nur mit größter Mühe auf ihre Arbeit konzentrieren, sie war in Gedanken zu sehr mit den Ereignissen des vergangenen Tages beschäftigt. Als es Zeit für ihre Sendung war, hätte sie beinahe ihr Stichwort verpasst. Nur ihre jahrelange Erfahrung verhinderte, dass sie patzte, als die Kamera sich auf sie richtete.

»Er ist die Nummer eins mit Sternchen«, begann sie und schaltete auf Autopilot, als die Worte über den Monitor rollten. »Der Rapper, der unter dem Namen Fifty Cent bekannt ist, hat mit seinem Album *Blood in the Streets* wieder einmal die Konkurrenz hinter sich gelassen. In dieser Woche ist er der

Superstar, denn er hat doppelt so viele Alben verkauft wie sein schärfster Konkurrent, Jay-Z.« Aufnahmen des Rappers, der bei der Grammy-Verleihung über den roten Teppich stolzierte, wurden eingeblendet, während sie schon mit dem nächsten Thema weitermachte mit: »Brad Pitt ist diese Woche Down Under, wo er nett zu den Menschen ist, die zur Premiere seines neuen Films *American Original* mit Gwyneth Paltrow gekommen sind ...«

Stevie flog durch den Rest ihres Beitrags, bis der Regisseur in ihrem Ohrstöpsel sagte: »Das wars.«

Auf dem Weg zurück in ihre Kabine ging sie am Dispatcher-Tisch vorbei. Sie sollte in weniger als einer Stunde zur Pressekonferenz von Russell Crowe und Nicole Kidman, die im Peninsula ihren neuen Film vorstellten, und sie musste sich noch ein Team zusammensuchen. Zum Glück konnte sie sich Matt O'Brian schnappen, der gerade hereingekommen war. Während er seine Ausrüstung zusammenstellte und einen Wagen organisierte, schoss sie in den Pausenraum, um zu frühstücken. Sie hatte seit dem vergangenen Abend noch nichts gegessen, war zu sehr in Eile gewesen, als sie zur Arbeit aufbrach.

Liv Henry kam herein, als sie gerade eine Tüte Chips aufriss. »Hey, gute Arbeit, das über Andrews.«

Stevie brauchte einen Moment um zu begreifen, dass Liv ihren Nachruf auf den Stummfilmstar Verna Andrews meinte, der am Wochenende gestorben war. Der Beitrag, der am Sonntag gelaufen war, war schon vorproduziert gewesen – das übliche Verfahren bei älteren und gebrechlichen Berühmtheiten, was Uneingeweihten vielleicht makaber erscheinen mochte, aber den Reportern ersparte, alles stehen und liegen zu lassen und in den Nachrichtenraum zu hetzen, wenn die traurige Kunde eintraf.

»Danke«, sagte sie, nicht daran gewöhnt, von Liv Komplimente zu erhalten.

»Ich habe gestern Abend bei der Vorschau nach dir Ausschau gehalten«, sagte Liv und schenkte sich einen Kaffee ein. »Ich muss dich verpasst haben.«

»Welche Vorschau?«, fragte Stevie abwesend. Sie bekam Einladungen zu so vielen, dass sie nicht immer auf dem Laufenden war.

»Vom neuen Film deines Freundes.« Liv setzte eine einstudierte Unschuldsmiene auf, aber daran, wie rasch sie den Blick abwandte, erkannte Stevie, dass sie nicht einfach nur plaudern wollte.

»Exfreund.« Sie sprach in sanftem Ton, da sie Liv nicht merken lassen wollte, wie sehr es sie immer noch schmerzte, seinen Namen zu hören.

»Ach? Ich wusste gar nicht, dass ihr euch getrennt habt.«

»Schon vor Monaten. Wundert mich, dass du das noch nicht mitbekommen hast.« Stevie knabberte lässig an einem der Chips und konzentrierte sich darauf, nicht daran zu ersticken, als sie ihn schluckte.

»Das erklärt alles.«

»Was?«

Stevie hätte sich am liebsten getreten, weil sie in die Falle gegangen war, noch ehe Liv antwortete: »Die Frau, mit der er da war.« Liv riss ein Tütchen Zucker auf und schüttete es in ihren Kaffee. »Ich dachte, es wäre vielleicht seine Schwester.«

»Er hat keine Schwester.« Stevies Ton war schärfer als sie wollte.

»Ups.« Liv warf ihr ein mitfühlendes Lächeln zu. »Wenn ich es recht bedenke, schienen sie auch sehr vertraut miteinander.«

»Wenn er mit jemandem zusammen ist, von mir aus gern«, sagte Stevie, ein wenig zu munter.

»Das ist die richtige Einstellung.« Liv gab ihr einen Recht-so-Mädchen-Klaps auf den Arm, ehe sie mit ihrem dampfenden Becher aus dem Raum segelte.

Sobald sie außer Sichtweite war, pfefferte Stevie die angebrochene Tüte Chips in den Abfalleimer und sank auf den nächsten Stuhl. Der Appetit war ihr längst vergangen, hatte sich wie jede Hoffnung auf eine Wiedervereinigung mit Ryan in Luft aufgelöst. Es hätte sie nicht so schockieren dürfen, dass er mit jemand anderem zusammen war. Er hatte ziemlich deutlich klargemacht, dass er nicht die Absicht hatte, so lange zu warten, bis sie zur Vernunft kam. Trotzdem fühlte es sich an, als hätte sie einen Schlag in den Magen bekommen. Er hatte ihr noch nicht einmal eine Einladung zu dieser verdammten Vorschau geschickt. Irgendwie tat das am meisten weh.

An diesem Nachmittag rief sie Franny auf dem Heimweg von der Arbeit aus dem Auto an. Sie hatten schon eine Weile nicht mehr miteinander gesprochen, und Stevie wollte Pläne für die Zeit schmieden, in der Franny in L. A. war.

»Wie geht es Junior?«, fragte sie.

»Macht im Moment Gymnastik. Wenn das kleine Wesen so weiter macht, weiß ich nicht, wer von uns als Erstes im Kreißsaal ist.«

»Wo bist du?« Stevie hörte Verkehrslärm im Hintergrund.

»In einem Taxi auf dem Weg zu meinem Geburtsvorbereitungskurs. Als ob ich mich noch bücken könnte, geschweige denn, den Boden erreichen«, stöhnte Franny.

»Ist Em bei dir?« Emerson wollte Franny bei der Geburt beistehen.

Franny zögerte, ehe sie antwortete. »Ähm, nun ja, die Sache ist, der Plan hat sich leicht geändert.«

»Wie?«

»Ich habe einen neuen Händchenhalter.«

»Wen, den Taxifahrer?«, scherzte Stevie.

»Nein, Jay.«

»Wow. Wie ist denn das gekommen?«

»Nun tu nicht so überrascht. Schließlich ist er der Vater.«

»Aber ich dachte...«

»Ich weiß. Ich auch.« Franny sprach rasch weiter, ohne sie ausreden zu lassen. »Aber es war seine Idee. Er sagt, er ist so weit, wieder vorwärtszugehen.«

»Weiß Vivienne davon?«

»Das hat er nicht gesagt. Wer weiß schon, ob sie bis dahin überhaupt zurück ist.«

»Armer Jay. Es war nicht leicht für ihn.«

»Er hat seine schlechten Tage«, gab Franny zu. »Aber in letzter Zeit geht es besser.«

»Wie ich dich kenne, hat das etwas mit dir zu tun.« Franny umsorgte ihn bestimmt wie eine Mutter, kochte abends für ihn und drängte ihn, mehr auszugehen. Aber da war noch etwas anderes, etwas in ihrem zurückhaltenden Ton, das Stevies Reporternase zucken ließ. Sie hütete sich zu versuchen, Franny am Telefon auszuhorchen, das musste warten, bis sie sie persönlich fragen konnte. Was sie an etwas erinnerte...

»Sag mal, wenn du für den Sonntag, an dem du in der Stadt bist, noch nichts vorhast, meine Mom macht ein Barbecue. Du und Keith, ihr seid eingeladen.«

»Klingt gut. Ich spreche das mit ihm ab, aber soweit ich weiß, haben wir nichts vor.«

»Dann verkriecht ihr euch nicht an einem romantischen Fleckchen?«, neckte sie.

Franny lachte. »In meinem Zustand? Da wäre Marine World eher passend.«

»Mal im Ernst, wie läuft es mit euch beiden?«

»Großartig. Er sagt, er kann es nicht abwarten, mich zu sehen.« Franny ersparte sich einen Kommentar über ihre eigenen Gefühle.

»Hast du eine Ahnung, was er dir zum Geburtstag schenken will?«, fragte Stevie.

Franny schwieg einen Moment. »Nach den Anspielungen, die er gemacht hat, habe ich das Gefühl, als würde es in einer kleinen Schachtel stecken.«

Stevie sog die Luft ein. »Du meinst, er wird die Frage stellen?«

Ihre Gedanken wanderten zu dem Tag zurück, an dem Ryan sie gefragt hatte, ob sie ihn heiraten wolle. Den ganzen Morgen über hatte die Vorstellung von ihm mit einer anderen Frau in ihrem Kopf wie ein entzündeter Zahn gepocht. Sie hätte es kommen sehen sollen. Er hatte keinen ihrer Anrufe erwidert und das einzige Mal, das sie ihn bei einer Veranstaltung getroffen hatte, konnte er nicht schnell genug von ihr wegkommen. Trotzdem, trotz aller dagegensprechender Anzeichen, hegte sie die winzige Hoffnung, dass sie ihn zurückgewinnen konnte. In letzter Zeit hatte sie immer öfter gedacht, dass eine Ehe vielleicht doch keine so üble Sache war. Sie war noch immer nicht ganz bereit, diesen Sprung zu wagen, aber er machte ihr nicht mehr so viel Angst. Vielleicht bestand der Trick ja darin, nicht nach unten zu schauen.

»Sagen wir mal so, es liegt im Bereich des Möglichen, wenn ich auch noch nicht den Atem anhalte.«

Franny klang angesichts dieser Aussicht aus irgendeinem Grund nicht gerade begeistert. Verwirrt wollte Stevie fragen, ob sie es sich anders überlegt hätte, als Franny verkündete, dass ihr Taxi am Ziel angekommen sei. Sie verabschiedete sich eilig und beendete das Gespräch.

Und Stevie überlegte, welche Hoffnung für sie noch bestand, wenn sogar Franny, das Aschenbrödel auf der ewigen Suche nach dem richtigen Prinzen, kalte Füße bekam.

Kapitel 12

Du siehst ein wenig spitz aus, Liebes. Du solltest wirklich überlegen, ob du dir nicht eine zusätzliche Hilfe nimmst. Du arbeitest viel zu viel.« Marjorie betrachtete Emerson im milden Licht des späten Nachmittags.

»Es geht mir gut, Mutter. Nichts, was eine Nacht voll Schlaf nicht kurieren könnte«, sagte Emerson mit einer Fröhlichkeit, die nichts mit ihrer traurigen kleinen Mahlzeit auf einem Tablett vor dem Fernseher im Wohnzimmer zu tun hatte. Sie arbeitete, kümmerte sich um Ainsley und ihre Mutter und jonglierte mit ihrem Zeitplan herum, um sich noch ein paar gestohlene Momente mit Reggie gönnen zu können – und inzwischen lief sie auf Reserve.

»Unsinn. Du bist viel zu dünn. Zu meiner Zeit blieben die Frauen zu Haus, um sich um ihre Kinder zu kümmern.« Marjories Blick wanderte zu Ainsley, die mit ihrem Essen schon fertig war und auf dem Boden ein Puzzle machte.

So wie du dich um mich gekümmert hast? Emerson musste sich mühsam beherrschen, um nicht in das höhnische Lachen auszubrechen, das ihr in der Kehle steckte. Ein Kindermädchen war auf das nächste gefolgt, bis das Geld knapp wurde, danach war der einzige Erwachsene, auf den sie sich hatte verlassen können, Nacario gewesen. Was sagte das aus, wenn man vom Portier mehr Zuwendung als von der eigenen Mutter bekommen hatte?

»Ehrlich, Mutter, ich wüsste nicht, was ich mit mir anfangen sollte«, sagte sie.

»Gott weiß, dass du bei der Scheidung sehr gut gefahren bist«, fuhr Marjorie fort, als hätte sie nichts gesagt. »Was immer du Briggs gegenüber empfinden magst, du kannst nicht behaupten, er wäre nicht großzügig gewesen.« Marjorie erinnerte sie zu gern an Briggs Reichtum.

»Stimmt«, gab Emerson zu. Nein, Briggs war nicht knauserig, vor allem nicht, wenn es um Ainsley ging. Aber sie sah keinen Sinn darin, dieses Thema weiterzuverfolgen. »Noch Hühnchen?«, frage sie, obwohl ihre Mutter ihren Teller kaum angerührt hatte.

Es war unübersehbar, dass es mit ihr bergab ging. Ihre Haut hatte einen wächsernen Schimmer, und die Stola, in die sie sich gewickelt hatte, konnte nicht verbergen, wie abgemagert sie war. Trotzdem klammerte sich Marjorie an die falsche Hoffnung, mit der Zeit schon wieder auf die Beine zu kommen, und die Scherze über ihren bevorstehenden Tod benutzte sie als Mittel, um ihre Ängste zu verscheuchen. Dafür musste man sie bewundern, dachte Emerson. Ihre Mutter ließ sich einfach von niemandem etwas vorschreiben, nicht einmal von Gevatter Tod.

»Danke, Liebes, aber ich habe in letzter Zeit keinen rechten Appetit.« Marjorie faltete sorgfältig ihre Serviette zusammen und legte sie auf ihr Tablett. »Kein Wunder, so lieblos wie das neue Mädchen mir ständig etwas zu essen hinschiebt.«

»Sie hat einen Namen, Mutter. Sie heißt Chanel.« Emerson konnte ihre Ungeduld kaum noch zügeln. Marjories letzte Tagesschwester hatte endlich das Handtuch geworfen, und die Agentur hatte Mühe gehabt, um sie so kurzfristig zu ersetzen. Sie hatten Glück, überhaupt jemanden bekommen zu haben.

»Als ob jemand, der auch nur einen Hauch von Klasse hat, nach einer Modemarke heißen würde«, schnaubte Marjorie.

Emerson sträubten sich die Nackenhaare. In letzter Zeit war

sie gegenüber solchen Bemerkungen empfindlicher als sonst. »Du hast mich nach meinem Großvater benannt«, sagte sie trocken. »Das finden viele Leute bestimmt auch ziemlich seltsam.«

»Das ist etwas ganz anderes.«

Aber nur, wenn es eben deinesgleichen tut?, dachte Emerson empört. Sie hatte ihr ganzes Leben lang mit dieser verdrehten Logik zu kämpfen gehabt. Regeln, nach denen normale Leute lebten, galten für sie nicht. Aber sie wagte es nicht, mit ihrer Mutter über dieses Thema zu streiten, aus Angst, versehentlich die Katze mit Reggie aus dem Sack zu lassen.

War es nicht schon schlimm genug, dass Ainsley sie neulich überrascht hatte? Das Kindermädchen hatte sie früher nach Hause gebracht, weil sie sich auf Callie Whittakers Geburtstagsparty übergeben hatte. Der arme Reggie musste sich im Schlafzimmer verstecken, während Emerson Karen aus der Tür schob und sich dann um Ainsley kümmerte. Als sie sie gewaschen und ins Bett gebracht hatte, war er weg.

Jetzt rannte Ainsley zu ihnen. »Großmama, sieh mal, ich habe es fertig!« Sie hielt das Puzzle hoch, das Marjorie ihr gekauft hatte, besser gesagt, dass sie sich von Nacario hatte besorgen lassen. In letzter Zeit hatte sie ihn für alle möglichen Gefälligkeiten in Anspruch genommen, die weit über seine Pflichten als Concierge hinausgingen. Trotzdem lehnte er die Trinkgelder ab, die Emerson ihm aufzudrängen ersuchte, und erklärte, dass es nur ihn und Mrs. Fitzgibbons etwas anginge – auch wenn Marjorie überhaupt kein eigenes Geld mehr besaß.

»Was für ein kluges Mädchen du bist!« Marjorie beugte sich vor, um Ainsley zu umarmen, ihre Stola glitt ihr von den Schultern und ließ ein derart hervorstehendes Schlüsselbein sehen, dass Emerson beinahe entsetzt zusammenzuckte.

Ainsley strahlte. »Ich habe auch das Buch gelesen, das du mir geschenkt hast. Reggie hat mir bei den schweren Wörtern geholfen.«

Marjorie dachte einen Augenblick nach, ehe sie sanft fragte: »Du verbringst wohl viel Zeit mit Reggie, nicht wahr?«

Ainsley nickte heftig. »Er ist mein Freund.«

»Das ist schön, Liebes. Aber wir dürfen nicht vergessen, dass er ein Angestellter ist.«

Emerson spürte, wie sich ihr die Kartoffeln, die sie gerade gegessen hatte, im Magen herumdrehten. Die Geschichte wiederholte sich, Marjorie versuchte, Ainsleys Gedanken zu vergiften, so wie sie es mit ihren versucht hatte.

»Ainsley kann sich anfreunden, mit wem sie will«, sagte sie, etwas zu scharf.

Marjorie warf ihr einen langen, abschätzenden Blick zu, und Emerson begriff zu spät, dass sie sich verraten hatte. Oh, Gott. Warum musste sie den Köder schnappen? Warum hatte sie es nicht einfach auf sich beruhen lassen können und Ainsley später erklärt, dass ihre Großmutter altmodische Ansichten zu verschiedenen Dingen hatte?

»Es sieht so aus, als ob Ainsley nicht die einzige Person in diesem Raum ist, die einen neuen Freund hat.« Marjorie musterte sie mit ihren kühlen, abschätzenden Augen eisern.

Emersons Gesicht wurde heiß, und Panik stieg in ihr auf. In ihrem Bauch flatterte etwas wie ein gefangener Schmetterling. Ihre Mutter hatte Verdacht geschöpft. Sie war fast sicher. »Natürlich stehen wir auf freundschaftlichem Fuß. Ich bin schließlich oft hier. Mit wem sollte ich sonst reden?« Erst als es heraus war, bemerkte sie ihren Lapsus.

Aber es war zu spät, um die Worte zurückzunehmen. Hektische Flecken erschienen auf Marjories Wangen, und sie schien in dem sie umgebenden Berg von Kissen zu schrumpfen. Sie sah aus wie ein junger Vogel ohne Federn, winzig und verletzlich.

»Ich meinte, wenn du schläfst«, versuchte Emerson, ihren Fehler auszubügeln.

Aber ihre Mutter kaufte ihr die klägliche Erklärung nicht ab. »Es tut mir leid, dass ich eine solche Last für dich bin«, sagte sie mit leiser, gekränkter Stimme.

»Das habe ich nicht gesagt.«

»Wenn du lieber nicht mehr kommen möchtest, dann sag es einfach. Niemand zwingt dich mit vorgehaltener Pistole.«

Emerson stieß verzweifelt die Luft aus. »Es tut mir leid, Mutter. Das kam ganz falsch heraus. Ich bin im Moment einfach etwas gestresst.«

»Ja, du bist überarbeitet, das ist es wohl.« Etwas besänftigt, ergriff Marjorie die Gelegenheit, den schon verloren geglaubten Gesprächsfaden wieder aufzunehmen. »Wenn du nicht so stur wärst und jemanden fändest, mit dem du zusammenleben...«

Emerson blendete den Rest aus. Sie fühlte, dass sie Kopfschmerzen bekam. Warum konnte sie nicht ehrlich zu ihrer Mutter sein? Aber es war sinnlos, das wusste sie. Wenn sie ihr von Reggie erzählte, würde es alles nur noch schlimmer machen. Marjories Ärzte hatten sie gewarnt, dass ihr Herz, geschwächt von der Chemo- und der Strahlentherapie, aufgeben könnte, wenn sie stärkeren Belastungen ausgesetzt würde. *Wie würde ich mich wohl fühlen,* überlegte Emerson, *wenn ich wüsste, dass ich ihr das bisschen Zeit, das ihr noch bleibt, gestohlen hätte?*

Nein, es gab nur einen Menschen, mit dem sie im Moment sprechen konnte. Jemand, der nicht über sie urteilen oder ihr Schuldgefühle einreden würde. »Warum schaust du nicht mal, was es im Fernsehen gibt, während ich Nacario etwas zu essen hinunterbringe?«, sagte sie, als ihrer Mutter endlich die Luft ausging. Sie nahm das Tablett mit dem benutzten Geschirr und trug es in die Küche. Sie ließ den Abwasch für später stehen, machte einen Teller zurecht und trug ihn nach unten.

»Ach, Chiquita, Sie wissen, wie man das Herz eines alten Mannes gewinnt«, sagte Nacario, zog die Alufolie ab und beäugte die Reste des Mittagessens, als ob es ein Festschmaus wäre.

»Ich verstehe immer noch nicht, warum du am Wochenende arbeiten musst«, sagte sie, als sie sich auf Klappstühlen in dem Abstellraum niederließen, in dem das Personal seine Pausen verbrachte. Sein Dienstalter gestattete es gewiss, diese Schicht einem der jüngeren Mitarbeiter zuzuweisen.

Er zuckte die Achseln. »Jamal und Erneste haben kleine Kinder zu Hause.« Nacarios Kinder waren erwachsen, die vier ältesten hatten bereits selbst eine Familie und die beiden jüngsten waren auf dem College. »Außerdem gehe ich ja schon bald genug in den Ruhestand.«

Sie lächelte und schüttelte den Kopf. Nacario sprach seit Jahren vom Ruhestand. »Das glaube ich erst, wenn ich es sehe.«

»Bald liegt die Entscheidung nicht mehr bei mir.« Er legte eine Hand auf den Rücken und zuckte ein wenig zusammen. »Der Geist ist stark, aber der Körper ist inzwischen nicht mehr so willig. Es führt kein Weg daran vorbei, Chiquita. Ich bin alt. Es kommt der Tag, an dem selbst der starrköpfigste Mensch dieser Tatsache ins Auge blicken muss.« In diesem Augenblick, wie er über seinem Teller, den er auf einem Knie balancierte, gebeugt dasaß, sah er wirklich alt aus. Aber sein vertrautes Gesicht, selbst mit den Hängebacken und den Augenringen, war ihr gerade deshalb um so lieber.

»Wie ich dich kenne, machst du noch Sit-ups, während deine Freunde alle im Rollstuhl herumfahren«, sagte sie lachend. Trotzdem verspürte sie ein leichtes Unbehagen.

»So Gott will.« Er richtete die Augen himmelwärts und bekreuzigte sich. Während des Essens erkundigte er sich nach ihrer Mutter. »Ich habe sie schon seit Tagen nicht mehr gesehen. Ich hoffe, sie hat sich nicht diese Grippe geschnappt, die zurzeit kursiert.«

»Nein. Nur diese letzte Runde Chemo – die hat sie wirklich fertig gemacht.« An schönen Tagen brachte die Schwester sie normalerweise hinaus, damit sie an die frische Luft kam, aber in den letzten Tagen hatte sich Marjorie nicht einmal dazu in der Lage gefühlt.

»Und wie geht es Ihnen, Chiquita?«, fragte er und betrachtete sie, als ob er spürte, dass mit ihr etwas nicht in Ordnung war.

»Entweder schrecklich oder glücklicher als ich je im Leben gewesen bin, kommt darauf an, wann du fragst«, sagte sie mit einem Seufzer. Sie lebte für die gestohlenen Stunden mit Reggie, wenn er zwischen zwei Kursen Zeit hatte und Ainsley in der Schule war. Aber es gab auch Tage, an denen sie getrennt waren und sie sich nach ihm sehnte und wütend war, weil Marjorie sie zu Heimlichtuerei zwang. Als sie Nacarios verwirrte Miene sah, erklärte sie: »Ich treffe mich mit jemandem, und sagen wir mal, meine Mutter wäre nicht gerade erfreut, wenn sie es wüsste.«

»Ich nehme an, sie würde diesen Mann nicht billigen?«

Emerson lächelte dünn. »Das könnte man so sagen. Es ist Reggie.« Es war ein gutes Gefühl, das Geheimnis auszusprechen, wenn auch nur gegenüber Nacario.

»Ah.« Nacario nickte langsam, während er die Information verarbeitete. »Das ist eine delikate Angelegenheit, das muss ich zugeben.«

»Wenn meine Mutter es herausfände, würde es sie umbringen.«

»In der Zwischenzeit sind Sie diejenige, die leidet«, betonte er.

»Ich habe die Sache aus jedem Winkel betrachtet, und ich finde keinen Ausweg.«

»Sind Sie sicher, dass es nur Ihre Mutter ist, die Sie zurückhält?« Sein Blick war sanft, aber prüfend.

Sie dachte einen Augenblick nach, bevor sie widerstrebend zugab: »Ich vermute, ein Teil von mir hat Angst, wieder einen Fehler zu machen. Und wir sind so verschieden – zumindest oberflächlich.«

»Wahre Liebe kennt keine Hindernisse«, sagte er. Dabei dachte er zweifellos an seine Frau, die er geheiratet hatte, als sie erst sechzehn waren. Sie waren ohne einen Pfennig in dieses Land gekommen, hatten kein Wort Englisch gesprochen und ein Kind erwartet. Vierzig Jahre später waren sie immer noch sehr verliebt.

»Dein Wort in Gottes Ohr, wie meine Freundin Franny sagen würde.« Wenn auch nach Emersons Erfahrung Liebe keineswegs alles überwand. Mit einem Seufzer stand sie auf. »Ich sollte lieber wieder gehen. Meine Mutter wird sich fragen, wo ich bleibe. Mach dir keine Gedanken wegen des Tellers. Ich hole ihn später.« Es hatte keinen Zweck, ihm das zu sagen, das wusste sie. Der Teller und das Besteck würden innerhalb der nächsten Stunde blitzblank vor ihrer Tür stehen.

Sie umarmte ihn und ließ ihren Kopf für einen Moment an seiner Schulter ruhen, ehe sie ihn losließ. »Ich danke dir«, sagte sie.

»Er ist ein guter Mann. Sie haben gut gewählt«, sagte er.

Als sie im Fahrstuhl nach oben fuhr, dachte Emerson über all die ungeschickten ersten Verabredungen und die aufblühenden Beziehungen nach, deren Zeuge Nacario im Laufe der Jahre gewesen war. Er war dagewesen und hatte zugehört, und wenn es nötig war, eine Schulter zum Ausweinen geboten, aber bis jetzt hatte er seine Meinung immer für sich behalten. Die Tatsache, dass er Reggie seine Billigung erteilt hatte, bedeutete ihr viel.

Wenn sie jetzt nur noch ihre Mutter dazu bringen konnte, es genauso zu sehen ...

Am folgenden Donnerstag verließ Emerson gerade am Ende ihres Arbeitstages das Büro, als ihr Handy klingelte. Es war Reggie. Ihr Herz machte beim Klang seiner Stimme einen fröhlichen Satz, aber verkrampfte sich ebenso rasch, als er ihr sagte, warum er anrief. Er musste mit ihr über etwas reden, etwas Dringendes, das er ihr am Telefon nicht sagen konnte. Aus seinem Tonfall schloss sie, dass es nichts Gutes war.

»Ich bin auf dem Heimweg«, sagte sie. »Warum kommst du nicht zu mir? Ainsley ist zum Spielen verabredet und wird erst zur Essenszeit zu Hause sein.«

Als er eine halbe Stunde später bei ihr eintraf, hatte sie sich in die Überzeugung hineingesteigert, dass es das Ende war, dass er sich von ihr trennen wollte. Er war die Heimlichkeiten leid, würde er sagen. Wenn sie nicht offen zu ihm stehen konnte, blieb ihm keine Wahl, als dem Ganzen ein Ende zu machen. Sie war vollkommen überrascht, als er stattdessen einen zusammengefalteten Brief aus der Hosentasche zog, den er ihr wortlos reichte.

Als sie ihn las, fühlte Emerson, wie ihr das Blut aus dem Gesicht wich. »Da steht, dein Visum ist zurückgezogen worden. Das kann doch nicht stimmen. Es muss sich um einen Irrtum handeln.« Sie schüttelte ungläubig den Kopf. »Sie geben nicht einmal einen Grund dafür an!« Nur so ein bürokratisches Kauderwelsch, das keinen Sinn ergab.

»Anscheinend brauchen sie das auch nicht.« Er sprach mit der bitteren Resignation eines Menschen, der an die byzantinischen Wege des Innenministeriums gewöhnt war.

»Aber das können sie nicht machen! Du hast doch nichts Unrechtes getan!«

Sie blickte auf und bemerkte, dass Reggie traurig lächelte. Er sah aus, als wäre er den ganzen Weg gerannt, sein Gesicht war gerötet und unter den Achseln hatten sich dunkle Schweißflecken gebildet. »Du vergisst, dass ich nicht die gleichen Rechte habe wie du.«

»Okay, du bist zwar nicht in diesem Land geboren, aber das heißt nicht, dass sie dich ohne Erklärung einfach hinauswerfen können«, fuhr sie fort. Ihre Empörung wuchs mit jeder Minute.

»Anscheinend doch.«

»Wir kämpfen dagegen. Wir nehmen uns einen Anwalt.«

Er schüttelte den Kopf. Sie wusste, was er dachte: Er konnte sich keinen Anwalt leisten und war zu stolz, sie zahlen zu lassen.

»Aber ...«, protestierte sie, doch er legte ihr einen Finger an die Lippen.

»Es gibt noch einen anderen Weg.« Er betrachtete sie ernst, und sie begriff sofort, worauf er hinauswollte.

Einen wilden Augenblick lang stürzte sie sich darauf. Natürlich. Sie würden heiraten. Damit wäre das Problem gelöst.

Genauso schnell erkannte sie, dass es die Dinge nur noch komplizierter machen würde. Sie musste auch an ihre Tochter denken. So sehr Ainsley Reggie auch mochte, es wäre falsch, sie ohne Vorwarnung mit einer solchen Entscheidung zu überfallen. Und was Marjorie betraf, wollte sie sich die Folgen eines solchen Schritts nicht einmal ansatzweise ausmalen. Was andere auch denken mochten, sie wusste, dass der Tod ihrer

Mutter wirklich drohte. Sie konnte ihr Gewissen damit nicht auch noch belasten. Sie hatte es schon schwer genug, mit der Schuld fertig zu werden, die Marjorie ihr in ihrem Leben aufgebürdet hatte.

»Oh, Reggie. Ich wünschte, es wäre so einfach.« Sie legte die Arme um ihn, vergrub das Gesicht an seiner Schulter und atmete seinen starken, erdigen Duft ein. »Wenn wir ein Jahr weiter wären oder auch nur sechs Monate...« Sie hob den Kopf, um in seinem Gesicht nach Zeichen zu suchen, dass er verstand, dass er sie nicht dafür hasste, schwach zu sein. »Ich würde dich auf der Stelle heiraten, wenn ich nur an mich selbst denken müsste.«

»Ich weiß. Es vorzuschlagen war falsch«, erwiderte er sanft.

»Wir kämpfen dagegen an«, schwor sie mit zusammengebissenen Zähnen. Plötzlich war sie ganz geschäftlich. Reggie hatte vielleicht nicht die Mittel, aber sie kannte sich im System aus. Bei ihrer Arbeit hatte sie es dauernd mit Regierungsbehörden zu tun. Okay, hauptsächlich ging es darum, öffentliche Räume für Partys zu mieten, aber nach dem ganzen Behördenkram, der dazugehörte, könnte es sich genauso gut um Lobbyarbeit auf dem Capitol Hill handeln. Sie würde auch nicht zulassen, dass ihnen Reggies Stolz im Wege stand. Dies war zu wichtig. »Ich rufe meinen Anwalt an.« Henry würde ihr jemanden empfehlen können, der auf Einwanderungsrecht spezialisiert war. »Mach dir keine Gedanken ums Geld, du kannst es mir zurückzahlen.«

Aber Reggie schüttelte den Kopf, er wirkte erschüttert. »Das kann ich nicht verlangen. Das könnte Jahre dauern.«

»Du verlangst es nicht, ich biete es dir an.« Sie sprach schnell, mit einer Stimme, die keinen Widerspruch duldete. »Wenn du hier leben willst, kannst du dich genauso gut gleich an den Gedanken gewöhnen, dass es in diesem Land nicht immer der Mann ist, der für die Frau sorgt. Ich werde eine Zeitlang für dich sorgen.« Sie nahm ihn beim Arm und schob ihn zum Sofa. »Jetzt bleib hier sitzen, während ich Henry anrufe...«

Kapitel 13

»Mach die Augen zu«, befahl Keith.
Franny gehorchte. »Kann ich sie wieder aufmachen?«, fragte sie nach ein paar Sekunden.
»Noch nicht.«
»Meine Neugier bringt mich um.«
Das tat sie schon, seit sie am Freitag zuvor in L. A. angekommen war. Seitdem fragte sie sich jedes Mal, wenn Keith sich räusperte oder seinen Blick einen Herzschlag zu lang auf ihr ruhen ließ: Ist es das? Wird er mich jetzt fragen, ob ich ihn heirate? Noch vor kurzem wäre es ihr Herzenswunsch gewesen, dass er diese Frage stellte. Und warum auch nicht? Er war wunderbar und liebevoll. Am besten war, dass sie in seinen Augen nicht zur preisreduzierten Gebrauchtware wurde, weil sie von einem anderen Mann schwanger war, wie es bei einigen Männern durchaus der Fall gewesen wäre. Erstaunlicherweise betrachtete er diesen Umstand sogar als Plus. Kurz gesagt, er war alles, was sie sich von einem Mann je gewünscht hatte. Es gab nur ein Problem: Wenn sie Keith heiratete, lag der ganze Kontinent zwischen ihr und Jay.

Jetzt war der Augenblick der Wahrheit gekommen. Heute war ihr Geburtstag, und sie wusste, entweder jetzt oder nie. Sie hörte das Rascheln von Papier – etwas wurde vor sie auf den Tisch gelegt – sie hatte das Gefühl, ihr Herz würde explodieren.

»Okay, jetzt kannst du die Augen aufmachen«, sagte Keith.
Franny schlug die Augen auf und sah eine große, in Geschenk-

papier gewickelte Schachtel mit einer rosa Seidenschleife. Ihr erster Gedanke war, dass es zu groß für einen Ring war. Eine merkwürdige Mischung aus Enttäuschung und Erleichterung machte sich in ihr breit. »Das war doch nicht nötig«, sagte sie und grinste ihn an.

»Nichts ist zu gut für das Geburtstagsmädchen.«

»Was ist da drin?«, fragte sie und schüttelte die Schachtel ein wenig.

»Wenn ich es dir sagte, wäre es keine Überraschung mehr.«

»Ich bin nicht so für Überraschungen.«

»Warum nicht?«

»Es gibt nicht nur schöne.«

»Ich bin mir ziemlich sicher, dass dir diese gefallen wird.« Er lächelte sie an, hinreißend abgerissen in seiner Jeans und dem Lakers Sweatshirt, unrasiert und barfuß.

»Also schön.« Franny wusste nicht, ob es das Baby war oder ob sie Schmetterlinge im Bauch hatte, als sie vorsichtig die Schleife aufzog. Sie hob den Deckel und wühlte sich durch eine Schicht Seidenpapier nach der anderen, nur um festzustellen, dass die Schachtel leer war. »Soll das ein Scherz sein?«, fragte sie und lächelte ihn verwirrt an. »Ich weiß, dass ich gesagt habe, ich wollte nichts zum Geburtstag haben, aber musstest du das so ernst nehmen?«

Wortlos zog Keith ein kleines Samtschächtelchen aus der Tasche seines Sweatshirts. »Ich sagte doch, es ist eine Überraschung.« Er hob den Deckel und ließ einen Diamantring sehen, der in den Sonnenstrahlen funkelte, die durch das große Panoramafenster hereinfielen. Er sank vor ihr auf die Knie und fragte mit ernster Stimme: »Franny Richman, willst du mich heiraten?«

Franny brach auf der Stelle in Tränen aus.

Keith nahm sie in die Arme, was wirklich kein leichtes

Unterfangen war. Mit einem Lachen, das mehr einem Schluckauf glich, sagte sie: »Falls du gehofft hattest, mich damit ins Bett zu locken – ich habe mich für eine Fußmassage entschieden.«

Er wich grinsend zurück. »Mist. Du meinst, ich habe mir diese ganze Mühe umsonst gemacht?«

»Wer weiß? Ich bin leicht zu haben.«

»Und ich weiß, wenn ich ein Schnäppchen vor mir habe. Ich schätze, ich bekomme zwei für den Preis von einem.« Er legte eine Hand auf ihren Bauch, der in dem von ihm geborgten Frotteebademantel, in dem sie steckte, einem flauschigen Berg glich. Seine Miene wurde ernst. »Das heißt, falls die Antwort ja lautet.«

Franny trocknete sich mit einer Serviette die Augen. Wie konnte sie diesen Mann nicht lieben? Er war süß, klug, lustig, und er liebte Kinder.

Der Gedanke an Jay schlich sich an, aber sie schob ihn beiseite. Was auch immer sie zurzeit für ihn empfand, es war keine Liebe. Nicht diese Art von Liebe. Es war nur so, dass ihre Gefühle irgendwie durcheinandergeraten waren, weil er der Vater des Kindes war.

Sie schnäuzte sich die Nase in die Serviette und sagte mit einem unsicheren Lächeln: »In diesem Fall, Mister, ist die Sache abgemacht.« Eine Chance wie diese bekam man nur einmal im Leben. Sie wäre verrückt, sie abzulehnen.

»Du wirst es nicht bereuen. Das verspreche ich.« Er schob den Ring mit einiger Mühe auf ihren leicht geschwollenen Finger.

»Wenn meine Mutter das wüsste, würde sie sich jetzt im Grabe umdrehen«, sagte sie mit einem kläglichen Lachen.

Er machte eine Verbeugung. »Weil sie keinen Goy als Schwiegersohn haben will?«

»Du sprichst von einer Frau, für die es vom Weihnachtsbaum nur ein Schritt bis zum Kruzifix an der Wand war.«

»Meine ist ganz wild auf Weihnachten – Weihnachtspullover, Plastikweihnachtsmänner, Rentiere auf dem Rasen, Lichter. Und rat einmal, wer diesen ganzen Lichterzauber jedes Jahr draußen anbringen darf?«

»Auf was habe ich mich bloß eingelassen?«, fragte Franny mit gespielter Verzweiflung.

»Auf einen Typen, der dich anbetet. Und auf lebenslangen wahnsinnigen Sex.« Er richtete sich zu voller Größe auf, zog sie auf die Füße und legte die Arme um das, was von ihrer Taille noch übrig war.

Der Sex war wirklich gut, dachte sie. Zumindest so gut, wie er bei ihrem aufgeblähten Zustand sein konnte – zurzeit glich ihr Liebesspiel eher einer Sondersendung von Jacques Cousteau über das Paarungsverhalten der Wale.

Auf einmal war ihre ganze Freude dahin, und sie dachte an alles, was sie aufgeben würde. Nicht nur Jay oder die Möglichkeit, dass ihr Kind seinen Vater kennenlernte. Ihr ganzes Leben spielte sich in New York ab, sie würde ihre Arbeit, ihre Freunde zurücklassen, ganz zu schweigen von Zabar und dem Carnegie-Delikatessenladen.

Keith musste etwas gespürt haben, denn er zog sich mit bestürzter Miene zurück. »Du hast es dir doch hoffentlich nicht anders überlegt?«

»Machst du Witze? Bis die Schwellung zurückgeht, brauchst du einen Fuchsschwanz, um diesen Ring von meinem Finger zu sägen.« Sie zog an dem Schmuckstück, um zu demonstrieren, wie fest er saß. Aber ihre unbekümmerten Worte halfen nicht gegen das ungute Gefühl, das sich in ihrer Magengegend ausbreitete.

Sie wollte gerade ins Bad – seit einiger Zeit musste sie

anscheinend alle fünf Minuten zur Toilette –, als Keith sagte: »Warte. Ich habe noch etwas für dich.« Er verschwand im angrenzenden Zimmer und tauchte wenige Augenblicke später mit einer weiteren Geschenkschachtel wieder auf. »Es muss warten, bis das Baby da ist, aber ich konnte nicht widerstehen.«

Sie wickelte das Päckchen aus und fand einen sündhaftteuren spitzenbesetzten Seidenbüstenhalter, in einer Größe, die ihr vielleicht gepasst hätte, als sie zehn gewesen war. Was glaubte er, dass sie wie von Zauberhand auf Größe 34 schrumpfen würde, wenn das Baby da war? Aber sie dankte ihm trotzdem und setzte hinzu: »Erwarte bitte nur nicht, dass ich mich in naher Zukunft da hineinquetschen kann.« Selbst zu ihren schlanksten Zeiten hätte das Ding mit Glück nur die Hälfte ihres Oberkörpers bedeckt.

Sie verbrachten den Rest des Vormittags damit, eine Menge Leute anzurufen und ihnen die gute Neuigkeit mitzuteilen. Keiths Eltern machten die richtigen Geräusche, aber wenn sie an den etwas kühlen Empfang dachte, den sie ihr bereitet hatten, vermutete Franny, dass es mehr mit ihrer Bereitschaft umzuziehen zu tun hatte als mit anderen Dingen. Seine drei Schwestern, selbst alle verheiratet, schienen jedoch ehrlich erfreut. Genauso wie Emerson.

»Hast du es Stevie schon erzählt?«, fragte sie, nachdem Franny sie auf den neusten Stand gebracht hatte.

»Wir sind zum Mittagessen bei ihrer Mutter eingeladen. Ich dachte, ich warte bis dahin.«

»Was ist mit Jay?« Ein vorsichtiger Unterton hatte sich in Emersons Stimme geschlichen, während sie überlegte, dass ein Umzug nach L. A. zweifellos unangenehme Nebenwirkungen haben würde, soweit es das gemeinsame Kind der beiden betraf.

Die Frage dämpfte Frannys gute Stimmung. Wenig enthusiastisch sagte sie: »Noch nicht. Das kann warten, bis ich wieder zurück bin.« Sie wollte es ihm nicht am Telefon sagen.

»Übrigens, ich habe neulich mit ihm zu Abend gegessen«, berichtete Emerson.

»Wie kam er dir vor?« Franny machte sich Sorgen, dass er in ihrer Abwesenheit zu seinen alten Gewohnheiten zurückkehrte.

»Etwas neben der Spur, um ehrlich zu sein.«

Franny fühlte sich beklommen. »Ich bin sicher, er vermisst Viv.«

»Ich glaube nicht, dass es daran lag.«

»Was dann?«

Am anderen Ende entstand eine kurze Pause, dann sagte Emerson: »Ich kann mich irren, aber ich glaube, seine Ehe steckt in einer Krise.«

Franny hatte das auch schon vermutet. Trotzdem fragte sie: »Wie kommst du darauf?«

»Es lag nicht daran, was er gesagt hat. Vielmehr daran, was er nicht gesagt hat. Er hat sie während des Essens kaum erwähnt.«

»Kannst du ihm das vorwerfen?« Franny verteidigte Jay sofort. »Es tut ihm auch weh. Und es scheint nicht so, als ob sie es eilig hätte zurückzukommen.«

»Aber du kennst Viv doch.«

Franny wusste, dass Emerson nie besonders viel für Vivienne übrig gehabt hatte, obwohl sie sich um Jays willen sehr bemüht hatte. Emersons Herz war ihr aufrichtig entgegengeflogen, als sie das Baby verloren hatte, aber es war klar, dass ihre Nächstenliebe allmählich abnahm. Vielleicht erinnerte Viviennes Ich-Bezogenheit sie an ihre Mutter ... oder sie fand sie schlicht nicht gut genug für Jay. Wahrscheinlich ein bisschen von beidem, vermutete Franny. Wie auch immer, sie beschloss, lieber das Thema zu wechseln. Sie hatte früher ihre eigenen Probleme mit Vivienne gehabt und wollte nichts sagen, das sie herzlos erscheinen ließ.

Stattdessen fragte sie, wie es mit Reggie lief.

Emerson berichtete ihr das letzte Kapitel ihrer laufenden Seifenoper. Bislang war sie beim Versuch, die Gültigkeit seines Visums wiederherstellen zu lassen, gegen Mauern gelaufen. Deshalb hatte sie inzwischen einen Rechtsanwalt darauf angesetzt, angeblich einen der besten in diesem Bereich, und sie war zuversichtlich, dass er der Sache auf den Grund gehen würde.

»Er wird es bestimmt hinkriegen«, sagte Franny und hoffte, dass sie recht hatte.

»Ich baue darauf, Aber, hör mal, ich will dir nicht die Petersilie verhageln.« Emerson sprach mit gezwungener Fröhlichkeit. »Glückwunsch noch einmal. Oh, und übrigens, alles Gute zum sechsunddreißigsten. Bei der großartigen Neuigkeit hätte ich fast vergessen, dass heute dein Geburtstag ist.«

»Ich wünschte, ich könnte dasselbe sagen«, erwiderte Franny lachend und dachte an die Zeiten, an denen es noch ein Grund zum Feiern gewesen war, älter zu werden. Jetzt hatte sie mit jedem weiteren Jahr den Wunsch, die Uhr zurückzudrehen.

Nachdem sie aufgelegt hatte, duschte sie und zog sich für die Grillparty bei Stevies Mutter um. Sie hatte Stevie im Voraus gesagt, dass sie kein Getue um ihren Geburtstag wollte, aber Stevie sagte, das sei zu spät, sie hätte bereits eine Überraschung parat. Sobald Franny und Keith vor Nancys Haus vorfuhren, kam Stevie herausgeeilt, um sie zu begrüßen.

»Also, wo ist die große Überraschung?«, fragte Franny auf dem Weg ins Haus.

»Du wirst schon sehen«, antwortete Stevie geheimnisvoll und hakte sich bei ihrer Freundin unter.

Doch auch im Haus konnte Franny nichts Ungewöhnliches entdecken. Leute standen herum, und Nancy war in der Küche und rührte in einem Topf auf dem Herd. Sie küsste Franny auf die Wange und begrüßte Keith herzlich, dann stellte sie sie den anderen Gästen vor, bei denen es sich hauptsächlich um Nachbarn handelte.

Anschließend wurde Franny abkommandiert, um Sellerie für den Kartoffelsalat zu schneiden, während Keith die Maiskolben enthülste. Bei all dem Durcheinander merkte sie kaum, dass Stevie durch die Hintertür hinaus schlüpfte.

Kurz darauf blickte sie auf, als die Tür zufiel, und sah Stevie, die in Begleitung eines älteren Mannes mit wettergegerbtem Gesicht und grauem Pferdeschwanz, der in zerissenen Jeans und Flip-Flops steckte, auf sie zukam. »Leute, ich möchte euch jemanden vorstellen«, sagte Stevie und klang plötzlich ganz schüchtern. Selbst von der anderen Seite des Raumes her sah Franny, dass sie rot wurde. »Franny, Keith, das ist mein Vater.«

Keith fiel der Maiskolben aus der Hand. Er sah so erstaunt aus, als wäre Jim Morrison von den Toten auferstanden. Aber er fasste sich rasch wieder, trat vor und streckte die Hand aus. »Mr. Tobin, es ist mir eine Ehre.«

»Ich kenne nur einen Mr. Tobin, und das war mein Dad«, sagte der Mann. »Bitte, nennen Sie mich Grant.«

»Schön, Sie kennenzulernen.« Franny wischte sich die feuchte Hand an der Hose ab, bevor sie ihm die Hand gab. »Ich habe schon viel von Ihnen gehört.«

»Das glaube ich gern«, sagte Grant mit einem reuevollen Blick, der Bände sprach.

Nach wenigen Minuten waren Keith und er am anderen

Ende des Raumes tief in ein Gespräch verwickelt. Grant musste wissen, dass Keith ein Buch über ihn schrieb. Sie hatte die anfängliche Wachsamkeit in seinem Gesicht gesehen, als sie einander vorgestellt wurden, aber die Bedenken, die er gehabt haben mochte, schienen ausgeräumt. Wie sie Keith kannte, widmete er sich mit Grant seinem Lieblingsthema: dem Rock and Roll. Diesen beiden würde der Gesprächsstoff bestimmt nie ausgehen, das war mal klar, überlegte sie mit liebevollem Lächeln.

»Also, das ist deine große Überraschung, hm?«, bemerkte Franny zu Stevie, während sie Platten mit Essen nach draußen trugen. »Und ich dachte die ganze Zeit an eine Geburtstagstorte.«

»Die kommt auch noch«, sagte Stevie und warf ihr einen schrägen Blick zu.

»Hattest du viel Mühe, ihn zum Kommen zu überreden?«

»Das kannst du wohl sagen. Ich habe ihm gesagt, Keith wäre der einzige Mensch, der alles richtig stellen könnte und wenn er nicht den Rest seines Lebens damit verbringen wollte, gegen die Gerüchte anzuleben, sollte er besser mitkommen und ihn kennenlernen.«

»Klingt für mich verdammt nach Erpressung.«

»Egal, es hat funktioniert. Aus irgendeinem Grund hört er auf mich.«

»Vielleicht, weil du seine Tochter bist.«

»Vielleicht.« Stevie schien darüber nachzudenken, während sie Teller und Servietten bereitlegte.

»Und jetzt seid ihr zwei also miteinander im Reinen?« Franny wusste, dass Stevie sich noch immer Gedanken um die dunkle Vergangenheit ihres Vaters machte.

»Sagen wir mal, wir sind zu einem gewissen Einvernehmen gekommen«, sagte Stevie. »Ich weiß, dass er keineswegs vollkommen ist, aber ich weiß auch, dass er sich auf seine Art Mühe gibt. Und er weiß, dass ich es nicht ausnutze.«

»Das ist schon mal ein Anfang«, meinte Franny.

»Ja, ich denke schon.« Mit einem kleinen Lächeln warf Stevie den Kopf zurück und badete in den Sonnenstrahlen, die durch die Bäume auf ihr Gesicht fielen. Über ihnen stieg der Rauch vom Grill als dicke graue Fahne auf, und um sie herum surrten von den Speisen angelockte Insekten.

Das Essen war köstlich, wie Franny es von Stevies Mutter nicht anders erwartet hatte. Außer Hamburgern und Schwertfischsteaks gab es Tofu-Hot-Dogs und Gemüseburger für die Vegetarier, wozu auch Herr und Frau Glasbläser und der Mann gehörte, mit dem Nancy zurzeit ging, ein kürzlich zum Buddhismus übergetretener Yoga-Lehrer.

Als der Tisch abgeräumt war, brachte Nancy einen mit Kerzen versehenen Kuchen, und die gesamte Gesellschaft begann ›Happy birthday‹ zu schmettern. Während Nancy den Kuchen verteilte, schenkte Stevie Champagner aus – Apfelwein für Franny, Nancy und Grant – und alle erhoben ihre Gläser, um auf das frisch verlobte Paar anzustoßen. Franny saß grinsend da und war ein wenig verlegen, weil sie im Mittelpunkt der Aufmerksamkeit stand. Jedes Mal, wenn sie auf ihre linke Hand sah, an der der Diamantring funkelte, durchfuhr sie ein leichter Schock.

Ihr Blick fiel auf Grant, und sie dachte über den Umstand nach, dass Stevie aufgewachsen war, ohne ihren Dad zu kennen. Franny fragte sich, ob ihr Kind eines Tages ähnlich für Jay empfinden würde, dass er nur dem Namen nach der Vater war. War es richtig, dass sie so weit fortzog? Und was war mit Jay? Wie brachte man einem Mann, der ein Kind verloren hatte, bei, dass er noch eins verlieren sollte?

Es dauerte mehrere Tage, nachdem sie wieder nach New York zurückgekehrt war, bis Franny den Mut fand, Jay anzurufen. Aber ihre Befürchtungen zerstreuten sich beim Klang seiner Stimme. Er schien froh zu sein, von ihr zu hören, und sie schwatzten wie in alten Zeiten. Als er ihr sagte, er hätte ein Geburtstagsgeschenk für sie, zögerte sie nicht, ihn zu sich einzuladen.

Als sie ihn durch die Tür treten sah, das Haar windzerzaust und die Wangen gerötet von der frischen Luft, hatte sie zum ersten Mal, seit sie zurück war, das Gefühl, wirklich zu Hause zu sein. In einer Hand hielt er eine Tüte mit chinesischem Essen und in der anderen ein in Geschenkpapier gewickeltes Päckchen. Er reichte ihr das Geschenk und sagte: »Es kommt ein wenig spät, aber es heißt ja, dass es sich für die besten Dinge im Leben lohnt zu warten.«

Sie machte es auf und fand die viktorianische Kutscheruhr aus Messing, die sie bei einem ihrer ziellosen Spaziergänge in einem Antiquitätengeschäft bewundert hatte. »Oh, Jay.« Einen Moment lang war sie sprachlos. »Sie ist wunderschön. Ich kann nicht glauben, dass du dich daran erinnert hast.«

»Selbstverständlich«, sagte er, als ob das ganz natürlich wäre. »Jedenfalls habe ich dir nie anständig gedankt, also ist es zum Teil dafür, dass du weißt, wie sehr ich schätze, was du alles getan hast.« In diesem Moment begann die Uhr zu schlagen, und sie sahen sich mit einem Lächeln an, in dem eine Vielzahl unausgesprochener Gefühle lag.

»Sei nicht albern. Wozu hat man denn Freunde?« Franny stellte die Uhr auf das von ihrer Großmutter geerbte Kirschbaumschränkchen. Es sah so aus, als wären die beiden antiken Stücke füreinander gemacht. »So. Jetzt denke ich immer an dich, wenn ich sehen will, wie spät es ist.«

»Soll das ein Hinweis sein?«, fragte er in Anspielung auf seine chronische Unpünktlichkeit.

Sie küsste ihn auf die Wange und nahm ihm die Tüte ab. »Man könnte es auch anders betrachten und sagen, dass ich ab jetzt nicht mehr so wütend bin, wenn du zu spät kommst.«

Er lachte. »Wer's glaubt.«

Als sie ihm zusah, wie er sein Jackett abstreifte, kämpfte sie gegen den Impuls an, ihm das windzerzauste Haar zu glätten – eine schwesterliche Geste, die in Anbetracht ihres klopfenden Herzens gar nicht mehr so schwesterlich schien, und spähte stattdessen in die Tüte. »Ich hoffe, du hast nicht diese gebackenen Klößchen mitgebracht. Du weißt, ich kann ihnen nicht widerstehen, und das Letzte, was ich brauche, sind noch mehr Kilos, die ich mit mir herumschleppen muss.«

»Du kannst das Hühnchen mit Brokkoli haben«, erwiderte er.

Er ging in die Küche, holte sauberes Besteck aus der Spülmaschine und Teller aus dem Oberschrank. Er schien sich in ihrer Wohnung manchmal besser als sie selbst auszukennen. Einmal, nachdem sie fünfzehn Minuten nach dem Korkenzieher gesucht hatte, fand er ihn immer noch im Korken einer halb geleerten Flasche Chardonnay im Kühlschrank. Jetzt da sie ihm zusah, wie er die Schachteln öffnete und ihren dampfenden Inhalt auf den Tellern verteilte, dachte Franny, dass ein Fremder, der sie durchs Fenster sah, ihn für ihren Ehemann halten musste.

»Aufs Älterwerden«, sagte er und stieß mit ihr an, als sie am Tisch saßen, um sich dem Festmahl zu widmen.

»Und hoffentlich auch aufs Klügerwerden«, setzte Franny hinzu.

Sie verbrachten den Rest der Mahlzeit damit, sich gegenseitig über alles und jedes zu informieren, was während ihrer

Abwesenheit passiert war. Jay erzählte ihr alles über den Fernsehspot, an dem er für Uruchima Motors arbeitete – sie waren so zufrieden mit der Arbeit, die er für den Roughrider geliefert hatte, dass sie ihm auch den Etat für ihren neuesten Sportwagen, die Wespe, gegeben hatten. Franny berichtete ihrerseits nur oberflächlich von ihrer Reise nach L. A. – von den Orten, an denen sie gewesen war, den Leuten, die sie gesehen hatte –, weil sie ihre Bombe nicht mitten beim Essen platzen lassen wollte. Aus diesem Grund hatte sie auch ihren Verlobungsring abgezogen und in eine Schublade gesteckt.

»Was gibt's Neues von Viv?«, wagte sie schließlich zu fragen.

»Ich hab letzte Woche mit ihr gesprochen. Es geht ihr besser.«

»Hat sie gesagt, wann sie nach Hause kommt?«

»Sie hat nichts Genaues gesagt.« Er bekam einen harten Zug um den Mund. »Um ehrlich zu sein, Viv und ich haben uns nicht mehr besonders viel zu sagen.«

Franny dachte an das, was Emerson gesagt hatte, und fragte sich, ob die Ehe wirklich in einer Krise steckte. Es sah tatsächlich ganz danach aus. »Ich stelle mir vor, es ist ein bisschen so, als wollte man um einen Riesengorilla im Zimmer herumtanzen«, sagte sie zu Viviennes Verteidigung.

»Ich nehme es mal an.« Mit sichtlicher Mühe lächelte er. »Aber hör mal, du hast mich nicht eingeladen, um zuzusehen, wie ich in Selbstmitleid bade.«

Franny konnte nicht anders, sie spürte einen Anflug von Traurigkeit, weil sie wusste, dass Abende wie dieser bald ein Ende haben würden. Sie waren einander immer nahe gewesen, aber irgendwie würde es nicht mehr dasselbe sein.

Sie wartete, bis sie es sich mit Eiscreme auf dem Sofa vor dem Fernseher gemütlich gemacht hatten, ehe sie endlich das

Thema anschnitt, das sie den ganzen Abend umgangen hatte. »Jay, da ist etwas, das ich dir schon längst hätte sagen sollen.«

»Was?« Er drehte sich mit erwartungsvollem Blick zu ihr um.

»Keith hat mich gefragt, ob ich ihn heiraten will.«

Langsam senkte er den Löffel in seine Schale. »Und?«

Sie schluckte trocken. »Ich habe ja gesagt. Sieh mal, ich weiß, wir waren uns einig, dass du mich bei der Erziehung des Kindes unterstützt, aber ...« Sie ließ den Satz unvollendet.

»Das wird etwas schwierig werden, wenn ich auf der anderen Seite des Kontinents wohne«, sagte er leise.

»Du bist mir doch nicht böse, oder?«

»Nein. Nur ... das trifft mich jetzt etwas unvorbereitet.« Er schüttelte den Kopf, als könne er nur so Ordnung in seine Gedanken bringen, und zwang sich dann zu einem Lächeln. »Also hast du dich trotz allem entschlossen, es zu wagen?«

»Er hat mir angeboten, eine ehrbare Frau aus mir zu machen. Wie könnte ich das ablehnen?«

»In diesem Fall, schätze ich, sind Glückwünsche angebracht. Wann ist der große Tag?«

»Wir haben noch kein Datum festgelegt. Ich werde keine größeren Pläne schmieden, bis das Baby geboren ist.«

»Solange du ihn liebst, ist das alles, was zählt.«

Franny sagte nichts darauf. Sie wusste, sie sollte ihm versichern, dass sie Keith wirklich liebte, dass er das Beste war, was ihr je passiert war, aber aus irgendeinem Grund wollten ihr die Worte nicht über die Lippen kommen. Gerade jetzt brauchte Jay nicht noch mehr daran erinnert zu werden, dass ein anderer Mann sein Kind aufziehen würde. Sie legte den Kopf an seine Schulter. »Wirst du damit zurechtkommen?«

»Wenn es das ist, was du dir wünschst, bin ich ganz dafür«, sagte er mit gespielter Begeisterung.

»Es ist nicht so, wie wir es besprochen hatten, aber die Dinge entwickeln sich nicht immer wie geplant.«

»Wem erzählst du das.« Sie hörte die Bitterkeit in seiner Stimme und fühlte sich auf der Stelle schlecht, weil sie ihn an seinen Verlust erinnert hatte. Aber er neckte sie: »Wir werden schon einen Weg finden. Ich habe etliche Vielfliegermeilen angespart.«

»Was auch passiert, unser Kind wird aufwachsen und wissen, wer sein Vater ist«, versprach sie.

Jay nickte, sah aber keineswegs überzeugt aus. Er war klug genug, um zu begreifen, dass ihr Kind trotzdem einen anderen Mann Dad nennen würde. Er lächelte resigniert und strich über ihre Wange. »Du hast lange darauf gewartet. Du verdienst es, glücklich zu sein.«

»Ich wünschte nur ...« Sie stockte und wandte den Blick ab.

»Was wünschst du?« Er legte eine Hand unter ihr Kinn und drehte ihren Kopf, sodass sie ihn ansehen musste.

»Nichts«, log sie.

Sie betrachtete sein Gesicht, als wollte sie es sich einprägen, seine himmelblauen Augen und den Mund, dessen Winkel sich nach oben bogen, selbst wenn er nicht lächelte. Sie dachte: *Dich werde ich am meisten vermissen.*

Als er sich vorbeugte, um sie zu küssen, begriff sie kaum, was geschah. Sie saß da, zu schockiert, um sich zu rühren, und es gab nur noch den warmen Druck seiner Lippen, die Spitze seiner Zunge, die leicht über ihre glitt. Eine träge Hitze stieg in ihr wie Rauch auf, und dann erwiderte sie den Kuss, öffnete die Lippen und schlang ihm die Arme um den Hals.

Dabei drehte sich in ihrem Kopf alles, sie war unfähig zu begreifen, was da vor sich ging. Das war Jay ... *ihr* Jay?

»Was war das?«, keuchte sie, als sie sich endlich voneinander lösten.

»Ich weiß nicht.« Er wirkte genauso erschüttert.

Ihre Verwirrung wich rasch Verlegenheit. Es war verrückt, sagte sie sich. Das ganze Gerede darüber, voneinander getrennt zu sein, war ihnen in den Kopf gestiegen.

Sie zog sich zurück und sagte mit unsicherer Stimme: »Ich glaube, wir waren zu viel zusammen. Es ... es wäre vielleicht eine gute Idee, wenn wir einander eine Zeitlang nicht mehr sähen.«

»Du hast wahrscheinlich recht«, sagte er unglücklich und fuhr mit dem Daumen sanft über ihre Wange, eine Geste, die eine Lawine in ihrem Bauch auslöste.

»Wir dürfen nicht zulassen, dass dies unserer Freundschaft im Wege steht.« Noch als sie sprach, merkte sie, wie hohl ihre Worte klangen. Im Augenblick wollte sie nichts weiter, als dass er sie noch einmal küsste.

Er schwieg einen Augenblick und betrachtete ihr Gesicht. Endlich schien er zu einem Entschluss zu kommen, stand etwas unsicher auf und sagte: »Ich glaube, ich gehe besser.«

Sie brachte ihn zur Tür, ohne ihm wie üblich einen Abschiedskuss zu geben. Ein tiefes Unbehagen hatte sich in ihr breit gemacht und sie wollte plötzlich dringend, dass er ging. Gleichzeitig wollte sie unbedingt, dass er blieb. Als er aus der Wohnung trat, rief sie ihm nach: »Jay.« Er blieb stehen und drehte sich zu ihr um: ein großer, blonder Mann, in einem verknitterten Anzug mit schief sitzender Krawatte, der in diesem Moment kaum älter wirkte als der Junge, den sie vor vielen Jahren zum ersten Mal auf den Stufen der Firestone Bibliothek gesehen hatte. »Nur eine Weile, okay? Bis wir ...« Was? An Gedächtnisschwund leiden? »Bis wir wieder klar im Kopf sind.«

Er nickte, warf ihr ein trauriges Lächeln zu, dann drehte er sich um und war im Bruchteil von Minuten fort.

Kapitel 14

Nein! Hängen Sie mich nicht in die Warteschleife«, brüllte Emerson ins Telefon. Aber die Frau am anderen Ende schien sich nicht darum zu scheren, dass Emerson seit Wochen weiter verbunden wurde und bereits jedes Lied im Repertoire der Musikberieselungsanlage gehört hatte, denn die Leitung war tot. Verdammt! Sie musste sich beherrschen, um nicht vor Enttäuschung den Hörer auf die Gabel zu knallen.

Greg Purcell war auch nicht viel weiter gekommen. Das Einzige, was der Einwanderungsanwalt bislang erreicht hatte, war eine sechswöchige Verlängerung von Reggies Visum, während die Angelegenheit untersucht wurde. Aber zumindest verschaffte es ihnen die Zeit, die sie verzweifelt brauchten.

Als sie den Sachbearbeiter endlich an der Strippe hatte, wurde Emerson darüber informiert, dass Mr. Okantas Fall einer anderen Abteilung übergeben worden war. Sie wurde durchgestellt, nur um wieder eine automatische Ansage zu hören. Ihr blieb nichts anderes übrig, als eine Nachricht und ihre Telefonnummer zu hinterlassen, auch wenn sie nicht mit einem baldigen Rückruf rechnete. Jedenfalls würden die Karten nun noch einmal neu gemischt. Sie hatte gerade aufgelegt, als ihre neue Sekretärin mit einem Stapel rosa Notizzettel in ihr Büro stapfte. Jenna ließ die Blätter auf ihren Schreibtisch fallen und sagte: »Ich wollte nicht stören, während Sie telefonierten.« Ihr Outfit an diesem Tag bestand aus einem formlosen karierten Rock, einem Pullover, der mindestens drei Nummern zu groß war, schwarzen Strumpfhosen und Holzclogs. Als frischgebackene Absolventin der Sarah-Lawrence-Schule ging sie offensichtlich davon aus, dass sie das, was auf dem Campus ein akzeptables Outfit dargestellt hatte, auch in der Arbeitswelt tragen konnte. Da irrte sie sich jedoch gewaltig. Emerson nahm sich vor, mit ihr einkaufen zu gehen, wenn das alles vorbei war. Jenna mochte mit Summa cum laude bestanden haben, aber sie brauchte eindeutig eine Lektion in Mode.

Emerson blätterte durch die Notizen der eingegangenen Anrufe, während sie ihren lauwarm gewordenen Kaffee trank: Woody Reichert von Oasis Records – sie bereitete eine Veranstaltung für einen seiner Künstler vor; Janelle Rusk von HarperCollins, die etwas zu einer Pressemitteilung wissen wollte; Bill Schneider, Geschäftsführer des Tower Records-Geschäftes, in dem die Oasis-Veranstaltung stattfinden sollte. Alles Dinge, um die sie sich schon früher hätte kümmern sollen. Stattdessen hatte sie den größten Teil des Vormittags im siebten Kreis der Hölle verbracht, der besser als Regierungsbürokratie bekannt war. Genau genommen hatte sie in den vergangenen Wochen erheblich mehr, als sie sich eingestehen wollte, immer wieder aufgeschoben.

Mit einem Seufzer warf sie die Zettel in ihren Eingangskorb. Sie mussten bis später warten. Sie hatte um elf eine Besprechung mit der Leiterin von Ainsleys Schule, und wenn sie sich nicht beeilte, würde sie zu spät kommen. Emerson schnappte ihre Tasche und schoss aus der Tür, wobei sie überlegte, worüber Mrs. Ballard wohl mit ihr und Briggs sprechen wollte. Es musste schon ziemlich ernst sein, wenn sie extra einen Termin vereinbarte. Ließ Ainsley in der Schule nach? War es vielleicht möglich, dass sie die zweite Klasse wiederholen musste? Schuldgefühle, der Fluch ihrer Existenz, schlichen sich heimlich wie ein Meuchelmörder an. Wenn etwas mit Ainsley nicht stimmte, hätte sie das nicht selbst merken müssen?

Draußen wartete schon das Taxi, das sie bestellt hatte. Glücklicherweise war der Verkehr nicht allzu dicht, und um fünf nach elf hielten sie vor der Schule. Hohe, efeubewachsene Ziegelmauern umschlossen das Gelände und die dahinterliegende Episkopal-Kirche. Der einzige Eingang war ein schmiedeeisernes Tor, das nach Schulschluss verschlossen wurde. Als sie durch dieses auf das mit jetzt überwiegend kahlen Bäumen bestandene Schulgelände trat, ließ Emersons Nervosität etwas nach. Was es auch war, wie schlimm konnte es schon werden?

Im Inneren des Schulgebäudes herrschte eine sonnige und freundliche Atmosphäre. An die verputzten Wände waren farbenfrohe Bilder und Aufnahmen sämtlicher Jahrgänge gepinnt, und aus den Klassenzimmern drangen fröhliche Kinderstimmen. Emerson wurde in das Büro der Schulleiterin geführt, in dem ihr Ex-Ehemann, wie immer aufreizend pünktlich, bereits mit Mrs. Ballard plauderte, einer kräftigen, großmütterlichen Dame, die bevorzugt zur Jahreszeit passende Pullover trug, wie zum Beispiel die grüne Strickjacke mit dem Kürbismuster, die sie heute anhatte. »Tut mir leid, dass ich zu spät bin«, entschuldigte sich Emerson und warf Briggs ein schwaches Lächeln zu, als sie sich auf den Stuhl neben ihm fallen ließ. »Ich hoffe, ich habe nichts verpasst.«

»Keineswegs«, beruhigte Mrs. Ballard sie. »Ihr Mann und ich haben nur...« Sie ließ den Rest des Satzes unvollendet, als ob ihr gerade eingefallen wäre, dass Emerson und Briggs kein Paar mehr waren, und nahm hinter ihrem Schreibtisch Platz. »Ich danke Ihnen beiden, dass sie gekommen sind. Ich hoffe, Sie wissen, dass ich Sie nicht mitten am Tag hergebeten hätte, wenn ich es nicht für wichtig hielte.«

Sie begann zu wiederholen, was sie bereits wussten, dass Ainsley eine ausgezeichnete Schülerin war, dass ihr Lesevermögen den Anforderungen der vierten Klasse entsprach und dass sie eine echte Begabung für Kunst entwickelte. Und bis vor kurzem war sie auch gesellig gewesen und hatte viel Spaß gehabt. Und hier runzelte Mrs. Ballard die Stirn. Emerson spürte, wie sie sich anspannte, als die ältere Frau erklärte, dass Ainsley in letzter Zeit in sich gekehrt gewesen war und gelegentlich unvermittelt angefangen hatte zu weinen. Das war für sie so ungewöhnlich, dass Mrs. Ballard der Ansicht war, ihnen ihre Besorgnis mitteilen zu müssen. Abschließend wollte sie wissen, ob auch ihnen eine Veränderung im Verhalten ihrer Tochter aufgefallen war.

Emerson spürte einen neuen Anfall von Schuldbewusstsein. Mein Fehler, dachte sie, ich bin eine schlechte Mutter. Sie hatte in den vergangenen Wochen nicht genug Zeit mit ihrer Tochter verbracht. Wenn sie abends nach Hause kam, war sie meist so erschöpft, dass sie nicht mehr geradeaus sehen konnte. Und ehrlicherweise musste sie zugeben, waren ihre Gedanken so von Reggie in Anspruch genommen, dass sie einfach nicht fähig war, sich groß auf andere Dinge zu konzentrieren. Wenn sie sich nicht davonstahl, um mit ihm zusammenzusein, telefonierte sie seinetwegen. Wäre es also ein Wunder, wenn Ainsley sich vernachlässigt fühlte? Was es noch schlimmer machte, war, dass es Emerson irgendwie entgangen war. Sicher, in letzter Zeit hatte es einige Zwischenfälle gegeben, ein paar Wutausbrüche und launische Tage, aber das hatte sie einfach unter Wachstumsschüben verbucht.

Falls Briggs ihre schlechte Meinung über sie als Mutter teilte, äußerte er es nicht. Stattdessen erstaunte er sie mit dem Geständnis: »Ich fürchte, ich war zu nachlässig, Mrs. Ballard. Sehen Sie, ich habe in den vergangenen Wochen zu so unmöglichen Zeiten gearbeitet, dass sich meistens meine Frau um sie gekümmert hat, wenn Ainsley bei mir war.« Seine Firma hatte vor kurzem mit einer anderen fusioniert, erklärte er, und seine

Arbeitsbelastung war doppelt so hoch wie sonst. »Ich weiß nicht, ob es das ist, was ihr Kummer macht, aber da könnte ein Zusammenhang bestehen. Sie wissen ja, wie kleine Mädchen sind. Sie wollen ihren Papa für sich allein.« Er lächelte und wollte offenbar keine große Sache daraus machen.

Emerson hätte ihn dafür küssen können. Aber es war nicht fair, dass Briggs die Schuld allein auf sich nahm. »Ich hätte ihr auch mehr Aufmerksamkeit schenken müssen«, erklärte sie deshalb.

»Hat es Veränderungen in ihrem Alltag gegeben? Oder in Ihrem Alltag? Nicht beruflicher Art, meine ich.« Mrs. Ballard runzelte die Stirn, während sie von Emerson zu Briggs sah.

»Nun, da ist noch meine Mutter, sie ist sehr krank«, erklärte Emerson.

Mrs. Ballard betrachtete sie mitfühlend und fragte: »Haben Ainsley und ihre Großmutter ein enges Verhältnis?«

»Ja, sicher.« Das entsprach nicht ganz der Wahrheit – auch bevor Marjorie erkrankte, war sie immer zu sehr mit ihren Komitees und verschiedenen gesellschaftlichen Ereignissen beschäftigt, um viel Zeit mit Ainsley zu verbringen – aber wenn ihre Mutter eine schwache Stelle hatte, dann war es ihre Enkelin. »Aber meine Mutter ist schon seit einiger Zeit krank. Ainsley hatte Zeit, sich daran zu gewöhnen.«

»Dürfte ich dann einen Vorschlag machen?« Die Schulleiterin lehnte sich in ihrem Stuhl zurück und stützte das Kinn in die verschränkten, dicken Finger. »Vielleicht würde es Ainsley guttun, jemanden zu sehen.«

»Einen Therapeuten, meinen Sie?« Emerson verspürte einen Stich. War es wirklich so ernst?

»Unsere Schulpsychologin hat eine Liste mit Namen zusammengestellt...«, fuhr Mrs. Ballard fort, so ernst und wohlmeinend, dass Emerson sie am liebsten erwürgt hätte.

»Danke, Mrs. Ballard, aber darum kümmern wir uns selbst.« Briggs schnitt ihr höflich, aber bestimmt das Wort ab und lächelte freundlich, während er aufstand. »Wir schätzen Ihre Bemühungen und werden der Sache auf jeden Fall auf den Grund gehen.« Er streckte ihr die Hand entgegen. »Falls sich in der Zwischenzeit noch etwas ergibt, bitte zögern Sie nicht, uns anzurufen.« Wie er so aufrecht dastand, hatte er mit seiner Nickelbrille und dem Fischgratjackett im selben Braunton wie sein Haar beinahe etwas Staatsmännisches an sich.

Er marschierte aus dem Büro, sodass Emerson auf ihren hohen Absätzen hinter ihm herstöckeln musste und sich fragte: Wer ist der maskierte Mann? Sie konnte sich nicht erinnern, dass ihr Exmann jemals so bestimmt aufgetreten war, als sie noch verheiratet waren. Sie hatte nicht einmal gewusst, dass Briggs so etwas überhaupt konnte.

Draußen blieb er stehen und wartete, bis sie ihn eingeholt hatte. »Wir müssen miteinander reden«, sagte er.

»Jetzt ist ein ebenso guter Zeitpunkt wie jeder andere.« Sie deutete auf die Bank neben der Kirche, am anderen Ende des Schulhofs. Es war zwar ein bisschen zu kalt, um draußen zu sitzen, aber sie würden dort ungestört sein.

Briggs warf einen Blick auf seine Uhr und nickte. Aus langer Gewohnheit nahm sie seinen Arm, und so gingen sie scheinbar einträchtig über den Pfad zur Kirche.

»Ich hätte das kommen sehen müssen«, sagte sie, als sie sich hingesetzt hatten. »Es sind diese verdammten Arbeitszeiten. Zwischen Arbeit und meiner Mutter ...« Und Reggie, setzte sie in Gedanken hinzu.

»Ehe wir damit anfangen, uns die Schuld zu geben, sollten wir herausfinden, ob und wenn ja, was tatsächlich nicht in Ordnung ist«, sagte Briggs. »Woher sollen wir wissen, dass es nichts mit der Schule zu tun hat?«

»Sie betet Mrs. Frey an.« Ainsley sagte immer, sie wolle genauso werden wie ihre Lehrerin, wenn sie groß sei.

»Vielleicht liegt es an einem der anderen Kinder. Du weißt ja, wie gehässig sie in dem Alter sein können.«

»Sie ist immer gut mit ihren Klassenkameraden ausgekommen.« Emerson versuchte sich zu erinnern, ob in jüngerer Zeit in der Schule etwas vorgefallen war, das sie aufgeregt hatte, aber ihr fiel nichts weiter ein, als dass Ainsleys beste Freundin Hillary eine ganze Woche krank gewesen war.

»Dann irgendwas zu Hause?«, erkundigte er sich vorsichtig und warf ihr einen Blick zu. Briggs achtete immer sorgfältig darauf, sich nicht in ihr Privatleben einzumischen, aber sie konnte die Frage in seinen Augen lesen.

Sie überlegte einen Augenblick, bevor sie sich entschloss, es nicht vor ihm geheim zu halten. Wenn es um Ainsley ging, hatte er ein Recht, es zu wissen. »Ehrlich gesagt, ich bin mit jemandem zusammen«, gestand sie und schauderte ein wenig in der kühlen Luft. Sie hielt den Blick auf einen Spatz gerichtet, der über den an die Kirche grenzenden Hof hüpfte.

Als sie zu Briggs sah, trug er einen so sorgsam neutralen Gesichtsausdruck zur Schau, dass sie wusste, dass sich dahinter etwas Tieferes verbarg. Aber was immer er fühlte, er behielt es für sich und sagte nur: »Es wundert mich, dass Ainsley nichts davon erzählt hat.«

»Sie weiß es noch nicht. Wenigstens glaube ich das.« Emerson dachte an das eine Mal, als Ainsley sie beinahe ertappt hatte. Allein bei dem Gedanken wurde ihr noch heiß. »Er kommt nur, wenn sie nicht da ist. Trotzdem ist es möglich, dass sie es irgendwie mitbekommen hat.«

»Sie ist alt genug, um zu wissen, dass du auch noch ein Leben neben ihr hast«, sagte Briggs sanft. »Meinst du nicht, es wäre am besten, wenn sie diesen Mann kennenlernt?«

»Sie kennt ihn bereits. Sie sind sogar gute Freunde.« Sie wandte sich mit einem matten Lächeln zu ihm. »Es ist Reggie, der Pfleger meiner Mutter.«

Briggs musste einiges über Reggie wissen, da Ainsley in letzter Zeit dauernd irgendetwas von ihren Erlebnissen mit ihm erzählte. Trotzdem musste es ein kleiner Schock für ihn sein. In ihrer Welt runzelte man zwar über Vorurteile die Stirn, aber nur sehr wenige Menschen, die sie kannte, gingen tatsächlich mit einem Menschen anderer Hautfarbe aus. Aber als sie Briggs Gesicht musterte, sah sie nichts anderes als mildes Erstaunen.

»Dann würde ich doch meinen, dass sie sich freuen müsste«, sagte er. »Sie scheint ihn ganz großartig zu finden.«

Emerson war ihm dankbar, dass er es ihr nicht noch schwerer machte, als es ohnehin schon war. Plötzlich durchzuckte sie der Gedanke, dass sie ihm, wenn er auch nicht das gewesen war, was sie von einem Ehemann erwartet hatte, auch keine große Chance gegeben hatte. Vielleicht hätte er sie, wenn sie von Anfang an aufrichtiger gewesen wäre, als die Person geliebt, die sie war. Sie hätte sich nicht verausgaben müssen mit ihren Bemühungen, ihm zu gefallen, die im Rückblick wohl überwiegend ihrer eigenen und Marjories Vorstellung entsprungen waren.

»Ainsley ist nicht das Problem, sondern meine Mutter«, erklärte Emerson. Sie musste das nicht näher erläutern; er hatte genug Zeit mit Marjorie verbracht, um zu wissen, dass sie eine solche Verbindung missbilligen würde. »Und es gibt noch eine zusätzliche Schwierigkeit.« Sie berichtete ihm von dem Problem mit Reggies Visum.

»Ich kenne jemanden, der da vielleicht helfen könnte«, meinte Briggs stirnrunzelnd.

»Ernsthaft?« Sie richtete sich auf.

»Erinnerst du dich an Brad Whittier?« Er war in Buckley in

meiner Klasse.« Sie schüttelte den Kopf. Der Name klang vage vertraut, aber sie konnte ihm kein Gesicht zuordnen. »Er ist inzwischen Staatsrat, ganz eng mit Pataki, wie ich gehört habe«, fuhr Briggs fort. »Jedenfalls schuldet er mir noch einen Gefallen. Vor ein paar Jahren habe ich ihm geholfen, seine Stieftochter in Yale unterzubringen. Wann immer ich ihn treffe, erwähnt er das. Wenn ich ihn bitte, hat er bestimmt nichts dagegen, zum Telefon zu greifen.«

»Das würdest du tun?«, Emerson betrachtete ihn verblüfft.

Er lächelte dünn. »Nun tu nicht so überrascht. Ich bin gar kein so übler Kerl, wie du eigentlich wissen müsstest.«

»Das habe ich auch nie geglaubt«, sagte sie errötend.

»Dann eben der falsche Kerl.« Sein Lächeln wich einem Ausdruck der Resignation. »Schon gut. Ich denke gern, wir haben all das hinter uns. Eigentlich wäre es schön, wenn wir Freunde sein könnten. Um Ainsleys willen.«

»Nicht nur um Ainsleys willen.« Sie griff nach seiner Hand und drückte sie leicht. »Sieh mal, ich weiß, dass du das nicht tun müsstest, und ich bin dir wirklich dankbar dafür.«

»Ich habe, ehrlich gesagt, noch ein anderes Motiv«, sagte er und verzog seine Mundwinkel zu einem schiefen Lächeln. »Ich weiß, dass du mich immer für einen ... wie soll ich sagen ... einen Waschlappen gehalten hast? Es ist eine Frage des persönlichen Stolzes, wenn ich dir in diesem Punkt, wenn auch verspätet, das Gegenteil beweisen könnte.«

Sie fing an zu grinsen. »Machst du Witze? Wenn du das hinkriegen kannst, lasse ich eine Bronzestatue dir zu Ehren errichten.«

Ein paar Tage später rief er sie im Büro an. »Wie geht es Ainsley?«, fragte er.

»Scheint alles in Ordnung zu sein, aber es ist schwer zu sagen. Ich weiß immer noch nicht, ob es einfach mit ihrem Wachstum zu tun hat oder ob ihr wirklich etwas zu schaffen macht«, antwortete Emerson. Sie hatte versucht, ein offenes Gespräch mit ihrer Tochter zu führen, dabei aber nicht viel erreicht. »Franny hat mir den Namen einer Therapeutin gegeben, eine ihrer Autorinnen, die ein Buch über Scheidungskinder geschrieben hat. Ich habe mit der Frau telefoniert, wollte aber keinen Termin vereinbaren, ohne vorher mit dir gesprochen zu haben. Ich wollte dich übrigens gerade anrufen.«

»Klingt wie eine gute Idee«, sagte er. »Brauchst du mich dabei?«

»Nicht beim ersten Termin. Sie würde Ainsley gern allein sehen.«

»Du erstattest mir hinterher Bericht?«

»Selbstverständlich.«

Am anderen Ende entstand eine Pause, dann sagte Briggs vorsichtiger: »Hör mal, ich habe etwas Neues über deinen Freund.«

»Ja?« Ihr Herz begann zu klopfen.

»Brad hat einige Anrufe getätigt.«

»Und?«

»Sie haben den Fall an die Innere Sicherheit weitergegeben.«

Emerson war so verblüfft, dass sie unwillkürlich auflachte. »Das ist das Verrückteste, das ich je gehört habe. Was soll das, halten sie ihn etwa für einen Terroristen?«

»Das haben sie nicht gesagt. Brad versucht mehr herauszufinden.« Es gab eine weitere lange Pause, dann fragte Briggs ernst: »Em, wie viel weißt du tatsächlich über diesen Mann?«

»Ich weiß, dass er kein Terrorist ist!«, schrie sie.

»Das behaupte ich ja gar nicht. Ich frage mich nur, ob es in seiner Vergangenheit etwas gibt, von dem du nichts weißt.«

»Ich bin sicher, dass er nichts zu verbergen hat. Ich weiß, was für ein Mensch er ist!« Sie bemerkte, dass sie praktisch brüllte und warf einen Blick auf die Tür zum Vorzimmer, die aber zu ihrer Erleichterung geschlossen war. Sie riss sich zusammen und sagte in gemäßigterem Ton: »Also gut, wenn du dich dann besser fühlst, spreche ich mit ihm. Ich sehe mal, ob ihm irgendetwas einfällt, dessentwegen er auf der Schwarzen Liste stehen könnte.«

»Das halte ich für klug. Um unser aller willen«, setzte Briggs rätselhaft hinzu,

Als sie den Hörer auflegte, wurde es Emerson speiübel. Sie wusste in ihrem Herzen, dass Reggie sich nichts zuschulden hatte kommen lassen. Trotzdem flüsterte eine leise Stimme in ihrem Kopf: *Es wäre nicht das erste Mal, dass du einen Mann für jemanden hältst, der er nicht ist.*

Mit schwerer Hand und noch schwererem Herzen griff sie wieder zum Telefon, um Reggies Nummer einzutippen. Sie verabredeten, sich nach der Arbeit in einer Trattoria im Village zu treffen, wo es unwahrscheinlich war, dass eine der Bekannten ihrer Mutter sie sah.

Sie kam kurz vor Einbruch der Dunkelheit an. Er wartete in einem dünnen Mantel vor dem Lokal auf sie und blies in seine Hände, um sie zu wärmen.

»Warum hast du nicht drinnen gewartet? Du musst doch halb erfroren sein«, tadelte sie ihn leicht, während sie das Restaurant betraten.

»Ich hatte Angst, du würdest mich nicht so einfach finden.« Er lächelte und deutete auf die Leute an der Bar. Das war der Reggie, den sie kannte und liebte, dachte Emerson, ein Mann, der begriff, dass es mehr um die kleinen, alltäglichen Zuvorkommenheiten ging als um die großen Gesten.

»Diesmal geht die Rechnung auf mich«, sagte er, als sie mit den Speisekarten vor sich am Tisch saßen.

»Das ist lieb von dir, aber es ist wirklich nicht nötig. Ich kann es als Spesen abschreiben.« Sie beide wussten, dass das nur eine Ausrede war. Natürlich war sie sich seiner beschränkten Mittel ganz genau bewusst, weshalb sie jedes Mal darauf bestand, die Rechnung zu übernehmen.

Er schüttelte den Kopf. »Nein, heute lasse ich mich auf keine Diskussion ein. Sonst würde ich mich fühlen, als würdest du mich aushalten.« Sie stritten noch ein bisschen, ehe sie endlich nachgab. Sie hütete sich, seinem Stolz in die Quere zu kommen.

»Als du anriefst, dachte ich zuerst, es gäbe schlechte Neuigkeiten«, gestand Reggie, als sie bestellt hatten und an ihren Getränken nippten.

»Wie kommst du denn darauf?«, fragte sie und fühlte sich plötzlich unbehaglich in dem gemütlichen Restaurant, umgeben von den fröhlichen Stimmen und den köstlichen Düften.

»Ich weiß nicht. Etwas in deiner Stimme.« Er zuckte die Achseln. »Aber offenbar habe ich mich geirrt. Jedenfalls«, er blickte sich lächelnd um, »sehe ich niemanden, der mich verhaften will.«

Er hatte natürlich nur einen Scherz gemacht, aber trotzdem fühlte sie einen Kloß im Magen. Nur lange Übung, zu allem und jedem eine gute Miene zu machen, hielt sie davon ab, mit dem herauszuplatzen, was ihr auf der Zunge brannte.

»Brauche ich denn einen Grund, um dich zu sehen?«, fragte sie und fuhr leicht mit den Fingerspitzen über seine kräftige, schwielige Hand. »Es ist fast eine Woche her. Ich habe dich vermisst.« In den letzten Tagen war sie jeden Abend nach der

Arbeit zu Ainsley nach Hause gehastet, sodass ihr keine Zeit für sich selbst geblieben war.

»In diesem Fall müssen wir die verlorene Zeit wohl schnellstens aufholen«, sagte er und lächelte sie so glutvoll an, dass eine warme Woge von ihrem Bauch abwärts strömte. Sie meinte beinahe seine Hände fühlen zu können, die ihre Haut streichelten und ihrem Körper hemmungslose Reaktionen entlockten.

Sie wurde jedoch schnell von der kalten Wirklichkeit eingeholt. Ihre Gedanken wanderten zurück zu dem Gespräch mit Briggs. Es führte kein Weg daran vorbei. Sie musste Reggie fragen, ob es in seiner Vergangenheit etwas gab, das dazu geführt haben konnte, ihm die rote Fahne zu zeigen. Wenn auch nur ein Körnchen Wahrheit in diesen Anschuldigungen steckte, war es ihre Pflicht, es herauszufinden.

»Ehrlich gesagt, da ist etwas«, begann sie, und ihr ernster Tonfall machte ihm deutlich, dass es doch noch einen anderen Grund gab, weshalb sie ihn hatte sehen wollen. Sofort wurde er wachsam, seine dunklen Augen, die im Kerzenlicht funkelten, fixierten sie. »Ein Freund meines Exmannes hat ein paar Telefonate deinetwegen geführt. Anscheinend gibt es da ein Missverständnis.«

»Was für ein Missverständnis?« Reggie runzelte verwirrt die Stirn.

»Dein Fall ist an das Amt für Innere Sicherheit weitergeleitet worden.«

Er wirkte so verblüfft, wie sie es erhofft hatte. »Ich verstehe nicht«, sagte er kopfschüttelnd. Dann weiteten sich seine Augen entsetzt. »Du kannst doch nicht glauben...«

Emerson wollte es verzweifelt abstreiten, aber sie konnte es nicht. Sie musste an Ainsley denken. Und an ihre Mutter. Angenommen, nur angenommen, er war in irgendeine verdächtige Geschichte in Nigeria verwickelt gewesen. Auch wenn er selbst ihnen bestimmt nie etwas zu Leide tun würde, konnte er mit seinen Kontakten dennoch eine mögliche Bedrohung für sie sein. Nichtsdestoweniger hatte sie das Gefühl, ihm ein Messer ins Herz zu stoßen, als sie fragte: »Kannst du dir irgendeinen Grund denken, warum du auf einer Überwachungsliste für Terroristen stehst?«

»Nein. Da gibt es keinen Grund«, erklärte er entschieden.

Allein der Ausdruck auf seinem Gesicht hätte als einzige Antwort genügen müssen, aber sie konnte es nicht dabei belassen. Es stand zu viel auf dem Spiel. »Vielleicht irgendetwas, das vor langer Zeit passiert ist und das du vergessen hast?«, drängte sie und hasste sich dafür.

»So etwas würde ich nicht vergessen.«

»Aber es *muss* doch einen Grund geben.«

»In meinem Land hat es im Laufe der Jahre viel Blutvergießen gegeben, aus Gründen, die nur selten Sinn ergeben.« Er sprach leise und betonte jedes Wort. »Mein Volk weiß, dass es zwecklos ist, nach dem Warum zu fragen. Die Fragen sind immer *wie* und *was*. Wie kommen wir darüber hinweg und was bleibt uns darüber hinaus? Aber manchmal gibt es kein darüber hinaus, und wie ich sehe, ist dies eine dieser Zeiten.« Er stand auf und hielt sich vollkommen aufrecht. Kein König könnte je so würdevoll wirken. »Bitte grüß deine Mutter von mir und sag ihr, es tut mir leid, dass ich mich nicht länger um sie kümmern kann.«

»Nein! Du verstehst nicht!« Emerson sprang auf und packte ihn am Ärmel. Aber sein tief verletzter Blick verdeutlichte nur allzu sehr, dass er sie ganz genau verstanden hatte.

Er löste sich sanft, fast bedauernd aus ihrem Griff und machte einen Schritt zurück. »Ich möchte nicht, dass du dir Sorgen um ihre Sicherheit machst, also ist es wohl besser, wenn ich gehe.«

Damit machte er auf dem Absatz kehrt und ließ sie einfach stehen. Emerson rang nach Luft, sie hatte das Gefühl, in diesem Raum, dem plötzlich jeder Sauerstoff zu fehlen schien, ersticken zu müssen.

Kapitel 15

Jay saß mit Todd Oster und dem Rest seines Design-Teams im Besprechungsraum und überarbeitete die Anzeige für Concept Jeans, als Inez ihn über das Haustelefon informierte: »Jay, Franny auf Leitung zwei.«

Er nahm ab, angenehm überrascht, dass sie sich meldete. In letzter Zeit rief sie ihn nur noch an, wenn es um ihren Geburtsvorbereitungskurs ging. Darüber hinaus hatten sie sich in den vergangenen Monaten nur noch gelegentlich getroffen, und nur, wenn auch andere dabei waren, wie zum Thanksgiving-Essen bei Emerson und bei einer Party zur Buchvorstellung eines von Frannys Autoren. Sie hielten die Fassade aufrecht, taten, als hätte sich nichts verändert. Und trotzdem hatte sich eine gewisse Verlegenheit in ihre Gespräche geschlichen, und keiner von ihnen war bereit, das Kind beim Namen zu nennen.

»Hey, was gibt es?«, fragte er.

»Steckst du in was Wichtigem?« Der vertraute Klang ihrer Stimme weckte Sehnsucht in ihm. Ihm fehlte ihre alte Kameradschaft. Und seit einiger Zeit merkte er, dass er sich trotz aller zurechtgelegten Argumente wünschte, es könnte mehr als das sein.

»Nichts, das nicht warten könnte«, sagte er, den neckenden Blick, der Todd ihm zuwarf, ignorierend.

»Ich dachte nur, du würdest vielleicht gerne wissen, dass ich Wehen habe.« Ihr Ton war bewusst beiläufig, aber er konnte die Nervosität in ihrer Stimme hören.

Jay fühlte, wie sein Herz einen Gang zulegte. »Himmel.« Er rechnete rasch nach. »Aber dein Termin ist doch erst in zwei Wochen.« Er senkte seine Stimme, damit die anderen nicht mithörten.

»Sag das mal dem Baby«, erwiderte Franny.

»Wie viel Zeit liegt zwischen den Wehen?«

»Ungefähr zehn Minuten. Zu früh, um den Panikknopf zu drücken.«

Nein meine Liebe, dafür ist es wohl eher zu spät, dachte Jay. »Solltest du nicht im Krankenhaus sein?«

»Auf keinen Fall«, erwiderte sie und erinnerte ihn an die Warnung ihres Kursleiters. »Dann säße ich da für Stunden fest, während jeder, der da herumläuft, in mich reinpiekst wie in einen Erntedanktruthahn.«

»Aber du hast mit deinem Arzt gesprochen?«

»Ich habe gerade mit ihm telefoniert«, antwortete sie. »Ich glaube, ich habe ihn mitten in einer Golfrunde erwischt. Entweder hat er es ernst gemeint, als er sagte, ich hätte noch viel Zeit, oder er wollte seinen Putt nicht verlieren.«

»Ich verstehe nicht, wie du jetzt Witze machen kannst.« Leicht entsetzt stellte er fest, dass er sich wie sein Vater anhörte.

»Was soll ich denn sonst tun? Es ist zu spät, um auszusteigen, also kann ich die Fahrt auch genauso gut genießen.« Er wusste, dass sie nur Witze riss, um ihre Nervosität zu überspielen. »Aber wenn ich erst versuche, eine Wassermelone durch einen Strohhalm zu quetschen, lache ich bestimmt nicht mehr«, sagte sie und zitierte damit eine der anderen Frauen aus ihrem Kurs, die schon zwei Geburten hinter sich hatte.

Ein neuer, panikerfüllter Gedanke durchzuckte ihn. »Bitte sag jetzt nicht, dass du im Büro bist.« Wie er Franny kannte, war das durchaus möglich.

»Hältst du mich für verrückt? Nur weil ich es nicht eilig habe, ins Krankenhaus zu kommen, heißt das noch lange nicht, dass ich mein Baby vom Büroboten holen lassen will.«

Unser Baby, korrigierte er im Stillen.

»Ich bin unterwegs«, sagte er.

»Ich sage doch, es ist noch –« sie brach mit einem Stöhnen ab. Sobald sie wieder zu Atem gekommen war, keuchte sie. »Oh. Das war heftig. Ich glaube, ich hätte doch nichts gegen Gesellschaft einzuwenden.«

»Ich lege jetzt auf. Ich rufe dich aus dem Taxi noch mal an.« Er griff bereits nach seinem Mantel.

Fünf Minuten später saß er in einem Taxi, das quer durch die Stadt raste. Es hatte zu schneien begonnen, ein nasser Schneeregen, der auf der Windschutzscheibe klebte. Doch trotz der Kälte in dem ungeheizten Wagen schwitzte er in seinem schweren Mantel. Du machst dir unnötig Sorgen, beruhigte er sich selbst. Was konnte schon schiefgehen? Franny war gesund und die Schwangerschaft normal verlaufen.

Aber war das nicht auch bei Vivienne so gewesen?

Als er ankam, begrüßte ihn Franny in Bademantel und Plüschpantoffeln an der Tür, das Haar zu einem Knoten zusammengebunden, aus dem sich mehr als eine dunkle Locke gelöst hatte. »Das ging ja schnell«, stellte sie fest und ließ ihn herein. »Bist du auf Skiern gekommen?«

Er schüttelte die Schneeflocken von seinem Mantel, bevor er ihn an die Garderobe hängte. »So ungefähr«, sagte er und dachte daran, wie das Taxi geschlingert hatte, als sie in die Bleecker Street eingebogen waren.

»Wie wäre es mit einer Tasse Tee?« Sie setzte rasch hinzu: »Garantiert kein Kräutertee.«

Ohne auf ihr Angebot einzugehen, sagte er nervös: »Solltest du nicht... ich weiß nicht...«

»Im Bett um mich schlagen und auf einen Lederriemen beißen?«, beendete sie den Satz für ihn. »Ich schätze, das kommt noch.«

»Warum setzt du dich nicht hin, und ich mache dir einen Tee«, sagte er und schob sie in das kleine, vollgestopfte Wohnzimmer – Franny konnte sich nie von etwas trennen –, in dem sie sich jetzt, da der vor den Fenstern fallende Schnee jede Sicht auf die Straße nahm, fühlten, als seien sie von der Welt abgetrennt.

»Nein, danke. Ich soll auf den Beinen bleiben, weißt du noch?« Sie begann im Raum auf und ab zu gehen, ihre Füße in den Pantoffeln schoben den abgetretenen Orientteppich zu kleinen Furchen zusammen. Dann klappte sie plötzlich vornüber, hielt sich den Bauch und keuchte: »Schnell. Wie spät ist es?«

Er sah auf die Uhr. »Zwölf nach.«

»Dann sind es sechs Minuten seit der letzten«, sagte sie und richtete sich mühsam wieder auf. Sie watschelte zum Sofa, die Hände in den Rücken gestemmt, und brach schwer atmend darauf zusammen. Ein dünner Schweißfilm ließ ihre Stirn in dem winterbleichen Licht glänzen.

»Das reicht, wir fahren. Zieh dich an, während ich das Auto holen lasse.« Im Taxi hatte er in weiser Voraussicht seinen Autodienst angerufen. Sie wollte widersprechen, aber er schnitt ihr das Wort ab und sagte entschieden: »Du kannst auf dem Weg ins Krankenhaus reden, so viel du willst.«

»Seit wann markierst du denn den großen Boss?« Sie warf ihm einen scheinbar finsteren Blick zu, als er sie auf die Füße zog.

»Für mich ist es nicht das erste Mal, erinnerst du dich?«

Sie tauschten einen ernsten Blick. Wie könnte sie das vergessen?

Franny stieg rasch in ihre Umstandsjeans und ein übergroßes Sweatshirt mit einem sich aufbäumenden Pferd auf der Brust, das er ihr viele Jahre zuvor von einer Reise nach Montana mitgebracht hatte. Als es sich über ihren Bauch spannte, sah sie aus wie die rundeste Rodeokönigin der Welt. Während er ihr in den Mantel half, spähte sie aus dem Fenster in den fallenden Schnee hinaus. »Wie schlimm soll es denn noch werden?«

»Sie haben vorausgesagt, dass man mit etwa dreißig Zentimeter rechnen könnte. Aber wir müssten es schaffen. Das meiste soll erst heute Abend runterkommen.« Er nahm die Tasche, die er hastig gepackt hatte, als sie sich umzog. Viviennes Tasche war schon Wochen vorher fertig gepackt gewesen, aber da das Baby früher als erwartet auf die Welt wollte, hatte Franny keine Gelegenheit dazu gehabt.

Draußen hielt er sie am Ellbogen und steuerte sie über den rutschigen Gehweg zu dem Wagen, der am Straßenrand wartete. Der einzige, der verfügbar gewesen war, war eine Stretchlimousine, und als sie einstiegen, sagte Franny: »Ich dachte, du bringst mich ins Krankenhaus.«

»Tue ich ja.«

»Warum habe ich dann das Gefühl, mich auf dem Weg zu einem Ball zu befinden?«

Jay grinste sie an. »Ich hätte dir auch eine Kutsche besorgt, aber dafür fehlte leider die Zeit.«

»Du bist ja ein schöner Freund.«

»Ich mache es wieder gut, wenn alles vorbei ist«, versprach er und vergaß dabei ganz, dass er verheiratet und Franny verlobt war.

Sie beugte sich unter einer erneuten Wehe nach vorn. Diesmal hielt sie Jays Hand umklammert und verzog das Gesicht, bis der Schmerz nachließ. Sie deutete mit dem Kinn auf die Glasscheibe, durch die sie den Hinterkopf des Fahrers sehen konnten, und murmelte: »Bin gespannt, ob Entbindungen extra kosten.«

»Das möchte ich lieber nicht ausprobieren.«

Die Autos auf der Achten Avenue schoben sich Stoßstange an Stoßstange voran, noch verlangsamt durch den Schnee, der die Straße mit matschigen Fahrspuren füllte. Die Wehen kamen mittlerweile alle fünf Minuten, er hatte seit ihrem Aufbruch immer die Zeit genommen. Und anders als Vivienne, die selbst unter Wehen noch damenhaft geblieben war, machte Franny viel Lärm, stöhnte und schnaufte.

»Das ist alles deine Schuld«, keuchte sie zwischen zwei Wehen und warf ihm einen wütenden Blick zu. »Wenn du dich nicht darauf eingelassen hättest, würden wir jetzt bei Shaughnessy sitzen und ein Bierchen trinken.«

»Wenn ich mich recht erinnere, musstest du mich erst überreden«, sagte er lächelnd.

»Aber nicht sehr. Oooohh.« Sie kippte wieder vornüber.

Jay massierte ihr den Rücken, murmelte aufmunternde Worte, bis sie sich wieder aufrichtete. Sie sah aus, wie aus einer Kanone abgeschossen, das Gesicht krebsrot, die Locken standen nach allen Seiten von ihrem Kopf ab. »Das passiert wirklich, oder?«, fragte sie gedämpft. »Wir bekommen ein Kind.«

Er legte eine Hand auf ihren Bauch. »Ich fühle, dass es für große Dinge bestimmt ist. Aber wie könnte es angesichts unserer Gene auch anders sein?«

»Lass uns erst das hier überstehen, bevor wir anfangen, Geld für Harvard zurückzulegen.«

»Eigentlich hatte ich mich schon auf unsere Alma Mater festgelegt. Falls wir –« Er brach ab, weil sie plötzlich starr wurde und sich Entsetzen auf ihrem Gesicht abmalte. »Franny, was ist los? Alles in Ordnung?«

»Ich glaube, mir ist gerade die Fruchtblase geplatzt.« Sie blickte an sich hinunter und sah den nassen Fleck, der sich im Schritt ihrer Jeans ausbreitete.

Er zupfte eine Babydecke aus der Reißverschlusstasche und versuchte sie damit so gut es ging trocken zu tupfen. Beide atmeten jetzt schwer, und Jays Herz raste. Er hielt Franny den Rest des Weges im Arm und murmelte ihr wieder und wieder ins Ohr, dass alles gut werden würde.

Im St.-Vincent-Krankenhaus wurde sie in einen Rollstuhl gesetzt und zum Fahrstuhl gerollt. Jay joggte neben ihr her und hielt ihr die Hand. Glücklicherweise war der Zweibettkreißsaal, in den sie gebracht wurden, leer, sodass es Franny erspart blieb, die Schmerzensschreie einer anderen Frau mitanhören zu müssen. Ihr eigenes Geheul reichte aber auch schon aus, um das Dach einstürzen zu lassen.

»Du gehst doch nicht weg, oder?«, rief sie kläglich, als er aus dem Raum gescheucht wurde, damit der Arzt sie untersuchen konnte.

»Ich warte vor der Tür. Glaubst du, ich überlasse so eine Sache Amateuren?«, fragte er neckend.

Die diensthabende Schwester erwiderte trocken. »Ihre Frau ist in guten Händen, das kann ich ihnen versichern.«

Jay und Franny tauschten einen schiefen Blick. Keiner machte sich die Mühe, den Irrtum richtigzustellen.

Franny wusste jetzt, wie es für Fay Wray gewesen sein musste, King Kongs Baby zur Welt zu bringen. Wenn dieses Ungetüm von einem Kind, das sich da seinen Weg aus ihr hinausbahnte, unter zehn Pfund wog, dachte sie durch ihren Nebel aus

Schmerzen hindurch, musste ihr Becken kleiner sein, als sie angenommen hatte. Wenn alles vorbei war, müsste sie eigentlich in Paris Hiltons Bikinis passen.

»Kommen Sie schon, Franny. Geben Sie noch einen kleinen Schubs«, hörte sie Dr. Stein durch das Rauschen in ihren Ohren drängen.

»Ich bringe gerade King Kongs Baby zur Welt, und Sie wollen etwas Kleines?«, grollte sie. Absolut unmöglich, dass dieses Kind auf demselben Wege hinauskam, wie es hineingekommen war. Sie bog den Rücken durch, ihr ganzer Körper spannte sich mit dem Schmerz, der zu einem ungeheuren Gipfel anschwoll, und stieß einen kaum noch menschlich zu nennenden Laut durch ihre zusammengebissenen Zähne aus. »Grraaargh...«

»Du machst das großartig, Franny. Gleich ist es da.« Jay strich ihr die schweißnassen Strähnen aus der Stirn. Der Klang seiner Stimme hatte eine beruhigende Wirkung, wie die Spritze, die man ihr vor wenigen Minuten gegeben hatte, um den Schmerz etwas zu lindern.

»Das glaube ich erst, wenn ich es sehe«, stöhnte sie.

»Nur noch ein paar Mal pressen. Du schaffst das. Ich weiß, dass du das schaffst.« Seine Stimme war sanft, aber beharrlich.

Ein weiterer Tsunami aus Schmerz durchströmte sie, und sie schrie auf. Einen Augenblick lang wünschte sie fast, sie hätte sich nicht in diese Lage gebracht. Was machte es schon aus, kinderlos zu sein, verglichen damit, wie eine reife Melone gespalten zu werden? Aber jetzt gab es kein Zurück mehr, es hieß nur noch, zur Hölle mit den Torpedos und volle Kraft voraus.

Franny presste mit aller Kraft, jeder Muskel in ihrem Körper war bis zum Zerreißen gespannt.

»Ich sehe den Kopf!«, rief die Hebamme.

Undeutlich konnte Franny den Arzt sagen hören: »Alles okay, Franny, Sie können jetzt entspannen.« Sie fiel keuchend zurück, aber kaum war sie wieder zu Atem gekommen, drängte er schon wieder: »So, jetzt noch einmal kräftig pressen. So schlimm können die Schmerzen nicht sein.« Aus ihrem Blickwinkel konnte sie von Dr. Stein, der vor ihren gespreizten Beinen hockte, nicht mehr als ein paar unter seiner OP-Haube hervorlugenden, flusigen grauen Strähnen sehen. Selbst wenn sie ihm alle Haare auf einmal ausrupfen würde, wüsste *er* noch immer nicht, wie *schlimm* Schmerzen sein konnten.

Dann presste sie wieder und hatte keinen anderen Gedanken mehr als den, das *Ding*, das in ihr steckte, loszuwerden.

Sie fühlte etwas Warmes, Feuchtes zwischen ihre Schenkel gleiten, und abrupt endete der Schmerz. Dr. Stein hielt etwas hoch, aber als sie den Kopf hob, um besser sehen zu können, konnte sie durch die Schweißtropfen, die ihr in die Augen rannen, nur ein fleischfarbenes Bündel erkennen, das aussah, als ob es von Kopf bis Fuß mit Nachtcreme beschmiert wäre.

»Ein Mädchen!«, rief Dr. Stein.

Franny blinzelte, und das Bündel verwandelte sich in ein winziges, vollkommenes Baby.

»Mr. Gunderson, wären Sie so freundlich?« Der Arzt reichte Jay eine Schere.

Jay hörte gerade lang genug auf, hingerissen das Neugeborene anzustarren, um die Nabelschnur zu durchtrennen, dann hielt Franny das winzige, warme Bündel an ihre Brust, wo es mit seinem Mündchen sofort nach ihrer Brustwarze suchte. »Kluges Mädchen. Sie weiß genau, wo sie hin muss.« Sie strahlte Jay an, dessen Gesicht tränenüberströmt war.

»Sie ist vollkommen«, sagte er, mit leiser, verwunderter Stimme. Er streichelte mit der Fingerspitze über einen winzigen, faltigen Fuß.

»Wir haben es gut gemacht.« Nein, besser – sie hatten ein Wunder vollbracht. »Sieh mal, sie hat deine Augen.« Augen so blau wie der Präriehimmel während der Heuernte. »Und meine Nase.« Ihre Mutter wäre stolz gewesen, auch wenn Franny sich eine hübsche gerade Nase wie die von Jay gewünscht hätte.

»Allerdings hat sie noch nicht allzu viele Haare.« Jay strich vorsichtig über den hellen Flaum auf dem Babykopf.

»Die wachsen schon noch«, sagte sie.

Jays glückliche Miene verdunkelte sich kurz, als dächte er daran, dass er das nicht miterleben würde. Franny griff nach seiner Hand und hielt sie fest, entschlossen, dass nichts diesen Augenblick verderben durfte. Als sie sich dann aneinanderkuschelten und ehrfürchtig das winzige Mädchen mit den blauen Augen seines Vaters und der Richman-Nase betrachteten, bildeten sie eine unauflösliche Einheit.

Kapitel 16

»Da könnte ich mir fast auch noch eins wünschen.« Emerson blickte auf das Baby, das in seiner Wiege schlief.

Stevie spähte über ihre Schulter. »Ich habe wohl gemerkt, dass du ›fast‹ gesagt hast. Aber ich muss zugeben, sie ist süß.« Ruth Jaden Richman, benannt nach Frannys Großmutter, war Franny wie aus dem Gesicht geschnitten, das Gesichtchen voller Entschlossenheit verzogen, während sie mit einem winzigen Fäustchen in der Luft herumschlug.

Als Franny verkündet hatte, dass sie eine Taufparty für Ruth geben würde, wie es der jüdischen Tradition entsprach, hatte Stevie sofort einen Flug gebucht. Keith war ebenfalls gekommen, ebenso wie Jays Eltern. Letztere wirkten angesichts der unorthodoxen Methode, die ihnen ein Enkelkind beschert hatte, etwas mitgenommen.

Nur Vivienne fehlte. Stevie fragte sich, ob sie wohl je wieder nach Hause kam. Jay musste die gleiche Überlegung angestellt haben, denn er hatte offensichtlich die nächsten Schritte getan und war dabei, sich ein Leben ohne sie aufzubauen. In letzter Zeit konnte er über nichts anderes als das Baby reden. Stevie bemerkte natürlich seine neue Fürsorglichkeit gegenüber Franny wie auch seine Reaktion, als Keith auftauchte. Jay überschlug sich fast, um freundlich zu ihm zu sein, aber es wirkte gezwungen, als ob er Keith etwas übelnähme. Und so besitzergreifend sich Keith gegenüber Franny verhielt, sobald Jay in der Nähe war, hatte er es auch bemerkt.

»Wenn sie nur immer so klein bleiben würden«, seufzte

Emerson. »Warte nur, bis sie älter ist. Du wirst völlig ausgelaugt sein, wenn du versuchst, mit ihr Schritt zu halten.«

»Bis dahin habe ich noch viel Zeit«, meinte Franny. »Meine größte Sorge im Augenblick heißt Windeldermatitis.« Sie beugte sich vor, um Ruths Decke glatt zu streichen und sah dabei aus wie eine Madonna von Fra Angelico mit ihren Locken, die ihr mütterlich strahlendes Gesicht wie einen Kranz umgaben.

»Mich wundert, dass du auch nur eine einzige Windel hast wechseln müssen, so wie Jay über sie gluckt«, neckte Stevie. Franny warf ihr einen merkwürdigen Blick zu, sodass sie wünschte, den Mund gehalten zu haben. Jays Rolle in dieser Geschichte war offenbar ein empfindliches Thema.

»Er ist wie jeder stolze Papa«, sagte Emerson, bemüht, die Wogen zu glätten.

»Nur weiß er, dass es nicht von Dauer ist«, sagte Franny leise und betrachtete Ruth.

»Er kann sie doch immer sehen«, meinte Emerson. »Und wenn sie älter ist, kann sie herüberfliegen, um ihn zu besuchen.«

»Ich weiß. Aber es ist nicht dasselbe.« Franny sah traurig aus.

»Habt ihr schon einen Termin festgelegt?«, fragte Stevie, die wusste, dass Keith allmählich kribbelig wurde.

»Bitte.« Franny sank in den Schaukelstuhl und landete dabei auf einem Quietschetier, das ein gedämpftes Quieken hören ließ. Sie zog es unter sich hervor und warf es auf den Boden. »Ich bin eh schon fertig genug, ohne all meine Sachen packen zu müssen, um ans andere Ende des Kontinents zu ziehen. Ich kann nicht einmal darüber nachdenken, bevor Ruth wenigstens die Nächte durchschläft.«

Sie sah sich in der Nische ihres Schlafzimmers um, die sie

hellgelb gestrichen und mit Zeichnungen von Figuren aus Kindergeschichten versehen hatte. Sie war so klein, dass nur Platz für die Korbwiege, die passende Kommode sowie den gepolsterten Schaukelstuhl war, in dem sie saß.

»Es wird dir gefallen, am Meer zu leben«, erklärte Stevie ihr. »Denk nur, wie viel Spaß du haben wirst, wenn du mit Ruth Sandburgen baust. Ganz zu schweigen von den ganzen romantischen Mondscheinspaziergängen am Strand«, setzte sie mit einem verschmitzten Lächeln hinzu. Vor ihren inneren Augen erschien ein Bild von Ryan und sich bei ihrer ersten Verabredung, als sie nachts am Strand entlanggelaufen waren und das Wasser ihre Füße umspült hatte.

»Das Romantischste, was wir in letzter Zeit getan haben, war *Schlaflos in Seattle* zu gucken«, widersprach Franny. »Und ich bin nach einer Viertelstunde eingeschlafen.«

»Sollten wir nicht lieber flüstern?«, fragte Emerson in gedämpftem Ton, als das Baby sich im Schlaf regte.

Franny schüttelte lächelnd den Kopf. »Für diese Kleine da? Sie würde auch während der Rush Hour auf der Bruckner-Schnellstraße schlafen.« Sie war ebenso entspannt mit dem Kind, wie Emerson mit Ainsley angespannt gewesen war. »Aber wenn sie loslegt, kann man kaum glauben, welche Kraft sie in den Lungen hat.«

Stevie warf Franny einen belustigten Blick zu. »Tja, ich frage mich, woher sie das wohl hat.«

»Glücklicherweise ist sie meistens gut drauf«, erklärte Franny. »Und wenn sie mal schreit, ist Jay da und nimmt sie hoch.«

Stevie und Emerson tauschten einen Blick. Seit Franny mit Ruth aus dem Krankenhaus gekommen war, war Jay praktisch in die Wohnung eingezogen. Er schlief zwar auf dem Sofa, aber Stevie kam das gemeinsame Leben der beiden trotzdem ausgesprochen eheähnlich vor, wenn man bedachte, dass er verheiratet und sie mit einem anderen Mann verlobt war.

Aber was wusste sie schon? Den einzigen Typen, der ihr je am Herzen gelegen hatte, hatte sie verprellt. Erneut drängte Ryan sich in ihre Gedanken, und sie empfand einen dumpfen Schmerz. Er war mit der Zeit etwas schwächer geworden, und sogar das hatte sie traurig gemacht, weil es bedeutete, dass sie losließ. Etwas, das er schon vor Monaten getan hatte, wenn sie den Gerüchten, die ihr zu Ohren kamen, Glauben schenken wollte.

Es war eine süße Qual gewesen, sich seinen neuen Film anzusehen. Er handelte von den gemeinsamen Anstrengungen einer von einem charismatischen Beamten geleiteten Gemeinde, die Bergbaustadt in West-Virginia wieder aufzubauen, und trug den passenden Titel *Mit diesen Händen*. Sie hatte insgeheim gehofft, dass der Film süßlich oder, schlimmer noch, moralisierend war. Stattdessen hatte sie das Kino tief bewegt verlassen, sowohl von den ergreifenden Porträts der Charaktere als auch von dem Gedanken, dass sie einst ihr Leben mit jemandem geteilt hatte, der so begabt war. Es wunderte sie nicht, dass der Film ihm seine zweite Oscar-Nominierung eingebracht hatte, und da die Verleihung der Academy-Awards in wenigen Wochen bevorstand, drückte sie ihm heimlich die Daumen.

Wenn ich nur genauso viel Glauben in unsere Beziehung gesetzt hätte, dachte sie.

Wenn er noch genug für sie empfand, um zuzuhören, hätte sie ihm sagen sollen, dass die Dinge sich geändert hatten. *Sie* hatte sich verändert. Sie verstand jetzt besser, warum sie solche Angst davor gehabt hatte, vor den Altar zu treten. Nicht weil sie geglaubt hatte, Ryan würde keinen guten Ehemann abgeben, sondern vielmehr weil sie gefürchtet hatte, dass sie eine lausige Hausfrau und Mutter sein würde. Was wusste sie schon vom Haushalt? Sie war in einem Haushalt aufgewachsen, in dem das Geld nie reichte, sodass sie von einer seltsamen Mietunterkunft zur nächsten ziehen mussten. Da ihr Vater fehlte, waren die einzigen Männer in ihrem Leben, die sich für sie interessierten, ihre Lehrer in der Schule gewesen oder hilfsbereite Nachbarn, die einsprangen, wenn eine Sicherung ausgewechselt werden musste oder das Auto nicht anspringen wollte.

Die Männer, mit denen Stevie ausgegangen war, als sie älter wurde, erwiesen sich als ebenso flüchtig. Erst bei Ryan hatte sie ihren Schutzschild abgelegt und angefangen zu glauben, mit ihm könne es anders sein. Das heißt, bis es darauf ankam.

Erst seit kurzem dachte sie, dass eine Ehe gar nicht so übel wäre. Grant war der Schlüssel zu dieser Einsicht gewesen. Zum ersten Mal in ihrem Leben wusste sie, wer sie war und woher sie kam. Daraus war die Erkenntnis entsprungen, dass es so etwas wie einen vollkommenen Vater nicht gab ... oder eine vollkommene Beziehung. Man musste das Gute mit dem Schlechten nehmen, akzeptieren, dass es Tage gab, an denen alles, was der andere tat, einem auf die Nerven ging.

Aber sie würde wahrscheinlich nie die Chance bekommen, Ryan all das zu sagen. Er war weitergegangen. Und das sollte sie auch tun.

Mit einem Seufzer schloss sie sich ihren Freundinnen an, die ins Wohnzimmer gingen, in dem die anderen Gäste versammelt waren. Emerson und Stevie, als gemeinsame Patinnen, hielten Ruth abwechselnd im Arm, während der Rabbi die hebräischen Segenswünsche anstimmte und Franny und Jay jeweils eine kleine Rede hielten. Es wurde ein Segen über den Wein und Challah gesprochen, dann wurden Platten mit Speisen herumgereicht – Bagels mit Frischkäse und vier verschiedenen Sorten Räucherfisch sowie verschiedene Salate und der Nudelauflauf, den Frannys Tante Bella gemacht hatte. Stevie belud ihren Teller und trug ihn zu Emerson hinüber, die in der Ecke vor dem Bücherregal saß. Das Zimmer war zu voll, sodass es keine freien Stühle mehr gab und sie sich auf Emersons Armlehne hocken musste.

Sie fragte nach Reggie und erfuhr, dass es noch immer nicht weiterging. Die einzige gute Nachricht war, dass man ihm sein Visum noch einmal verlängert hatte, weil die Untersuchung noch andauerte. Obwohl er, soweit es Emerson betraf, auch genauso gut in Nigeria hätte sein können. Sie hatte ihn seit ihrer Trennung nicht mehr gesehen und es gab keine Anzeichen von Versöhnung. Obwohl sie ihr Bestes tat, um den Anschein zu vermitteln, sie vergnüge sich, wirkte sie verzweifelt, wie sie da saß, vollkommen aufrecht, die Fesseln übereinandergeschlagen und Teetasse mit Untertasse auf einem seidenbestrumpften Knie balancierend: das Bild einer Frau, die unter ihrer sorgfältig einstudierten, gefassten Fassade still litt.

»Findest du nicht, dass er ein bisschen überreagiert?«, fragte Stevie. »Ich meine, du hast ihn ja nicht beschuldigt oder so.«

»Ich habe seine Integrität in Frage gestellt. Das kommt aufs Gleiche raus.«

»Du hattest keine Wahl. Das hast du selbst gesagt.«

»Ich weiß, was ich gesagt habe, aber ich hatte Unrecht.«

»Ich frage das nicht gern, aber bist du hundertprozentig sicher, dass er kein Terrorist ist?« Als Reporterin wusste Stevie, dass man manchmal tiefer graben musste, um bis zu den Tatsachen vorzudringen.

»Falls er es ist, habe ich den falschen Beruf«, sagte Emerson. Wenn Reporter mit Fakten handelten, dann wussten PR-Leute alles darüber, wie man sie verdreht, und konnten etwas Unechtes auf eine Meile Entfernung erkennen. »Jedenfalls hätte ein Terrorist meine Mutter umgebracht, solange er die Gelegenheit hatte«, sagte sie mit einem schwachen Lächeln. »Niemand ohne die Geduld eines Heiligen hätte es so lange mit ihr aushalten können wie er.«

»Also hat er sich vom Terroristen zum Heiligen gewandelt?«

Stevies Bemühungen, die Stimmung zu lockern, waren wenig erfolgreich. Emerson nippte an ihrem Tee und starrte in die Ferne. »Nein, ein Heiliger hätte meine Anrufe erwidert. Er ist gekränkt und er will, dass ich das weiß«, sagte sie. »Außerdem, selbst wenn er beschließen würde, mir zu verzeihen, solange kein Wunder geschieht und das Ministerium einschreitet, was sollte es nützen?« In ihren Augen glitzerten ungeweinte Tränen. »Ich hätte ihn heiraten sollen, solange ich die Chance hatte. Jetzt ist es zu spät.«

Stevies Blick wanderte durchs Zimmer, aber niemand schien das leise Drama zu bemerken, das sich in der Ecke abspielte. Die anderen Gäste plauderten miteinander und aßen. Franny unterhielt sich mit ihrer Freundin Hannah Moreland vom Sender. Jay lachte mit seinem Freund Todd. Auf der anderen Seite war Jays Mutter in ein Gespräch mit dem Rabbi vertieft, während sich in Hörweite von Stevie und Emerson einige Frauen aus Frannys Geburtsvorbereitungskurs gegenseitig die haarsträubenden Geschichten ihrer Geburten erzählten.

Stevie sah wieder zu Emerson. »Ich schätze, damit sitzen wir im selben Boot«, sagte sie und dachte dabei an Ryan.

Emerson drehte sich zu ihr um. »Also, was tun wir jetzt?«

»Wenn wir nicht den Rest unseres Lebens damit verbringen wollen, uns selbst in den Hintern zu treten, meinst du? Wenn ich mir was ausgedacht habe, lasse ich es dich wissen.« Stevie spießte mit ihrer Gabel ein Stück Sahnehering auf. »Wie nimmt Ainsley es auf? So wie du es mir erzählt hast, standen sie und Reggie sich doch ziemlich nahe.«

»Sie fragt immer wieder, warum er weggehen musste, warum wir ihn nicht sehen können. Versuch mal, einer Siebenjährigen zu erklären, dass es nur so gekommen ist, weil ihre Mutter so ein Vollidiot ist.«

»Bist du da nicht ein wenig zu hart zu dir selbst?«

»Na ja, dann eben nur ein einfacher Idiot.« Emersons Mundwinkel bog sich in einem halbherzigen Lächeln nach oben.

»Sie weiß immer noch nicht Bescheid über euch beide?«

Emerson schüttelte den Kopf. »Ich glaube nicht.«

Stevie beugte sich zu ihr und legte ihr einen Arm um die Schulter. »Du wirst das schon durchstehen. Manchmal ist das Leben eben gemein. Aber die gute Nachricht ist, es geht immer weiter.«

Emerson drehte den Kopf, um sie anzusehen. »Reden wir jetzt von meinem Leben oder von deinem?«

Stevie zuckte die Achseln. »Von beiden, schätze ich.«

Die Sonne war hervorgekommen, die angekündigten Regenschauer nirgends in Sicht. Die Straßen waren von Highland bis Orange verstopft, und die erste der Limousinen hielt vor dem Empfangszelt, wo die Frühankömmlinge an Getränken nippten und miteinander plauderten, während sie darauf warteten, dass sie an die Reihe kamen, um erst durch den Metalldetektor und dann über den roten Teppich zu schreiten, mit dem der Hollywood Boulevard ausgelegt war. Die Medienwelt war in voller Stärke vertreten, Fernsehteams drängten sich auf den Plattformen der Westseite des Boulevards, die größeren Sender und Netzwerke mit ihren eigenen Ministudios, die Presseleute hatten sich auf der anderen Seite aufgebaut. Hier lagen die wertvollsten Grundstücke, jedes winzige Fleckchen so eifersüchtig bewacht wie ein Wassergrundstück in Malibu.

Stevie hatte den Vorteil, dass sie in der ersten Reihe stand, direkt hinter der künstlichen Buchsbaumhecke. Dort konnte sie die Promis auf dem Weg zur der Bühne abfangen, wo sie von Leuten wie Joan Rivers und Mary Hart von *Entertainment Tonight* interviewt wurden. Von ihrem Standort konnte sie den Eingang zum Kodak-Theater sehen, der von einem zwei Stockwerke hohen Oscar flankiert wurde, und gegenüber das alte Roosevelt Hotel, in dem die allererste Academy-Award-Verleihung stattgefunden hatte, als Hoover noch im Amt gewesen war.

Neben ihr standen Gunnar Swenson von *CNN* und Jeff Moody von *MSNBC*. Sie kannte beide Männer seit Jahren und hatte gelegentlich, nach einer langen Nacht der Berichterstattung, auch mal ein Glas mit ihnen getrunken, aber heute kämpfte jeder für sich allein. Keiner würde einen Fingerbreit weichen, und falls einer von beiden versuchen sollte, sie wegzuschieben, dann würde er das geschäftsmäßige Ende der vernünftigen Schuhe zu spüren bekommen, die sie unter ihrem alten Mary-McFadden-Abendkleid trug.

Inzwischen kam ein Wagen nach dem anderen, und die Menschen im Empfangszelt machten sich allmählich auf den Weg zum roten Teppich. Unter den ersten war Christian Slater mit seiner Begleitung, und eine unbegleitete Sharon Stone in einem enganliegenden, mit Strasssteinchen bestickten Kleid. Sie schritt in einem Gewitter von Blitzlichtern durch die Menge der Reporter, die ihren Namen riefen. Stevie empfand einen Anflug von Mitleid für die Unbekannten in Begleitung von Prominenten – wenn du dich je gefragt hast, wie es wohl ist, unsichtbar zu sein, hatte ihr eine Hollywood-Ehefrau einmal gesagt, dann geh zur Oscar-Verleihung –, ehe sie sich ganz in ihre Aufgabe stürzte und nur noch daran dachte, wie sie den nächsten Promi abfangen könnte.

Stevie wäre fast über die künstliche Hecke gesetzt, um Brad Pitts Aufmerksamkeit auf sich zu ziehen. Er war allein gekommen, in natura ebenso göttlich wie auf der Leinwand, etwas, das man nicht von jedem Filmstar behaupten konnte. Da gab es auch welche mit schlechter Haut und Köpfen, die zu groß für ihre Körper schienen, Frauen, die beneidenswert schlank auf der Leinwand wirkten, und in Wirklichkeit völlig ausgemergelt waren, berühmte Männer, die kaum einen Meter sechzig maßen.

Das Einzige, was sie alle gemeinsam hatten, waren Starqualitäten. Selbst die eher Unscheinbaren glitzerten, und der geballte Glanz so vieler von ihrer Sorte an einem Ort war geradezu blendend. Es war das zwölfte Jahr, das Stevie von diesem Ereignis berichtete, und es verfehlte nie seine Wirkung auf sie. Sie benötigte ihre ganze Erfahrung, um ihre Professionalität zu wahren, während sie sich an Nicole Kidman heranmachte, die ätherisch in einem Kleid aus mehreren Lagen rosa Chiffon daherkam, und Augenblicke später Angelina Jolie abpasste, die vorbeischwebte und eine schwarze Samtschleppe hinter sich herzog. Erst als sie dem Menschen direkt gegenüberstand, den sie am wenigsten erwartet hatte, verlor sie vorübergehend ihre Coolness.

»Ryan! Was machst du denn hier?« Sie fummelte an ihrem Mikro herum und ließ es beinahe fallen.

»Ich bin nominiert worden«, erinnerte er sie.

»Richtig! Ja, natürlich! Eh, Glückwunsch. Ich hoffe, du gewinnst.« Innerhalb weniger Minuten war sie von einer Starreporterin zu einer plappernden, in ihren Lehrer verschossenen Siebtklässlerin geworden.

»Danke.« In seinem Smoking, gebräunt und fit, hätte er

auch ein Filmschauspieler sein können. Denn was war ein Schauspieler ohne eine große, gutaussehende Blondine an seiner Seite? »Ich glaube, du hast meine Freundin Kimberly noch nicht kennengelernt.« Zu Kimberly sagte er: »Das ist Stevie. Sie arbeitet für *Kanal Sieben*.«

Stevie schenkte ihr ein Lächeln, das genauso falsch war wie die Buchsbaumhecke, in der sich ihr Kleid verfing, als sie sich vorbeugte, um ihr die Hand zu schütteln. »Kimberly, hallo. Nett, Sie kennenzulernen. Ist es Ihre erste Oscar-Verleihung?«

Kimberly nickte zur Antwort. »Aber nicht meine letzte, hoffe ich.« Sie warf Ryan einen bedeutungsvollen Blick zu. »Ich sage Ryan immer, dass wir auf dem Kaminsims langsam dringend Platz für seine ganzen Preise schaffen müssen.«

Stevie hielt das nicht für eine beiläufige Bemerkung. Ryan musste ihr von ihnen beiden erzählt haben, und Kimberly ließ Stevie durch die Blume wissen, dass sich jetzt ihre Zahnbürste in seinem Badezimmerschrank befand. Was bedeutete, dass sie Stevie noch immer als Bedrohung empfand. Vielleicht hätte sie ein wenig Trost daraus gezogen, wenn Ryan nicht an ihr vorbeigesehen hätte, als ob er es nicht erwarten konnte, weiterzukommen. Deutlicher hätte er ihr nicht zu verstehen geben können, dass sie die Zeitung von gestern war.

Trotzdem zwang eine masochistische Ader Stevie zu fragen: »Dann lebt ihr also zusammen?« Sie musste es einfach wissen.

Ryan wirkte eindeutig unbehaglich. »Nun, eigentlich ...«

»Nur, bis ich eine eigene Wohnung gefunden habe«, fiel Kimberly ein, ehe Ryan den Satz beenden konnte. So wie sie sich an seinen Arm hängte, bezweifelte Stevie, dass sie es mit der Suche nach einer Wohnung besonders eilig hatte.

»Kim hat mit mir an dem Film gearbeitet«, erklärte Ryan.

»Wir haben uns am Drehort kennengelernt«, erklärte Kimberly. »Ryan hat mich dazu überredet, hierherzuziehen.« Sie drückte Ryans Arm liebevoll, während er mit einem gezwungenen Lächeln dastand und aussah, als wäre er gern überall, nur nicht hier, eingeklemmt zwischen seiner ehemaligen und seiner aktuellen Freundin. »Ich steckte in meiner Karriere irgendwie fest, wissen Sie? An einer Universität kann man es nur bis zu einer bestimmten Position schaffen.« Sie erklärte, dass sie als Forschungsassistentin für einen Professor an der WVU gearbeitete hatte, der ein Buch über das Kohlenbergwerks-Unglück in Marshall County von 1924 schrieb.

»Das hat Ihnen sicher viele Türen geöffnet«, murmelte Stevie höflich.

Einschließlich Ryans. Er hatte offenbar keine Zeit verloren.

»Ich bin gerade von DreamWorks eingestellt worden«, strahlte Kimberly.

»Wo sie tatsächlich Budgets haben, um Filme zu drehen«, warf Ryan mit einem ironischen Lachen ein.

Stevie wandte sich zu ihm. »Du kannst stolz auf deinen Film sein. Er ist wirklich großartig.«

»Du hast ihn gesehen?« Er klang ein wenig erstaunt.

»Zweimal«, gestand sie verlegen,

Aus dem Augenwinkel erhaschte sie einen Blick auf George Clooney, der gerade vorbeiging, aber sie machte keine Anstalten, seine Aufmerksamkeit zu erregen. Jetzt weiß ich also mit Sicherheit, dass ich übel dran bin, dachte sie und blickte stattdessen hilflos hinter Ryan her, der Arm in Arm mit seiner neuen Freundin weiterschlenderte.

Kapitel 17

Jay wartete vor der Sicherheitsprüfung am JFK-Flughafen, sein Herz klopfte, als er die ankommenden Passagiere musterte, die die Rampe hinunter in seine Richtung kamen. Als Vivienne in der vergangenen Woche angerufen hatte, um ihm mitzuteilen, dass sie nach Hause käme, hatte die Nachricht gemischte Gefühle in ihm ausgelöst. Vor nicht allzu langer Zeit hätte er sich auf diesen Tag gefreut. Jetzt war er nicht mehr so sicher, ob es wirklich das war, was er wollte. Er war auch allein ganz gut zurechtgekommen. Er hatte sogar einen gewissen Frieden gefunden, was er vor kurzem noch nicht für möglich gehalten hatte.

Franny und Ruth waren dafür verantwortlich. Es überraschte ihn jedes Mal von neuem, wie viel Liebe ihn durchströmte, wenn er seine Tochter anschaute. Was als Gefallen einer Freundin gegenüber begonnen hatte, war zu seiner eigenen Erlösung geworden. Mit Ruth hatte er neue Hoffnung und Zielstrebigkeit entwickelt. Mittlerweile waren seine Schritte leichter, und er merkte, dass er oft ganz ohne Grund vor sich hin lächelte. Im Gegensatz zu früher, als er dauernd Überstunden gemacht und dabei die Zeit vergessen hatte, konnte er es inzwischen kaum abwarten, bis die Uhr fünf zeigte, und er aus der Tür und zu Franny konnte.

Dann hatte sich mit einem einzigen Transatlantikgespräch alles verändert. Wie würde Vivienne reagieren, wenn sie seine Tochter zum ersten Mal sah?, fragte er sich. Würde sie wollen, dass Ruth ein Teil ihres Lebens wurde ... oder würde sie sie auf Armeslänge von sich fernhalten wollen? Und was würde Vivienne wohl Franny gegenüber empfinden, jetzt, da sie die Mutter seines Kindes war?

Er reckte den Hals im Versuch, seine Frau in der Menschenmenge zu entdecken. Er hatte nur Vater, Mutter, Kind mit Franny gespielt, erkannte er, nur so getan, als wären sie eine Familie. Die Wirklichkeit war, dass sie beide anderen Menschen versprochen waren. Und bald würden Franny und Ruth dreitausend Meilen weit entfernt leben.

Bei dem Gedanken zog sich seine Brust zusammen. Wie würde er damit umgehen können, dass seine Tochter einen anderen Mann Dad nannte? Und Franny ... wie sollte er ohne sie leben? Er hatte sich daran gewöhnt, sie jeden Tag zu sehen, und wenn sie eine gewisse häusliche Routine entwickelt hatten, dann empfand er das als durchaus angenehm. Mehr noch, er sah Franny in einem neuen Licht, als Frau, nicht nur als Kumpel. Heute verursachte selbst eine zufällige Berührung mit den Fingerspitzen ein Ziehen in seinen Lenden, und abends, wenn sie ihm einen Gutenachtkuss auf die Wange drückte, musste er sich beherrschen, um ihr nicht ins Schlafzimmer zu folgen.

Aber es konnte nicht dabei bleiben. Er musste sie loslassen, sowohl um seiner selbst als auch um ihretwillen. Er musste jetzt an seine Ehe denken. Falls noch etwas davon übrig war, musste er daran arbeiten, sie wieder aufzubauen.

Als er Vivienne endlich erspähte, erkannte er sie kaum wieder. Die strahlende Frau, die auf ihn zukam, hatte kaum noch Ähnlichkeit mit dem Gespenst, von dem er sich vor so vielen Monaten verabschiedet hatte. Sie war noch immer dünner, als er es gern gehabt hätte, aber ihre Augen strahlten, und sie hatte einen rosigen Teint. Sie schritt zielstrebig die Rampe herunter, eine Strohtasche über eine Schulter geworfen, der weite Rock schwang um ihre gebräunten Waden.

Seine Augen waren nicht die einzigen, die ihr folgten, wie er bemerkte, und als sie die Sicherheitsschranke passiert hatte und in seinen Armen lag, fühlte er den alten Stolz anschwellen: Und wenn es euch zerreißt, Jungs, sie gehört mir allein. Wie hatte er, ein Bauernjunge, der auf Traktoren herumgefahren war, während sie in Privatflugzeugen und Limousinen gereist war, nur so ein Glück haben können?

»Ich kann es nicht glauben. Du bist wirklich hier.« Er drückte sie an sich und atmete ihren Duft ein.

Sie trat einen Schritt zurück, um ihn anzulächeln. »Hast du etwa geglaubt, ich käme nicht?«

»Nein, nur ... ach, egal. Es ist schön, dich zu sehen. Du siehst gut aus.«

»Du auch.«

»Du hast Sonne abbekommen.«

»Unser Häuschen stand direkt am Strand«, erzählte sie. »Ich habe nur faul in der Sonne gelegen und mich von Maman mästen lassen.« Sie nahm seinen Arm, als sie sich auf den Weg zu den Gepäckbändern machten.

»Ich habe deine Postkarte bekommen.« Er hatte noch nicht einmal gewusst, dass sie auf Mallorca war, bevor er die Karte gestern in der Post fand.

Auf den in seiner Stimme mitschwingenden Tadel hin blieb sie stehen und sah ihn an. »Es tut mir leid, Chéri. Ich weiß, ich hätte dich anrufen sollen. Es ist nur, jedes Mal, wenn ich deine Stimme hörte ...« Sie ließ den Satz unbeendet. »Verzeihst du mir?« Ihre Augen suchten ängstlich in seinem Gesicht nach Zustimmung.

»Natürlich«, sagte er. Warum sollten sie gleich auf dem falschen Fuß anfangen?

Sie blieben bei sicheren Themen, während sie die Koffer holten und zum Taxistand gingen. Vivienne sprach über die

Freunde, mit denen sie in Paris wieder Verbindung aufgenommen hatte, und wie wunderbar es gewesen war, all ihre alten Lieblingsplätze aufzusuchen. Jay wiederum erzählte ihr von den Werbekampagnen, an denen er gearbeitet hatte, und wie zufrieden die Leute von Uruchima Motors mit ihrer Arbeit für den Roughrider SUV gewesen waren, so sehr sogar, dass Mr. Uruchima Jay eingeladen hatte, ihn in Japan zu besuchen.

»Bin ich auch eingeladen?«, fragte Vivienne etwas zögernd.

»Selbstverständlich. Ich weiß nur nicht, wann ich dafür Zeit finde. Ich habe so viel zu tun.« Die Wahrheit war, dass er den Gedanken nicht ertragen hatte, so lange von Franny und dem Baby getrennt zu sein.

Er wartete, bis sie in ihrer Wohnung waren und bei einer Flasche Wein entspannten, ehe er das Thema anschnitt, das sie bis jetzt beide umgangen hatten. »Möchtest du sehen, wie sie aussieht?«, fragte er leise.

Sie nickte, sie wusste genau, dass er Ruth meinte. Er holte den neuesten Stapel Fotos aus seiner Schreibtischschublade und reichte ihn ihr. Wortlos und mit ausdrucksloser Miene betrachtete sie die Bilder. »Sie ist schön«, sage sie schließlich und gab ihm die Fotos zurück. Sie wirkte gefasst, aber er konnte die Anspannung in ihrer zierlichen Gestalt erkennen. Sie hielt sich so straff, dass sie fast bebte. »Ich freue mich für dich. Und für Franny.«

»Sie heißt Ruth.«

»Was für ein hübscher Name – sehr altmodisch.«

»Es ist der Name von Frannys Großmutter.«

»Wie geht es Franny übrigens?«

»Ein bisschen überwältigt, aber ansonsten geht es ihr gut. Sie möchte, dass wir am Samstag zum Mittagessen kommen.« Er sah Tränen in den Augen seiner Frau schimmern und streckte die Hand aus, um sie zu trösten. Er schlang die Finger um die ihren. »Es tut mir leid, Viv, ich wollte dich nicht aufregen.«

»Nein, ist schon gut.« Sie brachte ein zittriges Lächeln zustande. »Vielleicht sieht es im Augenblick nicht so aus, aber es geht mir wirklich besser. Ich weiß nicht, ob ich jemals ganz darüber hinwegkommen werde. Ich glaube nicht, dass das möglich ist. Aber ich bin bereit, mein Leben wieder aufzunehmen. Unser Leben.« Sie warf ihm einen zaghaft hoffnungsvollen Blick zu.

»Das freut mich. Eine Zeitlang war ich mir nicht sicher.« Eine unzureichende Antwort, wie er wusste, aber was erwartete sie? Die zahllosen Male, die er gebeten hatte, sie in Paris besuchen zu dürfen, hatte sie ihn abgewiesen, darauf beharrt, dass sein Besuch es ihr nur noch schwerer machen würde. Wie konnte er sich da nicht zurückgewiesen fühlen?

»Armer Jay. Du musst mich für herzlos halten.« Sie legte seine Hand an ihre Wange. Er wusste, dass ihre Reue aufrichtig war, aber er konnte nicht umhin, das perfekte Bild zu bemerken, das sie abgab, mit dem dunklen Haar, das ihr über die schmalen Schultern fiel, den vom Lampenschein betonten Wangenknochen, auf denen einzelne Tränen wie Tautropfen auf einer Rose glitzerten.

»Das tue ich nicht«, sage er. Sie war nicht herzlos, sondern nur ichbezogen.

»Du hättest mich in meinem Zustand gar nicht sehen wollen«, fuhr sie fort. »Selbst Maman und Papa konnten mich nicht ansehen, ohne den Kopf zu schütteln.«

Ich bin dein Mann!, hätte er gern gesagt. Hatte er nicht gelobt, sie in guten wie in schlechten Zeiten zu lieben? Aber es hatte keinen Zweck, sie daran zu erinnern. Außerdem hatten sie genug gelitten. Wenn es mit ihnen klappen sollte, dann musste er sich darauf konzentrieren, ihre Beziehung wieder aufzubauen, nicht das niederzureißen, was von ihrer Ehe noch übrig war.

»Nun, der Tapetenwechsel hat dir gutgetan. Du siehst großartig aus«, sagte er mit falscher Herzlichkeit, die ihn so sehr an den ungeschickten Versuch seines Vaters, ihn bei der Beerdigung aufzumuntern, erinnerte, dass er sich innerlich wand.

»Es wird nicht mehr sein wie vorher«, sagte sie. »Ich weiß jetzt, dass es möglich ist, weiter zu gehen, selbst nach einer so schrecklichen Sache.«

Aber Jay dachte nicht an das Baby, das sie verloren hatten. Vor seinem Auge sah er, wie Ruths niedlicher kleiner Mund bebte, in Erwartung an die Brust gelegt zu werden, und wie sie aussah, wenn sie aus der Badewanne kam, dick und rosig und niedlich. Und ihr Duft – wenn man einen Weg finden könnte, ihn in Flaschen zu füllen, würde niemand mehr Antidepressiva brauchen. All die Dinge, die Vivienne verwehrt geblieben waren, durfte er genießen. Wie konnte er ihr da sein Herz nicht öffnen?

Impulsiv beugte er sich vor und küsste sie auf den Mund. Die Intensität ihrer Reaktion traf ihn überraschend. Mit einem leisen Aufschrei drängte sie sich an ihn, schlang ihm die Arme fest um den Hals und öffnete die Lippen, nicht leidenschaftlich, sondern eher verzweifelt.

»Ich will es noch einmal versuchen«, flüsterte sie, als sie sich voneinander lösten. Er hatte angenommen, dass sie von ihnen beiden sprach, sodass ihre nächsten Worte ihn unvorbereitet trafen. »Ich will wieder ein Baby.«

Er lehnte sich zurück. »Bist du sicher, dass es nicht noch zu früh ist?«

Er fühlte, wie sie sich versteifte. Das war offensichtlich nicht die Reaktion, die sie erwartet hatte. »Ich weiß, dass wir Stephan nie ersetzen können«, sagte sie. »Aber das heißt ja nicht, dass wir ein anderes Kind nicht genauso lieben können.«

Wieder dachte Jay an Ruth. Hatte Vivienne es nicht verdient, diese Freude zu erleben? Auch wenn er versucht war nachzugeben, wusste er doch, dass es ein Fehler wäre. Zuerst mussten sie versuchen, ihre Ehe ins Reine zu bringen.

»Ich glaube nicht, dass wir jetzt etwas überstürzen sollten«, erklärte er.

»Es ist sechs Monate her«, erinnerte sie ihn. Ihre Stimme war lockend, aber ihre Miene sagte: Wie kannst du mir das verweigern?

»Du bist gerade erst zurückgekommen. Meinst du nicht, das kann noch ein, zwei Wochen warten?«, sagte er etwas sanfter. Jetzt war nicht die Zeit für ein so wichtiges Gespräch. Sie würden in ein paar Tagen darüber sprechen, wenn Vivienne sich von ihrer Reise ausgeruht hatte.

»Mais oui, chéri.« Sie fasste sich und sagte leichthin: »Ich meinte ja auch nicht in dieser Minute.«

Aber er kannte Vivienne zu gut. Genau das hatte sie im Sinn gehabt hatte, dass er sie hier und gleich auf den Teppich warf. Nicht dass seine Libido ihr nicht gerne zu Diensten gewesen wäre. Er hatte in den vergangenen Monaten wie ein Mönch gelebt. Aber hier ging es nicht nur darum, seinen Sextrieb zu befriedigen. War er bereit, seine ganze Zukunft auf eine Frau zu bauen, die sich aus dem Staub gemacht hatte, als er sie am meisten brauchte?

Gleichzeitig glaubte er nicht, dass es hoffnungslos war. Schön, sie hatten nicht besonders viel gemeinsam, aber traf das nicht auf viele Paare zu? Er musste nur an seine Eltern denken. Er konnte sich keine zwei Menschen vorstellen, die weniger zueinander passten, sein wortkarger Vater und seine nervöse, beim kleinsten Anlass in Tränen ausbrechende Mutter, und doch waren sie seit über vierzig Jahren glücklich verheiratet. Wer konnte also wissen, dass er und Vivienne in Zukunft nicht ebenso glücklich werden würden?

Es gab nur eins, was ihn zurückhielt, und das war nicht die Ungewissheit über das, was vor ihm lag. Es war Franny. Er konnte einfach nicht aufhören, an sie zu denken. Wie sie morgens aussah, wenn sie gerade aus dem Bett kam, das Haar eine ungebändigte Masse Locken, und wie sie ihre Tochter in den Armen hielt, wenn sie sie stillte. Sie hatten mehr als ein gemeinsames Kind, sie hatten eine gemeinsame Geschichte. Sie passten zusammen, wie die Stücke eines Quilts, der aus Stücken verschiedener Zeiten ihres Lebens zusammengesetzt war.

Aber diesen Gedanken nachzuhängen, tat ihm nicht gut. Er musste sich stattdessen darauf konzentrieren, die Teile seines Lebens wieder zusammenzusetzen. Mit der Zeit würde der Rest schon kommen. »Wir schaffen das«, sagte er zu seiner schönen, gebrochenen Frau, und strich ihr sanft über den Hals. »Es hat keine Eile.«

»Heute musst du brav sein«, erklärte Franny und betrachtete Ruths finsteres, rotes Gesichtchen.

An jedem anderen Tag wäre es ihr egal gewesen, wenn das Baby unwirsch war, aber heute kamen Jay und Vivienne zum Lunch, und sie wollte auf keinen Fall, dass Ruth den ganzen Nachmittag im Mittelpunkt der Aufmerksamkeit stand. Nach dem, was Vivienne durchgemacht hatte, brauchte sie Zeit, um sich an die veränderte Situation zu gewöhnen.

Aber Ruth hatte offenbar andere Vorstellungen. Sie war schon den ganzen Morgen quengelig gewesen und war jedes Mal in lautstarkes Gebrüll ausgebrochen, wenn Franny sie hinzulegen versucht hatte. Da Jay und Vivienne jede Minute eintreffen sollten, hätte Franny am liebsten selbst geweint. Sie war bereits so nervös, dass sie ständig zusammenfuhr, nicht nur, weil sie nicht wusste, wie Vivienne reagieren würde, sondern auch, wie sie sich in Jays Nähe fühlen würde, jetzt, da Vivienne wieder da war.

Sie versuchte, ihre Tochter zu stillen, aber Ruth war auch nicht am Trinken interessiert. »Was denn, ist das nicht gut genug für dich?«, neckte Franny ihre Tochter und kitzelte die Babyfüßchen, um sie zum Saugen zu bewegen. »Weißt du, wie viele Kerle geradezu morden würden, um jetzt an deiner Stelle zu sein?«

Ruths einzige Reaktion war erneutes Gebrüll. »Brauchst du vielleicht eine frische Windel, ja?« Franny knöpfte den Strampler auf und schaute in die Windel, doch die war trocken.

Anscheinend wollte sie nichts anderes, als im Arm gehalten zu werden. Franny marschierte im Flur auf und ab und schaukelte sie in den Armen, während sie ein Schlaflied summte, das ihre Mutter immer gesungen hatte, als sie noch klein war. Oh, wie hätte Mama dieses Baby geliebt! Franny verstand jetzt, warum sie sich so abgearbeitet hatte, um ihren Kindern ein besseres Leben zu ermöglichen, und warum sie vor Sorge um Bobby halb krank gewesen war. Franny fühlte jetzt genauso, wenn es um Ruth ging.

Zurzeit drehte sich ihr ganzes Leben um ihre Tochter. Ruth verschlang jede wache Stunde und war dafür verantwortlich, dass Schlaf ein Luxus vergangener Zeiten geworden war. Gleichzeitig hinderte sie Franny aber auch daran, sich in ihrem gegenwärtigen Dilemma aufzureiben. Keith drängte immer häufiger, einen Termin für die Hochzeit festzusetzen. Er habe nichts dagegen zu warten, sagte er. Er wollte nur anfangen können, Pläne zu schmieden.

Aber wie konnte sie an eine Hochzeit denken, wenn sie nicht weiter vorausplanen konnte als bis zum nächsten Stilltermin? Sie wusste jedoch tief in ihrem Innern, dass das nur eine Ausrede war. Der wahre Grund, warum sie den Termin hinausschob, war nicht, dass sie immer müde war oder es zu anstrengend fand, zu packen und umzuziehen. Es war Jay: Sie würde ihn zu sehr vermissen. Als sie erfahren hatte, dass Vivienne nach Hause zu kommen beabsichtigte, war es fast ein kleiner Schock gewesen – ein unwillkommener, wie sie zu ihrer Schande zugeben musste. Ihre Gedanken wanderten zurück zu dem Tag, als Jay sich um Ruth gekümmert hatte, während Franny in die Waschküche im Keller gelaufen war, um schmutzige Wäsche in die Waschmaschine zu stopfen. Als sie zurückkam, sprach er in sein Handy.

»Das war Vivienne«, sagte er, als er aufgelegt hatte. »Sie kommt Dienstag nach Hause.« Jay hatte selbst ein wenig geschockt ausgesehen.

»Großartig!«, rief Franny, etwas zu begeistert, nach dem Augenblick bleiernen Schweigens, das seiner Ankündigung gefolgt war.

»Ja.« Jay schaute abwesend in die Luft.

»Jay, was ist los?«, fragte sie sanft und berührte ihn am Arm

Er schaute sie mit einem schwachen Lächeln an. »Nichts. Es kommt nur ziemlich unerwartet, das ist alles. Ich weiß, das klingt vielleicht seltsam, wenn man bedenkt, dass ich lange Zeit die Tage gezählt habe, aber...« Er zuckte die Achseln, ohne den Satz zu beenden.

»Es ist ja auch lange her«, meinte sie. »Aber sobald du sie siehst, wird es sein, als wäre sie nie weg gewesen.« Franny tat ihr Möglichstes, auch um sich selbst zu überzeugen, dass es so das Beste war, aber ihre Worte klangen hohl.

Er hatte genickt, genauso wenig überzeugt. »Schade wegen des Abendessens.«

Da fiel ihr ein, dass sie für nächsten Dienstag einen Tisch bei Nobu reserviert hatten, sie wollten zum ersten Mal seit der Geburt abends ausgehen – eine Art verspäteter Feier. »Ach, das«, sagte sie und beeilte sich, ihre Enttäuschung zu verbergen. »Mach dir deswegen keine Gedanken. Außerdem wird Emerson bestimmt erleichtert sein, wenn sie hört, dass sie nicht babysitten muss. Sie bereut ihr Angebot wahrscheinlich schon.« Nicht, dass Emerson Ruth nicht anbetete, aber sie hatte so wenig freie Zeit.

Jay betrachtete sie mit Bedauern und etwas anderem – vielleicht ein wenig Sehnsucht? –, dann wachte Ruth aus ihrem Nickerchen auf und füllte die Lücke unausgesprochener Worte, die sich zwischen ihnen aufgetan hatte.

Jetzt, eine Woche später, wusste Franny immer noch nicht, was sie machen sollte, und versuchte, die vertrackte Situation in den Griff zu bekommen. Und so kurz vor Jays und Viviennes gemeinsamem Eintreffen wusste sie, dass ihr der schwerste Teil noch bevorstand.

Endlich nickte Ruth ein. Aber gerade als Franny sie hinlegen wollte, schrillte die Türglocke, sodass sie mit einem Ruck wieder erwachte und zu schreien begann. Als Franny die Tür öffnete, hatte sie einen schreienden Säugling auf dem Arm, und aus ihrer Brust tropfte Milch auf ihr Hemd.

»Es tut mit leid. Normalerweise schläft sie um diese Zeit.« Franny hob die Stimme, um Ruths Geschrei zu übertönen. »Macht es euch doch bequem, während ich sie schlafen lege.«

»Vielleicht, wenn ich sie nehme...« Jay trat mit ausgestreckten Armen auf sie zu, aber Franny warf ihm einen warnenden Blick zu. Die Situation war ohnehin schon seltsam genug, auch ohne dass er den stolzen Papa spielte.

Aber Vivienne behielt die Fassung. »Kann ich dir irgendwie helfen?«, fragte sie munter.

»Ich habe einen Auflauf im Ofen«, sagte Franny. »Könntest du ihn bitte herausholen, wenn die Eieruhr klingelt?«

Sie war im Kinderzimmer und versuchte, Ruth wieder in den Schlaf zu wiegen, als Vivienne in der Tür erschien. Sie blieb dort einen Moment stehen, bevor sie eintrat. In einem braunen Bleistiftrock unter einem taillierten Blazer in einem weichen Erikaton und Kalbslederstiefeln sah sie ungemein elegant aus. Das Haar hatte sie zu einem Knoten zurückgebunden, sodass die Diamantstecker in ihren Ohren zur Geltung kamen, der einzige Schmuck, den sie außer einem goldenen Armreif trug. Vivienne brauchte keinen Schmuck und kein Make-up, sie sah auch atemberaubend aus, wenn sie gerade aus der Dusche kam. Franny, in ihrer Umstandshose und der Bluse mit den Milch- und Spuckflecken, fühlte sich im Vergleich zu ihr schlampig und plump.

Vivienne sah Ruth an, gebannt, Gefühle zogen wie Wolken über ihr glattes Gesicht. Endlich beugte sie sich vor, um dem Baby einen Finger in die locker geschlossene Faust zu legen, und Ruth umklammerte ihn brav. Vivienne lächelte, ein langsam aufblühendes Lächeln, begleitet von Herzschmerz.

»Sie sieht genau aus wie Jay«, sagte sie leise.

»Möchtest du sie mal nehmen?«, fragte Franny.

Vivienne sah sie unsicher an. »Glaubst du wirklich, es ist in Ordnung?«

»Das sollte ich eher dich fragen«, erwiderte Franny mit einem Blick auf Viviennes teuer wirkenden Blazer. »Aber wenn du gegen ein bisschen Spuckerei nichts einzuwenden hast, gehört sie dir.« Sie legte das Baby in Viviennes wartende Arme. »Pass nur auf ihren Kopf auf. Sie kann ihn noch nicht halten.«

Ruth wurde augenblicklich ruhig und starrte Vivienne gebannt an, als sei sie ein völlig neues Wesen, das sie noch nie gesehen hatte. Vivienne konnte ihre Augen ebenfalls nicht von Ruth wenden. Sie untersuchte jeden Zentimeter des kleinen Wesens, zog die Decke zurück und bestaunte wortlos jeden Finger und jeden Zeh. Sie schien Frannys Anwesenheit vergessen zu haben, denn sie begann, Ruth leise eine französische Melodie vorzusingen, die genauso schwermütig war wie ihr Gesichtsausdruck.

Nebenan klingelte der Küchenwecker, und Vivienne wurde aus ihrem Traum gerissen und reichte Franny widerstrebend das Kind zurück. »Ich mach schon«, sagte sie in einer seltsam gepressten Stimme und eilte hinaus.

Es dauerte noch mindestens zehn Minuten, bis Franny ihre Tochter endlich hinlegen konnte. Als sie schließlich ins Wohnzimmer kam, sah sie auf den ersten Blick, das etwas nicht stimmte. Jay saß zusammengesunken auf dem Sofa und starrte ins Leere, und Vivienne war nirgends zu sehen.

»Sie ist im Bad«, sagte er, und aus seinem Ton ging hervor, dass es sich nicht nur um ein natürliches Bedürfnis handelte.

»Ist alles in Ordnung?«, fragte Franny besorgt.

Jay schüttelte den Kopf und stieß einen Seufzer aus. »Das hatte ich befürchtet.« Er senkte die Stimme. »Aber sie bestand darauf zu kommen. Sie sagte, je länger sie wartete, desto schlimmer würde es werden.«

»Da hat sie recht, aber das macht es auch nicht leichter.« Franny setzte sich auf die Armlehne und legte ihm eine Hand auf die Schulter.

»Ihr müsst ja nicht bleiben. Ihr könnt ein andermal wiederkommen«, sagte sie. Ihr fiel auf, wie hohlwangig Jay aussah, als ob er nicht gut geschlafen hätte.

»Das wäre doch schade, nachdem du dir so viel Mühe gemacht hast.« Er deutete auf den für drei gedeckten Tisch.

»Ein Auflauf? Ich bitte dich. Wenn ich mir die Beine hätte rasieren müssen, wäre das eine große Sache gewesen«, behauptete sie in dem Versuch, ihn aufzuheitern.

Er lächelte sie schmallippig an und stand auf. »Ich sollte mal nachschauen, wie es Vivienne geht.«

Er verschwand im Flur, und kurz darauf hörte sie leise Stimmen. Frannys Herz flog beiden entgegen: Vivienne, von der das Unmögliche verlangt wurde – weiterzuleben mit ihrem Verlust und dabei jeden Tag durch das Kind ihres Mannes daran erinnert zu werden –, und Jay, hin- und hergerissen zwischen seiner Frau und seiner Tochter. Aber es änderte nichts an der Tatsache, dass Franny dabei mittendrin steckte und in keine Richtung konnte.

Das ist meine Schuld, dachte sie. Wenn sie, wie jede normale Frau ohne Mann mit Kinderwunsch, zu einer Samenbank gegangen wäre, hätten sie jetzt kein Problem. Sie hatten versucht, Mutter Natur auszutricksen, und nun hatte man sie mit heruntergelassenen Hosen erwischt, und Mutter Natur lachte zuletzt. Andererseits, wenn sie es anders gemacht hätte, hätte sie Ruth nicht. Und wie konnte sie das wollen?

Jay tauchte wenig später mit Vivienne wieder auf. Sie hatte ihr Bestes getan, um ihr Gesicht wieder herzurichten, aber es war deutlich zu sehen, dass sie geweint hatte. »Es tut mir leid«, entschuldigte sie sich. »Ich schätze, der Jetlag steckt mir noch immer in den Knochen.«

»Möchtest du dich hinlegen?« Franny streckte die Hand aus, um ihren Arm zu berühren, aber Vivienne zuckte zurück.

»Nein, ist schon gut«, sagte sie mit seltsamer, lebloser Stimme.

»Kann ich dir etwas zu trinken holen? Vielleicht einen Tee? Oder ein Glas Wein?« Franny versuchte verzweifelt, die Situation zu retten.

»Danke, nein«, sagte Vivienne und warf Jay einen flehenden Blick zu.

Er legte den Arm um sie und sagte: »Wir gehen besser.«

Franny brachte sie zur Tür und versicherte ihnen immer wieder, dass es nichts ausmache, sie könnten den Besuch doch problemlos verschieben. Trotzdem dachte sie, eigentlich mehr tun zu müssen. Aber was? Sie konnte sich nicht entschuldigen, wenn sie nichts Falsches getan hatte. Es war auch nicht an ihr, sich in etwas einzumischen, das eindeutig eine Privatangelegenheit war. Sie konnte nur hilflos daneben stehen, während zwei Menschen, die sie mochte, litten. Dazu kam auch noch das Wissen darum, dass sie die ganze Sache unabsichtlich noch schlimmer gemacht hatte. Schließlich hatte sie zugelassen, dass die Dinge eindeutig zu weit gegangen waren, während Vivienne weg war. Als sie Familie spielten, hatten sie und Jay mit dem Feuer gespielt, und jetzt war das Feuer zu groß, um sich löschen zu lassen.

Als sie den verzweifelten Blick sah, den Jay ihr im Hinausgehen über die Schulter zuwarf, wusste sie, dass er genauso empfand.

Sobald sie draußen waren, schien sich Viviennes Stimmung zu bessern. Es war ein schöner Tag, milder als für die Jahreszeit üblich, und so schlenderten sie, anstatt direkt nach Hause zu gehen, die Bleecker Street entlang und machten an einer Bäckerei halt, um sich Törtchen zu kaufen – die einzige Schwäche seiner Frau, wenn es ums Essen ging.

»Du willst mich wohl mästen, oder?«, fragte sie und leckte sich den letzten Rest Zuckerguss von den Fingern.

»Du könntest ein bisschen Fleisch auf den Rippen vertragen«, erwiderte er.

»Es tut mir leid wegen des Essens.« Viviennes Miene bewölkte sich wieder.

»Mach dir keine Sorgen. Franny versteht das sicherlich.«

»Ich hatte nicht gedacht, dass es so schwer sein würde.«

»Ich weiß.«

»Sie sieht dir so ähnlich. Auf den Fotos konnte man das nicht so genau erkennen, aber als ich sie sah ... es war ein Schock.«

In Jay wallte väterlicher Stolz auf, als er antwortete. »Sie sieht auch Franny ähnlich.«

Vivienne ging neben ihm, ohne viel zu sagen. Erst als sie nach Hause kamen und er die Pizzastücke aufwärmte, die sie unterwegs gekauft hatten, brach sie zusammen.

»Es ist alles meine Schuld«, sagte sie und vergrub das Gesicht in den Händen.

Er setzte sich neben sie an den Küchentisch und strich ihr über den Rücken. Sie war so dünn, dass er die Schulterblätter fühlen konnte, die sich spitz durch den Blazer drückten. »Niemand hat Schuld«, sagte er beruhigend.

Sie hob den Kopf und sah ihn mit gequältem Blick an. »Nein, ich hätte hier sein sollen. Es war nicht richtig von mir, so lange weg zu bleiben.« Sie packte seine Hand und drückte sie so fest, dass ihre Fingerspitzen beinahe blau wurden.

Jays Herz machte einen Satz. Hatte sie seine neue Nähe zu Franny bemerkt? »Du hast getan, was du tun musstest«, erklärte er sanft.

»Oh, Gott«, sagte sie und begann zu weinen.

»Viv, was ist los? Was ist passiert?«

»Ich habe etwas Schreckliches getan«, stöhnte sie unter Tränen.

»Es war nicht deine Schuld«, versicherte er ihr wieder. »Du hast selbst gesagt, dass du nicht richtig bei dir warst.«

»Das ist es nicht allein.«

»Was dann?« Er sah sie verwundert an.

Sie zögerte, rang ganz offensichtlich mit sich. Endlich sagte sie: »Als ich in Paris war, habe ich jemanden kennengelernt.«

Es dämmerte ihm. »Einen Mann«, erwiderte er dumpf.

»Es hat nichts bedeutet, das schwöre ich! Ich war nicht verliebt in ihn. Es war nur ... eine Flucht. Bitte, Jay, du musst mir glauben.« Ihre Finger umklammerten seine Hand noch fester.

Er saß da, zu betäubt, um zu begreifen, was sie sagte, es war, als würden Zahnräder in seinem Kopf knirschen, ohne ineinanderzugreifen. Dann, ganz allmählich, begann er zu begreifen: Die ganze Zeit, in der er sich vor Kummer zerfressen, sich Sorgen um sie gemacht hatte, hatte Vivienne in den Armen eines anderen Mannes gelegen. Von allen Bildern, die er sich ausgemalt hatte, war dieses eine ihm nie in den Sinn gekommen. Nicht, wie er jetzt erkannte, weil er Vivienne dessen nicht für fähig hielt – immer, wenn sie ihn früher allein gelassen hatte, hatte es vage Andeutungen über andere Männer gegeben. Aber damals waren sie noch nicht verheiratet gewesen!

Er war in dem Glauben erzogen worden, dass das Ehegelübde heilig war. Außer dem einen Mal, als er Franny geküsst hatte – ein Kuss, der ihn genauso überrascht hatte wie sie –, hatte er Vivienne nie betrogen. Nicht, dass er nicht versucht gewesen wäre. All die Nächte, in denen er wach auf Frannys Sofa gelegen hatte, wissend, dass sie nebenan war, waren eine Art Foler für ihn gewesen. Nur aus Loylität seiner Frau gegenüber hatte er dem Drang widerstanden, sich zu ihr zu legen.

Als er jetzt dasaß, ohne auch nur mit der Wimper zu zucken, schien Vivienne zurückzuweichen, als ob er sie vom Rücksitz eines fahrenden Autos aus sähe. Endlich löste er seine Hand aus ihrem schraubstockartigen Griff. »Ich weiß nicht, was du jetzt von mir erwartest.« Ihm war kalt. Obwohl die Sonne die Fliesen unter seinen Füßen wärmte, fröstelte er. Sein Blick wanderte zu dem Topf mit dem Usambaraveilchen auf der Fensterbank. Jede Woche, in der Vivienne weg war, hatte er es treu gegossen. Und die ganze Zeit ...

»Sag, dass du mir vergibst!«, rief Vivienne.

Er schüttelte langsam den Kopf und richtete seinen Blick wieder auf sie. »Du willst Vergebung? Wofür, dass du mich betrogen hast ... oder dafür, dass du selbstsüchtig genug warst, zu glauben, du könntest auf meine Kosten dein Gewissen erleichtern?«

Sie kniff die Augen zusammen, wie unter Qualen ... oder wie im Gebet. »Ich mache dir keinen Vorwurf, dass du böse auf mich bist. Du hast jedes Recht dazu.«

»Ich bin nur neugierig«, sagte er, mit einem seltsamen, gefühllosen Tonfall, der nicht zu dem dumpfen Trommeldröhnen in seinem Kopf passen wollte. »Warum hast du es mir überhaupt gesagt? Wenn du es für dich behalten hättest, hätte ich es nie erfahren.«

»Aber *ich* wusste es. Ich wollte nicht, dass es zwischen uns steht.«

»Und du glaubst, jetzt ist alles gut? Bin ich denn so leicht herumzukriegen?« Aber er kannte die Antwort bereits. Immer wieder hatte er sich selbst zurückgenommen, ihr zuliebe, auf Kosten seiner eigenen Bedürfnisse. Vor allem, weil er es ihr recht machen wollte, aber auch, weil es einfacher war, als sie schmollend zu ertragen.

»Ich glaube«, sagte sie, richtete sich auf und sah ihm in

die Augen, »dass du ein guter Mann bist. Ein guter Ehemann.«

»Da hast du recht«, entgegnete er kalt. »Ich hätte *dich* nicht betrogen.«

»Bin ich denn so ein schrecklicher Mensch?«, fragte sie. Ihre Augen, die vor Tränen schimmerten, schienen ihr ganzes Gesicht auszufüllen.

Es lief immer wieder auf dasselbe hinaus, nicht wahr? Vivienne glaubte, sie müsse nichts weiter tun, als ihn auf eine gewisse Weise anzusehen, und schon schmolz er dahin. Aber diesmal würde das nicht funktionieren. Er sah jetzt deutlich, wie sie ihn manipulieren wollte, wie sie ihren Charme nutzte, um ihn – und andere Männer – um den Finger zu wickeln. Nein, sie war kein schrecklicher Mensch, dachte er, nur ein schrecklich verwöhnter. Ihr Leben lang hatte sie ihren Willen bekommen. Warum sollte das jetzt anders sein?

»Ich gehe spazieren«, sagte er und schob seinen Stuhl mit einem Knarzen zurück, das wie ein Schuss klang. Er sah, wie Vivienne zusammenzuckte.

»Jay...« Sie streckte die Hand aus, um ihn aufzuhalten, ihre Augen flehten ihn an. Um was? Zu bleiben... ihr zu vergeben... es mit einem Kind zu versuchen? Es spielte keine Rolle. Er war fertig mit ihr.

Er schüttelte ihre Hand ab. »Nein, diesmal nicht, Viv. Ich gebe nicht nach. Was uns passiert ist, war schrecklich, aber wir hätten es nicht verhindern können. Das hier ist etwas anderes. Du hast eine Wahl getroffen. Du wolltest etwas, damit du dich besser fühlst, und du hast es dir genommen. So einfach ist das!«

»Du verstehst das nicht. Ich habe so gelitten!«

Etwas zerbrach in ihm und er brüllte: »Verdammt, ich habe auch einen Sohn verloren!«

Sie schrak angesichts seiner Wut zurück. »Ich weiß. Ich habe ja nie gesagt –«

»Du warst nicht die Einzige, die gelitten hat!« Das Blut stieg ihm in den Kopf, die Adern an seinen Schläfen schwollen an. »Was ist denn mit mir? Mit meinem Schmerz. Habe ich nichts Besseres verdient, als dass du mit dem Erstbesten, der dir über den Weg läuft, ins Bett springst?«

»Es hatte nichts mit dir zu tun«, sagte sie kopfschüttelnd.

»Genau.« Er betrachtete sie geringschätzig. »Es hat nie mit mir zu tun, nicht wahr? Nicht wirklich. Du hast mich geheiratet, weil ich dich vergötterte. Aber das ist nicht dasselbe wie Liebe, oder? Also trage ich vielleicht auch Schuld. Ich hätte es wohl besser wissen müssen.«

Viviennes hübsches, tränenüberströmtes Gesicht verzog sich. »Du kannst das doch nicht ernst meinen. Du bist wütend, ich weiß, aber ...«

»Ich habe alles, was ich gesagt habe, auch so gemeint«, schnitt er ihr das Wort ab. Er ballte die Fäuste. Er hätte am liebsten auf irgendetwas eingeschlagen. »Ehrlich, Viv, hast du einmal an mich gedacht, als du mit ihm gefickt hast?«

Sie zuckte ob seiner Ausdrucksweise zusammen und hielt sich die Ohren zu. »Bitte, sprich nicht so.«

»Verdammt, ich will eine Antwort!« Er schlug mit der Faust auf den Tisch, sodass Vivienne aufsprang und die Hände fallen ließ.

»Nein, das willst du nicht. Du willst mich nur bestrafen«, schrie sie mit blitzenden Augen zurück.

So plötzlich, wie er gekommen war, ebbte sein Zorn wieder ab. Er wollte Vivienne nicht bestrafen. Er wollte, dass nichts von alldem geschehen wäre. Dass Stephan nicht gestorben und sie nicht nach Paris geflohen wäre. Er wollte, dass ihre Ehe so war, wie sie sein sollte.

Er wandte sich um, um zu gehen und verkündete: »Ich bin bei Franny, falls du mich brauchst.«

Vivienne sprang auf und folgte ihm zur Tür. »Franny. Natürlich.« Ihre Stimme klang bitter. »Wozu brauchst du mich auch, wenn du sie hast?«

Er fuhr herum. »Willst du damit andeuten ...?

Sie ließ ihn nicht ausreden. »Ja, du hast gelitten. Das weiß ich. Aber du hast noch ein Kind. Während ich ... gar nichts habe.«

Er empfand Mitleid für sie, und ein Teil von ihm hoffte, dass sie mit der Zeit die Freude finden würde, die ihm Ruth bescherte. Aber es reichte nicht aus, um ihn zum Bleiben zu bewegen. »Lebwohl«, sagte er, als er hinausging. »Warte nicht auf mich.«

Franny hatte gerade ein Gespräch mit Emerson beendet, als Jay unangekündigt bei ihr vor der Tür stand. Sie hatte nicht damit gerechnet, ihn so bald wiederzusehen, und ein Blick auf sein Gesicht sagte ihr, dass er nicht gekommen war, um einen vergessenen Regenschirm oder eine Jacke zu holen, die er versehentlich hatte liegen lassen. Wenn er auf dem Weg zu ihr überfallen worden wäre, hätte er nicht schlimmer aussehen können: Sein Gesicht war aschfahl, er hatte dunkle Ringe unter den Augen, die Haare standen ihm zu Berge. Selbst sein Mantel schien schief an seiner schlanken Gestalt zu hängen.

»Jay, was ist los? Was ist passiert?«, rief sie.

Wortlos nahm er sie in die Arme und hielt sie so fest, dass sie sein Herz gegen ihre Rippen klopfen fühlte. »Das ist eine lange Geschichte«, sagte er. »Aber zuerst muss ich mich setzen.«

Im Wohnzimmer sank er aufs Sofa, und sie holte ihm rasch ein Glas Wasser. Nachdem er sich ein wenig beruhigt hatte, sprudelte alles aus ihm heraus. Er erzählte von Viviennes tränenreichem Geständnis und davon, wie es ihn dazu gezwungen hatte, dem ins Auge zu sehen, was er in seinem Herzen schon eine ganze Weile gefühlt hatte, dass es nämlich zwischen ihnen aus war. »Ich wollte es mir nur nicht eingestehen«, sagte er. »Ich glaube, Viv hat genauso empfunden. Warum hätte sie mich sonst betrogen?«

»Oh, Jay. Wie schrecklich für dich«. Frannys Herz flog ihm entgegen. Sie griff nach seiner Hand. »Nach allem, was du durchgemacht hast. Und jetzt auch noch das.«

»Ich gebe zu, ich war völlig von der Rolle. Aber ich schätze, ich hätte damit rechnen müssen.« Er klang eher resigniert als wütend.

»An deiner Stelle würde ich wohl am liebsten stundenlang gegen eine Wand boxen.«

»Das hätte ich auch beinahe getan.« Er lächelte schief. »Aber auf meinem Weg hierher ist etwas Komisches passiert.« Er blickte Franny auf eine Art und Weise an, die ihr eine Gänsehaut auf den Armen verursachte. »Ich habe erkannt, dass es vielleicht sogar ein Segen war. Endlich konnte ich zugeben, wie unglücklich ich gewesen bin.«

»Aber ich dachte immer...« Sie brach stirnrunzelnd ab. Es ließ sich nicht bestreiten, dass es in letzter Zeit ein paar deutlich sichtbare Risse in seiner Ehe gegeben hatte, nicht zuletzt durch die zwischen ihnen wachsende Zuneigung.

»Ich auch«, sagte er. »Erst nach dem Baby habe ich angefangen zu überlegen, ob der Grund dafür, dass unsere Beziehung auseinanderbrach, darin liegen konnte, dass sie durch nichts zusammengehalten wurde.«

»Aber du hast sie einmal geliebt.«

»Ja«, gab er zu.

»Was ist mit Vivienne, liebt sie dich?«

»Auf ihre Weise wohl schon. Aber um die Wahrheit zu sagen, ich bin mir nicht ganz sicher, warum sie mich geheiratet hat.«

»Ich weiß es aber«, verkündete sie. »Du bist liebevoll und rücksichtsvoll, außerdem klug, witzig und gut aussehend.« Kurz gesagt, du vereinigst alle Eigenschaften, die eine Frau sich von einem Ehemann wünschen kann.

Er lächelte. »Du hast sexy vergessen.«

»Dazu kann ich nichts sagen.« Ihre Wangen wurden heiß, da sie sich in diesem Moment an ihren Kuss erinnerte.

»Vielleicht ist es an der Zeit, dass du es herausfindest.«

Franny spürte, wie die Hitze sich in ihr ausbreitete. Etwas geschah hier. Etwas, das sie insgeheim hoffte, von dem sie aber nicht wusste, wie sie damit umgehen sollte.

»Nun mal ernsthaft«, sagte sie mit einem Lachen. »Du hast immer auf die langbeinigen Blondinen gestanden. Emerson ist eher dein Typ als ich.«

»Ich meine es vollkommen ernst.« Sein offener Blick ließ keinen Zweifel.

»Du bist nicht ganz bei dir«, beharrte sie trotzdem, in wachsender Panik. »Du hast gerade herausgefunden, dass deine Frau dich betrogen hat. Außerdem haben wir ein Kind zusammen. Selbst wenn es nicht auf die althergebrachte Art und Weise zustande gekommen ist, reicht das wohl aus, um jedem den Kopf zu verwirren.«

»Wenn ich eben auch verwirrt war, jetzt bin ich vollkommen klar.« Er sprach ruhig und hielt ihren Blick fest. »*Du* bist meine Familie. Du und Ruth.«

Franny lehnte sich zurück, sie wusste nicht recht, was sie mit dieser Aussage anfangen sollte. »Bist du sicher, dass du das nicht nur wegen deinem Streit mit Viv sagst?«

»Da solltest du mich besser kennen.«

Frannys Herz klopfte so laut, dass sie meinte es von den

Wänden widerzuhallen hören zu können. Fragen, für die sie keine Antwort hatte, wirbelten durch ihren Kopf. Wenn ihre Beziehung im Sande verlaufen würde, konnten sie dann jemals wieder Freunde sein? Und was war mit Keith? »Ich kenne dich, aber ich kenne mich nicht«, sagte sie. »Falls du es noch nicht bemerkt haben solltest, ich bin selbst ziemlich durcheinander.« Mutter zu sein hatte ihre Hormone gründlich auf den Kopf gestellt. Wie konnte sie ihren Gefühlen trauen, wenn sie nicht mal einen Werbespot für Babynahrung sehen konnte, ohne nach der Kleenex-Schachtel zu greifen?

»Du siehst aber nicht durcheinander aus«, sagte er, als ob er ihre fleckige Bluse und den Bauch, der über ihre noch zu enge Jeans quoll, nicht gesehen hätte. »Genau genommen, warst du nie schöner.«

»Ich wette, das sagst du zu allen Mädchen.«

Er warf ihr ein schiefes Grinsen zu. »Nur zu denen, die ich flachgelegt habe.«

Sie schnaubte. »Wirklich charmant.«

Franny sprang auf die Füße, ehe es noch weitergehen konnte, trug die Gläser in die Küche und wusch sie geschäftig ab. Zum ersten Mal tat es ihr leid, dass Ruth schlief. Sie hätte die Ablenkung gebrauchen können. Oh, Gott, warum raste ihr Herz so? Musste das sein?

Aber ihr Herz wusste, dass es nicht nur ein alberner Reflex war. Er hatte offenbar darüber nachgedacht. So wie sie. Warum war sie also so nervös?

Sie merkte nicht, dass er sich von hinten anschlich, ehe sie ihn neckend sagen hörte. »Du kannst zwar weglaufen, aber du kannst dich nicht verstecken.«

Das Glas entglitt ihren seifigen Händen und fiel klirrend ins Spülbecken. Langsam drehte sie sich um, ihre Wangen brannten. »Jay, das ist verrückt, das weißt du, oder?«

Er zog eine Braue hoch. »Verrückt, weil du glaubst, ich spinne ... oder weil du genauso fühlst?«

»Sowohl als auch«, antwortete sie.

Er trat zu ihr und legte die Arme um sie. »Franny«, murmelte er. Nichts weiter, nur ihren Namen.

Noch als sie ihn umschlang, schüttelte sie den Kopf. »Das können wir nicht machen. Wir können nicht so tun, als wären wir eine Familie, wenn wir es nicht sind.«

»Wer tut denn nur so?« Er sah ihr fest in die Augen, und falls sie selbst noch Zweifel hegte, in seinem klaren Blick waren keine zu erkennen. »Ich frage mich nur, warum wir so lange dafür gebraucht haben.«

»Vielleicht haben wir den Wald vor lauter Bäumen nicht gesehen«, sagte sie leicht krächzend.

»Oder wir waren zu blind, um den Unterschied zu erkennen.«

»Und wo führt das hin?«

»Jetzt kommt die Stelle, an der ich dich küsse.«

Er beugte sich vor, und seine Lippen schlossen sich über ihren, nicht tastend, wie beim ersten Mal, sondern voller Überzeugung. Sie öffnete die Lippen und ließ zu, dass seine Zungenspitze mit ihrer spielte. Es hätte sich seltsam anfühlen müssen, aber es fühlte sich wie das Natürlichste auf der Welt und gleichzeitig sehr erregend an. Sie spürte kaum, dass die Kante der Arbeitsplatte sich in ihren Rücken bohrte und die Seifenbläschen auf ihren Händen beim Trocknen leise zischten. Aus der Nachbarwohnung klang leise Musik herüber, Musik, die der Soundtrack zu dem eigenartigen Film hätte sein können, in dem sie zu ihrer Verblüffung gerade mitspielte.

Jay flüsterte ihr ins Ohr. »Gehen Sie direkt ins Schlafzimmer. Gehen Sie nicht über Los, ziehen Sie nicht viertausend Mark ein.«

»Was denn, ich komme nicht ins Hotel auf der Schlossallee?«, fragte sie mit einem unsicheren Auflachen.

Im Schlafzimmer, wo Ruth fest in ihrer Wiege schlief, wollte sich Franny mit dem Rücken zu Jay ausziehen, damit er sie nicht nackt sah und es sich anders überlegen konnte, ehe sie unter die Decke schlüpfte. Aber Jay hatte anderes im Sinn. Als sie nach hinten griff, um ihren BH aufzuhaken, legte er ihr die Hände auf die Schultern und drehte sie zu sich herum.

»Lass mich dich anschauen«, sagte er.

»Sie sind gewaltig, ich weiß«, sagte sie verlegen, als seine Augen zu ihren Brüsten wanderten. »Es braucht ein Weilchen, bis man sich daran gewöhnt hat.«

»Oh, ich weiß nicht. Ich glaube, ich kann damit fertig werden.«

Er lächelte, und küsste erst die eine, dann die andere.

Da begriff sie, dass sie nichts zu verbergen hatte ... oder zu fürchten. Sie waren immer noch Jay und Franny, dieselben zwei Menschen, die sie immer gewesen waren. Der einzige Unterschied bestand darin, dass ihr Verstand jetzt wusste, was ihre Herzen schon die ganze Zeit über gewusst hatten.

Sie liebten sich auf dem Bett, die Sonne schien durch die Vorhänge, und Jay erstaunte sie immer wieder, doch nicht mehr als ihr eigener Körper, der in dieser Hinsicht seit der Geburt mehr oder weniger schlafend dahingedämmert hatte und jetzt stürmisch zu neuem Leben erwachte. Mit jeder neuen Stelle, die er mit Händen und Mund erkundete, rang sie nach Atem und verlangte mehr. Aber während sie das Liebesspiel sonst immer wie alles andere im Leben mit Volldampf angegangen war, ließ sie sich jetzt Zeit, um jedes Gefühl auszukosten.

Oh Gott, die Vorstellung, dass all die Jahre dieser unglaubliche Liebhaber in dem Mann gesteckt hatte, der für sie ihr bester Freund gewesen war, war unglaublich. War es dieser Jay, der die weiche Stelle zwischen ihren Brüsten leckte und mit den Daumen sanft über ihre Brustwarzen strich, sodass sie vor Lust erschauerte? Der sie da küsste ... und dort ... und, gütiger Himmel, dort? Mit geschlossenen Augen und in der sie wärmenden und schläfrig machenden Nachmittagssonne konnte man fast glauben, einen erotischen Traum zu haben.

Sie erforschte jeden Zentimeter von ihm, vom Leberfleck hinter seinem linken Ohr bis zum schmalen Streifen goldblonder Haare auf seinem Bauch, küsste und leckte, bis er stöhnte: »Wenn du nicht aufhörst, komme ich gleich.«

»Das ist Sinn der Übung«, klärte sie ihn neckend auf und stützte sich auf die Ellbogen, um an seinem Ohrläppchen zu knabbern.

»Nein, du zuerst.« Er drehte sie auf den Rücken und schwang sich rittlings über sie.

Dieses Mal konnte und wollte sie sich nicht zurückhalten. Als er in sie eindrang, bog sie den Rücken durch, um ihn in sich aufzunehmen, und schlang die Beine um ihn. Wenig später kamen sie zusammen, Franny mit einem ungezügelten Schrei, als sie durch den weiten, mit Sternen übersäten Raum hinter ihren geschlossenen Augenlidern raste.

»Wow«, keuchte sie, als sie endlich wieder zu Atem kam. »Zu glauben, dass ich mich beinahe mit einer Bratenspritze zufriedengegeben hätte, obwohl ich das hätte haben können.«

Er grinste. »Du kannst nicht behaupten, wir hätten die verlorene Zeit nicht wettgemacht.«

»Du bereust es doch nicht, oder?«, fragte sie etwas später, als sie sich unter der Decke aneinander kuschelten.

»Wegen Viv? Nein.« Er drehte sich zu ihr. »Und was ist mit dir?«

Sie wusste, dass er Keith meinte. Sie seufzte. »Nein, ich bereue es auch kein bisschen. Es ist nur, dass ich den Gedanken hasse, jemandem weh zu tun, der immer nur gut zu mir war.«

Sie hatte nicht an Keith gedacht, als sie sich liebten, aber jetzt überfiel sie die unangenehme Erkenntnis: Sie musste ihre Verlobung lösen. Wie könnte sie ihn jetzt noch heiraten? Es wäre ihnen beiden gegenüber nicht fair. Sie grübelte noch darüber nach, als Ruth mit einem Schrei aufwachte.

»Ich hole sie«, sagte Jay und stieg aus dem Bett. Wenige Minuten später war er mit einer frisch gewickelten Ruth zurück.

Er hatte sie ihr kaum in die Arme gelegt, als ihrer Tochter sich schon hungrig an der Brustwarze festsaugte. Was immer ihr am Vormittag nicht behagt hatte, jetzt war sie wie ausgewechselt und trank zufrieden. Ihre winzigen Fäustchen kneteten Frannys Brust, während sie zu ihr aufsah wie ein betrunkener Seemann auf Landurlaub.

»Da haben wir mal ein Mädchen, das weiß, was es will«, sagte Jay. Sein lächelnder Blick begegnete Frannys über dem flaumigen Kopf des Babys. »Noch etwas, das sie von ihrer Mom geerbt hat.«

Sie sah die Frage in seinen Augen und wusste, dass er die Bestätigung brauchte, dass es auch das war, was sie wollte. Aber sie konnte ihm das Versprechen noch nicht geben. Nicht, bevor sie mit Keith alles geklärt hatte. Und das musste sie persönlich tun. So viel schuldete sie ihm.

»Hoffen wir, dass sie nicht mit dem Appetit auch meine große Klappe geerbt hat«, sagte Franny lachend und schob die Gedanken an die Zukunft erst einmal auf. »Da wir von essen sprechen, ich weiß nicht, wie es dir geht, aber ich sterbe gleich vor Hunger. Was mich daran erinnert, dass ich immer noch diesen Auflauf im Ofen habe ...«

Kapitel 18

Nachdem sie die Dinosaurierskelette in der großen Halle des Naturgeschichtlichen Museums bestaunt hatten, wanderten sie in den Kultursaal. Diese Abteilung hatte sich nicht sehr verändert, seit Emersons Kindermädchen sie an Regentagen hierhergeschleppt hatte, als sie etwa in Ainsleys Alter war: dieselben düsteren Flure, die durch den gespenstischen Schein der Dioramen verschiedener primitiver Völker beleuchtet wurden. Sie blieben vor einem aufgerichteten Eisbären stehen, der die Zähne bleckte, als ob er den lebensgroßen Wachseskimo angreifen wollte, der mit einer Harpune auf ihn zielte. Der Bär, mit stumpfen Glasaugen und verfilztem Fell, sah aus, als ob es ihm egal wäre, ob er fressen oder gefressen würde. Ainsley schien ebenfalls gelangweilt. Sie wurde erst munterer, als sie die Ausstellung über afrikanische Völker erreichten.

»Sieh mal, Mommy, A-F-R-I-K-A«, buchstabierte sie laut. »Da kommt Reggie her.«

Allein bei der Erwähnung seines Namens fühlte Emerson ein vertrautes Ziehen im Bauch. Sie hatte ihn seit Monaten nicht mehr gesehen, aber das hinderte sie nicht daran, Tag und Nacht an ihn zu denken. An seine schlanken, langfingrigen Hände und wie die sich auf ihrer Haut angefühlt hatten, an seine tiefe, musikalische Stimme in ihrem Ohr, während sie einander im Bett liebkosten. Sie ging ihre Gespräche im Geiste wieder und wieder durch, bewunderte erneut seine Einsichtsfähigkeit und seine Kenntnisse in so vielen verschiedenen

Bereichen. Jetzt wurde sie daran erinnert, wie sehr er sich bemüht hatte, nett zu ihrem kleinen Mädchen zu sein.

»Warum gehen wir nicht nach oben und schauen uns noch mehr Dinosaurierknochen an?«, schlug sie vor, als Ainsley keine Anstalten machte, weiterzugehen.

»Ich will Afrika sehen«, beharrte ihre Tochter.

»Ich weiß nicht, wie es dir geht, aber ich habe genug gesehen«, entgegnete Emerson. Sie wollte nicht noch stärker daran erinnert werden, dass Reggie jeden Tag in sein Heimatland zurückkehren musste.

»Aber du hast es versprochen.« Ainsley sah sie finster an.

Emerson seufzte. Es war schon ein Kampf gewesen, Ainsley an diesem Morgen dazu zu bewegen sich halbwegs vernünftig anzuziehen. Sie hatte unbedingt dieses unmögliche glitzernde rosa Kitty-Sweatshirt, das absolut verwaschen und aus dem sie längst herausgewachsen war, tragen wollen. Nach dieser entnervenden Diskussion wollte Emerson keinen weiteren Streit. Seit dem Gespräch mit Mrs. Ballard hatte sich Emerson viel Mühe gegeben, mehr Zeit mit ihrer Tochter zu verbringen. Das und die Therapeutin, zu der Ainsley ging, schien zu helfen. Sie hatten allerdings noch nicht herausgefunden, was genau Ainsley verstörte – wenn es überhaupt etwas gab. Aber Ainsley war in den letzten Tagen tatsächlich bedrückt gewesen. Gerade heute schien ihr alles, was Emerson vorschlug, nicht zu passen.

»Na schön«, sagte sie, »aber wenn wir uns die ganze Ausstellung ansehen, dann kommen wir zu spät ins Planetarium.« Sie hatten Karten für die Vorführung im gegenüberliegenden Rose Center um zwanzig nach zwei.

Trotzdem ging Ainsley nur langsam und betrachtete jedes Diorama ganz genau. Besonders eins fesselte sie. Es zeigte eine Art Stammesritual, bei dem die Menschen Kopfschmuck aus

Federn und geschnitzte hölzerne Masken trugen. Würde Reggie solche komischen Sachen tragen, wenn er nach Hause fuhr?, wollte sie wissen. Würde er auch barfuß um ein Feuer tanzen?

Emerson lächelte und erklärte ihr, dass nicht in allen Teilen Afrikas alte Rituale gepflegt würden. Reggie stammte aus einem Dorf, in dem die Menschen wahrscheinlich eher Sachen tragen würden, wie man sie auch auf den Straßen New Yorks sehen konnte.

»Warst du jemals dort?«, fragte Ainsley.

»Nein, aber er hat mir erzählt, wie es dort ist.«

»Ich wünschte, er müsste nicht zurück. Ich wünschte, er könnte bei uns bleiben.« Ainsley stieß den tiefen, ehrlichen Seufzer eines Kindes aus, das keinen Grund sah, seine Traurigkeit zu verbergen.

»Ich auch«, erwiderte Emerson leise. Sie sah ihr geisterhaftes Spiegelbild in dem dicken Glas des Dioramas und fragte sich, was er gerade tat, ob er an sie dachte.

Anfang der Woche hatte sie die Nachricht bekommen, dass sein Antrag abgelehnt worden war, was hieß, dass ihm keine Möglichkeit mehr blieb. Bald würde er abreisen, und sie musste der Tatsache ins Gesicht sehen, dass sie ihn vielleicht nie wiedersah. Bei dem Gedanken stiegen ihr Tränen in die Augen. Wenn sie nur die Gelegenheit gehabt hätte, sich zu verabschieden! Sie hätte ihm sagen können, wie viel er ihr bedeutete, wie er sie zurück ins Leben geholt hatte, als sie innerlich so tot war wie die Wachsfiguren hinter dem Glas. Sie hätte ihn noch einmal in den Armen halten und küssen können...

»Mami, weinst du?«

Emerson berührte ihre Wange und merkte, dass sie nass war. Sie wollte sich gerade eine Ausrede einfallen lassen, dass sie etwas im Auge hatte, aber der ängstliche Gesichtsausdruck ihrer Tochter, die sie anstarrte, erinnerte sie so sehr an sich selbst in dem Alter, dass sie beschloss, aufrichtig zu sein. »Es geht mir gut, Süße... ich bin nur ein wenig traurig wegen Reggie«, sagte sie und lächelte.

»Es ist schon okay, Mami.« Ainsley schlang die Arme um Emerson und vergrub ihr Gesicht in den Falten ihres Rockes. »Großmama hat das gesagt. Sie hat gesagt, eines Tages wirst du einsehen, dass sie das Richtige getan hat.«

Emerson wurde starr, in ihrem Kopf ging eine rote Warnleuchte an. »Was genau hat Großmama gesagt?«

Ainsley wich mit besorgter Miene zurück. »Das darf ich nicht sagen.«

»Mir kannst du es sagen. Ich bin deine Mama.«

»Aber...«

Emerson kniete sich hin, um auf Augenhöhe mit ihrer Tochter zu sein. Ainsley wirkte gleichzeitig verängstigt und trotzig, als ob sie bei einem üblen Streich erwischt worden wäre. »Liebes, was immer es ist, Großmama hätte nicht verlangen dürfen, dass du es für dich behältst. Das war nicht recht von ihr.«

»Bist du böse auf Großmama?« Ainsleys Unterlippe zitterte.

»Nein, ich bin nicht böse.« Aber ich habe das Gefühl, dass ich es bald sein werde, setzte sie in Gedanken hinzu. »Ich möchte nur wissen, was sie gesagt hat.«

Mit einer piepsigen Mausstimme sagte Ainsley: »Ich habe gehört, wie sie mit Tante Florence telefonierte.« Marjories Schwester in Boca Raton. »Großmama sagte ihr, sie hätte einen Brief abgeschickt, in dem einige Dinge über Reggie standen.« Ihre Augen füllten sich mit Tränen. »Stimmt das, Mami? Hat Reggie etwas Böses getan?«

Die rote Lampe in Emersons Kopf blinkte jetzt in rasendem Tempo. »Nein, Liebes, das hat er nicht.«

»Warum hat Großmama es dann gesagt?«

Emerson schloss für eine Sekunde die Augen und betete um die Kraft, die Beherrschung nicht zu verlieren. »Ich glaube, weil sie es nicht mochte, dass Reggie und ich Freunde waren.« Sie schaffte es nur mühsam, einen neutralen Ton zu finden.

»Er ist auch mein Freund«, erklärte Ainsley nachdrücklich.

»Ich weiß, Liebes, aber mit uns war es etwas Besonderes. Wie mit Mami und Daddy, als wir noch verheiratet waren.« Genug der Täuschungen. Nur ihre Heimlichtuerei hatte Marjorie die Chance gegeben, die Dinge in die Hand zu nehmen. Es wurde Zeit, die Wahrheit zu sagen.

»War er deshalb in deinem Bett?«

Vor Verblüffung geriet die immer noch hockende Emerson ins Schwanken. Also hatte Ainsley sie doch gesehen. Sie musste an dem Tag, als sie früher als geplant von der Geburtstagsfeier nach Hause gekommen war, einen Blick durch die Tür geworfen haben, als Emerson aus dem Schlafzimmer geschlüpft war. Aber wichtiger war, dass es für sie in Ordnung zu sein schien. Sie vergötterte Reggie, also war es nur natürlich, dass ihre Mutter es auch tat. Wenn Emerson nicht so erregt gewesen wäre, hätte sie über die Ironie lächeln können, dass ihre siebenjährige Tochter klüger war als sie.

»Ja, Mäuschen.«

»Weiß Daddy davon?«

»Wir haben darüber gesprochen. Ehrlich gesagt, ich glaube, er würde Reggie mögen.« Sie lächelte dünn.

Ainsley runzelte die Stirn. »Ich dachte, Großmama würde ihn auch mögen.«

»Das tut sie auch bestimmt. Es gefiel ihr nur nicht, dass ich mich mit ihm traf.«

»Musste er deshalb weggehen?«

Emerson nickte, sie fürchtete einen Augenblick, ihr könnte die Stimme versagen. »So etwas in der Art.«

Ainsley betrachtete sie verwirrt. Für sie gab es nur richtig oder falsch, ohne Grautöne dazwischen. Sie verstand die komplexen Strategien nicht, mit denen Erwachsene durch die Welt navigierten. Eines Tages würde sie sie verstehen, und wenn dieser Tag kam, würde Emerson über den Verlust ihrer Unschuld trauern.

Aber im Augenblick hatte sie größere Sorgen. Zum Beispiel Marjorie. Es war höchste Zeit, dass Emerson sie zur Rede stellte, und zur Hölle mit den Folgen.

Irgendwie stand sie den Rest des Nachmittages durch. Im Rose Center sagte sie pflichtschuldig oh und ah, als die künstlichen Himmelswelten zu Ainsleys Freude ausgebreitet wurden. Anschließend verwöhnte sie ihre Tochter mit einem Besuch im Lowell Hotel, wo sie an winzigen Sandwiches und Eclairs knabberten. Die ganze Zeit über köchelte Emerson leise vor sich in, während sie in Gedanken probte, was sie ihrer Mutter sagen wollte.

Im Taxi auf dem Heimweg rief sie Briggs an und fragte, ob Ainsley über Nacht bei ihm bleiben konnte. Es hätte sich etwas ergeben, erklärte sie. Zu ihrer Erleichterung verlangte er keine detailliertere Erklärung,

Nachdem sie Ainsley bei ihm abgesetzt hatte, konnte Emerson zumindest die Wut rauslassen, die den ganzen Tag in ihr gebrodelt hatte, wie eine Blase, die kurz vor dem Platzen stand. Als sie durch die Glastür in die Eingangshalle zum Haus ihrer Mutter trat, warf Nacario ihr nur einen Blick zu, bekreuzigte sich und murmelte: »Madre de Dios, da bekommt jemand Ärger.«

»Ich glaube, du weißt auch wer«, sagte sie mit leiser, gepresster Stimme.

Er sah sie warnend an. »Vergessen Sie nicht, sie ist Ihre Mutter.«

»Nicht mehr«, widersprach sie. »Ich lege offiziell das Amt als ihre Tochter nieder.«

»Sei bloß vorsichtig, chiquita«, rief er ihr nach, als sie an ihm vorbei zum Fahrstuhl marschierte.

Reggies Ersatz, eine ältere Frau namens Sonia, begrüßte sie an der Tür, kaum dass sie sie mit ihrem Schlüssel geöffnet hatte – Nacario musste angerufen haben, um sie vorzuwarnen. »Ihre Mutter schläft«, informierte sie Emerson in gedämpftem Ton.

»Gut.« Emerson trat an ihr vorbei. Sie sollte auch ausgeruht sein für das, was ich ihr zu sagen habe, dachte sie wütend. »Leider kann ich darauf jetzt keine Rücksicht nehmen.«

»Sie hatte einen harten Tag...«, protestierte die Schwester schwach und beeilte sich, mit ihr Schritt zu halten.

Und er wird noch viel härter werden, prognostizierte Emerson innerlich.

Ihre Mutter musste vom Klang ihrer Stimmen aufgewacht sein, denn sie saß aufrecht im Bett und puderte sich die Nase, als Emerson eintrat. »Liebling! Was für eine nette Überraschung. Ich habe erst morgen mit dir gerechnet.« Sie wandte den Blick von der Puderdose, und ihr Lächeln verblasste, als sie Emersons Miene sah. »Was ist los?«

»Ich glaube, das weißt du genau.« Emersons Stimme klang kalt.

»Wirklich, Liebes, ich kann doch keine Gedanken lesen. Du musst dich schon ein bisschen deutlicher ausdrücken.« Marjories Unschuldsmiene konnte Emerson nicht täuschen. Sie hatte ganz genau gesehen, wie der Blick ihrer Mutter kurz zur

Tür gehuscht war, um sich zu vergewissern, dass sie geschlossen war. Auf keinen Fall durften die Dienstboten etwas mitbekommen.

»Ich habe heute etwas Interessantes herausgefunden.« Emerson trat näher ans Bett, die Hände zu Fäusten geballt. Ihr ganzer Körper zitterte vor aufgestauter Wut. »Ich hätte es vermuten müssen, aber ich dachte, nicht einmal du wärst fähig, so tief zu sinken.«

»Kind, worüber um alles in der Welt sprichst du eigentlich?«

»Du bist der Grund, warum Reggie abgeschoben wird, nicht? Du hast diese Lügen über ihn verbreitet.«

Marjorie wurde eine Schattierung blasser, aber ansonsten spielte sie weiter die personifizierte Unschuld. »Ehrlich, ich habe keine Ahnung, worüber du redest. Wer dir das erzählt hat, muss etwas durcheinander gewesen sein.«

Emerson lachte rau. »Da ist noch etwas. Wie kannst du es wagen, von meiner Tochter zu verlangen, dass sie dein schmutziges kleines Geheimnis für sich behält? Um Himmels willen, Mutter, sie ist sieben. Du solltest dich schämen.«

»Du hast es gerade nötig.« Marjorie ließ die Maske fallen und zog verächtlich eine nachgezogene Braue hoch.

»Was meinst du damit?«

»Diese ganze Heimlichtuerei hinter meinem Rücken. Glaubst du, ich hätte das nicht gemerkt?«

»Was ging es dich an?«

»Ich meine doch, du hättest zumindest den Anstand haben sollen ...«

»Anstand?«, schnitt Emerson ihr das Wort ab. »Sprich du mir nicht von Anstand! Du weißt doch gar nicht, was das bedeutet.«

»Es besteht kein Grund, laut zu werden. Ich liege vielleicht im Sterben, aber mit meinen Ohren ist alles in Ordnung.«

Emerson wäre früher auf diesen Trick vielleicht hereingefallen – Marjorie als sterbender Schwan –, aber jetzt nicht mehr. Die Zeiten, in denen sie ihre Mutter mit Samthandschuhen angefasst hatte, waren endgültig vorbei. »Mein Gott, ich kann nicht glauben, was für eine Idiotin ich war! Die ganze Zeit, in der ich dich nach Strich und Faden bedient habe, hast du mir ein Messer in den Rücken gestoßen. Kein Wunder, dass du keine Freunde mehr hast.«

Marjorie brach keuchend in ihrem Kissenberg zusammen. »Wie kannst du nur so etwas sagen.« Emerson konnte sehen, dass sie ernsthaft gekränkt war.

Aber sie war zu wütend, als dass es sie gekümmert hätte. »Nicht, dass sie je wahre Freunde gewesen wären. Hast du dich nie gefragt, warum keiner von ihnen dich mehr besuchen kommt? Ist dir nie der Gedanke gekommen, dass sie nur an deinem gesellschaftlichen Rang interessiert waren?«

Zwei rote Flecken erschienen auf Marjories Wangen, über denen sich die Haut so straff spannte, dass sie fast durchsichtig, wie altersbrüchiges Porzellan, erschien. Doch sie hatte noch genug vom Rückgrat der Krofts, um Emerson herablassend anzusehen und in bestem Upper-East-Side-Ton zu erklären: »Zumindest laufe ich nicht mit dem Dienstpersonal herum.«

»Schade. Das hätte dir vielleicht gutgetan«, sagte Emerson. »Dein ganzes Leben hast du in dieser Seifenblase gelebt.« Sie deutete auf den einst herrschaftlichen Raum, der in den Pastelltönen eines Fabergé-Eis gestrichen war, jetzt aber hauptsächlich mit abgestoßenen Vergoldungen und ausgefranstem Samt glänzte. »Du bist so was von borniert, du glaubst, das Einzige, was zählt, ist die Herkunft. Aber da irrst du dich, Mutter. Und weißt du noch etwas? Ich glaube, du bist eifersüchtig. Du konntest es nicht ertragen, dass ich endlich jemanden gefunden hatte, der mich glücklich machte. Es erinnerte dich an alles, was dir entgangen ist. Deswegen hast du diesen Brief geschrieben, stimmt's?«

»Ich habe einzig und allein versucht zu verhindern, dass du dich zum Narren machst!«, zischte Marjorie. Ihre Augen glitzerten in der bleichen Totenmaske ihres Gesichtes. »Hast du eine Ahnung, in welchem Maß du deinen Ruf ruiniert hättest, wenn herausgekommen wäre, dass du ...« Sie stockte.

»Dass ich mit einem Schwarzen schlafe?«, beendete Emerson den Satz für sie.

Ihre Mutter verengte die Augen zu schmalen Schlitzen. »Wie ich sehe, hat es schon auf dich abgefärbt.«

»Vielleicht bin ich es auch einfach nur leid so zu tun, als wäre ich jemand, der ich nicht bin. Und ich bin die Lügen leid. Die Wahrheit ist, dass du eine widerwärtige, selbstsüchtige alte Frau bist. Wenn ich nicht an meinen Ruf denken müsste«, spie sie, »dann würde ich dich ohne einen Cent dastehen lassen.«

»Willst du mir etwa drohen?« Trotz ihres verächtlichen Tons sah Marjorie ängstlich aus.

Emerson ließ ihre Mutter noch einen Moment schwitzen, ehe sie in einer unpersönlichen, geschäftsmäßigen Stimme antwortete: »Du kannst dich entspannen, Mutter, ich zahle die Rechnungen auch weiterhin.« Falls sie Marjorie mittellos ließ, würde ihr das nur eine Entschuldigung dafür liefern, die große Märtyrerin zu spielen. »Aber von nun an wirst du mich nicht mehr sehen. Und das gilt auch für Ainsley.«

»Das würdest du tun? Mir meine einzige Enkelin wegnehmen? Du weißt, dass ich nicht mehr viel Zeit habe ...« Marjories Stimme bebte.

»Nach dem, was du Ainsley angetan hast, verdienst du nicht, sie zu sehen«, sagte Emerson, wieder völlig empört. Ist das der Grund, weshalb Ainsley einen Therapeuten braucht?, überlegte sie. Weil sie nicht damit zurechtgekommen ist, dieses Geheimnis und die damit verbundene furchtbare Lüge für sich zu behalten. »Aber mach dir keine Sorgen, wir kommen zu deiner Beerdigung. Deine Freunde werden nicht das Geringste merken.«

Im Hinausgehen warf sie einen Blick auf ihre Armbanduhr. Wenn sie Reggie jetzt anrief, konnte sie ihn noch erreichen, bevor er für den Abend ausging. Und vielleicht, nur vielleicht, war es noch nicht zu spät für sie. Plötzlich wusste sie, was sie tun musste. Es war, als ob sie verloren in der Wüste umhergeirrt wäre, und die flammende Wut, von der sie sich gerade befreit hatte, ihr die richtige Richtung gebrannt hätte.

»Wo gehst du hin?«, rief Marjorie ihr kläglich hinterher.

»Ich werde etwas tun, was ich längst hätte tun sollen.« Emerson hielt gerade lange genug inne, um ihrer Mutter einen letzten Blick zuzuwerfen, ehe sie leise, aber entschlossen die Tür hinter sich zuzog.

Auf dem Heimweg versuchte sie Reggie auf seinem Handy zu erreichen, aber er nahm nicht ab, deshalb rief sie bei seiner Tante und seinem Onkel an. Als der Onkel ihr sagte, dass Reggie in eben diesem Moment auf dem Weg zum Flughafen war, traf sie der Schock wie ein Schlag. Oh, Gott, warum hatte sie nur so lange gewartet? Jetzt hatte sie nicht einmal die Gelegenheit, sich von ihm zu verabschieden.

Trotzdem, sie wusste, dass sie nicht mehr in den Spiegel schauen können würde, wenn sie nicht zumindest versuchte, wie gering die Chance auch sein mochte, ihn noch rechtzeitig zu erreichen. Sie bekam von Reggies Onkel die Flugdaten, und als sie aufgelegt hatte, wies sie den Taxifahrer an, sie so schnell wie möglich zum JFK-Flughafen zu bringen. Reggies Flug sollte in weniger als einer Stunde starten, und als sie durch die

Stadt zur Triborough-Brücke rasten, betete sie um ein Wunder in der Größenordnung der Teilung des Roten Meeres.

Aber das Rote Meer, so kam es ihr vor, war nichts gegen die I-495, auf der die Autos Stoßstange an Stoßstange fuhren. »Gibt es denn keinen anderen Weg?«, fragte sie den Fahrer, als sie nicht einmal mehr im Schritttempo vorwärtskamen.

Er schüttelte den Kopf und brabbelte etwas in gebrochenem Englisch. Emerson hatte keine Wahl, als dazusitzen und hilflos die Autos anzustarren, die inzwischen wieder im Schneckentempo ihren Zielen entgegenrollten. Ein Anruf bei der Fluggesellschaft bestätigte nur ihre Befürchtungen: Flug 172 nach Frankfurt sollte pünktlich abheben. »Verdammt«, fluchte sie mit zusammengebissenen Zähnen, als sie auflegte. Das eine Mal, wo sie gut einen Maschinenschaden oder Nebel hätte gebrauchen können, lief alles wie am Schnürchen.

Der Verkehr ließ nach, als sie auf den Grand Central Parkway kamen, und sie schöpfte Hoffnung, es mit ein bisschen Glück doch noch rechtzeitig schaffen zu können. Sie starrte aus dem Fenster auf die vorbeifliegenden, erleuchteten Reklameschilder und Verkehrszeichen, und stellte nüchtern fest, dass sie bisher eine Menge Zeit vergeudet hatte. Hatte sie je wirklich geglaubt, Reggie sei ein Terrorist? Natürlich nicht. Die Sorge um Ainsley war ebenfalls nicht der Grund dafür gewesen, dass sie gezögert hatte, ihn zu heiraten. Nein, sie hatte vor allem Angst gehabt, das Boot zum Kentern zu bringen. Sie hatte ein Leben lang versucht, ihrer Mutter zu gefallen, und das hatte sie schlecht darauf vorbereitet, sich gegen das unvermeidliche Hindernis zu stemmen, das Marjorie Kroft-Fitzgibbons hieß. Es war typisch für sie, dass sie selbst dann, als sie endlich die Kraft aufgebracht hatte, es zu tun, so lange gewartet hatte, bis es zu spät war. Jetzt tickte die Uhr, und sie fühlte sich wie ein Kandidat bei einer Spielshow, der nicht wusste, ob der Preis eine rosige Zukunft oder lebenslange Blamage war.

Und selbst, wenn sie noch rechtzeitig ankäme, würde Reggie ihr wohl kaum einfach in die Arme fallen und sagen, alles wäre vergessen. Sie hatte ihn quasi beschuldigt, ein Terrorist zu sein. Würde er ihr je wieder vertrauen?

Sie schloss für einen Moment die Augen und dachte daran, wie nahe sie einander einmal gewesen waren. Zwei Menschen, die an der Oberfläche nicht unterschiedlicher sein konnten, waren unter der Haut gleich. Sie dachte an den Abend, an dem sie gemeinsam in den Whirlpool gestiegen waren, wie sie gekichert hatten beim Anblick ihrer Glieder, hell und dunkel, die unter der schaumigen Oberfläche ineinander verschlungen waren. Anschließend hatten sie einander abgetrocknet, und Reggie hatte den Spiegel blank gewischt, damit sie sich sehen konnten. Dann hatten sie sich geliebt, gleich dort auf dem Teppich, der noch feucht von ihren Füßen war. Bei der Erinnerung überlief sie ein freudiger Schauder, gemischt mit Trauer, und sie musste die Stirn gegen die kühle Fensterscheibe legen, bis das Pochen dahinter nachließ.

Nach einer scheinbaren Ewigkeit bogen sie vom Van Wyck Expressway auf die Zufahrtstraße zum Flughafen ab. Als sie den Eingang zum internationalen Terminal erreichten, lagen ihre Nerven so blank, dass sie fast aus dem noch fahrenden Taxi sprang. Sie drückte dem Fahrer ein Bündel Geldscheine in die Hand und rannte los, kurvte um Gepäckberge herum und schob sich durch die Drehtür in die Halle.

Dort suchte sie den Monitor ab, auf dem Gates und Abflugzeiten angezeigt waren. Flug 609 nach Frankfurt blinkte bereits, wie sie sah. Ihr Herz klopfte im Rhythmus ihrer eilenden Füße, und sie rannte zu dem nächsten weißen Info-Telefon. Wenig später stand sie vor der Sicherheitskontrolle und hörte, wie Reggies Name über die Lautsprecher durchgesagt wurde, und betete, dass sie nicht zu spät gekommen war. Jede verstreichende Minute war ein kleiner Tod, während sie die Passagiere musterte, die vorbeiströmten, in der Hoffnung, ihn zu entdecken. Nach ein paar weiteren Minuten, als er noch immer nicht aufgetaucht war, verwandelte sich ihre Hoffnung in Verzweiflung. Sie stellte sich vor, wie sein Flugzeug zur Startbahn rollte, Reggie angeschnallt in seinem Sitz, ohne von ihrer Verzweiflung zu ahnen. Oder hatte er einfach beschlossen, den Aufruf zu ignorieren? Wie auch immer, vielleicht würde sie ihn nie wiedersehen, es sei denn, sie entschied sich, ihm nach Afrika zu folgen. Was nur enttäuschend würde, wenn man die geringe Wahrscheinlichkeit in Betracht zog, dass er in sein Heimatland einreisen durfte.

Sie war so überwältigt bei dem Gedanken, dass ihr schwindlig wurde und sie sich gegen die Wand lehnen musste. Sie konnte sich vorstellen, wie der Rest ihres Lebens aussehen würde, dass jeder Mann, den sie kennenlernte, ihrem Anspruch nicht mehr genügen konnte. Warum hatte sie ihn bloß in Frage gestellt? Sie wusste warum, und das machte sie nur noch wütender auf sich selbst.

Trotzdem blieb sie stehen, bis sie absolut sicher war, dass es hoffnungslos war. Als sie sich endlich zum Gehen wandte, waren ihre Glieder schwer wie Blei, sodass jeder Schritt ihr vorkam, als würde sie durch Schneewehen stapfen müssen. Sie schlich an der Reihe der Passagiere vorbei, die vor der Sicherheitskontrolle anstanden, als sie eine tiefe, männliche Stimme hörte, die ihren Namen rief.

»Emerson!«

Sie fuhr herum, und da war er, eilte mit großen Schritten auf sie zu, einen Rucksack über die Schulter geworfen, groß und gut aussehend in Blazer und Hemd inmitten von Menschen in

Kapuzenpullovern, Jogginghosen und Jeans, mit einem Grinsen, das so strahlend war, dass es war, als schaute man direkt in die Sonne.

Reggie holte sie ein, umarmte sie, dass sie meinte, ihre Rippen brechen zu spüren, und hob sie ein Stück vom Boden, was nicht ganz einfach war, da sie ja beinahe gleich groß waren. Als er sie wieder auf die Füße stellte, grinsten sie beide bis über die Ohren.

»Ich dachte, du wärst schon weg!«, stieß sie atemlos aus.

»Das war ich auch fast«, sagte er. »Als ich meinen Namen hörte, hatte ich Angst, dass die Behörden kämen, um mich zu verhaften.«

»Warum sollten sie dich verhaften?«

»Vielleicht wegen eines terroristischen Anschlags, an den ich mich nicht erinnern kann?«, vermutete er mit einem Augenzwinkern, was sie erröten ließ.

»Warum bist du nicht ins Flugzeug gestiegen?«, wollte sie wissen.

»Ich dachte, es bestünde vielleicht die Möglichkeit, dass du es bist.«

»Und du warst bereit, dieses Risiko einzugehen?«

»Für dich, ja.«

»Dann bist du nicht böse auf mich?«

»Am Anfang war ich es. Vielleicht nicht so sehr böse, sondern eher verletzt.« Seine Miene wurde ernst.

»Hast du deshalb nicht auf meine Anrufe reagiert?«

»Ich dachte, es wäre so einfacher«, erklärte er mit einem Nicken. »Wenn kein Vertrauen zwischen uns bestand, wie hätte es je wieder werden können, wie es war? Ich hatte jedoch nicht einkalkuliert, wie schwer es mir fallen würde. Ich habe mir jeden Tag in diesen vergangenen Monaten eine Chance gewünscht, diese ganze Sache ungeschehen machen zu können. Und jetzt bist du hier ...« Seine Stimme brach ab, und er sah plötzlich traurig aus.

Er muss glauben, ich bin gekommen, um Lebewohl zu sagen, dachte sie.

»Oh, Reggie. Es tut mir so leid. Ich hätte dich nie in Frage stellen dürfen, nicht einmal für eine Sekunde«, beeilte sie sich zu versichern. »Es war meine Mutter. Ich habe gerade herausgefunden, dass sie es war, die diesen Brief an das Innenministerium geschrieben hat.«

Reggie betrachtete sie verwirrt. »Warum sollte sie so etwas tun?«

»Sie hat Wind von unserem Verhältnis bekommen. Dann hat sie sich ausgerechnet, dass es der einzige Weg war, mich davon abzuhalten, dich zu heiraten.«

»Ich verstehe.« Er nickte langsam, als er begriff. »Und wie ist sie auf die Idee gekommen, du könntest mich heiraten wollen?«

»Sie muss meine Gedanken gelesen haben. Ich wollte ... ich will ... dich heiraten. Das heißt, wenn du noch willst«, sagte Emerson und sah ihn voller Hoffnung an.

Er schüttelte den Kopf, und sofort sank ihr das Herz. »Nicht, wenn es aus den falschen Gründen ist.«

»Du glaubst, ich würde dich nur heiraten, damit du deine Green Card bekommst? Ich hätte mir auf dem Weg hierher fast das Bein gebrochen, aber so verrückt bin ich auch nicht.« Sie nahm seine Hände und sah zu ihm auf. »Ich will für den Rest meines Lebens jeden Morgen neben dem Mann aufwachen, den ich liebe.«

Sie sah ein Licht in seinen Augen aufleuchten. »Aber da ist noch immer die Sache mit meinem gesetzlichen Status«, erinnerte er sie.

»Das können wir später in Ordnung bringen. Sobald wir verheiratet sind, müssen sie dir deine Green Card geben.«

Er grinste. »In diesem Fall sollte es besser schnell gehen, sonst holen mich die Behörden doch noch.«

»Wie wäre es mit heute Abend? Wenn wir ein Auto mieten und nach Maryland fahren, müssen wir nicht warten. Wir können sofort eine Lizenz bekommen und uns von einem Friedensrichter trauen lassen.«

»Nur ein Dummkopf würde ein solches Angebot ausschlagen«, sagte er, schlang die Arme um sie und küsste sie auf die Lippen. Ein Kuss, der mehr sagte als alle Treueschwüre.

»Ich liebe dich«, murmelte sie.

»Obwohl ich kein Geld habe?«

»Es wäre mir auch egal, wenn du nichts weiter besäßest als die Kleider am Leib«, versicherte sie.

»Was genau genommen der Fall ist.« Reggie erklärte, dass sich der Koffer mit dem Großteil seiner Habe im Flugzeug befand. »Also, du siehst, ich bin ganz auf deine Güte angewiesen.«

»Dann beeilen wir uns lieber, weil ich mir nicht sicher bin, wie lange ich die Finger noch von dir lassen kann«, erklärte sie und schob ihren Arm durch seinen, während sie zum Aufzug gingen.

Kapitel 19

»Soll ich sie nehmen?«, fragte Stevie etwas zögerlich. Franny, die in der proppevollen Wickeltasche herumwühlte, die sie über die Schulter gehängt hatte, während sie das Baby im anderen Arm hielt, sah zu ihr auf. »Nein, ist schon gut«, murmelte sie abwesend. »Verdammt, wo habe ich das Ding nur hingestopft ... ich weiß genau, dass ich es eingepackt habe. Da ist es ja.« Sie richtete sich auf und zog eine Tube Salbe hervor. »Kopfschorf. Ist fast weg, aber ich wollte sichergehen.«

»Ich wusste nicht, dass Babys eine solche Ausrüstung brauchen«, meinte Stevie, als sie Franny half, ihr Gepäck, zu dem neben einem Autositz und einem Reisebettchen auch ein großer Koffer gehörte, von dem Karren zu laden. Als Franny sie das letzte Mal besucht hatte, hatte sie eine einzige Reisetasche dabeigehabt. »Musstest du ein Extra-Gepäckabteil für das ganze Zeug buchen?«

Als Franny angerufen hatte, um sie über ihr Kommen zu unterrichten, hatte sich Stevie Sorgen gemacht, dass ihre Wohnung nicht auf ein Baby eingerichtet war, aber so wie es aussah, hatte Franny alles außer der Küchenspüle mitgebracht.

»Du ahnst nicht einmal die Hälfte, was es bedeutet, mit einem Kind unterwegs zu sein.« Franny verdrehte die Augen. »Versuch einmal mit einem Kinderwagen die U-Bahn zu benutzen. Oder in der Öffentlichkeit zu stillen, ohne einem alten Lustgreis den Tag zu versüßen. Glaub mir, volle Windeln sind noch das geringste Problem.« Aber sie klang ziemlich fröhlich, trotz der langen Reise.

Stevie schnallte den Kindersitz auf der Rückbank ihres Firebirds fest, während Franny Ruth auf dem Beifahrersitz stillte. Es war heiß auf dem Asphalt des Parkplatzes, und als Stevie endlich den letzten Gurt befestigt hatte, war sie schweißgebadet. Franny legte die schläfrige Ruth in den Autositz, und wenige Minuten später waren sie unterwegs, die Klimaanlage lief auf Hochtouren. Stevie hatte das Gefühl, sie hätte einen Marathonlauf hinter sich, und sie waren noch nicht einmal vom Parkplatz herunter.

Und doch ... der Gedanke, selbst eines Tages ein Kind zu haben, schien nicht mehr so absurd wie früher. Entweder wurde sie im Alter gemäßigter, oder Ruth um sich zu haben, zeigte Wirkung. Nicht dass sie in absehbarer Zeit Umstandskleidung kaufen würde. Jedenfalls nicht mit Ryan. Der Gedanke verursachte einen dumpfen Schmerz, sie stellte sich vor, dass sie beim nächsten Mal, wenn sie ihn und seine Freundin traf, vielleicht zu etwas anderem als zu einem Oscar gratulieren musste.

»Also willst du das wirklich durchziehen?«, fragte Stevie, als sie sich auf den Freeway einfädelte. Als Franny ihr erzählt hatte, dass sie mit Keith Schluss machen wollte, hatte das für sie keinen Sinn ergeben. Erst nachdem sie die Sache durchdacht hatte, begriff sie, dass es etwas mit Jay zu tun haben musste. Das erste Mal hatte sie bei der Taufparty, als der Rabbi den Segen sprach, bemerkt, wie Franny und Jay einander angesehen hatten, als ob sie die beiden einzigen Menschen auf der Welt waren. Wenn Stevie damals besser aufgepasst hätte, hätte sie gemerkt, was jeder mit Augen im Kopf sehen konnte: dass die beiden sich liebten.

Franny seufzte und blinzelte in die Sonne, während sie in ihrer Tasche nach der Sonnenbrille kramte. Selbst mit den paar Pfund, die sie noch nicht wieder losgeworden war, und dem Milchfleck auf ihrer Bluse hatte sie nie strahlender ausgesehen. »Ich bin einfach nicht sicher, dass es der richtige Zeitpunkt ist, um ans Heiraten zu denken«, erklärte sie. »Ich habe gerade ein Kind bekommen. Noch mehr Veränderung kann ich im Moment einfach nicht brauchen. Allein der Gedanke, alles aufzugeben und nach L. A. zu ziehen, überfordert mich.«

»Also hat es nichts mit Jay zu tun?« Stevie sah zu ihr hinüber und bemerkte, dass sich Frannys Wangen rot färbten.

»Wie kommst du denn darauf?«, wich Franny aus und wurde tiefrot.

»Du hast mir meine Frage nicht beantwortet.«

Franny schwieg einen Augenblick, als müsste sie über die Antwort nachdenken. »Wenn ich es dir sage, musst du mir versprechen, keine große Sache daraus zu machen«, sagte sie schließlich.

»Okay, ich verspreche es.«

»Wir hatten Sex.«

»*Was?*« Das traf Stevie so unvorbereitet, dass sie beinahe auf den Standstreifen gefahren wäre.

»Nur ein einziges Mal«, setzte Franny rasch hinzu. Als ob das einen Unterschied machen würde.

Stevie schüttelte ungläubig den Kopf. »Wow. Ich kann es nicht fassen. Du und Jay.«

»Wir haben immerhin ein Kind zusammen«, erinnerte Franny sie.

»Eine Samenspende ist eine Sache. Das ist etwas ganz anderes.«

»Ich weiß nicht, wie ich es erklären soll. Alles hat sich verändert, seit ich schwanger geworden bin. Und als Viv dann fortging...« Franny ließ den Rest unausgesprochen.

»Wie lange empfindet ihr schon so?«, wollte Stevie wissen.

»Schon eine ganze Zeit, aber wir haben es unterdrückt, bis er herausfand, dass Viv ihn betrogen hat.«

»Ich schätze, mit den beiden ist es aus.« Stevie hatte das während ihrer Gespräche mit Jay anklingen hören.

»Das sagt er. Aber sie sind so lange zusammen. Außerdem, du kennst doch Viv. Sie ist es nicht gewöhnt zu verlieren.« Franny runzelte die Stirn und wirkte besorgt, als sie aus dem Fenster auf die anderen Autos starrte.

»Ich dachte, sie würde zurück nach Paris gehen.« Jay wohnte zurzeit im Hotel.

»Das glaube ich erst, wenn ich es sehe.«

»Sagen wir mal, sie tut es. Was bedeutet das dann für dich und Jay?«

»Um ehrlich zu sein, ich weiß es nicht genau.« Frannys Stirnrunzeln vertiefte sich. »Weißt du noch, wie Harry und Sally es endlich doch getan haben und sich dann nicht mehr in die Augen sehen konnten? So war es auch bei uns. Am nächsten Tag wussten wir nicht, wie wir uns verhalten sollten. Wir wissen nicht mehr, ob wir Freunde oder Liebende sind, oder merkwürdige Zwischenwesen.«

»Kann man nicht gleichzeitig Freund und Liebender sein?«, fragte Stevie und dachte dabei an sich und Ryan.

»Vielleicht, wenn es von vornherein so ist. Außerdem ist da noch Ruth. Das macht die Dinge noch komplizierter.«

»Warum?«

»Ich denke immer, nichts von alldem wäre geschehen, wenn es sie nicht gäbe.«

»Wer weiß?«, meinte Stevie. »Vielleicht wart ihr beide schon die ganze Zeit ineinander verliebt und habt es nur nicht gewusst. Was bedeutet denn Liebe überhaupt, wenn nicht, dass zwei Menschen dauernd zusammen sein wollen?« Franny und Jay passten entschieden auf diese Beschreibung.

»Vielleicht hast du recht.« Franny schien Zweifel zu haben.

»Und wie war es? Der Sex«, setzte Stevie hinzu, als sie merkte, dass Franny nicht vorhatte, mehr zu dem Thema zu sagen.

»Gut«, antwortete Franny verlegen. Und das von der Frau, die nicht hatte aufhören können, über Keith zu reden.

»Das ist alles? Nur *gut*? Ich will Einzelheiten.«

Franny verzog die Lippen zu einem verschmitzten Lächeln. »Sagen wir mal, er weiß Dinge, die er nicht aus dem Bauernalmanach kennt.«

Das war alles, was Stevie aus ihr herausbekam. Nach einem weiteren vergeblichen Versuch, ihre Neugier zu befriedigen, wandte sie sich anderen Themen zu. »Und wie geht es der strahlenden Braut?«, erkundigte sie sich nach Emerson.

»Bislang waren es noch nicht gerade Flitterwochen«, sagte Franny. »Du hast von ihrer Mom gehört?«

»Ja, ganz schön hart.« Als Marjorie erfahren hatte, dass sie durchgebrannt waren, hatte sich ihr Zustand verschlechtert und sie lag nun mit einer Lungenentzündung im Krankenhaus. Jetzt stand Emerson vor der unmöglichen Entscheidung, das Unverzeihliche zu verzeihen ... oder ihre sterbende Mutter alleinzulassen.

»Sie liegt immer noch auf der Intensivstation. Eine Zeitlang war nicht klar, ob sie überhaupt durchkommt.«

»Arme Em.« Stevies Mitgefühl hatte ausschließlich ihre Freundin. Es war schwer, Mitleid für Marjorie zu empfinden, nachdem sie sich so gemein verhalten hatte. Trotzdem, die vergangenen Monate mit Grant hatten sie gelehrt, wie wichtig die Beziehung zu den eigenen Eltern war, selbst wenn diese auch alles andere als vollkommen sein mochten. »Ich frage mich, wie sie sich fühlen wird, wenn ihre Mutter gestorben ist. Ich weiß, dass sie im Moment die Nase voll von ihr hat, aber sie ist immerhin ihre Mutter.«

»Sie muss um ihrer selbst willen mit Marjorie Frieden schließen«, stimmte Franny zu. Sie hatten den Freeway verlassen und fuhren über den Santa Monica Boulevard. »Was immer dir zu schaffen macht, es hört nicht damit auf, wenn du jemanden zu Grabe trägst. Wenn überhaupt, wird es nur noch schlimmer, weil es zu spät ist, um die Sache zu klären.«

»War das auch mit deiner Mutter so?« Stevie wusste, dass Franny und ihre Mutter sich zwar nahe gestanden hatten, aber oft aneinander geraten waren. Wahrscheinlich, weil sie einander so ähnlich gewesen waren. Esther hatte genau wie Franny immer das letzte Wort haben müssen.

»In gewisser Weise. Ich meine, ich habe sie geliebt, aber man konnte nicht mit ihr reden. Sie wusste immer alles besser. Wenn ich sagte, ich hätte keinen Hunger, bestand sie darauf, dass ich etwas aß. Wenn ich sagte, mir wäre heiß, befahl sie mir, mich warm anzuziehen. Dasselbe hat sie mit Bobby gemacht. Ich habe oft gedacht, dass er deshalb verrückt geworden ist.« Franny kicherte trocken. »Ich hoffe nur, dass ich es mit Ruth besser mache.« Sie blickte über die Schulter zu ihrem schlafenden Baby und lächelte glücklich.

Stevie warf einen Blick in den Rückspiegel. »So wie es aussieht, machst du es prima.«

»Sprich in dreißig Jahren mal mit ihr«, sagte Franny lachend.

Franny rief Keith an, sobald sie in Stevies Wohnung angekommen waren. Er war ein wenig erstaunt zu hören, dass sie bei Sevie wohnte. Deshalb erklärte sie ihm, dass es sich um eine Art Blitz-Geschäftsreise handelte – am nächsten Tag müsste sie sich zum Mittagessen mit einem Produzenten treffen, der sich für die Filmrechte an dem Buch eines ihrer Autoren interessierte – und dass Stevie den Babysitter geben würde. Sie verabredete mit ihm, anschließend in seine Wohnung zu kommen. Je schneller sie die Sache hinter sich brachte, desto besser. Den ganzen Tag über steckte der Gedanke an das, was vor ihr lag, wie ein trocken geschlucktes Aspirin in ihrer Kehle.

Am nächsten Morgen, nachdem sie geduscht und sich angezogen hatte, suchte sie alles zusammen, was Stevie für Ruth brauchen würde... Windeln, Feuchttücher, Fläschchen, Schorfsalbe und mehrere Garnituren Kleidung. Während sie alles zurechtlegte, fragte die mittlerweile etwas besorgte Stevie: »Was mache ich denn bloß, wenn sie weint?«

»Wenn sie Hunger hat, gib ihr ein Fläschchen«, wies Franny sie an. Als Franny am vergangenen Abend Milch abgepumpt hatte, war Stevie entsetzt gewesen und hatte es für absolut barbarisch erklärt.

»Und wenn sie gar nicht trinken will und sie aus einem ganz anderen Grund weint?« Stevie war seit ihrem ersten Live-Interview nicht mehr so nervös gewesen.

»Du weißt doch wohl, wie man Windeln wechselt, oder?«

Stevie sah sie verständnislos an.

»Es handelt sich hierbei nicht um Hirnchirurgie.« Franny machte es ihr vor, indem sie die noch trockene Windel, die sie Ruth gerade erst angelegt hatte, wechselte. »Wenn sie danach immer noch quengelt, muss sie vielleicht ein Bäuerchen machen.« Sie zeigte Stevie, wie sie Ruth dann halten und herumtragen sollte, aber auch das vermochte die Nervosität ihrer Freundin nicht zu lindern.

»Und wenn ich es falsch mache?«, fragte sie.

»Sie wird es schon überleben. Babys sind praktisch unzerstörbar.«

Als sie in dem von Stevie geliehenen Firebird auf dem Weg nach Beverly Hills war, wanderten ihre Gedanken zu Jay. Sie konnte ihre Angst, dass er seine Meinung vielleicht ändern und zu Vivienne zurückkehren könnte, nicht verdrängen. Sie wusste, wie verführerisch Vivienne sein konnte. Nach dieser Geschichte mit Brain, als Franny ihr gegenüber ziemlich zurückhaltend gewesen war, hatte Vivienne alles darangesetzt, um sich bei Franny wieder Liebkind zu machen. Sie hatte sie regelmäßig angerufen, sie dauernd um irgendeinen Rat gebeten und ihr sorgfältig ausgewählte kleine Geschenke gebracht. Zum Geburtstag hatte sie ihr sogar einen sündhaft teuren, schönen Kaschmir-Pullover geschenkt, und irgendwann war Franny schließlich weich geworden. Jay würde noch empfänglicher sein. Er war schießlich ihr Ehemann. Und egal, was sie getan hatte, es wäre auch nicht richtig, wenn er keine Gefühle mehr für sie hätte.

Ihr Essen mit Avery Freeman von Greenlight Productions fand in der Polo Lounge des Beverly Hills Hotels statt, wo regelmäßig bei Gänseleberpastete und Rémy Martin Filmgeschäfte abgeschlossen wurden. Universal wolle diesen Film gern drehen, erklärte er ihr, es hinge alles davon ab, ob sie einen bekannten Namen für die Hauptrolle gewinnen konnte. Ohne das, wusste Franny, würde nichts aus dem Geschäft. Sie besprachen Bedingungen und die Möglichkeit eines Koppelgeschäftes. Es war Frannys erstes Essen mit Erwachsenen seit Ruths Geburt, und sie genoss es. Es tat gut, in einem schicken Restaurant zu sitzen, in einem Kleid und hochhackigen Schuhen, nachdem sie wochenlang in Jeans und ausgeleierten, vollgespuckten Sweatshirts herumgelaufen war, und einmal über etwas anderes als die Vorteile von Pampers gegenüber Fixies und ähnlich interessante Dinge zu sprechen.

Ihre Hochstimmung verflüchtigte sich jedoch, sobald sie

wieder im Auto saß. Würde Keith wütend sein, wenn sie es ihm sagte?, frage sie sich auf dem Weg zu ihm. Oder würde er auf die Tränendrüse drücken, um sie umzustimmen? Es war ja schießlich nicht so, dass sie ihn nicht liebte, sie liebte Jay eben nur mehr.

Sie konnte nicht wirklich sagen warum. Sicher, sie kannte Jay schon länger, aber das allein war es nicht. Ihre Freunde scherzten gern, dass man sie bei der Geburt getrennt haben müsste, und das lag gar nicht so weit von der Wahrheit entfernt. Jay war ihr Zwilling im Geiste. Er verstand sie auf eine Art und Weise, wie selbst ihre Familie nicht. Er wusste, dass sie auf Partys oft so besonders redselig war, weil sie sich eigentlich unsicher fühlte. Er nahm immer ihre Hand, wenn sie einen U-Bahnsteig entlanggingen, denn obwohl sie es nie ausgesprochen hatte, seit dem Tod ihres Bruders hatte sie immer wieder Albträume, unter die Räder eines einfahrenden Zuges zu fallen. Wenn sie niedergeschlagen war und das Telefon klingelte, war es in neun von zehn Fällen Jay, der sie aufmuntern wollte. Und jetzt war da noch ein weiterer Aspekt: der Sex. Der unglaublich gewesen war. Sie konnte nicht einmal daran denken, sonst würde sie Keith nicht in die Augen schauen können.

Doch als sie in seiner Wohnung war, wurde Stevie wieder an all die Gründe erinnert, wegen denen sie sich in ihn verliebt hatte. Auf der Arbeitsplatte in der Küche stand eine Flasche Champagner in einem Eiskühler, daneben eine Vase mit einem Dutzend langstieliger Rosen. Ihr sank das Herz. Das hier würde schwerer, als sie sich vorgestellt hatte.

»Mensch, das hast du aber nett gemacht«, sagte sie mit einer Leichtigkeit, die den Knoten in ihrem Magen leugnete. »Aber ist es nicht noch ein bisschen zu früh zum Feiern? Ich weiß ja noch nicht einmal, ob aus dem Geschäft etwas wird.«

»In diesem Fall feiern wir einfach, dass du da bist«, sagte er und nahm sie in die Arme. In den engen Jeans und dem Hemd mit den aufgekrempelten Ärmeln hätte er im *People Magazine* einen prima Kandidaten für die Wahl zum sexysten Junggesellen abgegeben. Aber er musste gespürt haben, dass etwas nicht stimmte, denn er trat einen Schritt zurück, um sie voller Sorge zu betrachten. »Alles in Ordnung?«

»Sicher, prima. Ich leide nur etwas unter dem Jetlag«, behauptete Franny. Wie konnte sie ihm das antun, wenn er sie ansah, als wäre sie Nicole Kidman? Vielleicht würde es einfacher, wenn sie etwas Champagner getrunken hatte, dachte sie, als er die Flasche entkorkte und jedem ein Glas einschenkte. Sie sollte zwar nicht trinken, solange sie stillte, aber sie nahm an, dass das eine Mal wohl nichts schaden würde.

Sie sank neben ihm aufs Sofa, das unsichtbare Aspirin in ihrer Kehle hatte mittlerweile die Größe eines Alka-Seltzers. Sie betrachtete das gerahmte Aquarell, das sie ihm zu Weihnachten geschenkt hatte, und eine Welle von Traurigkeit spülte über sie hinweg. Sie hatte es mit Blick darauf gekauft, dass sie beide sich in den kommenden Jahren daran erfreuen würden. Aber wenn sie es jetzt ansah, hätte es genausogut in einem Museum hängen können.

Das erste Glas Champagner war schnell geleert, während sie über ihren Termin und seine Fortschritte mit dem Buch plauderten. Sie widersprach nicht, als er ihr das nächste Glas einschenkte. Ehe sie es recht bemerkte, hatten sie die ganze Flasche geleert, und sie fühlte sich entschieden angesäuselt. Als sie endlich den Mut fand zu sagen, was sie zu sagen hatte, klang es wie: »Keith ... ich muss dir was sagen.«

»Hehe. Langsam.« Er nahm ihr das fast leere Glas aus der Hand. »Wann hast du das letzte Mal etwas Stärkeres als Ginger Ale getrunken?«

Franny kicherte und stellte fest, das sie mehr als beschwipst war. »Ich trinke nicht. Ist nicht gut fürs Baby«, erklärte sie.

»Was das mit dem Baby angeht, will ich lieber vorsichtig sein, aber ich finde es ganz süß«, sagte er lächelnd. »Ich habe dich noch nie betrunken gesehen.«

»Ich bin ganz und gar nicht betrunken!«, widersprach sie empört.

»Na gut, dann eben leicht alkoholisiert«, verbesserte er sich lachend. »Erinner mich daran, dass ich dich in unserer Hochzeitsnacht von Alkohol fernhalte.«

Oh Gott. Das entwickelte sich ja zum reinsten Albtraum. Was zum Kuckuck hatte sie sich nur dabei gedacht, so viel zu trinken? Sie schüttelte den Kopf, um wenigstens ein bisschen klar zu werden, und versuchte einen zusammenhängenden Satz zu formulieren mit einer Zunge, die sich anfühlte, als wäre sie auf das Doppelte ihrer normalen Größe angeschwollen. »Du willst mich gar nicht heiraten, glaub mir. Ich wäre 'ne miserable Ehefrau.«

»Einspruch. Ich möchte ehrlich gesagt nichts an dir anders haben«, sagte er und betrachtete sie verwirrt.

»Es is alles verkehrt. Ich kann dich nicht heiraten«, versuchte sie es noch einmal und sprach jedes Wort so überdeutlich, als ob sie es mit einem Hörbehinderten zu tun hätte.

»Ich glaube, ich mache dir besser einen Kaffee«, sage Keith und stand auf.

»Nein! Warte!« Sie versuchte, seinen Arm zu packen, als er in die Küche gehen wollte, rutschte vom Sofa und auf den Fußboden.

Er half ihr wieder hoch. »Bleib sitzen, ich bin gleich wieder da.«

Sie stand auf, um ihm nachzugehen, doch das Zimmer begann sich um sie zu drehen, sodass sie mit einem Stöhnen zurück auf das Sofa plumpste. Wie hatte sie es bloß geschafft, die Sache so zu vermasseln? Vielleicht war das Gottes Art, ihr klarzumachen, dass man einem geschenkten Gaul besser nicht ins Maul sah. Wer war sie denn, dass sie einen vollkommenen Mann abwies? Sie, bei der die Typen nicht gerade Schlange standen.

Jay zählte nicht. Er war ... er war ... sie wusste nicht, was er war. Kein Geliebter, aber auch nicht nur ein Freund. Sie vergrub den Kopf in den Händen und stöhnte wieder. Irgendwo in der Ferne hörte sie etwas klingeln, aber es dauerte ein Weilchen, bis sie begriff, dass es ihr Handy war. Sie wühlte in den zahlreichen Dingen in ihrer Tasche, sodass die Hälfte auf dem Fußboden landete, ehe es ihr gelang, es herauszufischen.

»Hilfe! Ich weiß nicht mehr, was ich tun soll!« Es war Stevie, offenbar am Ende ihrer Weisheit. Im Hintergrund konnte sie Ruth aus voller Kehle schreien hören. »Sie will die Flasche nicht. Sie will dich.«

»Bin schon unterwegs. Muss nur noch die Schlüssel finden.« Franny begann in ihrer Tasche nach den Schlüsseln für Stevies Wagen zu suchen, als sie einen Schluckauf bekam, der in einem Kicheranfall endete.

»Bist du etwa betrunken?«, fragte Stevie entgeistert.

»Türlich nicht!«, rief Franny und setzte kichernd hinzu: »Vielleicht ein bisschen.«

»Dann lässt du dich wohl besser von Keith fahren.«

Franny sah schweren Herzens ein, dass die Ansprache, die sie hatte halten wollen, wohl warten musste. Man trennte sich nicht mal gerade zwischen Tür und Angel von dem Mann, der einen fahren sollte, weil man selbst völlig durch den Wind war und zu einem hungrigen Baby nach Hause musste. Abgesehen davon, was immer sie sagte, er würde es nicht ernst nehmen. Er würde es nur süß finden.

Keith kam wenig später mit dem versprochenen Becher Kaffee zurück. »Wer war das?«, fragte er. Franny erklärte die Lage, und er übernahm sofort die Verantwortung, half ihr auf die Füße und schob sie aus der Tür, einen Arm fest um ihre Taille gelegt.

»Du bist ein guter Mann, Keith Holl'way«, sagte sie, als sie in Stevies Wagen saßen und auf dem Weg zur Autobahn waren. Sie tätschelte sein Knie und lächelte ihn mit verschwommenem Blick an. Es war ja nicht seine Schuld, dass er sich eine Frau ausgesucht hatte, die nicht wusste, was sie wollte.

Kapitel 20

Nachdem sie Franny am nächsten Tag am Flughafen abgesetzt hatte, mit einem Kater, der schwerer als ihr gesamtes Gepäck war, beschloss Stevie spontan, zu Grant zu fahren. Sie hatte sich den Tag freigenommen, und außerdem musste sie etwas mit ihm besprechen. Wie es schien, waren ihre häufigen Besuche auf dem Landsitz nicht unbemerkt geblieben. In der Nachrichtengemeinde kochten die Gerüchte, dass sie es geschafft hatte, ein Interview mit dem scheuen Grant Tobin zu bekommen. Sie musste die Sache öffentlich richtigstellen, und zwar bald, sonst riskierte sie, dass jemand anders den Knüller brachte. Der schwierige Teil bestand sicher darin, Grants Zustimmung zu bekommen. Er war wie ein scheuendes Pferd, wenn es um die Presse ging. Das Gerücht, dass das Büro des Staatsanwaltes eine Wiederaufnahme des Falles Lauren Rose beantragen wollte, machte die Dinge noch komplizierter.

Während sie auf der I-405 nach Norden fuhr, tippte sie seine Nummer in ihr Handy und war erstaunt, dass Grant selbst antwortete. Eigentlich hatte sie damit gerechnet, Victors Stimme zu hören. »Hi«, sagte sie. »Du gehst ja neuerdings selbst ans Telefon.«

»Victor ist im Fitnessstudio«, erklärte Grant. Zu der luxuriösen Ausstattung der Villa gehörte auch ein komplettes Fitnessstudio, in dem Stevie bislang nie jemanden außer Victor hatte trainieren sehen. Es schien sein zweites Zuhause zu sein und der Grund, warum der Kerl wie ein Schrank gebaut war. »Was gibt's?«

»Nichts Besonderes. Ich dachte nur, ich komme auf einen Sprung vorbei, wenn du nicht zu beschäftigt bist.«

»Ich weiß nicht. Da muss ich erst mal in meinen Terminkalender schauen«, antwortete Grant trocken.

Eine halbe Stunde später fuhr sie die Auffahrt hoch. Es war ein kühler Tag, und sie schauderte, als sie aus dem Auto stieg, und wünschte, sie hätte eine dickere Jacke angezogen. In der Ferne konnte sie Mr. Mori mit seinem Rasenmäher sehen, dessen Motorgeräusch kaum lauter war als ein summendes Insekt. Grants Haushälterin begrüßte sie an der Tür.

»Mr. Grant sagt, Sie sollen es sich bequem machen«, sagte Maria und führte sie hinein. Er telefoniere gerade, erklärte sie. Sie war eine kleine, rundliche Frau mit offenem, freundlichem Gesicht und arbeitete schon seit Jahren für Grant. Sie war mehr Familienmitglied als Hausangestellte.

Stevie dankte ihr und wanderte ein paar Minuten herum, ehe ein gedämpftes Klirren sie zur Treppe zog, die zum Fitnessraum im Untergeschoss führte, wo Victor auf dem Rücken lag und Gewichte stemmte, die mindestens dreihundert Pfund wiegen mussten. Sie wartete, bis er seine Übung beendet hatte, bevor sie ihn ansprach. Die Wiederaufnahme des Lauren-Rose-Falles würde weitere Interviews mit den Hausangestellten nach sich ziehen, allen voran mit Victor. Jetzt, da sie ein bisschen besser miteinander zurecht kamen – sie hatte sich sehr bemüht, freundlich zueinander zu sein –, wollte sie ihm ein wenig auf den Zahn fühlen, sehen, ob er etwas wusste, das er der Polizei nicht mitgeteilt hatte, und das vielleicht etwas Licht auf das warf, was während Grants Blackout in jener längst vergangenen Nacht geschehen war.

Er sah sie und richtete sich auf, schwer atmend und schweißnass. »Hey«, sagte er und hob eine Hand zum Gruß.

»Wie viel schaffen Sie?«, fragte sie und deutete auf die Gewichte, die er gestemmt hatte.

»Dreifünfzig«, antwortete er achselzuckend und griff nach dem Handtuch, das über den Gewichten hing, um sich den Schweiß von der Stirn zu wischen.

»Wow. Sie müssen aber of trainieren.«

»Einer der Vorteile des Jobs.« Er grinste sie an, ein Zähneblecken, das nicht dazu beitrug, ihn sympathischer wirken zu lassen. Er warf das Handtuch beiseite und griff nach einer losen Hantel, an der allein sich Stevie wohl den Rücken verrenkt hätte, und hob sie mühelos, während sein Bizeps bei jeder Wiederholung anschwoll.

»Meine Vorstellung von einem Vorteil ist ein zusätzlicher Urlaubstag«, sagte sie.

Er sah sie an, ohne seinen Rhythmus zu unterbrechen. »Sie haben nicht viel freie Zeit, oder?«

Sie tat, als hätte sie die leise Unterstellung, dass ihre Besuche irgendwie mit ihrer Arbeit zusammenhingen, nicht bemerkt und sagte: »In Hollywood schlafen nicht einmal die Toten.« Victor warf ihr einen fragenden Blick zu, und sie erklärte, dass tote Berühmtheiten Melkkühe für ihre Erben waren. Obwohl es die Lebenden waren, die sie am meisten in Atem hielten.

»Ihnen macht es wohl Spaß, den ganzen Schmutz auszugraben?« Es war mehr eine Feststellung als eine Frage.

Sie sah, wie ein Schweißtropfen über seine vernarbte Wange lief. »Es gehört nicht zu meinen Aufgaben, die Geheimnisse von Prominenten zu enthüllen, wenn Sie das meinen.«

»Ach so.« Er warf ihr einen verächtlichen Blick zu. »Und was ist mit alten Rockstars?«

»Wenn Sie damit andeuten wollen, dass das alles hier Teil einer großen Verschwörung ist«, sagte sie und deutete mit dem Kinn nach oben zu dem Stockwerk, wo Grant vermutlich immer noch telefonierte, »dann könnten Sie nicht verkehrter liegen.« Was glaubte Victor, dass sie einen Zirkusclown aus ihrem eigenen Vater machen wollte?

»Ja, ja, ich weiß, Sie versuchen nur, verlorene Zeit mit dem lieben, alten Dad nachzuholen.«

Bei seinem Ton sträubten sich ihr die Nackenhaare. »So in etwa.«

»Wissen Sie, mit wem er gerade telefoniert?«

»Nein, mit wem?«

»Seinem Anwalt.«

Jetzt dämmerte ihr, worum es ging: Victor musste glauben, dass sie hinter Grants Geld her war. Dass sie die ganze Zeit vorgehabt hatte, ihn um den Finger zu wickeln, damit er sie in seinem Testament bedachte. Und der einzige Grund, wieso das für Victor überhaupt eine Rolle spielen konnte, war, dass *er* dasselbe Ziel verfolgte. Aber sie stellte sich dumm, da er nicht ahnen sollte, dass sie ihn durchschaut hatte.

»Es muss wichtig sein. Er spricht schon lange.« Sie sagte das beiläufig, als hätte sie keine Ahnung, worum es ging, was sie ja genau genommen auch wirklich nicht hatte.

»Ich weiß nicht. Es geht mich nichts an.« Mit einem Grunzen hob er die Gewichte ein letztes Mal, sodass sein Gesicht sich verzog und die Adern auf seinem anschwellenden Bizeps hervortraten.

Sie hatte ihn noch nie ohne ein langärmeliges Hemd gesehen, und jetzt fragte sie sich, ob er wohl Steroide nahm. Solche Monstermuskeln bekam man nicht nur vom Fitnesstraining. Sie trat näher, um besser sehen zu können, gleichzeitig fasziniert und abgestoßen. Da erst fiel ihr die Tätowierung an seinem Unterarm auf: eine sich um ein Kruzifix windende Rose, deren Dornen die Krone auf dem Kopf einer Jesus-Gestalt bildeten. Irgendwie kam es ihr bekannt vor, und nach einer Sekunde fiel es ihr ein: In ihrem Interview bei *Prime Time* hatte Lauren Rose von einem Kruzifix und einer Rose gesprochen, ein Erinnerungsfetzen, den sie in keinen Zusammenhang bringen konnte.

Jetzt lichtete sich der Nebel. Sie begriff, warum Victor sie wie einen unerwünschten Partygast behandelte und warum er so feindselig gewesen war, als sie ihn das eine Mal nach jenem Abend gefragte hatte. Ihr fiel auch wieder das Hausmädchen ein, dessen Geschichte sich nicht mit der von Victor gedeckt hatte. Vielleicht, dachte sie, weiß er mehr, als er verrät.

»Hübsche Tätowierung«, bemerkte sie und deutete auf seinen Arm.

»Danke.« Ihrer Aufmerksamkeit entging es nicht, dass er seine Position änderte, sodass die Tätowierung aus ihrem Blickwinkel verschwand.

»Ich kannte einmal einen Typen, der die ganze *U. S. S. Constitution* auf der Brust hatte«, erzählte sie. »Wenn ich mir auch vorstelle, dass es ziemlich weh getan haben muss, als er sie sich eintätowieren ließ.«

Victor grunzte nur.

»Sie müssen eine ziemlich hohe Schmerzschwelle haben«, fuhr sie fort. »Gehe ich richtig in der Annahme, dass Sie Schmerzen genauso gut ertragen, wie sie sie anderen gerne zufügen?«

Sein rot angelaufenes Gesicht wurde noch dunkler, und er ließ das Gewicht dröhnend zu Boden fallen. »Worauf wollen Sie hinaus?«, fragte er grollend und drehte sich gerade so weit herum, dass er sie ansehen konnte.

»Ich frage mich nur, ob Sie mehr über Lauren Rose wissen, als Sie zugeben.« Als sie seinem kalten Blick begegnete, lief ihr ein Schauer über den Rücken. Aber was sollte er schon tun, sie am helllichten Tag angreifen, mit Grant und dem Rest des Haushalts in Rufweite? Trotzdem wich sie zurück, als er einen

Schritt auf sie zu machte, weil ihr sein Gesichtsausdruck nicht gefiel.

»Was geht Sie das an?«, fragte er, und seine dunklen Augen glitzerten drohend.

»Sie wissen, dass Grant glaubt, er sei derjenige, der den Abzug gedrückt hat?«, wollte sie wissen.

»Woher wollen Sie wissen, dass er es nicht war?«

»Ich weiß es ja gar nicht«, erwiderte sie, nachdenklich nickend. Grant hatte selbst zugegeben, dass er an jenem Abend so high gewesen war, dass er wahrscheinlich nicht einmal gemerkt hätte, wenn eine Boeing 747 in seinem Hof eine Bruchlandung gemacht hätte. »Aber ich schätze, dass er es nicht war.«

»Ja, sein Wort ist das Einzige, mit dem Sie arbeiten können.« Victor griff wieder nach seinem Handtuch und tupfte sich das Gesicht ab. »Jedenfalls gab es keine Augenzeugen. Außerdem waren die einzigen Fingerabdrücke auf der Waffe von ihr.«

»Wer es auch getan hat, er hätte seine abwischen können, bevor er ihr die Waffe in die Hand gedrückt hat.«

»Wie Sie sagten, alles ist möglich«, erwiderte Victor achselzuckend.

»Nur mal rein theoretisch, falls es Ihre Abdrücke gewesen wären, wären Sie dann so vorgegangen?«

Er lächelte sie verächtlich an und schüttelte den Kopf. »Keine Chance. Ich falle auf so was nicht rein, Mädchen. Sie sind vielleicht gut darin, Leute zum Reden zu bringen, aber ich bin keine Hollywood-Schlampe, die scharf darauf ist, ihr Bild in der Zeitung zu sehen.«

»Vielleicht würden Sie es lieber der Polizei erzählen«, sagte sie.

Er warf ihr einen merkwürdigen, abschätzenden Blick zu. »Ich habe denen bereits alles, was ich weiß, erzählt.«

»Wie man hört, soll das Verfahren wieder aufgenommen werden. Ich glaube, sie wären durchaus interessiert, mal einen Blick auf diese Tätowierung zu werfen.« Stevie deutete auf seinen Unterarm. »Lauren scheint sich an etwas wie eine Rose und ein Kruzifix zu erinnern. Wer weiß, vielleicht besteht da ein Zusammenhang.«

»Sie können mir nichts beweisen.« Trotz seines barschen Tonfalls wirkte er beunruhigt.

»Vielleicht nicht. Aber ich bin sicher, dass man trotzdem mit Ihnen reden möchte.« Sie wühlte in ihrer Schultertasche nach ihrem Handy.

Victor warf einen nervösen Blick darauf, als sie es herauszog. »Sie sind ein Miststück.«

»Wetten dass?«

»Was springt für *Sie* dabei heraus, ein Scheiß-Exklusivinterview?«, fragte er höhnisch.

»Sagen wir mal, ich habe ein berechtigtes Interesse daran, die Geschichte richtigzustellen.« Stevie drückte eine Taste. Sie hatte die Nummer des Los Angeles Police Departments als Kurzwahl eingespeichert – man wusste nie, wann man eine gesicherte Information über eine Berühmtheit brauchte, die entweder das Gesetz übertreten hatte oder eines fragwürdigen Todes gestorben war – und jetzt blätterte sie, bis sie die Nummer gefunden hatte. Ihr Finger schwebte über der Taste, als Victor ihr das Telefon aus der Hand riss und es auf den Boden pfefferte.

»Ich stehe nicht auf Cops, die ihre dreckigen Nasen in alles stecken. Die machen mir ohnehin schon genug Schererein«, sagte er. Stevie erinnerte sich, in den alten Zeitungsausschnitten, die sie durchgesehen hatte, etwas darüber gelesen zu haben, dass Victor der Polizei durchaus bekannt war – er hatte in seiner Jugend etwas mit einer Bande zu tun gehabt.

»Okay, dann sagen Sie mir, was Sie wissen.« Sie bückte sich nach ihrem Handy und steckte es wieder in die Tasche.

Victor runzelte die Stirn, als müsse er überlegen. »Inoffiziell?« Als sie nicht antwortete, lachte er heiser. »Ach, zur Hölle. Sie können mir ohnehin nichts nachweisen. Wenn Sie anfangen, Mist über mich zu verbreiten, verklage ich Sie nach Strich und Faden. Ich werde sagen, Sie sind eine Verrückte, die scharf auf mich ist.«

Stevie zuckte nicht mit der Wimper. »Warum sollte ich wohl scharf auf Sie sein, Victor?«

»*Sie* war es.«

»Wer?«

»Wer schon? Die Schnepfe, mit der alles angefangen hat.«

»Lauren.«

»Ja, genau die. Sie ist nicht, was Sie denken, ganz unschuldig und so. Sie hat es darauf angelegt.«

»Auf was angelegt?«

Er sah sie direkt an, aber sein Blick war leer, als ob er sich auf eine andere Ebene zurückgezogen hätte, eine dunkle Ebene, die nur in seinem Kopf existierte. »Sie hat mit ihm gespielt.« Womit er zweifellos Grant meinte. »Sie hat mit uns beiden gespielt und es so dargestellt, als ob sie in Wirklichkeit mich wollte. Verdammte Schwanzlutscherin.«

»Also hatten Sie etwas miteinander?« Jeder Nerv in Stevies Körper war zum Reißen gespannt, wie immer, wenn sie einer großen Story auf der Spur war.

Wieder zuckte er die Achseln, was sie als Ja deutete.

»Weiß Grant davon?«, fragte sie. Sie kam der Sache näher.

»Er war die meiste Zeit so vollgedröhnt, dass er nicht mal seinen eigenen Schwanz finden konnte«, höhnte Victor.

Nette Art, über deinen Arbeitgeber zu reden, dachte Stevie. Aber die Geschichte so lange unter Verschluss zu halten, hatte offenbar eine zermürbende Wirkung gehabt. Seit sie wusste, dass Grant Victor nicht wegen seines sonnigen Gemüts die ganzen Jahre über beschäftigt hatte, konnte sie nur vermuten, dass es aus Dankbarkeit geschehen war. Jahrelang war Victor derjenige gewesen, der ihn aufgesammelt hatte, wenn er irgendwo umgekippt war, der ihn gesäubert und zu Bett gebracht hatte. Und anscheinend hatte er noch mehr getan; er hatte sich auch um die sexuellen Bedürfnisse der Freundin seines Chefs gekümmert. Trotzdem erklärte das immer noch nicht, wieso Victor Lauren eine Kugel durch den Kopf geschossen haben sollte.

»Sie waren in sie verliebt, oder?«, fragte sie, als sie endlich begriff. »Sie konnten es nicht ertragen, als Sie herausfanden, dass sie Sie nur benutzt hatte, und Sie wollten ihr eine Lektion verpassen.«

»Nicht ganz.« Er ließ sich schwer auf die Bank fallen und starrte vor sich hin, immer noch mit diesem leeren Blick. Er schien mit sich zu ringen, aber anscheinend überwog der Drang auszupacken seinen Selbsterhaltungstrieb. »Ich habe sie geliebt, ja. Sie sollte nur einsehen, dass sie mit mir besser dran war. Ich hätte uns Geld beschaffen können –«, Stevie brauchte nicht zu raten, wie – »... wir wären zurechtgekommen. Nicht reich, aber wir hätten leben können. Aber sie hat mir ins Gesicht gelacht. Sagte, Geld wäre nicht das, was sie von mir wollte. Wie sie mich ansah, als ob ich ein Spielzeug wäre, dessen sie überdrüssig war ... ich ... ich weiß nicht ... irgendwie überkam es mich und ich bin durchgedreht. Ich wusste, wo er seine Waffe aufbewahrte. Ich wollte sie nur ein bisschen erschrecken, damit sie begriff, dass sie so nicht mir mir umspringen konnte. Nur ...« Er ließ den Kopf in die Hände sinken und umklammerte seine Stirn.

»Die Waffe ging los«, beendete sie den Satz für ihn.

Sein Schweigen sagte ihr alles, was sie wissen musste.

Stevie kannte den Rest der Geschichte. Am Ende hatte es sich als die älteste der Welt herausgestellt: eine Dreiecksgeschichte, die aus dem Ruder gelaufen war. Als sie auf dem Weg zur Treppe durch die Tür ging, griff sie in ihre Tasche und tastete nach dem Kassettenrecorder, den sie heimlich eingeschaltet hatte, als sie sich ihr Handy wiedereingesteckt hatte, und drückte die Aus-Taste.

Kapitel 21

»Ruhe am Set!«, brüllte Todd Oster durch seine zum Trichter geformten Hände, ohne dass jemand außer den vorbeibrummenden Autos ihn hören konnte. Er wandte sich grinsend zu Jay: »Das wollte ich immer schon mal tun.«

Sie standen an der Ecke Park und 39ste Straße und beobachteten das Team, das den Fernsehspot für den neuen Uruchima-Sportwagen drehen sollte. Der Spot würde den Wasp zeigen, wie er durch den Tunnel der Park Avenue schoss, eine Sequenz des Sechzig-Sekunden-Spots, der ab Frühjahr ausgestrahlt werden sollte. Die Einfahrt zum Tunnel war für den Verkehr gesperrt worden, wo der Regisseur, Doug Chen, mit dem Fahrer des Wagens sprach, auf dessen Dach eine Kamera montiert war, die die Fahrt durch den Tunnel aufnehmen sollte.

Wer noch nie einen Tag bei einem Dreh verbracht hat, dachte Jay, dem muss es wie ein aufregender Job erscheinen. In Wirklichkeit jedoch musste man lange herumstehen und warten, während das Team die Szenen vorbereitete. Normalerweise freute er sich über jede Gelegenheit, von seinem Schreibtisch wegzukommen, es war nur Pech, dass es ausgerechnet ein Sonntag war, der einzige Tag, für den sie die Genehmigung erhalten hatten, den Tunnel für den Verkehr zu sperren.

Jay blickte zum soundsovielten Mal auf seine Uhr und fragte sich, wo Franny im Augenblick war. Er hatte nichts von ihr gehört, seit sie nach L. A. geflogen war, sie konnte also inzwischen womöglich ihre Meinung über ihre Trennung von Keith geändert haben. In Gedanken sah er die beiden zusammen im Bett, und etwas in seinem Bauch verkrampfte sich. Während der letzten beiden Tagen war er ein nervöses Wrack gewesen, verfluchte seine Dummheit, sie in das Flugzeug gestiegen lassen zu haben, ohne ihr genau zu sagen, was er empfand: dass er sie liebte, auf jede Art und Weise, wie ein Mann eine Frau nur lieben konnte. Wenn sie zurückkam, war es vielleicht zu spät, vielleicht hatte sie dann entschieden, dass Keith die bessere Wahl war. Warum sollte sie sich für einen Mann entscheiden, der sich gerade erst von seiner Frau getrennt hatte, wenn sie einen ohne all diesen Ballast haben konnte?

Er wurde wieder aufmerksam, als er Todd sagen hörte: »... also habe ich Kapinsky gesagt, wenn wie schon keinen Bonus bekommen, dann will ich einen Mitarbeiterrabatt.« Todd fuhr mit der Hand liebevoll über die Kühlerhaube des Wasps. Hornissengelb, mit schmalen, tiefliegenden Linien, erinnerte er an die klassische Corvette; das Auto hatte bereits viel Aufmerksamkeit auf sich gezogen. Mehrere Passanten hatten scherzhaft gefragt, ob sie ihn für eine Probefahrt ausleihen könnten. »Mann, denk doch mal, wo du mit diesem Baby überall hinfahren könntest.«

»Hast du vor zu verreisen?«, fragte Jay lächelnd.

»Wer hat was von verreisen gesagt? Ich rede davon, eine Frau aufzureißen.« Seit seiner Scheidung war Todd ständig auf Frauenjagd. »Frauen«, schnaubte er. »Ich habe immer geglaubt, dass sie alle einen netten Kerl wollen, so einen, der ihnen die Füße massiert und daran denkt, den Müll rauszutragen. Aber weißt du, was die letzte, mit der ich aus war, gesagt hat, als ich sie mit in meine Wohnung nahm?«

»Was?«

»Dass sie sich nicht vorstellen könnte, mit jemandem zusammen zu sein, dessen Kühlschrank verrostet ist.«

»Geschieht dir recht, wenn du ihn bei der Heilsarmee kaufst.«

»Als ob ich eine Wahl gehabt hätte. Nachdem Christy mich rausgeworfen hatte, konnte ich mir kaum noch einen Toaster leisten.«

»Ich weiß nicht, wozu du überhaupt einen brauchst. Du holst dir doch ohnehin immer nur was vom Imbiss.«

»Ja, lach du nur«, erwiderte Todd gutmütig. »In ein paar Monaten, wenn du mit mir im selben Boot sitzt, findest du das auch nicht mehr lustig.« In seinen Parka gekuschelt, die Hände um einen Styroporbecher mit dampfendem Kaffee gelegt, sah er aus wie ein Bär, der gerade aus dem Winterschlaf erwacht.

Jay wurde es etwas unbehaglich, als seine Gedanken zu Vivienne wanderten. Er hatte sie seit dem Abend, als er die Wohnung verlassen hatte, nicht mehr gesehen. Als er am nächsten Tag von Franny gekommen war, um seinen Koffer zu packen, war sie nicht zu Hause gewesen. Er hatte nur einen Zettel von ihr gefunden, auf dem stand, er müsse sich nicht um eine andere Wohnung kümmern, weil sie nach Paris zurückgehen würde, diesmal für immer. Da er dachte, es würde sich nur um ein paar Tage handeln, hatte er sich ein Hotelzimmer in der Nähe seines Büros genommen. Aber gerade heute, als er sie angerufen hatte, um ihr zu sagen, dass er später vorbeikäme, weil er ein paar Sachen holen wolle, hatte sie ihre Abreise nach Paris mit keinem Wort erwähnt. Genau genommen, hatte sie merkwürdig aufgekratzt gewirkt.

»Ich werde bestimmt kein aufgewärmtes Fast Food aus einem rostigen Kühlschrank essen, das ist mal sicher«, scherzte er, denn er wollte nicht, dass Tedd ahnte, was wirklich in ihm vorging. »China-Nudeln sind mehr mein Fall.«

»Ernsthaft, Junge, ich weiß, was du durchmachst.« Todd schlug ihm auf die Schulter und betrachtete ihn mit Sorge. »Als

Christy und ich uns getrennt haben, war es wie eine nicht abreißende Reihe von Tritten in den Magen. Aber es wird besser. Wenn die Kinder nicht wären, würde ich sagen, es war die beste Entscheidung, die ich je getroffen habe.«

Jay hätte ihm sagen können, dass seine gegenwärtige Stimmung weniger mit Vivienne als mit Franny zu tun hatte, aber das hätte eine längere Erklärung erfordert, und so sagte er nur: »Danke. Ich werde daran denken.«

Es dauerte noch ein paar Stunden, Einstellung um Einstellung zu drehen, bevor sie fertig waren. Sie hatten fast den ganzen Nachmittag gebraucht, um etwa fünfzehn Sekunden brauchbaren Film zu drehen, aber alles in allem war es ein erfolgreicher Tag gewesen. Jay lehnte Todds Angebot ab, ihn zum Essen einzuladen, und machte sich stattdessen auf den Weg in die Wohnung, um ein paar Dinge zu packen. Im Taxi versuchte er wieder Franny über ihr Handy zu erreichen, aber er bekam nur die Mailbox. Verdammt. Gab es einen Grund, dass sie seine Anrufe nicht erwiderte? War es etwa so wie bei Keith, dass sie ihm die schlechte Nachricht persönlich überbringen wollte? Hatte sich das Blatt nur einfach gewendet?

Als er die Wohnungstür öffnete, den Kopf voller Gedanken an Franny, war es fast ein Schock, als er sah, dass das Wohnzimmer von Kerzen erleuchtet und der Tisch im Esszimmer für zwei gedeckt war. In der Küche legte Vivienne, in einem eng anliegenden Hauskleid, das ihre Figur zur Geltung brachte, letzte Hand an das Abendessen, das sie vorbereitet hatte.

Sie sah ihn an und lächelte. »Überraschung.«

»Allerdings, das muss ich zugeben«, erwiderte Jay wenig beeindruckt.

»Ich hoffe, du hast noch nicht gegessen.« Sie deutete auf den noch brutzelnden Braten, den sie gerade aus dem Ofen gezogen hatte. »Alles ist fertig. Ich muss nur noch schnell die Sauce aufwärmen.«

In seinem Bauch bildete sich ein Klumpen. »Viv –«

»Ich habe das Rezept von Maman«, fuhr sie hastig fort, ohne ihn zu Wort kommen zu lassen. »Ich weiß doch, wie gerne du Rinderbraten magst.«

»Er sieht gut aus«, bemerkte er ohne große Begeisterung.

»Es ist schön, dich zu sehen. Es war hier ohne dich so einsam in den letzten Tagen.« Sie hörte auf, in dem Topf zu rühren, und warf ihm einen bedeutungsvollen Blick zu, der sie gleichzeitig verletzlich und verführerisch wirken ließ. Was für Tränen sie auch vergossen haben mochte, jetzt hatte sie eindeutig einen Plan, und in Anbetracht des Kleides, durch das die Umrisse ihres Körpers zu sehen waren, brauchte er nicht groß zu raten, wie dieser aussah.

Nur wenige Männer, dachte er, wären ihrem Charme gegenüber wohl immun. Es war nicht nur in ihrer Schönheit, sondern auch die Sexualität, die von ihr wie die Hitze eines Feuers ausstrahlte. Selbst jetzt, als er dastand und sie leidenschaftslos betrachtete, konnte er nur anerkennen, wie verführerisch sie war, wie die anmutigen Linien ihres Körpers sich unter dem Kleid abzeichneten und wie ihr Haar das Licht einfing, während sie in der Küche herumging. Früher hätte das die gewünschte Wirkung auf ihn gehabt. Jedesmal, wenn sie nach langer Abwesenheit zurückgekommen war, während der er darüber nachgedacht hatte, warum er seine Energie mit einer Frau vergeudete, die Männerherzen sammelte wie andere Frauen Schmuck, fing sie wieder an, ihn zu umgarnen, um ihn zurückzugewinnen. Aber nicht dieses Mal. Er war fertig mit ihr.

»Du hättest dir nicht diese Mühe machen sollen«, sagte er und meinte das auch.

»Es war überhaupt keine Mühe«, erwiderte sie munter und bückte sich, um ein warmes Baguette aus dem Ofen zu ziehen. »Außerdem, nach all den Mahlzeiten im Restaurant dachte ich, du könntest etwas Selbstgekochtes vertragen.«

»Das habe ich nicht gemeint.« Seine Stimme wurde weicher. Er konnte sehen, welche Mühe sie sich gegeben hatte. Trotzdem sagte er: »Viv, ich kann nicht bleiben. Es wäre falsch für uns beide. Du brauchst keinen Ehemann, dessen Herz nicht bei der Sache ist. Und du hast mir ziemlich klargemacht, dass deins auch nicht dabei ist.« Sie war im Augenblick einfach nur einsam und verängstigt. Das war nicht dasselbe wie Liebe.

Viviennes Augen füllten sich mit Tränen. »Das meinst du doch nicht so. Du bist nur wütend auf mich.«

»Das war ich, aber jetzt nicht mehr«, sagte er. »Ich hatte genug Zeit, darüber nachzudenken, und mir ist etwas klar geworden – es war schon vorbei, ehe du mich betrogen hast. Ich wusste es tief in meinem Inneren, nach all den Monaten, in denen du nicht heimkamst.«

»Nein, Chéri! Das ist nicht wahr!« Ein Löffel fiel klirrend auf die Theke, als sie in einer flehenden Gebärde die Hand nach ihm ausstreckte.

»Doch, für mich schon«, sagte er ruhig.

»Es ist wegen Franny, nicht wahr? Du warst die ganze Zeit bei ihr.« Viviennes Stimme wurde lauter und schrill.

Er antwortete nicht, sondern ließ sein Schweigen sprechen.

Ihre Augen verengten sich zu Schlitzen. »Also bin ich nicht die Einzige, die untreu war.«

»Das ist nicht dasselbe.«

»Warum, weil du sie liebst?« Ihr Mund verzerrte sich, als sie die Worte ausspie. »Weil du ein Baby mit ihr hast?«

»Nichts ist passiert. Nicht, bevor –.« Er ließ den Satz unvollendet.

»Ich bin sicher, es lag nicht daran, dass sie es nicht versucht hätte.« In ihrer Stimme schwang Bitterkeit mit. »Ich wette, sie war jeden Tag hier und hat dich an alles erinnert, das ich dir nicht geben konnte.« Selbst in ihrem Zorn sah Vivienne großartig aus, mit geröteten Wangen und flammenden Augen, wie ein schönes, wildes Tier. »Was sie bequemerweise vergessen hat, ist, dass sie dieses Baby gar nicht hätte, wenn ich nicht gewesen wäre. Ich habe es getan, weil ich wollte, dass sie glücklich ist, nicht damit sie mir meinen Ehemann stiehlt!«

»Was immer auch deine Beweggründe waren, es war eine gute Sache.« Viviennes einzige selbstlose Tat. Er legte eine Hand über ihre, um sie wissen zu lassen, dass, was sie auch sonst getan haben mochte, er ihr dafür immer dankbar sein würde.

»Ich wollte, dass sie einsieht, dass auch ich ihre Freundin sein konnte.« Tränen stiegen ihr in die Augen und ließen sie schimmern. Da begriff er, dass Vivienne trotz ihres turbulenten gesellschaftlichen Lebens nur wenige wirkliche Freunde hatte, und zu diesen zählte nicht eine einzige Frau.

»Sie hat dich immer gern gehabt«, sagte er.

»Aber nicht wie dich und Em und Stevie. Sie hat es immer dir zuliebe versucht, aber das ist nicht dasselbe«, fuhr sie mit erstickter Stimme fort. In der Pfanne auf dem Herd blubberte es unbeachtet, Dampf stieg auf und umwaberte ihr bekümmertes Gesicht. »Sie hat mir die Sache mit Brian nie wirklich verziehen.«

»Nach dem, was du mir erzählt hast, gab es da nichts zu verzeihen.« Außerdem war es schon lange her. War das nicht längst verjährt? Trotzdem, etwas in ihrer Miene ließ ihn fragen: »Steckt denn mehr hinter der Geschichte, als Franny weiß?«

»Was willst du damit sagen?«, fragte Vivienne.

So wie sie den Rücken straffte, konnte er entnehmen, dass sie etwas zurückhielt. Auf einmal ergab alles einen Sinn. Er sah sie misstrauisch an. »Du warst mit ihm im Bett, nicht wahr?«

»Ach, jetzt schlafe ich schon mit jedem, der mir über den Weg läuft?«, schoss sie zurück.

»Beantworte meine Frage.«

»Na gut, ja! Ich habe mit ihm geschlafen!«, rief sie und riss frustriert die Arme hoch. »Er ist mir nach Paris gefolgt. Er hat mir gesagt, dass er nicht mehr mit Franny zusammen wäre. Was sollte ich denn glauben?« Jetzt begriff er, warum sie bereit, nein, geradezu begierig gewesen war, für Franny so weit zu gehen. Es war ihre Art gewesen, ein altes Unrecht wiedergutzumachen. »Du hättest daran denken sollen, dass Franny deine Freundin war«, sagte er, voller Verachtung für die Frau, die er einmal geliebt hatte. »Was er auch immer erklärt haben mag, du wusstest, dass sie verletzt war. Deswegen hast du es ihr auch nicht gesagt.«

»Es war nur das eine Mal! Danach habe ich ihm gesagt, ich könnte mich nicht mehr mit ihm treffen.«

»Es hat gar nichts bedeutet, willst du das damit sagen?«, fragte er und wiederholte damit ihre eigenen Worte von neulich abends.

Sie beeilte sich zu erklären: »Das mit Claude war etwas anderes ... da war ich nicht ich selbst.«

»Falsch.« In Gedanken konnte er seine Mutter sagen hören: Ein Leopard ändert niemals seine Flecken, und sein Mund verzog sich zu einem freudlosen Lächeln. »Du warst immer du selbst, Viv. Mein Fehler war zu glauben, du könntest dich ändern.« Ohne auf eine weitere ihrer gequälten Erklärungen zu warten, warf er einen letzten Blick auf das Festmahl, das sie vorbereitet hatte, und sagte im Gehen: »Danke, aber ich fürchte, mir ist der Appetit vergangen.«

Im Taxi auf dem Heimweg vom Flughafen starrte Franny aus dem Fenster in den strömenden Regen hinaus, ganz in Gedanken versunken. Glücklicherweise hatte Ruth fast die ganze Zeit geschlafen, sodass sie Gelegenheit gehabt hatte, über alles nachzudenken, was in den letzten paar Tagen geschehen war, und von dem nichts ganz so ausgegangen war, wie sie es erwartet hatte. Jetzt sah sie ihre Tochter an, die im Autositz schummerte, und war neidisch auf ihre segensreiche Unwissenheit. Ruth musste sich nicht über die Zukunft sorgen oder mit schmerzendem Herzen jemandem weh tun. Sie musste sich nicht fragen, ob ihre Träume wohl wahr werden würden ... oder ob sie ihr um die Ohren geschmettert werden würden.

Franny versuchte den Mut aufzubringen, Jay anzurufen. Er hatte während ihrer Abwesenheit mehrere Nachrichten hinterlassen, auf die sie nicht reagiert hatte. Sie hatte ihm so viel zu erzählen, aber im Augenblick, erschöpft von der Reise und noch immer unter ihrem Kater leidend, glaubte sie nicht, dass sie alles zusammenhängend herausbringen konnte ... oder in der Lage war, sich dem zu stellen, was er ihr vielleicht zu sagen hatte. Endlich raffte sie sich auf, beschloss aber, es vorläufig zurückhaltend anzugehen. Später gab es noch reichlich Gelegenheit für ernstere Gespräche.

»Zu glauben, dass ich Kalifornien hierfür verlassen habe«, sagte Franny.

Jay blickte aus dem Bürofenster in den strömenden Regen. »Wie war die Reise?«, erkundigte er sich so beiläufig er konnte, während ihm das Herz bis in den Hals klopfte.

»Ereignislos. Ruth hat die meiste Zeit geschlafen. Die Sterwardessen bekamen sich gar nicht mehr ein darüber, was sie doch für ein liebes Kind ist. Sie hätten sie mal letztens als Neubesetzung des *Exorzisten* sehen sollen.« Keine Erwähnung über Keith. »Arme Stevie. Sie lässt sich wahrscheinlich gerade einen Termin geben, um sich die Eileiter durchtrennen zu lassen.« Sie erklärte, dass Ruth sich geweigert hatte, die Flasche von Stevie zu nehmen, und aus voller Kehle gebrüllt hatte, bis Franny aufgetaucht war, um sie zu stillen. »Ich hoffe nur, wir haben da kein Ungeheuer geschaffen. Wer weiß, wohin das führen könnte. Wir schenken ihr ein Dreirad, und sie verlangt einen Ferrari. Oder hält die Zahnfee für Lösegeld gefangen.«

Jay musste unwillkürlich lachen. »Ich glaube, die Zahnfee ist zurzeit noch nicht gefährdet. Das dauert noch ein paar Jahre.« Jahre, in denen er, so betete er, Ruth würde aufwachsen sehen können.

»Du kannst das leicht sagen, du bist ja nicht derjenige, der ihr Geschrei anhören muss.«

Er wusste, dass sie es nur witzig gemeint hatte, aber er konnte nicht anders als sich zu fragen, ob es ihm wirklich bestimmt war, Vater auf Entfernung zu sein. Er musste sich zusammenreißen, um nicht rundheraus zu fragen, wie es mit Keith gelaufen war. Das Einzige, was ihn davon abhielt, war, dass er nicht sicher war, ob er die Antwort hören wollte. Wenn es nun schlechte Nachrichten waren? Zumindest konnte er so noch ein wenig länger hoffen. Er fragte stattdessen, ob er auf seinem Heimweg vorbeischauen könne, und als Franny, sich mit Erschöpfung entschuldigend, ablehnte und fragte, ob er nicht lieber am nächsten Abend kommen wolle, versuchte er, nicht allzu viel hineinzuinterpretieren.

Der nächste Tag war der längste seines Lebens. Mr. Uruchima traf unerwartet aus Japan ein und bestand darauf, Jay und sein ganzes Team zum Essen auszuführen. Er konnte diese Einladung unmöglich ausschlagen, also rief er Franny an und bat sie, nicht mit ihm zu rechnen. Den ganzen Abend und den folgenden Tag funktionierte er rein mechanisch, seine Gedanken waren nur bei Franny. Als der Donnerstag sich dem Abend zuneigte, brauchte er einen Drink, um sich für die niederschmetternde Mitteilung zu wappnen, die er nun sicher kommen fühlte, also ließ er sich von Todd überreden, nach Feierabend auf ein Bier zu Shaughnessy zu gehen.

Vierzig Minuten später stand er vor Frannys Tür und schloss sie mit dem Ersatzschlüssel auf, den sie ihm nach Ruths Geburt gegeben hatte. Er trat ein und fand sie auf dem Sofa im Wohnzimmer, wo sie Ruth stillte. Sie sah mit der aufgeknöpften Bluse und den Locken, die über ihre vollen Brüste fielen, unglaublich sexy aus. Er ließ sich Zeit damit, seinen Mantel aufzuhängen, während er seine Erektion durch reine Willenskraft bezwang, bevor er durchs Zimmer ging und ihr einen Kuss auf die Wange gab.

»Sieht aus, als hätte sie sich von ihrer Tortur wieder erholt«, sagte er und fuhr mit einem Finger über den Flaum auf Ruths weitgehend kahlem Köpfchen.

Franny verdrehte die Augen. »Du glaubst wohl, *ihr* wäre es schlecht ergangen.«

»Ich nehme an, du beziehst dich auf deine Begegnung mit Keith.« Jay setzte sich neben sie und spürte sein Herz gegen die Rippen pochen.

Sie nickte und legte Ruth an die andere Brust. »Sagen wir mal, sich zu betrinken hat es auch nicht leichter gemacht.«

»Aha.« Er lächelte wissend. Franny hatte Alkohol noch nie vertragen können.

»Er musste mich zu Stevie zurückfahren«, erklärte sie. »Versuch mal, dich von jemandem zu trennen, wenn du völlig durch den Wind bist. Ich hätte genauso gut auf Farsi mit ihm reden können.«

»Aber du hast es getan? Schluss gemacht, meine ich.« Vielleicht hat sie es vorgehabt, dachte er, und musste dann ihre Meinung ändern, weil Keith sich so heldenhaft benommen hat.

»Ich –«, begann sie, aber genau in diesem Moment stieß Ruth einen jammervollen Schrei aus und Franny stand auf, um sie ein Bäuerchen machen zu lassen. Während sie auf und ab ging und dem Baby den Rücken klopfte, entdeckte Jay einen neuen Sinn in einem alten Spruch – er hatte das Gefühl, als würde ihn die Spannung förmlich umbringen.

Ruth stieß einen lauten Rülpser aus, und Franny verschwand im Nebenzimmer, um ihr die Windeln zu wechseln und sie für die Nacht fertig zu machen. Die wenigen Minuten, bis sie mit geröteten Wangen und zerzaustem Haar wieder da war, kamen ihm wie Stunden vor. Sie schien nicht zu merken, dass die beiden obersten Knöpfe ihrer Bluse noch immer offenstanden. Er dachte an all die Gelegenheiten, die sie im Laufe der Jahre verpasst hatten. Die vielen Male, die sie albern herumgescherzt und sich Geheimnisse anvertraut hatten, hätten sie sich auch lieben können. Es kam ihm absurd vor, dass er nie zuvor bemerkt hatte, wie sexy sie war.

Trotzdem, die alten Muster ließen sich nur schwer durchbrechen. Er fühlte die Verlockung des Vertrauten, Sicheren, als Franny sich neben ihm aufs Sofa warf und ihre in Wollsocken steckenden Füße auf seinen Schoß legte. Er dachte, wie leicht es doch wäre, dieses bequeme Leben wiederaufzunehmen. Kein Risiko, dass einem das Herz bräche, kein Gang in eine Zukunft, aus der es kein Zurück gab. Sie würden nicht darüber nachdenken müssen, was als Nächstes kam. Sie wussten es bereits.

Jay räusperte sich. »Und?«

Franny sah ihm in die Augen, und er sah ihrem Blick an, dass er nicht der allein mit seiner Angst dastand. »Du zuerst«, sagte sie.

Er sah sie verwirrt an, nicht sicher, was sie eigentlich hören wollte. Dann dämmerte es ihm. »Du willst wissen, ob ich meine Meinung über Viv geändert habe?«

»Hast du?«, fragte sie und schaute ihn nervös an.

Jay schüttelte den Kopf. »Keine Chance. Es ist vorbei.« Er überlegte, ob er ihr von Vivs jüngstem Geständnis erzählen sollte, beschloss aber, dass es keinen Grund gab, warum Franny davon wissen sollte.

Sie schloss die Augen und legte eine Hand aufs Herz, als ob sie ein stilles Dankgebet spräche. Als sie die Augen wieder aufschlug, lächelte sie. »Okay, dann bin ich dran. Ja, ich bin offiziell entlobt. Es war ziemlich übel, aber Keith hat es tapfer getragen, als ich endlich nüchtern genug war, um es ihm zu sagen. Ich glaube, vor allem, weil er einen Schock hatte.«

Jay konnte sich nur mit Mühe das Grinsen verkneifen, das sich in seinem Gesicht ausbreiten wollte. »Und bedauerst du es?«

»Ich fühle mich schrecklich deswegen, wenn du das meinst.«

»Aber du bereust es nicht?«

Frannys Augen wurden groß, als sie begriff, und sie richtete sich kerzengerade auf und zog die Beine an die Brust. »Du kannst doch nicht glauben ... oh, Jay ... nein, natürlich tut es mir nicht auf diese Art leid.«

»Dann schätze ich mal, du bleibst an mir kleben.« Er grinste und griff nach ihrer Hand, führte ihre Finger zu seinem Mund und küsste einen nach dem anderen.

Sie sah gleichzeitig glücklich und verwirrt aus. »Da ist nur noch eins. Wie sollen wir den Übergang von besten Freunden zum Liebespaar hinkriegen? Ich möchte nicht, dass wir anfangen, uns vor Verlegenheit zu kringeln.« Ihre Finger schlossen sich um seine. »Ich will nicht verlieren, was wir haben.«

»Das werden wir auch nicht. Es wird nur besser werden.«

Ihre Miene ließ weiterhin leise Zweifel erkennen. »Du weißt, dass wir immer sagen, wir könnten unsere Gedanken lesen. Nun, das ist kein Scherz. Oft ist es, als ob wir es wirklich könnten.«

»Franny, wirklich, du machst dir über –«

»Okay«, schnitt sie ihm das Wort ab. »Was denke ich gerade?« Sie schloss die Augen.

Jay wollte schon eine neckende Bemerkung machen, aber sie sah mit den fest zusammengekniffenen Augen so ernst aus, dass er sich jeden Scherz verkniff und aus tiefstem Herzen sagte: »Du denkst, dass wir eine Familie sind – du, ich, Ruth. Wir waren es sogar schon vor Ruth, wir wussten es nur noch nicht.« Sie schug die Augen auf und ein strahlendes Lächeln überzog ihr Gesicht. »Ich glaube übrigens nicht, dass wir sie zufällig bekommen haben. Ich glaube, es sollte so sein – Gott hat uns damit gesagt, dass wir aufhören sollen, einander auszuweichen und stattdessen zur Sache kommen.«

»Warm, entschieden warm«, bestätigte sie.

»Und jetzt?« Er zog sie in seine Arme und strich ihr übers Haar.

»Noch wärmer und ich muss den Feuerlöscher holen.« Sie kuschelte sich an ihn und lehnte den Kopf an seine Schulter.

Er legte ihr einen Finger unters Kinn, sodass sie zu ihm aufsah. »Gut, dann bist du jetzt dran. Was denke ich gerade?«, murmelte er und beugte sich vor, um sie zu küssen.

Sie kniff die Augen wieder zusammen und legte die Fingerspitzen an die Schläfen, während sie in gespielter Konzentration die Stirn runzelte. »Ich sehe ein Bett mit zwei Menschen darin.«

»Sind sie nackt?«

»Ja, ich glaube schon. Es ist ein wenig verschwommen. Ich bin nicht ganz sicher.«

»Lass mich dir einen Tipp geben.« Er küsste sie wieder, leidenschaftlicher diesmal.

Minuten später lagen sie auf dem Boden, die Hälfte ihrer Kleider neben sich. Jay stieg gerade aus seiner Jeans, als Ruth im Nebenzimmer einen Schrei ausstieß. Franny setzte sich schimpfend auf. »Ich schwöre dir, das macht sie nur, um mich zu ärgern. Wenn ich jetzt vor dem Fernseher säße und mir Chips reinstopfte, würde sie die Nacht durchschlafen.«

»Es ist schon gut. Ich kann warten«, sagte er.

»Ich weiß aber nicht, ob ich kann.« Stirnrunzelnd zwängte sie sich wieder in ihre Jeans.

»Warum die Eile? Wir haben doch die ganze Nacht.«

»Hör auf, so verständnisvoll zu sein. Das wirft ein schlechtes Licht auf mich«, lachte sie.,

Er lächelte und strich ihr eine widerspenstige Locke aus der Stirn. »Wofür sind Freunde denn da?«

Kapitel 22

Emerson hatte die Augen halb geschlossen, hielt Reggies Hand und lauschte dem großartigen Spiel des Pianisten, der auf der Bühne Chopins *Nocturno* zum Besten gab, und dachte: So muss es für andere Menschen sein. Die Zufriedenheit, die sie empfand, musste allen normal erscheinen, die nicht in einer verrückten, auf den Kopf gestellten Welt aufgewachsen waren, in der Geld, das für das Ferienlager im Sommer zurückgelegt worden war, dann doch für den Eintritt beim Kostümball des Jahres ausgegeben wurde, und in der sich üppige Mahlzeiten im Four Seasons und Lutèce gefolgt mit verstohlenen Besuchen bei der Provident Pfandleihgesellschaft abwechselten. Und welche Ironie, dass ausgerechnet das, was ihrer Erziehung nach dem gesellschaftlichen Selbstmord gleichkam, nämlich außerhalb ihres Standes zu heiraten, das war, was sie so glücklich machte.

Sie warf einen Blick zu Reggie, der gebannt Emmanuel Ax auf der Bühne beobachtete. Viele Ehemänner schliefen bei Konzerten ein – Briggs hatte das gerne mit den Worten »ein leider banausenhaftes, aber schönes Schläfchen« entschuldigt. Aber Reggie liebte klassische Musik ebenso wie sie und genoss jede Gelegenheit eines Livekonzerts. Dinge, die für sie immer selbstverständlich gewesen waren – Konzerte, Broadway-Aufführungen, Opernbesuche –, waren für ihn absolute Ausnahmen gewesen.

Er hatte ihr aber auch völlig neue Welten eröffnet: Sie lernte Gegenden kennen, durch die sie zuvor höchstens durchgefahren war, wie Spanish Harlem, Greek Astoria und Arthur Avenue in der Bronx. Gemeinsam durchstöberten sie verrückte Läden, die exotische Räucherdüfte und Fetische verkauften, und aßen in Lokalen, über die sie früher vermutlich die Nase gerümpft hätte, wie das ähtiopische Restaurant, in dem sie einen würzigen Eintopf gegessen hatten und dabei anstelle von Besteck Fladenbrotstückchen zum Tunken benutzt hatten.

Ainsley blühte ebenfalls auf. Dass Reggie jetzt bei ihnen lebte, war für sie wie Weihnachten und Ostern an einem Tag. Sie hing wie eine Klette an ihm, und nur seine unerschütterlich gute Laune und Geduld verhinderte, dass er sich drückte, wenn sie zum x-ten Mal auf seine Schultern oder auf seinem Schoß sitzen oder von ihm ins Bett getragen werden wollte.

Das i-Tüpfelchen der ganzen Angelegenheit war aber, dass sich Briggs mit Reggie anfreundete. Als er Reggie zu einer Runde Golf in seinem Club einlud, wurde sie wieder einmal daran erinnert, weshalb sie ihn einmal geliebt hatte: Unter dem steifen Gebaren und dem arroganten Verhalten verbarg sich ein gutes Herz.

Nein, Reggie zu heiraten war keinesweg gesellschaftlicher Selbstmord gewesen. Sicher, ein paar Leute hatten die Augenbrauen hochgezogen, manche hatten sich dagegen fast überschlagen, um zu zeigen, wie weltoffen sie doch waren. Wie an diesem Abend in der Pause, als sie über Bunny Hopkins gestolpert waren, eine langjährige Bekannte ihrer Mutter. Bunny war so ausgesucht höflich gewesen, dass es schon einer Parodie gleichkam. Aber alles in allem war Emerson angenehm überrascht gewesen von der Reaktion auf ihren neuen Ehemann, die im Grunde daraus bestand, dass man nichts weiter als höfliches Interesse bekundete.

Der einzig wunde Punkt blieb Marjorie. Emerson hatte sie seit dem Abend, an dem sie mit Reggie durchgebrannt war, nicht mehr gesehen noch von ihr gehört, und obwohl es in gewisser Hinsicht eine Erleichterung war, hallte die Stille lauter als Marjories Gejammer. Emerson bekam noch immer regelmäßige Berichte von ihren Pflegern und hatte mehrfach mit dem Arzt gesprochen, als sie im Krankenhaus lag. Sie wusste, dass es Marjorie so gut ging, wie man es erwarten konnte, dass sie bei jeder Mahlzeit ein wenig aß und regelmäßig Verdauung hatte. Und während Emerson zwar lautstark erklärte, dass sie ihr nichts schuldig war, wie neulich, als Franny versucht hatte, vorsichtig das Thema anzuschneiden, hatte sich ein Fünkchen Schuldbewusstsein angeschlichen, das jetzt vor sich hinglomm.

Nicht dass Marjorie es nicht verdiente, ausgegrenzt zu werden. Kein Richter oder Geschworenengericht würde sie dafür verurteilen. Es war auch nicht so, dass sie die Gesellschaft ihrer Mutter vermisste. Es war eher ein undeutliches Gefühl, dass etwas nicht so war, wie es sein sollte.

Sie drückte Reggies Hand, und er lächelte sie an, sein Blick ruhte auf ihr, als ob ihr Anblick etwas so Fesselndes wäre, dass er sich nur mit Mühe davon losreißen konnte. In seinem neuen Anzug, den sie ihm unbedingt hatte kaufen wollen, war er mit Leichtigkeit der eleganteste Mann im Saal. Ja, wir sind ein schönes Paar, dachte sie und blickte auf ihre ineinander verschlungenen Finger.

Es würde noch Monate dauern, bevor sie alles mit der Einwanderungsbehörde geklärt hatten, aber zumindest bestand nicht die Gefahr, dass Reggie abgeschoben wurde. Nachdem sie erfahren hatten, dass die Anschuldigungen gegen ihn falsch waren – Emerson hatte ihre Tante Florence dazu gebracht, eine diesbezügliche eidesstattliche Versicherung abzugeben –, hatte man beschlossen, dass er kein Sicherheitsrisiko darstellte, und überprüfte gegenwärtig seinen Antrag auf Einbürgerung.

Emerson war zuversichtlich, dass sich alles zum Guten wenden würde. Niemand, der sie zusammen sah, konnte an ihrer aufrichtigen Liebe zueinander zweifeln. Außerdem, wer würde schon aus einem anderen Grund als wahrer Zuneigung all die Hindernisse überwinden, vor denen sie gestanden hatten und die noch vor ihnen lagen?

Eine herzzerreißend schöne Wiedergabe von Beethovens *Mondscheinsonate* folgte auf das *Nocturno*. Endlich, nach der letzten Zugabe, als der donnernde Applaus sich gelegt hatte, standen sie auf, um zu gehen, und Reggie half ihr in ihre Jacke. Als Gentleman der alten Schule hielt er immer für sie die Tür auf oder zog ihren Stuhl für sie heran. Einmal, als sie ihm scherzhaft vorgeworfen hatte, sie zu verwöhnen, hatte er sie verblüfft angesehen. Benehmen sich denn nicht alle Männer so?, hatte er gefragt. Als sie ihm erklärt hatte, dass er eher die Ausnahme als die Regel war, hatte er erwidert, dass läge nur daran, dass die meisten Männer nicht in den Genuss gekommen wären, von Miriam Okanta eins um die Ohren zu bekommen.

Nachdem sie seine Mutter kennengelernt hatte, die zusammen mit Reggies Vater und zwei seiner Brüder hergeflogen war, um an dem kleinen Empfang in ihrer Wohnung teilzunehmen, zweifelte Emerson nicht daran, dass sie ihre Kinder mit fester Hand erzogen hatte, ihnen gleichzeitig jedoch ungeheure Wärme und Großherzigkeit entgegengebracht hatte. Sie war eine große, gut aussehende Frau, deren Lachen ebenso einnehmend wie ihre üppige Figur war. Miriam hatte es trotz ihrer beschränkten Englischkenntnisse fertig gebracht, Emerson zu vermitteln, wie froh sie war, sowohl eine neue Tochter als auch eine Enkelin bekommen zu haben.

Draußen war es kühl und windig. Als sie Arm in Arm über die 75. Straße schlenderten auf dem Weg zur Sixth Avenue, um dort ein Taxi zu nehmen, noch immer im Bann der Musik, wanderten Emersons Gedanken zu Franny und Jay. Die beiden einzigen Menschen, die erstaunt darüber waren, dass sie zusammengefunden hatten, waren Franny und Jay selbst. Jetzt planten sie, als ob sie verlorene Zeit aufholen wollten, ihre Beziehung so schnell wie möglich zu legalisieren, sobald Jays Scheidung überstanden war. Natürlich hatte Emerson ihre Hilfe bei der Planung der Hochzeit angeboten. Der Partyservice, den sie für die meisten ihrer Veranstaltungen buchte, würde ihr einen guten Preis machen, und sie kannte einen ausgezeichneten Floristen, der –

Ihre Gedanken wurden durch das Klingeln ihres Handys unterbrochen. Wie immer überfiel sie ein leichtes Unbehagen, die Frage, ob Ainsleys Kindermädchen anrief, um ein Unglück oder eine kleinere Blessur zu melden. Aber es stellte sich heraus, dass es die Pflegerin ihrer Mutter war. Marjorie sei auf dem Weg ins Krankenhaus, erklärte Sonia ihr. Anscheinend hatte sie Probleme beim Atmen gehabt, und Sonia hatte trotz Marjories Einwänden darauf bestanden, einen Krankenwagen zu rufen. Sonia klang beunruhigt.

Als sie auflegte, war Emerson hin- und hergerissen zwischen ihrem nicht verzeihenden Herzen und ihrem Pflichtgefühl, was sich in ihrer alten Sehnsucht nach der Liebe ihrer Mutter verhedderte. Aber Marjorie hatte sich ihr Bett selbst gemacht, sagte sie sich, und jetzt musste sie auch darin liegen. Emerson beschloss, dass sie mit einem Anruf beim Onkologen ihrer Mutter am nächsten Morgen ihrer Pflicht in ausreichendem Maße nachkommen würde.

Reggie hatte jedoch andere Vorstellungen. »Wir müssen gehen«, sagte er.

»Ich kann nicht.« Emerson schüttelte den Kopf.

Er sah sie ernst an. »Sie könnte sterben.«

»Ich hätte gedacht, dass gerade du mich verstehen würdest«,

sagte sie, etwas gekränkt, dass er nicht auf ihrer Seite war. Hatte er nicht auch wegen Marjorie zu leiden gehabt?

»Ich verstehe nur, dass sie deine Mutter ist.«

»Was das auch zu bedeuten hat«, sagte sie bitter.

»Trotzdem.« Er blickte entschlossen, ein Nein als Antwort ließ er nicht gelten.

»Ist das jetzt unser erster Streit?«, fragte sie.

»Es gibt keinen Grund zu streiten«, sagte er ruhig. »Du weißt in deinem Herzen, dass ich recht habe.«

Der Zauber des Abends war verflogen, und wie sie auf dem Bürgersteig standen und die Menschen um sie herum strömten wie Wasser um einen Stein im Fluss, hatte sie das Gefühl, an einem Scheideweg zu stehen. Ein Teil von ihr wollte über die Ungerechtigkeit aufschreien. Warum musste sie diejenige sein, die die andere Wange hinhielt, obwohl es doch ihre Mutter sein sollte, die *sie* um Verzeihung bat? Gleichzeitig wusste sie, das in Reggies Worten Weisheit lag, und wenn sie auf ihr Herz hörte, würde es ihr sagen, was sie tun musste.

Sie griff nach der Hand ihres Mannes. »Dann gehen wir.«

Die Besuchszeit war längst vorbei, als sie im Lenox-Hill-Krankenhaus ankamen, doch die Schwester am Empfang der Krebsstation, die sie von früheren Besuchen kannte, sagte, sie könnten ein paar Minuten zu ihr. Als Emerson den Korridor entlangging, der von Gehhilfen und Rollstühlen gesäumt war, und Reggies Hand fest umklammerte, waren es nur Frannys warnende Worte, die in ihrem Kopf widerhallten – »Wenn jemand stirbt, stirbt dein Zorn nicht mit ihm« – die sie daran hinderten, die Flucht zu ergreifen.

Marjorie saß, von Kissen gestützt, im Bett, als sie hereinkamen, fast als hätte sie sie erwartet. Es war Wochen her, seit Emerson sie zuletzt gesehen hatte, und sie war entsetzt, wie verändert sie aussah. Von ihr war praktisch nichts mehr übrig, außer Haut, die sich über scharf hervorstechende Knochen spannte. Ohne ihre Perücke war der Umriss ihres Schädels durch das schüttere graue Haar überdeutlich zu sehen. Die Augen blickten sie aus tiefen Höhlen an, und ihre Brust hob und senkte sich mit Hilfe des Sauerstoffs, der durch den Schlauch in der Nase in ihre Lungen gepumpt wurde.

»Wenn du gekommen bist, um mich sterben sehen, muss ich dich leider enttäuschen«, sagte sie, jedes Wort durch einen mühsamen Atemzug wie unterstrichen. »Mein Arzt sagt, ich bin noch nicht ganz bereit fürs Leichenschauhaus.«

Emerson konnte nur dastehen und ihre Mutter anstarren. Der Anblick eines solchen Verfalls schien allen Zorn verdrängt zu haben und ließ sie seltsam gefühllos zurück.

Es war Reggie, der vortrat und sagte: »Ich bin froh, das zu hören. Wie geht es Ihnen, Mrs. Fitzgibbons?«

Emerson versteifte sich in der Erwartung, dass Marjorie einen Schwall von Beschimpfungen ausstoßen würde, aber sie sagte nur: »Ich atme noch, das ist doch schon was. Und wie geht es Ihnen und Ihrer Braut?«

»Uns beiden geht es gut«, antwortete er, als ob er den Sarkasmus nicht bemerkt hätte.

»Also bekommt Ihnen das Eheleben.«

»Sehr sogar.« Er wandte sich kurz ab, um Emerson zuzulächeln. »Ich hoffe, wir haben Ihren Segen.«

Marjorie beäugte ihn neugierig, als ob sie nicht sicher wäre, ihn ernst nehmen zu können. »Es erstaunt mich, dass es für Sie eine Rolle spielt«, sagte sie. »Ich hätte angenommen, Sie würden nichts mit mir zu tun haben wollen.«

Er neigte leicht den Kopf, als wolle er so ausdrücken, dass er tatsächlich das Recht hatte, wütend auf sie zu sein. Aber als er sprach, war sein Ton sanft. »Wir sind nicht gekommen, um uns zu beklagen.«

Plötzlich kam Emerson ihre Hartherzigkeit gegenüber Reggies Mitgefühl furchtbar kleinlich vor. Sie erkannte, dass es falsch gewesen war, ihre Mutter durch ihr Fernbleiben zu strafen. War das in gewissem Sinne nicht wieder ein Weg gewesen, sich beherrschen zu lassen? Nur wenn sie ihren Zorn losließ, wie Reggie es getan hatte, würde sie sich wirklich befreien. Und tief in ihrem Innern wusste sie, wie fehlgeleitet Marjories Handlungen auch gewesen sein mochten, sie hatte geglaubt, es wäre das Beste für sie.

»Trotzdem, ich schulde euch beiden eine Entschuldigung«, erklärte Marjorie steif, als ob sie sagen wollte, nehmt sie an, wenn ihr wollt, oder lasst es bleiben. »So, jetzt ist es raus. Jetzt kannst du mich weiter hassen, wenn du willst, aber ich wollte, dass du es weißt.«

»Ich hasse dich nicht«, sagte Emerson, die endlich die Sprache wiedergefunden hatte.

»Ich weiß, ich bin keine besonders gute Mutter gewesen.« Marjories Miene wurde weicher, als sie sich Emerson zuwandte. »Die Wahrheit ist, du hast mir Angst gemacht. Was immer ich tat, ich war immer sicher, es war falsch. Und dieser Blick, mit dem du mich angesehen hast, als ob du es nicht ertragen konntest, dass ich dich berührte –« Sie brach mit einem Seufzer ab. »Nach einer Weile war es leichter, dich einfach in Ruhe zu lassen.«

Und schon war Emersons Ärger wieder da. »Willst du damit sagen, dass es allein an mir lag, und mir mal wieder die Schuld in die Schuhe schieben?«

»Nein, Liebes, natürlich nicht.« Marjorie hob eine Hand, die mit blauen Flecken von den Infusionsnadeln übersät war, als wolle sie nach ihr greifen, bevor sie sie wieder auf die Matratze fallen ließ. Sie schüttelte den Kopf und wirkte unendlich müde. »Ich sage nur, dass die Dinge nicht immer so schwarz und weiß sind, wie wir sie sehen.«

»Du warst nie für mich da, wenn ich dich brauchte«, sagte Emerson und schluckte Tränen hinunter. »Das Einzige, was dich je interessiert hat, war eine passende Partie für mich zu finden, und das auch nur, weil du dachtest, dass ein gutes Arrangement dich in der Achtung deiner Bekannten steigen lassen würde.«

Marjorie zog eine Braue hoch. »Und was wirst du Ainsley sagen, wenn sie dir eines Tages vorwirft, du hättest sie im Stich gelassen?«

»Sie weiß, dass ich sie liebe.«

»Und glaubst du denn, dass ich dich nicht liebe?«

Emerson wusste nicht, was sie darauf antworten sollte.

»Mit einer Sache hast du richtig gelegen«, fuhr Marjorie müde fort. »Meine Freunde haben nicht gerade einen Pfad zur Tür getrampelt, und das sagt wohl etwas über die Person, die ich bin, aus.«

»Es zeigt nur, wie hohl sie sind«, widersprach Emerson, aus einem plötzlichen Drang heraus, ihre Mutter verteidigen zu müssen.

»Wasser sucht sich seinen Weg.« Marjorie klang eher resigniert als bitter. »Oh, ich bezweifle nicht, dass sie alle zur Beerdigung erscheinen. Nicht, weil ich so beliebt war, sondern weil man es von ihnen erwartet. So sind wir nun mal, und es sind nicht mehr viele von uns übrig. Wir müssen zusammenhalten.«

Emerson dachte an das schwarze, in Leder gebundene Gesellschaftsregister, das auf einem Regal in der Bibliothek ihrer Mutter Staub ansetzte, ein Verzeichnis aller Namen von Rang. Menschen, die umworben wurden, nicht weil sie klug oder tüchtig oder auch nur notwendigerweise reich waren, sondern einfach weil sie das Glück hatten, in die richtigen Familien hineingeboren zu werden. Für wie dumm Emerson das auch halten mochte, das gesamte Leben ihrer Mutter hatte sich um diese Sache gedreht. Der Gedanke, dass sie starb, ohne das Leben außerhalb dieser starren gesellschaftlichen Grenzen gekannt zu haben, war unerträglich traurig.

Sie sank auf den Stuhl neben dem Bett, ausgelaugt. »Mutter, ich wünschte, du würdest nicht...«, begann sie.

Aber Marjorie wischte wie immer jeden Einwand beiseite. »Unsinn, Liebes. Wir müssen irgendwann darüber sprechen. Ich glaube, sogar mein Arzt würde mir zustimmen, je eher wir die Beerdigung planen, desto besser.«

»W-was hattest du dir denn vorgestellt?«, stammelte Emerson. Es kam ihr so seltsam vor, darüber zu reden.

»Eine schwarz verhängte Pferdekutsche, Trauergäste, die in Dreierreihen entlang der Fifth Avenue stehen und einen großen Chor, der mich auf den Weg schickt«, erwiderte Marjorie ohne Zögern. »Aber, Liebes, egal was du vielleicht denkst, ich weiß sehr wohl, wer die Rechnung zahlen muss, und unter diesem Blickwinkel werde ich mich doch für eine Einäscherung und einen netten Gedenkgottesdienst entscheiden. Wirklich, das ist das Mindeste, was ich tun kann.«

Emerson schluckte und lächelte gezwungen. »Das lässt sich sicher arrangieren.«

Sie wollten schon aufbrechen, als Marjories Luchsaugen sich auf Reggie hefteten. »Du willst meinen Segen, du hast ihn – unter einer Bedingung. Lass nicht zu, dass sie dich so unterbuttert wie ihren Exmann. Sie behauptet gern, dass Briggs den Ton angegeben hat, aber glaub das bloß nicht, nicht für eine Minute. Sie ist schießlich meine Tochter, auch wenn sie es nur ungern zugibt.«

»Ich glaube nicht, dass da Gefahr besteht, Mrs. Fitzgibbons«, sagte er und unterdrückte mühsam ein Lächeln.

»Marjorie, bitte«, sagte sie mit einer Handbewegung. »Ich

glaube, wir sind über den Punkt hinaus, wo Förmlichkeiten erforderlich sind, oder? Vergiss nur nicht –« Sie brach ab, um Luft zu holen, und Emerson wappnete sich in der Erwartung, etwas zu hören wie »Vergiss nie deine Stellung«. Aber sie sagte nur: »Ich kann dir immer noch beim Gin Rummy das Fell über die Ohren ziehen.«

»Ich würde dir gern zeigen, dass du dich da irrst.«

Marjorie schloss die Augen. Sie wirkte völlig erschöpft. Kaum hörbar sagte sie. »Das werden wir ja sehen. In der Zwischenzeit geht ihr beide doch ruhig und lasst mich meinen Schönheitsschlaf machen.«

Emerson blieb noch einen Augenblick und sah zu, wie Marjorie einschlief, dann beugte sie sich vor und gab ihr einen behutsamen Kuss auf die Stirn und murmelte: »Gute Nacht, Mutter. Schlaf gut.«

Als mitten in der Nacht der Anruf kam, dass Marjorie friedlich im Schlaf gestorben war, empfand Emerson vor allem Erleichterung und Dankbarkeit, dass ihre Mutter nun nicht mehr leiden musste. Sie waren gewissermaßen beide von ihrem Elend erlöst. Sie selbst, weil sie am Ende doch noch ihren Frieden mit Marjorie geschlossen hatte. Und statt über eine verpasste Gelegenheit zu weinen, konnte sie jetzt wirklich um ihre Mutter trauern.

Und genau wie Marjorie vorausgesehen hatte, tauchte die ganze sogenannte bessere Gesellschaft bei ihrem Gedenkgottesdienst in der folgenden Woche auf. Die älteren Mitglieder des Cosmopolitan Clubs, vertreten durch Bunny Hopkins und ihresgleichen, mischten sich mit den Gemeindemitgliedern der St.-Thomas-Kirche. Marjorie hätte sich gefreut, wenn sie gewusst hätte, dass unter ihnen mehrere direkte Abkömmlinge der *Mayflower* waren. Emersons kränkelnde Tante Florence kam mit dem Flugzeug aus Boca Raton, begleitet von ihrer Pflegerin, einer hübschen Haitianerin namens Eugenie. Auch Nacario war da, um ihr die Ehre zu erweisen, ebenso wie Emersons Briggs und seine Frau.

Jay und Franny waren auch da. Und Stevie, für die es nicht leicht gewesen war, sich frei zu machen, in Anbetracht ihres frisch erworbenen Ruhms als Grant Tobins Tochter. Ihre familiäre Beziehung hatte dafür gesorgt, dass sie plötzlich im Mittelpunkt der Medienaufmerksamkeit stand. Während Emerson der Predigt des Geistlichen zuhörte, fühlte sie sich, flankiert von Ainsley und Reggie auf der einen und ihren Freunden auf der anderen Seite, von Liebe eingehüllt. Vielleicht war sie nicht in die Familie hineingeboren worden, die sie sich ausgesucht hätte, aber sie hatte alles richtig gemacht, indem sie sich eine eigene Familie geschaffen hatte. Genau genommen hätte sie es nicht anders haben wollen.

»Hast du schon überlegt, wo du die Asche verstreuen willst?«, fragte Franny, als sie im Wagen von der Kirche losfuhren.

Emerson blickte auf die Urne, die sie im Arm hielt. So diskret und geschmackvoll, wie Marjorie sie gewünscht hätte, aus hochglanzpoliertem Mahagoni, war sie erstaunlich leicht: Der Rest des Lebens ihrer Mutter. »Eine ihrer glücklichsten Erinnerungen war ihre Hochzeitsreise mit Dad ins Loire-Tal«, sagte sie mit einem Lächeln. »Ich habe einen meiner Kunden, der einen Weinberg da besitzt, gefragt, ob ich ihre Asche dort verstreuen kann. Dann denke ich jedes Mal, wenn wir eine Flasche Wein aus dem Jahr trinken, an sie. Das würde ihr gefallen.«

»Verstreu meine Asche über einem Weizenfeld«, wies Franny Jay an. »Wenn ich schon zu Lebzeiten nicht das ganze

Brot essen kann, das ich gerne möchte, wäre es schön zu wissen, dass ich nach meinem Tod in all diesen Brotlaiben stecke.«

Jay legte den Arm um ihre Schulter. »Schluss mit dem Gerede übers Sterben, bitte. Ich weiß nicht, wie es euch geht, aber ich habe vor, noch lange, lange Zeit hierzubleiben.«

Franny hatte ihrem Lockenkopf an Jays Schulter geschmiegt und nickte bestätigend. Sie gaben ein so vollkommenes Paar ab, dass es schwerfiel, sich daran zu erinnern, dass sie nur gute Freunde gewesen waren.

»Habt ihr beiden Süßen eigentlich mal überlegt, welche Art von Hochzeit ihr gerne hättet?«, fragte Emerson.

»Ist der Gang zum Altar allein nicht schon Prüfung genug?«, scherzte Stevie. Aber der wehmütige Blick strafte ihren fröhlichen Tonfall Lügen. Neulich hatte sie sich Emerson anvertraut, dass es der größte Fehler ihres Lebens gewesen war, Ryan nicht zu heiraten.

»Wir haben noch nicht einmal offiziell unsere Verlobung bekannt gegeben«, erinnerte Franny sie.

»Meine Mommy und Reggie haben geheiratet. Jetzt habe ich zwei Daddys«, verkündete Ainsley, die auf Reggies Schoß saß.

»Was bedeutet, dass ich auf zwei schöne Damen aufpassen muss statt auf eine.« Reggie griff nach Emersons Hand und verschränkte seine Finger mit den ihren. »Und das verdanke ich alles deiner Großmutter. Wenn sie nicht gewesen wäre, hätte ich keinen von euch beiden kennengelernt. Dafür bin ich ihr dankbar.«

»Tschüß, Großmama.« Aisnley tätschelte die Urne. »Meinst du, sie kann mich oben im Himmel noch hören?«, fragte sie Emerson.

Emerson fühlte Tränen hinter den Lidern brennen. Was sie

darüber gelernt hatte, wenn man jemanden verlor, der einem nahe stand, war, dass es nicht unbedingt die großen, filmreifen Momente waren, die einen rührten – die Bibelstellen und Trauerreden, die Freunde und Verwandten, die ihr Beileid aussprachen –, sondern die kleinen Erinnerungen: ein Wort, eine Geste, ein Sammlerstück wie die Lieblingsteetasse ihrer Mutter, die umgedreht auf dem Abtropfbrett stand, oder der vertraute Duft nach Veilchen, der ihr aus dem Schrank entgegenwehte, als sie nach einem Kleid suchte, in dem Marjorie eingeäschert werden konnte.

»Ich weiß nicht, Spatz«, sagte sie. »Aber wenn sie dich hören kann, dann lächelt sie bestimmt gerade.«

Kapitel 23

Für Stevie waren die Wochen nach der Verhaftung von Victor Gonzalez und Grants damit einhergehende Entlastung fast surreal. Über Nacht hatte sie sich auf der anderen Seite der Kamera wiedergefunden, wich Reportern und Fernsehteams aus – manchmal denselben Menschen, mit denen sie jahrelang Seite an Seite gearbeitet hatte. Nur weil sie ein alter Hase in dem Geschäft war, gelang es ihr, die Meute zu lenken, und entschied sich für einige wenige ausgewählte Interviews, nur um die Dinge klarzustellen, wobei *KNLA* natürlich das erste Stück vom Kuchen bekam. Auf diese Weise verhinderte sie, dass sie und Grant von der Medienhysterie aufgefressen wurden. Es war nicht leicht gewesen, Grants Zustimmung zu bekommen. Er war noch immer sehr scheu nach den Jahren des Belagerungszustandes, und sie musste ihn davon überzeugen, dass es so auf lange Sicht am besten war. Sobald die Neugier der Öffentlichkeit befriedigt wäre, würde sie sich dem nächsten Skandal zuwenden, hatte sie ihm immer wieder erklärt. Hinter den Kulissen würde schon der nächste warten und außer einem erneuten kurzen Aufflammen des Interesses, das die Veröffentlichung von Keiths Buch mit sich bringen würde, wären Grant Tobin und Stevie Light bald Schnee von gestern.

Ihr Leben fing gerade an, wieder eine gewisse Routine anzunehmen, als ihr eines Morgens eine Meldung ohne Quellenangabe auf Seite 6 der New York Post entgegensprang, als sie im Nachrichtenraum an ihrem Schreibtisch saß und die Tageszeitungen nach Meldungen durchforstete, die sie verwenden konnte: »... Nur eine Frage: Welcher Studioboss, der sich kürzlich von Ehefrau Nummer drei getrennt hat, poussierte neulich bei einer Wohltätigkeitsveranstaltung mit einer gewissen betörenden blonden Produktionsassistentin, die man zuletzt am Arm eines Dokumentarfilmers sah, der einen Academy Award gewann?«

Ihr Herz machte einen Satz. Es musste sich um Ryans Freundin handeln, dachte sie. Wer sonst passte auf diese Beschreibung? Und quellenlose Meldungen waren oft zuverlässiger als offizielle Agenturmeldungen. Aber es gab nur eine Möglichkeit, die Wahrheit herauszufinden: Ryan selbst zu fragen. Aber wie sollte sie das anstellen? Sie konnte ja schlecht zum Telefon greifen und sich beiläufig erkundigen: »Ach, übrigens, bist du noch immer mit Kimberly zusammen?« Das würde aussehen, als wäre sie eine Verliererin, die besessen von ihrem Ex war.

Erst am nächsten Morgen, nach einer unruhigen Nacht, in der sich ihre Gedanken immer wieder im Kreis gedreht hatten, bot sich eine Gelegenheit. Fast als ob das Schicksal es so gewollt hätte, kam die Nachricht vom Tode Delilah Jacobs über den Äther, einem ehemaligen Kinderstar, der später eine führende Rolle im Naturschutz gespielt hatte. Delilahs letztes Filmprojekt aus dem Jahr 1999, als sie schon hoch in den Siebzigern war, war offenbar eine Dokumentation des *National Geographic* über ihr außergewöhnliches Leben, produziert und unter der Regie von niemand anderem als Ryan Costa.

Stevie verbrachte die nächsten zwanzig Minuten an ihrem Computer und hämmerte fieberhaft einen Entwurf für eine Sendung über Delilah Jacobs in die Tasten, den sie Liv schickte. Im Kielwasser von Stevies neuer Berühmtheit hatte der Sender die höchsten Einschaltquoten seines Bestehens erzielt, sodass Liv in letzter Zeit besonders gut drauf war. Trotzdem war

Stevie nicht überrascht, als die Produzentin ihr prompt eine E-Mail zurückschickte: »Wer schert sich auch nur einen Deut um irgendeine längst vergessene Schauspielerin??? Ein paar Zeilen reichen.« Sie hätte sich über Liv hinwegsetzen können, aber das hätte diese nur vergrätzt und am Ende Stevie das Leben schwerergemacht. Stattdessen spürte sie Liv in ihrem Büro auf und bearbeitete sie, bis sie endlich einwilligte, wenn auch vor allem, damit sie Ruhe gab. Wenige Minuten später hastete Stevie zur Einsatzleitung, um ein Team zusammenzustellen, bewaffnet mit einem legitimen Grund, ihren Exfreund zu interviewen, ohne ihm um den Bart gehen zu müssen.

Wenn sie ihn persönlich traf, dürfte es kein Problem sein herauszufinden, wie die Sachlage war und ob eine Chance bestand, ihrer eigenen Romanze wieder Leben einzuhauchen.

Sie gestattete sich kurz, sich auszumalen, wie es sein würde, Ryan wie in alten Tagen auf einen Drink oder ein frühes Abendessen in dem kleinen Bistro zu treffen, das bei seinem Studio um die Ecke lag. Wie sie sich gegenseitig die Einsätze gaben, ähnlich Jazzmusikern bei einer Session, sich Stichwörter zuwarfen und über Insiderscherze lachten, die niemand außer ihnen verstand. Ihr Liebesspiel war wunderbar gewesen, ja, und es gab Zeiten, vor allem nachts, wenn sie sich mit einer Art Hunger nach ihm sehnte, der nur selten durch die Selbstbefriedigung gestillt wurde, in der sie ziemlich gut geworden war. Aber es waren die kleinen, scheinbar unbedeutenden Momente, die die eindrücklichsten Erinnerungen hervorriefen: sein kleines Ritual, ihr sonntagmorgens die Zeitung und den Kaffee ans Bett zu bringen, die Abende, an denen sie sich chinesisches Essen hatten kommen lassen und zu Hause geblieben waren, um eine DVD zu sehen, die Fahrten entlang der Küste an schönen Tagen, in dem Firebird mit offenem Dach und ohne bestimmtes Ziel, nur um den Seewind und die Sonne zu genießen.

Konnte sie das wieder haben? Oder war das zu viel erhofft?

Aber als sie Red Gate Productions anrief, musste sie hören, dass Ryan nicht in der Stadt war. Anstelle eines Live-Interviews vor der Kamera musste sie sich mit dem Telefon begnügen. Ryan zollte Delilah Tribut und beschrieb sie als großartige alte Dame, der die vierbeinigen Lebewesen lieber gewesen waren als die zweibeinigen. Zum Schluss hatten sie trotzdem eine schöne Aufnahme zusammen. Aber Stevie konnte an nichts anderes denken, während sie den Beitrag schnitt, als daran, wie geschäftsmäßig er geklungen hatte. Wie immer es auch um seine Beziehung stand, es war deutlich, dass er weitergegangen war, soweit es sie betraf.

Es war eine angenehme Überraschung, als er sie am nächsten Tag anrief, um ihr zu dem Beitrag zu gratulieren. Sie war in den *ABC*-Studios, wo die erfolgreiche Sitcom *Baker's Dozen* gedreht wurde, die von einer Stiefmutter namens Francine Baker und ihren dreizehn Kindern handelte. Sie interviewte gerade die Hauptdarstellerin und konnte daher nicht in Ruhe sprechen. Sie fragte, ob sie ihn später anrufen könne, und verbrachte den Rest des Vormittags mit nervösen Überlegungen. War sein Anruf nur ein kollegiales Schulterklopfen gewesen oder steckte mehr dahinter?

Er hatte jedes Recht, nichts mehr mit ihr zu tun haben zu wollen. Sie war diejenige, die Schuld an ihrer Trennung hatte, als es ernst wurde, hatte sie gekniffen. Und ging es in der Liebe nicht auch darum, Risiken einzugehen? Man musste sich nur Jay und Franny sowie Emerson und Reggie anschauen. Sie alle hatten großes Vertrauen bewiesen. Auch für sie war es nicht einfach gewesen, und es gab bestimmt Zeiten, in denen sie ihr Single-Dasein vermissten. Aber war es das nicht wert, diese kleinen Vorteile aufzugeben – nie nach der Milchpackung zu greifen und festellen zu müssen, dass sie leer war, so lange im Bett zu lesen, wie man wollte und lautstark alte Hits von ABBA zu hören, ohne dass jemand die Augen verdrehte –, wenn man abends zu dem Menschen nach Hause kam, den man von allen auf der Welt am meisten liebte? Jemand, mit dem man über alles und jedes reden konnte. Jemand, der nichts dagegen hatte, einem den Rücken zu massieren, wenn man zu müde für Sex war und der einem sagte, man sähe großartig aus und es auch so meinte, auch wenn die Haare mal wieder nicht sitzen wollten oder man einen Pickel hatte.

»Wie ist das Interview gelaufen?«, fragte Ryan, als sie ihn später anrief.

»Gut, nur dass wir all die unanständigen Wörter mit einem Piepton überlagern mussten.« Sie erklärte, dass Jackie Ramone, der Star von *Baker's Dozen*, feste Ansichten zu politischen Fragen bis hin zu ihrem Lieblingsthema Umwelt und keine Scheu hatte, diese auch zu äußern. »Ich habe auch mit ein paar der Kinder gesprochen. Das kleinste, das im Fernsehen so niedlich wirkt, entpuppte sich als reinstes Ekelpaket.«

Er kicherte. »Mit anderen Worten, ein ganz normaler Tag im Büro.«

»Was ist mit dir? Woran arbeitest du zurzeit?« Stevie versuchte beiläufig zu klingen.

Ryan erzählte ihr, dass er an einem Film über den verstorbenen großen Jazzsaxophonisten Gerry Muligan arbeitete. Er erwähnte weder Kimberly noch die Meldung in der *Post*.

Sie wiederum brachte ihn auf den neuesten Stand in Bezug auf Grant und ihre Freunde.

»Also haben Franny und Jay endlich zueinander gefunden?«, fragte er. »Ich kann nicht sagen, dass mich das überrascht. Wenn je zwei Menschen füreinander geschaffen waren, dann diese beiden.«

»Ich muss zugeben, dass ich es nicht habe kommen sehen«, erwiderte Stevie. »Aber du hast recht, es passt wirklich gut.«

»Bitte richte ihnen meinen Glückwunsch aus. Und Em auch.« Nach einer kurzen Pause setzte er halb im Scherz hinzu: »Jetzt, wo sie sich alle zu Paaren gefunden haben, bist wohl nur noch du übrig.«

Stevie fragte sich, was er damit meinte, und wollte ihn gerade rundheraus fragen, ob er und Kimberly immer noch zusammen waren, als sie einen Signalton hörte und Ryan erklärte: »Oh, das ist die andere Leitung.« Er ließ sie einen Moment warten, und als er wieder dran war, sagte er: »Ich muss das Gespräch annehmen. Können wir ein andermal weiterreden?«

Stevie startete einen wilden Anlauf, es mochte ihre letzte Chance sein. »Hast du irgendwann nächste Woche Zeit zum Mittagessen?«

»Nächste Woche ist nicht gut. Aber ich könnte morgen zum Brunch.« Sein Ton war knapp und geschäftsmäßig.

»Ich glaube, das kann ich einrichten.« Plötzlich hatte sie Mühe, Luft zu bekommen.

»Um halb elf im Krähennest?«

»Prima. Bis dann.«

Nachdem sie aufgelegt hatte, raste Stevies Herz. Sie überlegte kurz, ob sie einen ihrer Freunde anrufen sollte, aber was hatte sie schon zu erzählen? Es war nur ein Brunch, keine Erklärung unsterblicher Liebe. Außerdem konnten Jay, Franny und Emerson nicht mehr jederzeit plaudern, sie hatten Familie. Wie Ryan so treffend bemerkt hatte, war sie das fünfte Rad am Wagen.

Stevie wusste nicht so recht, was sie tun sollte, und so wanderte sie in die Küche auf der Suche nach etwas Essbarem. Aber ihre weitgehend leeren Schränke zu durchforsten, machte ihr ihr einsames Dasein nur noch deutlicher bewusst. Sie konnte nichts anderes als ein paar Dosensuppen, eine angebrochene Tüte Tortilla-Chips und ein Paket Frühstücksflocken finden. Der Inhalt des Kühlschranks erzählte mit seinem verwelkten Salat, einer einzigen verschrumpelten Möhre und einem Jogurtbecher, der einem naturwissenschaftlichen Experiment in der sechsten Klasse ähnelte, eine noch düstere Geschichte. Das Einzige, was sie reichlich da hatte, war Kaffee, mit dem sie sich jeden Morgen auf Touren brachte, ehe sie in die sprichwörtliche Tretmühle trabte.

Am nächsten Morgen stand sie früh auf, um zu duschen und sich anzuziehen. An Tagen, an denen sie nicht schon kamerafertig los musste, reichten ihr ein Hauch Lippenstift und etwas Wimperntusche meist aus, aber heute ließ sie sich Zeit, um Makeup aufzulegen und sich die Fingernägel zu lackieren. Genauso sorgfältig wählte sie aus, was sie anziehen wollte, und entschloss sich schließlich für hochhackige Riemchensandalen und ihr schmeichelhaftestes Kleid, ein Wickelkleid mit tiefem Ausschnitt, das sie selbst, wenn sie vom PMS aufgedunsen war, aussehen ließ, als hätte sie wochenlang von Salat gelebt. Das i-Tüpfelchen bildete ein Paar Hängeohrringe, die sexy baumeln würden, wenn sie etwas in Ryans Ohr flüsterte.

Aber sie erkannte, dass sie Liebesworte würde schreien müssen, als sie im Krähennest ankam. Es war ein beliebter Treffpunkt zum Brunch auf dem Santa Monica Pier und brechend voll. Die Hoffnung, Ryan mit ihrem sexy Aufzug umzuhauen, schwand, als ein Angetrunkener sie auf dem Weg durch die Menge am Eingang anrempelte und ihr seine halbe Bloody Mary über das Kleid kippte. Sie tupfte noch mit einer Serviette daran herum, als Ryan plötzlich vor ihr stand.

»Es ist nicht, was du denkst«, erklärte sie, als sie seinen besorgten Blick bemerkte. Sie setzte grinsend hinzu: »Obwohl es noch zu Blutvergießen kommen könnte, um ans Ende dieser Schlange zu gelangen.«

Sie deutete auf die Dame am Empfang, die verzweifelt versuchte, die Nachfrage nach Tischen zu regeln.

»Ich habe eine bessere Idee«, meinte Ryan. »Ein Stück weiter ist ein Coffee Shop. Wollen wir uns da nicht etwas zum Mitnehmen holen?«

Eine Viertelstunde später schlenderten sie barfuß durch den Sand mit einer Tüte Muffins und Kaffeebechern, Stevie in die Strickjacke gehüllt, die sie in weiser Voraussicht mitgenommen hatte. Der Himmel war bedeckt, und vom Meer blies ein kühler Wind, sodass sie den Strand fast für sich allein hatten. Die einzigen anderen Menschen, an denen sie vorbeikamen, waren eine junge Frau, die mit ihrem Hund spazieren ging, und ein alter Mann, der mit einem Metalldetektor den Sand nach Münzen absuchte. Weiter draußen auf dem Wasser tauchten Fischerboote wie Geister aus dem Nebel auf und verschwanden wieder darin.

»Wie geht es Kimberly?«, versuchte sie es nach einer Weile, als klar wurde, dass er freiwillig nicht damit herausrücken würde.

»Kim und ich haben uns getrennt.« Sein Ton war nüchtern.

Stevies Herz machte einen Satz. »Oh, das tut mir leid«, sagte sie so aufrichtig sie konnte, während gleichzeitig ein Grinsen ihre Mundwinkel verzog.

Er zuckte die Achseln. »So was kommt vor.«

Stevie fühlte, wie der winzige Hoffnungsfunke, den sie genährt hatte, zu einem bescheidenen Flämmchen wurde. Da sie jetzt freundlichere Gefühle für Kimberly hegen konnte, sage sie: »Sie schien recht nett zu sein.«

»Ist sie auch.«

Stevie wagte sich noch ein wenig weiter vor. »Du klingst nicht gerade tief betroffen.«

»Wir haben uns in gegenseitigem Einvernehmen getrennt. Wir haben beide erkannt, dass es nirgendwo hingeführt hätte«, erklärte er und blickte aufs Meer hinaus. Er sah wie ein neuzeitlicher Heathcliff aus, in seinen Jeans und dem Sakko über einem alten Mötley-Crüe-T-Shirt, die Locken wild durcheinander von der feuchten Seeluft. Gut genug, um ihn einzupacken und mit nach Hause zu nehmen. War es wirklich schon fast ein Jahr her, dass er sie zuletzt in den Armen gehalten hatte? Seit sie ihn »Ich liebe dich« hatte sagen hören?

»Das kann ich nachfühlen.«

Er drehte sich zu ihr um. »Es war anders als mit uns.«

»Wieso?«, fragte sie. Das Herz klopfte ihr bis zum Hals.

»Ich war nicht in Kim verliebt.«

»Ach.« Stevie erschauerte trotz der dicken Strickjacke und fragte sich, ob die Vergangenheitsform etwas mit seinen Gefühlen für sie zu tun hatte.

»Was ist mit dir, triffst du dich mit jemandem?«, erkundigte er sich beiläufig.

»Niemand im Besonderen.« Die wenigen Verabredungen, die sie gehabt hatte, waren kein Neubeginn gewesen.

»Ich hätte gedacht, angesichts der ganzen Publicity würden dir die Männer die Tür einrennen«, sagte er mit einem Lächeln.

»Es gab ein paar Interessenten«, gab sie zu und dachte an die Flut von Briefen und E-Mails, die, nachdem sie mit Grant bei Oprah Winfrey gewesen war, über den Sender geschwemmt worden waren. »Vor allem die Typen, bei denen man schon nicht gern auf einer Party im Gespräch festsitzen möchte, geschweige denn mit ihnen ausgehen.«

»Es gibt viele Fische im Meer«, sagte er.

»Ich halte auch nicht gerade Ausschau.«

Er zog eine Braue hoch. »Jetzt sag nicht, du hast dich von der Männerwelt abgewendet?«

»Na ja, da ist dieser eine Typ. Ein Exfreund«, wagte sie sich vor und warf ihm einen Blick zu. »Allerdings bin nicht sicher, ob er noch interessiert ist.«

»Hast du ihn mal gefragt?« Ryan spielte mit.

»Ich habe Angst davor«, gestand sie. »Verstehst du, als wir zusammen waren, hatte ich so viel mit mir selbst zu tun, dass ich nicht sehen konnte, was direkt vor meiner Nase lag.«

»Und was war das?«

»Dass ich verrückt sein müsste, ihn nicht zu heiraten.«

Er blieb abrupt stehen. »Was willst du mir sagen, Stevie?«

»Dass ich ein Idiot war, dich gehen zu lassen.« In ihren Augen standen Tränen, und das kam nicht nur von der Kälte. »Nachdem ich dich bei der Oscar-Verleihung gesehen habe, habe ich eine ganze Woche nicht schlafen können. Hast du eine Ahnung, wie viele Fernsehsender es gibt? Über hundert. Ich dachte, wenn ich mir noch einen einzigen Werbespot für Rasenmäher mitten in der Nacht ansehen muss, gebe ich das Gerät der Heilsarmee.«

»Und musstest du es noch mal tun?«, fragte er. Er blickte ihr prüfend ins Gesicht.

Stevie erinnerte sich daran, wie nervös sie das eine Mal gewesen war, als sie auf Ruth aufgepasst hatte, aber sie hatten es beide überlebt, ohne Schaden zu nehmen. Ihre Ängste vor Ehe und Mutterschaft waren genauso unbegründet und dumm. Das war kein glänzender Pokal, der mit der Zeit durch Gebrauch stumpf und abgenutzt wurde, begriff sie, sondern ein Nest, das mit einem Strohhalm nach dem anderen gebaut wurde.

Sie wusste jetzt auch, dass sie, wenn sie eine zweite Chance mit Ryan haben wollte, dieses Mal ihren Hals riskieren musste. Kein Ausweichmanöver mehr, sie musste ins kalte Wasser springen. Aus einem plötzlichen Einfall heraus, sagte sie: »Mach die Augen zu.«

»Wozu?« Er beäugte sie mit leisem Misstrauen.

»Mach einfach.«

Nach kurzem Zögern kam er ihrer Aufforderung nach. »Du willst mir doch nicht weglaufen, oder?«, fragte er.

»Irgendwann musst du anfangen, mir zu vertrauen, also kannst du auch gleich damit loslegen«, sagte sie, während sie sich langsam zurückzog. »Und jetzt lass die Augen zu, bis ich dir sage, dass du sie wieder aufmachen kannst.«

»Na schön, aber lass dir lieber etwas Gutes einfallen.«

»Mache ich, versprochen«, rief sie zurück, während sie auf die Wasserlinie zurannte.

Kurz darauf legte sie die Hände an den Mund und rief: »Okay. Du kannst sie wieder aufmachen!«

Ryan sagte zuerst gar nichts, er starrte nur auf die riesigen Blockbuchstaben, die am Wassersaum in den feuchten Sand geschrieben waren. »Es ist nicht gerade kreativ, ich weiß«, sagte sie, als sie zu ihm zurückging, »aber besser ging es in so kurzer Zeit nicht.«

»Soll das ein Scherz sein?«, fragte er nach einer ziemlich langen Weile, da es ihm schier die Sprache verschlagen hatte.

»Keineswegs. Aber du solltest schnell antworten. Die Flut kommt.« Noch während sie sprach, spülten die Wellen die untere Hälfte der Buchstaben weg, die die Worte *HEIRATE MICH* bildeten.

Ryan stellte die Tüte ab und ging ihr entgegen, schlang die Arme um sie und zog sie so dicht an sich, dass ihr Kopf unter sein Kinn zu liegen kam. »Die Antwort lautet ja«, sagte er mit seltsam erstickter Stimme.

»Das ging rasch«, murmelte sie, und umarmte ihn fest, die Wange gegen seine Brust gedrückt. »Willst du nicht wenigstens noch mal darüber nachdenken?«

Er schob sie mit einem Grinsen ein Stück von sich ab. »Ich

brauche nicht so lange, um eine Entscheidung zu fällen, wie einige andere Leute, die ich kenne.«

»Es tut mir leid, dass es so lange gedauert hat, aber ich habe vor, es den Rest meines Lebens wiedergutzumachen.«

»Heißt das auch Kinder?«, fragte er hoffnungsvoll.

Sie schluckte trocken. »Auch das.«

»Also ist es dir wirklich ernst?«

»Ich habe nicht gesagt, wir sollten sofort damit anfangen, aber, ja«, sagte sie und dachte daran, was es für ein Gefühl gewesen war, Ruth im Arm zu halten. »Ich bin schon ganz geschickt darin, Windeln zu wechseln. Wenn ich auch zugeben muss, dass das nicht gerade meine Lieblingsbeschäftigung ist.«

Er schüttelte den Kopf und sah gleichzeitig erstaunt und verwirrt aus. »Ehrlich, Stevie, aus dir werde ich wohl nie schlau werden.«

Sie lächelte geheimnisvoll. »Warte noch fünfzig Jahre oder so, vielleicht werden wir dann beide schlau aus mir.«

Epilog

Sechs Monate später

Am Tag von Jays und Frannys Hochzeit konnte man die Glocken der Kapelle auf dem ganzen Campus hören. Es war die erste Oktoberwoche, und die Wolken und der Regen der Vorwoche hatten einem klaren Himmel und milden Temperaturen Platz gemacht. Die Fenster der efeuberankten Backsteinbauten standen offen und Studenten saßen auf dem Rasen vor der Firestone Bibliothek, die Köpfe in den Nacken gelegt, und genossen den herrlichen Sonnenschein.

Als Emerson und Stevie durch die Kapelle schritten, beide in den gleichen hellgrünen Seidenchiffonkleidern mit etwas dunkleren Schärpen, dachte Emerson an ihre eigene Studentenzeit zurück. Sie erinnerte sich, wie nervös sie in ihrem ersten Jahr gewesen war, als sie zum ersten Mal zu ihrem Zimmer ging und sich fragte, wie ihre Zimmergenossin wohl sein würde, dieses Mädchen aus Kalifornien mit dem Jungennamen, und ob es wohl möglich war, ein ganzes Jahr lang mit jemandem ein Zimmer zu teilen, ohne dass man herausfand, dass sie eine Hochstaplerin war. Aber schon nach wenigen Minuten mit Stevie hatte sie gewusst, dass sie nichts zu befürchten hatte, und als sie mit Auspacken fertig waren, hatten sie Freundschaft geschlossen. Stevie Light war, ihrem Namen alle Ehre machend, wie ein Blitz in einer Flasche, die jeden, mit dem sie in Kontakt kam, Energie abgab und Emerson ständig auf Trab hielt. Nach all diesen Jahren hatte Emerson immer noch Mühe, mit ihr Schritt zu halten.

»Langsam, ja?«, keuchte sie. »Wenn ich stolpere und die Wehen einsetzen, wird Franny dir das nie verzeihen.« Franny kam mit Jays Eltern und Ruth im Auto, also hatte Emerson ihren Wagen genommen, ohne daran zu denken, dass es ein langer Weg vom Parkplatz bis zur Kapelle war.

»Tut mir leid.« Sofort verlangsamte Stevie ihren Schritt und warf Emerson einen entschuldigenden Blick zu. »Alles in Ordnung?«

»Mir geht's gut. Ich bin nur ein wenig außer Atem.« Emerson ruhte sich aus, eine Hand auf dem Bauch. War sie bei Ainsley auch so rund gewesen? Sie war froh, dass Franny so klug gewesen war, sich für Brautjungfernkleider mit einer Empire-Taille zu entscheiden, sie musste ihres schon zweimal auslassen. Was die Schuhe anging, die passend zum Kleid gefärbt waren, hätte sie so vernünftig sein sollen, flache Absätze zu tragen.

»Ich hoffe nur, dass ich so elegant wie du aussehen werde, wenn ich so weit bin«, sagte Stevie,

Emerson starrte sie an, ihr Mund klappte auf. »Du bist doch nicht –«

»Nein, bin ich nicht.« Stevie beeilte sich, es richtigzustellen. »Ryan hätte am liebsten sofort losgelegt, aber ich habe gesagt, ich brauche mindestens ein Jahr, bevor ich den Sprung ins kalte Wasser wage.«

Ihre Hochzeit, an einem einsamen Strand in Pacific Grove, war so unzeremoniell und wenig traditionsverhaftet gewesen wie Stevie selbst. Sie hatten nur mit engen Freunden und der Familie gefeiert. Die Braut hatte ein schlichtes Kleid aus alter irischer Spitze getragen, der Bräutigam ein Hawaiihemd und weiße Jeans. Beide waren barfuß. Aber der wahre Clou war Grant Tobin gewesen, der seine Gitarre spielte. Er hatte speziell für den Anlass ein Lied geschrieben, das er für Stevie und

Ryan spielte, als sie unter einem Bogen aus verflochtenen, mit Muscheln besetzten Zweigen standen und die untergehende Sonne sie in goldenen Schimmer tauchte. Sein Gesang war ein wenig rostig gewesen, als wäre er viele Wege gegangen, die nur wenige je beschreiten würden, aber das machte es irgendwie nur noch anrührender. Emerson hatte Stevies Mutter angeschaut und gesehen, dass ihr Tränen über die Wange kullerten. Es musste ihr wie ein Wunder vorkommen, dass eine beiläufige Begegnung in ihrer freisinnigen Jugend zu diesem Augenblick geführt hatte: ihre schöne Tochter und der Fremde, der sie gezeugt hatte, zusammen zu dieser besonderen Gelegenheit. Jetzt wandte sich Emerson mit einem Lächeln zu Stevie. »Du weißt ja, es heißt: Wenn du Gott zum Lachen bringen willst, mach Pläne.«

Auch sie hatte vorgehabt, noch zu warten, bis sie wieder ein Kind bekam, zumindest, bis der ganze Wirbel sich gelegt hatte. Aber Mutter Natur hatte, wie sich herausstellte, andere Vorstellungen. Schon bald nach ihrer Hochzeit hatte Emersons Arzt sie darüber aufgeklärt, dass die zwei Perioden, die ausgeblieben waren, was sie auf den Stress mit Reggies Ärger mit der Einwanderungsbehörde und dem Tod ihrer Mutter zurückgeführt hatte, unter dem sie gestanden hatte, tatsächlich das war, was Marjorie als »einen kleinen Fremden unterwegs«, bezeichnet hätte. Reggie war aus dem Häuschen gewesen, als sie ihm die Neuigkeit mitteilte, und Ainsley freute sich sehr über die Aussicht, einen kleinen Bruder oder eine Schwester zu bekommen. Aber Emerson hatte eine Weile gebraucht, um sich an den Gedanken zu gewöhnen. Noch ein Kind schien so eine riesige Verantwortung zu sein. Sobald der Schock sich gelegt hatte, hatte sich sich jedoch entspannt. Mit Ainsley hatte sie es gar nicht so schlecht gemacht, also bestand kein Grund zu der Annahme, sie würde es mit dem neuen Kind nicht auch gut machen.

Sie gingen langsamer weiter. »Irgendwie kann ich mir Grant nicht recht als Großpapa vorstellen«, bemerkte Stevie.

»Das spart aber die Kosten für den Musikunterricht«, fand Emerson.

»Da hast du recht. Er wird dem Kind wahrscheinlich das Gitarrespielen beibringen, bevor es sprechen kann«, sagte Stevie lachend.

»Wie kommt er übrigens mit deiner Mutter zurecht? Bei der Hochzeit schienen sie sich gut zu verstehen.«

Stevie lachte über die Anspielung, dass sich etwas zwischen den beiden tun könnte. »Sie sind nur Freunde. Sie gehen zusammen zu den Anonymen Alkoholikern. Darüber hinaus haben sie nicht viel gemeinsam.«

»Außer dir.«

Stevie grinste schief. »Ja, das allerdings. Obwohl Grant nur mein Wort dafür hat, dass er in der Nacht anwesend war, in der ich empfangen wurde.«

Trotz ihrer spöttischen Bemerkung wusste Emerson, dass Stevie in der kurzen Zeit, die sie einander kannten, ihrem Vater nahe gekommen war. Vielleicht nicht so nahe, als hätte sie ihn ihr ganzes Leben lang gekannt, aber sie war vernünftig genug, um zu akzeptieren, dass man im Leben, wie Emerson selbst auch hatte lernen müssen, einfach nahm, was kam, und versuchte, das Beste daraus zu machen.

Sie betraten die Kapelle durch eine Seitentür. Emerson hatte das Gefühl, nach Hause zu kommen. Die Heimat, zu der sie Princeton für sich gemacht hatte, mit ihren Freunden, Lichtjahre entfernt von dem zerbrochenen Zuhause, in dem sie aufgewachsen war. Sie spähte durch die Tür in den Kirchenraum, in dem die Bänke aus Eichenholz, das ursprünglich für Kanonenwagen für den Bürgerkrieg gedacht war, bereits gut besetzt waren. Ihr Blick fiel auf das große Ostfenster über der

Kanzel. Es stellte die Liebe Christi dar, die sechs kleineren zu beiden Seiten die Psalmen Davids und die großen christlichen literarischen Werke – Dantes *Commedia*, Malorys *Le Morte d'Arthur*, Miltons *Paradise Lost* und Bunyans *Pilgrim's Progress*. Das erinnerte sie an ihre eigene Herkunft, Vorfahren, zu denen auch ein Held aus der Zeit vor den Revolutionskriegen gehörte sowie ein Staatssekretär unter James Madison – selbst Princeton-Absolvent, dessen in dem Fenster des Rechtes hoch oben im südlichen Lichtgaden gedacht wurde. Eine Herkunft, auf die sie endlich stolz sein konnte, da sie nicht mehr ihre Gefangene war.

Sie erspähte Reggie in der Nähe des Eingangs mit den anderen Trauzeugen: Frannys Cousin David aus Israel, Stevies Ehemann und Jays Freund Todd aus der Agentur. Als sie ihren Mann sah, groß und würdevoll in dunklem Anzug und Krawatte, eine Clematisblüte im Revers, ging Emerson das Herz auf. Sechs Monate nach ihrer ersten Hochzeit hatte sie schon gegen das Zaumzeug aufbegehrt, aber mit Reggie wurde es nur immer besser. Wenn Gott jetzt lächelt, dachte sie, dann deshalb, weil das Ereignis, das sie immer hinter der nächsten Biegung erwartet hatte, ein glückliches gewesen war.

Gerade in diesem Augenblick tauchte Briggs mit Ainsley auf, die in ihrem Rüschenkleidchen und den Lacklederschuhen und den zu Locken gedrehten Haaren wie eine kleine Prinzessin aussah. Sie hatte am Abend zuvor ihre Rolle als Blumenmädchen eifrig geübt, und war so aufgedreht gewesen, dass Emerson Mühe gehabt hatte, sie zum Schlaf zu bringen, und noch mehr Mühe, sie an diesem Morgen wieder zu wecken. Glücklicherweise wohnte Briggs, der am Vorabend aus der Stadt gekommen war, in ihrem Hotel, und so hatte er sich erboten, sie mitzubringen.

Emerson begrüßte beide mit einer Umarmung und gab

Ainsley das Körbchen mit den Rosenblättern, die sie über das weiße Tuch auf dem Läufer streuen sollte. »Du machst es bestimmt ganz großartig, Mäuschen«, flüsterte sie ihrer Tochter ins Ohr, ehe sie sie beide zu der hinteren Bank führte, wo Ainsley auf ihr Stichwort warten sollte, während sie selbst ihren Platz in der Sakristei wieder einnahm.

Statt des Glockengeläuts erklang jetzt eine Kantate von Bach, mit Inbrunst von dem Organisten auf der Orgelbühne gespielt, als sie ein Rascheln hinter sich hörte. Als sie sich umdrehte, sah sie Franny durch die Tür kommen, atemberaubend in ihrem eng anliegenden Seidentaftkleid, das sie zusammen mit Emerson ausgesucht hatte, einen Strauß aus rosa und weißen Rosen in der einen Hand. Mit ihr kamen Ruth und Jays Eltern, Everett Gunderson in einem dunklen Anzug mit Krawatte, der gelöster aussah, als Emerson ihn je zuvor gesehen hatte – vor allem dank Frannys Bemühungen, vermutete sie –, und seine Frau Yvonne, die ihr Bestes tat, um das strampelnde Baby in ihren Armen daran zu hindern, ihre Bluse zu zerknittern.

»Ich hoffe, ich habe euch nicht warten lassen«, sagte Franny.

»Als ob wir ohne dich anfangen könnten«, erwiderte Stevie.

»Nun schau dich an. Du bist so schön.« Emerson tupfte sich die Augen mit dem Taschentuch ab, das sie in weiser Voraussicht in ihren Ärmel gesteckt hatte. Frannys Kleid saß an ihrer Sanduhr-Figur perfekt: in der Taille zusammengenommen, mit einem herzförmigen Ausschnitt, der ihre vollen Brüste betonte. Mit dem hochgesteckten Haar und dem Schleier, der in weichen Falten um ihr Gesicht fiel, war sie eine Augenweide.

»Dank deiner Hilfe«, sagte Franny. »Wenn du nicht mit mir gekommen wärst, stände ich jetzt noch immer bei dem Brautausstatter und könnte mich nicht entscheiden, was ich nehmen soll.«

»Vergiss nicht, sie hat schließlich auch viel Übung«, neckte Stevie.

»Was man von dir nicht gerade sagen kann«, entgegnete Emerson lachend. »Du musstest ja strampelnd und schreiend vor den Altar geschleppt werden.«

»Das will ich nie wieder durchmachen«, erklärte Stevie mit gespieltem Schaudern. »Das heißt dann wohl, dass Ryan es mit mir aushalten muss.«

»Ich kann mir nicht vorstellen, dass er sich beklagt«, meinte Franny.

Von der Orgelbühne ertönten die ersten jauchzenden Töne von Puccinis *Chi il bel sogno di Doretta*, gesungen von Frannys Kollegin und Freundin Hannah Moreland, in ihrem schönen, durch Laienspielaufführungen geschulten Sopran. Emerson spähte noch einmal zum Altarraum hinüber, wo Jay mit seinem Trauzeugen Todd Oster vor dem Altar stand. Die Bänke waren fast alle besetzt, und die Türen standen offen, durch die in wenigen Augenblicken die Braut mit ihren beiden Brautjungfern schreiten würde, allen voran Ainsley. Emerson hakte sich bei ihren beiden besten Freundinnen unter und verkündete: »Unser Auftritt, Mädels.«

Als die drei Frauen wieder nach draußen und um die Kapelle herum zum Haupteingang gingen, dachte Stevie darüber nach, wie viel länger der Weg gewesen war, der sie heute hierher geführt hatte. Zum Beispiel ihre eigene Hochzeit. Nach dem ganzen Drama, bis es so weit gewesen war, hatte sie erwartet, ein nervöses Wrack zu sein, aber stattdessen hatte sie ein seltsames Gefühl des Friedens gespürt, als sie und Ryan barfuß im Sand standen und ihr Gelübde ablegten, während die Sonne über dem Meer unterging und die Menschen, die sie am meisten liebte, zuschauten. Vielleicht hatte es etwas mit Grant zu tun, weil sie wusste, was es für ihn bedeutet hatte, die wenigen Meilen zurückzulegen, mehr als für Tante Katherine, die aus Hongkong angereist war. Sie hatte geschworen, nicht zu weinen – das war etwas für dumme Mädchen, die eine Aussteuer hatten und das Hochzeitsmagazin abonnierten –, aber als Grant sein Lied für sie gespielt hatte, hätte sie es fast doch getan. Gut, dass sie die Ausrede gehabt hatte, dass ihr die Sonne in die Augen schien, um zu erklären, warum diese tränten.

Dann war es vorbei, alles klatschte und jubelte und eilte herbei, um ihnen zu gratulieren. Anschließend hatten sie am Strand gegrillt, und als es dunkel wurde, hatten sie ein großes Lagerfeuer gemacht und Marshmallows geröstet. Einmal hatte Stevie bemerkt, wie sich Nancy und Grant gemeinsam davonstahlen. Kurz darauf hatte sie gesehen, wie sie am Strand entlangspazierten, und ihre Gestalten sich vor dem mondbeschienenen Meer abzeichneten. Für einen Moment hatte sie sich der Vorstellung hingegeben, dass sie sich verlieben und heiraten würden. Aber Nancy hatte darüber gelacht, als Stevie sie später darauf ansprach. Sie waren nur gemeinsam Überlebende, die mit der Zeit, wie sie hoffte, gute Freunde werden würden, erklärte sie. Es war genauso unwahrscheinlich, dass sie sich verlieben würden, wie dass das Fillmore Auditorium von einst aus der Asche auferstehen würde.

Als sie nun die Stufen zur Kapelle hinaufstieg, murmelte Stevie aufmunternd in Frannys Ohr: »Glaub mir, du weißt erst, was dich da getroffen hat, wenn es vorbei ist.«

»Hör nicht auf sie. Genieße jede Sekunde«, riet Emerson von der anderen Seite.

In Ermangelung eines Vaters oder eines anderen engen männlichen Verwandten, der sie zum Altar führen konnte, hatte Franny mit der Tradition gebrochen und überließ ihren Brautjungfern die Ehre. Stevie fühlte, wie sie zitterte, als sie durch den Gang über den gewundenen Pfad aus Rosenblättern schritten, den Ainsley gestreut hatte. Sie wollte ihr schon die Hand tätscheln und noch einmal flüstern, dass alles gut würde. Aber Frannys Blick war fest auf den am Altar stehenden Jay gerichtet, der selbst in seinem Smoking aussah, als ob er gerade von der Ladefläche eines Pickups gesprungen wäre, mit seinem ewig windzerzausten Haar und den sonnengebräunten Wangen. So wie Franny strahlte, war klar, dass sie keinerlei Ermunterung mehr brauchte.

Während Franny Arm in Arm mit Emerson und Stevie durch die Kapelle schritt, nahm sie die Menschen ringsum kaum wahr. Hier und da tauchte ein vertrautes Gesicht aus dem unscharfen Bereich links und rechts des Ganges auf – ihre Tante Sadie und Onkel Moe, die von Fort Lauderdale hergeflogen waren; Stevies Mom, Nancy, Jays Mutter in dem für die Mutter des Bräutigams vorgeschriebenen Crèpe de chine, die Ruth auf dem Schoß hielt. Franny hauchte Ruth ein Küsschen zu, aber die starrte sie nur mit offenem Mund verwundert an, als ob sie sie nicht wiedererkennen würde.

Nicht zum ersten Mal wünschte sie, ihre Mutter und ihr Bruder könnten dabei sein. Esther hätte vielleicht zu Anfang etwas gegrummelt, weil sie einen Goi heiratete, noch dazu in einer Kirche, aber die Tatsache, dass es Jay war, den sie ihren Yiddishen Sohn genannt hatte, überzeugt, dass er in einem früheren Leben Jude gewesen war, hätte es schon gerichtet. Und Bobby ... nun, er hätte vielleicht die Zeremonie durch sein seltsames Verhalten ein wenig durcheinandergewirbelt ... aber auch er hätte sich für sie gefreut.

Sie dachte auch an das letzte Mal, das sie Jay in einem Smoking am Altar hatte stehen sehen: als er Vivienne heiratete. Franny war damals die Brautjungfer gewesen. Jetzt war Vivienne in Paris, und das Letzte, was sie von ihr gehört hatten, war, dass sie mit einem Franzosen zusammenlebte. Und jetzt ging Franny durch die Kirche, ganz in Weiß, mit einem Herz voller Liebe und war sich ihrer Sache so sicher, wie man nur sein konnte.

Dann gab es nur noch Jay, dessen strahlende Augen sie auf ihrem Kurs hielten wie der Polarstern. Als sie neben ihm stand, verschränkte er seine Finger mit den ihren und flüsterte: »Du siehst umwerfend aus.«

Der Kaplan sprach kurz, aber beredt über die Heiligkeit der Ehe und die Herausforderungen, die sie in den vor ihnen liegenden Jahren gemeinsam meistern würden. Als es Zeit war, ihre Gelübde abzulegen, zog Jay ein gefaltetes Blatt Papier aus der Westentasche. Er räusperte sich und las laut: »Franny, du bist meine beste Freundin und Gefährtin meiner Seele. Ich wusste nicht immer, dass man beides gleichzeitig in einer Frau haben kann, aber jetzt weiß ich es. Und ich weiß, wenn der Rest unseres Lebens auch nur annähernd dem gleicht, wie es bis jetzt war, dann haben wir ein echtes Abenteuer vor uns.« Er sah zu ihr auf, und sie lächelten sich an, begleitet vom Lachen derjenigen, die sie am besten kannten. »Ich kann mir ein Leben ohne dich nicht vorstellen. Du bringst mich zum Lachen. Du bist immer da, wenn ich dich brauche. Du sorgst dafür, dass ich aufrichtig bleibe, und ich weiß, dass ich deinetwegen ein besserer Mensch bin. Und das Beste: Du hast mir unsere schöne Tochter geschenkt. Wenn ich einen Wunsch frei hätte, dann den, den Rest meines Lebens mir dir an meiner Seite zu verbringen.«

Frannys Augen füllten sich mit Tränen, und sie flüsterte: »Wie soll ich das denn noch übertrumpfen?«

Das Gelübde, das sie niedergeschrieben hatte, schien ihr jetzt dilettantisch. Wie konnten Worte allein ausdrücken, was Jay für sie bedeutete oder die Erfahrungen zusammenfassen, die sie im Laufe der Jahre gemeinsam gemacht hatten? Das Lachen und die Tränen; die Sätze, die einer von ihnen anfing und der andere beendete; die langen Gespräche, die oft bis in die Nacht gedauert hatten; die Hektoliter Hühnersuppe, die sie ihm gebracht hatte, wenn er krank war; und die unzähligen Pommes frites, die er sie von seinem Teller hatte stibitzen lassen; die Frauenfilme, die er ihretwegen ertragen, und die Fußballspiele, die sie mit ihm abgesessen hatte; die Bettdecke, die er ihr überließ, und der Toilettendeckel, den er nie zu schließen vergaß; die unzähligen Male, die er mitten in der Nacht für Ruth aufgestanden war.

Jay drückte ihre Hand und flüsterte zurück: »Das hast du schon.«